宣教師漢文小説の研究

MISSIONARY CLASSICAL CHINESE

宋莉華［著］／鈴木陽一［監訳］・青木萌［訳］

東方書店

日本語版への序文

宋莉華

初めて歴史上の宣教師と出会ったのは、十五年前にイギリスにいた時のことであった。二〇〇二年、北京師範大学のポストドクターでの研究を終え、その後いろいろと悩んだ末、オクスフォード大学への遊学を決意した。イギリスの冬は寒く湿っていて、出歩く気にはなれなかった。そこで、中国学研究所の地下一階にある閲覧室に行き、暗い灯の下で研究資料を閲覧しながら、長い午後の時間を過ごすことが多かった。そんなある日、偶然、一篇の論文に出会い、私の心は強く高鳴った。それはハーバード大学のハナン（Patrick Hanan）教授が『哈仏亜洲研究学報』に発表した論文であった。表題は「一九世紀中国的伝教士小説」である。この論文を読み、一九世紀に西洋から中国へ渡った宣教師が、漢文で大量の小説を書いていたことを知った。これらの小説は、当時中国の古典小説を研究していた私にとっては未知の領域であり、視野が大きく開かれたのである。また、幸いなことに、オクスフォード大学のボーデリアン図書館（Bodleian Library）は、宣教師漢文小説の所蔵で名高い場所の一つであったため、これに関する文献が多数収集されていた。その後、さらに大英図書館やリード大学（University of Leeds）等へ赴いて文献を収集した。これらの資料は私のその後の十年余りの研究の基礎となった。

二〇〇五年、私は宣教師漢文小説についての論文を初めて発表した。題目は「一九世紀伝教士小説的文化解読」である。これにより国内外の多くの学者から注目を賜った。例えば、フランスの社会科学院の陳慶浩教授、台湾中央研究院の李奭学教授、北京外国語大学の張西平教授、香港中文大学の黎子鵬教授、韓国崇実大学の呉淳邦教授など、多くの先生方からお言葉を頂いた。そして、この論文は「上海市哲学社会科学優秀成果賞」を受賞することができたが、それ以降はむしろ慎重に研究を進めるようになった。なぜなら、宣教師漢文小説はこれまで十分に研究されておらず、基礎的な研究に乏しく、また、私はキリスト教徒ではないため、キリスト教に関する知識には限界があったからである。そして、次のような根本的な疑問が心に浮んできた。即ち、宗教文学は宗教徒文学と等しいのだろうか。信仰がなくても宗教文学を研究できるのだろうか。宗教文学は信仰者としての思考が前提となるのだろうか、といったことである。アウグスティヌス（Augustine）は次のように述べている。「私は信仰する、だから私は理解できる」と。そして、サミュエル・テイラー・コールリッジ（Samuel Taylor Coleridge）はさらに一歩踏み込んで「知りたい事があるのならば、我々はその一部分になるよりほかない」と指摘している。しかし、もしこれらの言葉を以て私の疑問の答えとするのであれば、私たちは、多くの真なる宗教的精神を有する文献と出会う機会を失ってしまうようにも思える。シェイクスピアははっきりとした信仰を持たなかったが、敬虔な清教徒のサミュエル・ジョンソン（Samuel Johnson）よりも深みのある宗教的な精神を表現していないと言えるだろうか。この観点から見ると、信仰と理解は別の階層で捉えられるのではないだろうか。このような疑問が私を悩ませたが、私は研究に没頭してその真相を探究し、答えを求め続けた。

イスラエル人はエジプトから出た後、なぜ神が許したカナンに入らなかったのだろうか。それは、神から賜った美しき夢があったにもかかわらず、カデシュ・バルネアから戻って来た人々からの誤情報に惑わされ、挫折感を覚え、絶望の末に夢を捨て、未来を失ってしまったからではないか。

最後に、神奈川大学の鈴木陽一教授、青木萌博士、東方書店の川崎道雄氏に感謝の意を表したい。また、今回の出版を機に日本の読者と出会う機会が得られたこと、そして、この出版を通じて夢を堅持する勇気と力をいただき、夢というカナンへの道を進むために、背中を押していただいたことを心より感謝申し上げたい。

二〇一七年十月上海にて

序文

このたび、若き友人である上海師範大学宋莉華教授の大著、『伝教士漢文小説研究』が、翻訳を通じて日本人の読者の目に触れることとなった。翻訳をお手伝いしたものとして、何よりの喜びである。本書の価値を紹介すべく、敢えて序文をも引き受けることとした。

時は四半世紀前に遡る。一九八八年に陳平原『中国小説叙事模式的転変』が出版され、日本の中国古典小説研究者の間に衝撃が奔った。これまで多くの小説研究者が見てこなかった、あるいは見て見ぬ振りをしてきた清末民初という時代に新たな光を当て、近代的物語言説がどのように形成されてきたのかをもう一度見直すことを我々に強いたのである。特に、翻訳、翻案、創作も含めて、あたかもゴミために放り込まれていたような膨大な通俗文学の作品群の再評価は、誕生したばかりの中国古典小説研究会でも話題となり、何より私自身が大いに刺激を受けた。同時期に刊行を開始したばかりの『中国古典小説研究動態第2号』に掲載された拙文「陳平原『中国小説叙事模式的転変』を評す」から、そのときの気分を読み取ることができよう。

さて、少しだけ文学史の復習をすることをお許し頂きたい。中国の物語文学の中で、我々が今日言うところの小説に近い作品の創作、編集、出版、流通はすでに一六世紀にピークを迎える。欧州ではようやく宗教改革とルネサンスの時代である。だが、一六世紀の中国で読まれた物語には、すでに近代につながる社会のあり方、人のつながり、何よりも人々の心のありようが描かれていた。ところが、そこから二百数十年後、一八世紀末には、中国の小説はその発展の歩みを止めてしまう。いや、文学だけではない、その五〇年後、アヘン戦争以後の中国は列強の侵略により社会そのものが暗黒の時代に突入してしまう。文学の刷新は五四運動の始まりまで待たねばならず、その間に世に出た文学は概ね低い評価を受け、一部の翻訳、政治小説、暴露小説などを除けば、質的には寥々たるものとされていた。そうした固定観念に「否」を突きつけたのが陳平原氏であった。一九世紀後半から二〇世紀初頭にかけて出版されていた文学作品は、単に多量であるばかりでなく、多様性に富み、新たな時代の幕開けに相応しく、近代の新たな文学言説の萌芽を内包していた可能性が高いことを明らかにしたのである。

だが、中国人にとって、こうしたことは単なる文学史上の問題にとどまるものではなかった。この時期のすでに膨大な分量となりつつあった作品を、特に近現代の革命運動、抗日戦を含む対帝国主義戦争とそれに連続する内戦などの関わりから、文学史上から消し去ったことは、建国後の中国における文学言説から多様性を奪うことになったという深刻な反省があり、しかもその反省は陳平原氏一人のものではなかった。陳平原氏が籍を置いた北京大学が、中国における金庸評価の旗振り役であったことは決して偶然ではなかったのである。

陳平原氏によって始まった近代文学の見直しは、その後様々な形で成果として結実しつつある。私の狭い見聞の範囲で言えば、近代雑誌の影印本の出版、范伯群氏を中心とした蘇州大学の教授陣による「通俗文学史」関連の著作がその好例である。

だが、畏友宋莉華教授は、おそらくこうした近代文学見直しの流れをしっかりと受け止めた上で、中国の近代文学の中で切り捨てられてきた作品群の中に、陳平原氏が指摘することのなかった、新たな、しかも豊かな水脈を見出してきた。それが、本書の対象となった作品群、すなわち欧米の宣教師が中国語、それも伝統的な小説の言説を借りて書き上げた小説であり、翻訳である。この水脈がいかに豊かで力強い流れを有していたか、また地下水脈としてどれほどの影響を持ち得たかは本文を見ていただくよりないのだが、序文の責任として、わずかばかりの柄見本を提供してその責を果たすこととする。

まず私を驚かせるのは、反イエズス会のカトリック、英国国教会や欧米のプロテスタントの宣教師たちは、イエズス会の方針に決別し、布教の対象を一般市民に広げたことであり、そのためには布教に用いる言説を変えねばならないと判断したことである。そして、その言説の素材として、小説、戯曲、宝巻（民間宗教に起源を有する芸能テクスト）、王朝によって作成された庶民教育のテクスト、各地域の方言を反映した物語りテクストなど様々なものが取り込まれ、利用された。

実際、彼らの言語感覚は大したものであった。彼らが中国語で文章を書く時には、読み書きのできる中国人を助手としていたのだが、放っておくと中国人は文言で文章を書く癖があることを彼らは知っており、そうなることを防ぐために、自ら中国語を、それも「白話」を勉強すべきことを指摘している。また、周知のように、二〇世紀の初め、アメリカ帰りの胡適が白話運動を呼びかけ、それに呼応する形で、亜東書店から次々と近代の句読点を付した近代以前の白話小説が出版された。だが、一九世紀後半に共通語としての形を整えつつあった北京官話と、小説の言語は異なっていることに宣教師は早くに気づき、自らの言語の武器を小説の「白話」から共通語としての「官話」へと改め始めていたのである。

宣教師たちはさらに、単に教義の布教だけでは限界があり、社会や人々の関係、ものの考え方に大きな変化が必要であることを理解するようになった。そこには欧米文化至上主義の匂いが濃厚ではあるが、キリスト教社会に広がっていた様々な普遍性のある価値観を広めること、女性や子供という社会的弱者の教育を重視すること、過去の伝統を重視する文化から未来を重んじる思想へと転換を図ることなど、中国の近代化や様々な革命運動と結びつく思想が広められ、それは実際の運動にも様々な形で影響を与えたのである。特に中国における児童文学の誕生は、キリスト教の布教と切り離しては考えがたいものであることも指摘されている。

しかし、キリスト教の布教そのものは、中国のどこへ行くにしても軍艦と鉄砲に守られ、アヘンとともに広がっていったという冷厳な事実がある。「義和団の乱（庚子事変）」のきっかけが、山東省におけるキリスト教布教を巡るトラブルが発端であったことを見てもそのことは明らかである。たとえ、布教に従事する人々がどれほど善意に基づいていたとしても、その伝える内容が中国の伝統的価値観や清朝の統治に比べて今日の我々が有する普遍的価値観に近いものであったとしても、彼らの行動と布教、そしてその言説は全て帝国の侵略に支えられていたという事実を捨象することは不可能なのだ。そのことを前提とした時、中国の、いやアジアのほとんどの国がそうであるように、近代を見直すということは極めて苦衷に満ちた行為とならざるを得ないことを我々は頭に入れておくべきである。なぜなら、幕末から明治の日本、そして戦後の日本も同様であるとともに、日本は一方でやはり軍艦と鉄砲で神道を広めようとしたという経験を有しているからである。

最後に、翻訳の経過について紹介をしておきたい。この面白く、学術的価値があり、かつ厄介な書物を翻訳するという大変な仕事を引き受けたのは、神奈川大学兼任講師青木萌氏である。青木氏は宋教授が神奈川大学外国人特任教授であった際に教えを受けていたこと、言語学の専門でありながら若くして様々な分野に関心を有し研鑽を積んできたこと、中国語の運用能力が高いことから、宋教授が依頼することとなり、初稿は昨年にすでに完成していた。しかしながら、膨大な数の外国の人名、地名、作品名が使われ、例示されている中国の古典小説の数もまた多量である。引用文の中には『論語』など中国の古典、小説や戯曲の一部、文語で書かれた序文、伝統的ことわざなど、青木氏の専門とはおよそ異なる分野の中国語が少なくない。さらには、本書が宋氏の代表的論文数点を集め、編集整理し、出版に至ったもので、重複は避けがたいうえ、今回は全訳ではなく、一部を省略して訳出しているため、全体をこちらでも整理、編集する必要があった。こうした作業は、宋教授と専門も近く、年の功だけは間違いがない私がお手伝いするべきと思い、青木氏の苦心の訳に手を入れた。目的は一人でも多くの読者に読んでもらえるよう、分かりやすく書き換えること、特に中国文学、中国近現代史についてあまり予備知識のない方でもご理解頂けるよう、新たに訳注を加えたのが私の仕事である。しかし、訳はあくまでも青木氏の功績であり、余計な手を入れたり、逆に目が行き届かず誤りや不足の点を残していたとすれば、全て年長の私の責任である。

かつて私を感動せしめた陳平原氏の著作と、この書物の目指すところに私は同じものを見出した。そして、それは大きな意味で、我々日本人もまた考えねばならないアジアの近代化という普遍性の高い問題への一つの答えを導き出す可能性を秘めていると思う。畑違いを承知の上で、敢えて翻訳のお手伝いを引き受けた最も大きな理由はここにある。改めてこの大著を完成させた宋莉華教授に心から敬意を表するとともに、翻訳を手伝う機会を与えていただき、新たに多くのことを学ぶ機会が得られたことを、宋莉華教授、青木萌氏、ならびに東方書店の川崎道雄氏に深く感謝する。

なお、いかなる書物でも誤りは避けがたいが、この書物の内容の豊富さと青木氏及び私の浅学から誤りを生ずる危険性は、かなり高いことを認めざるを得ない。読者の皆様の御叱正、御教示、御批判をお願い申し上げる。

二〇一七・九・二〇　鈴木陽一

目次

日本語版への序文（宋莉華）……i
序　文（鈴木陽一）……iii
序　論　宣教師漢文小説研究の現状……1
一　本書の研究対象……1
二　宣教師漢文小説の学術研究の価値と現状……11
三　本書の研究と難点……19
第一章　プレマールと初期のカトリック宣教師による小説『儒交信』……35
一　漢学大家のプレマール……35
二　貴重なカトリック宣教師漢文小説『儒交信』……41
三　『旧約聖書』索隠派の神学観と『儒交信』の創作……53
第二章　早期のキリスト教の漢語定期刊行物……63
一　『察世俗毎月統記伝』……63

二　『特選撮要毎月紀伝』……70
三　『東西洋考毎月統記伝』……74
余　論……78

第三章　最初に宣教師漢文小説を書いた宣教師のミルン……83
一　問答体小説――中国と西洋の文化の融合……84
二　長期的な伝播と多くの版本……91
三　中国と西洋の読者の受け入れと影響……96

第四章　ドイツ人宣教師ギュツラフの小説創作と評価……107
一　中国白話小説に対する重視と模倣……109
二　中国と西洋の文化の衝突による産物……113
三　欧州文化優越論及びその発言権の強さ……119

第五章　『中国叢報』が翻訳紹介した中国古典小説及び宣教師に対する影響……131
一　漢語学習と中国習俗を理解するための教科書となった小説……131
二　『中国叢報』における翻訳された小説……137
三　『中国叢報』の伝播と影響……141

第六章　バーンズと『天路歴程』の訳本について……153
一　バーンズの『天路歴程』……154
二　『天路歴程』の翻訳……161
三　バーンズの訳本の伝播と影響……170
第七章　街頭布教家のグリフィス・ジョンおよびその漢文小説……183
一　街頭布教家のグリフィス・ジョン……184
二　聖教書局とグリフィス・ジョンの中文による著述……190
三　『引家当道』――理想的な中国キリスト教徒の生活を示した小説……196
四　オーリンガーと『引家帰道』の韓国語訳本……199
第八章　リチャードと『回頭看紀略』の翻訳紹介……207
一　清末変革時に活躍した宣教師翻訳者――リチャード……207
二　『回頭看紀略（顧みれば）』から『百年一覚』まで……212
三　タイムリーだったユートピア小説……216
第九章　宣教師と中国の近代児童文学の萌芽……223
一　福音小説……224

二　寓言と童話……236
三　ホワイトの文学的貢献……244
四　中国近代児童文学と児童観の再構築……253

第一〇章　一九世紀宣教師小説の文化解読……271
一　文化適応政策の継続……272
二　章回小説における問答体と中国、西洋文化の対話……277
三　宣教師小説の文化属性と近代歴史の背景における読書……281

付　録　一九世紀西洋人の漢語読本における小説……291
一　小説が漢語読本に採用……292
二　小説の改編と文体の独自の価値……300
三　漢語読本及び小説の伝播の文化的意義……310

あとがき……319
書名リスト……327
人名リスト……334

序論　宣教師漢文小説研究の現状

一　本書の研究対象

宣教師漢文小説（宣教師によって書かれた中国語の小説）とは、簡潔に言うと、訪中した欧米の宣教師が教義の宣揚や中国人の観念を変えるために、中国語を用いて創作、あるいは翻訳した小説のことである。これは大よそ明の末期から始まったもので、当時のイエズス会士は翻訳と創作を併用しながら、多くの寓言やヨーロッパ中世期の「道話物語」（exemplum）を、漢語それも多くは文言（文語文体）を用いて書いた。一九世紀以降は、プロテスタント宣教師の作品が主となり、形態としては白話（口語体）小説が多いが、簡単な文言や方言によって書かれた作品もある。宣教師漢文小説の内容は、大概、宗教的色彩が強く、聖書文学の範疇に属するが、明末以来の中国と西洋との文化交流という特定の歴史的背景において生まれた特殊な文学作品である。

宣教師漢文小説の誕生は、西洋の宣教師の中国当地化の布教政策と切り離せない関係にある。フェアバンク（John King Fairbank）は以下のように述べている。

外国の宗教が進展を得るためには、如何なる社会においても、必ずその地の社会の人々の需要に適応しなければならないが、どのように適応するか、誰に適応するのか、これは非常に難しい問題である。これらに対する答えは以下の要素をいかに定めるかによる。新たな宗教の教義をその地の習俗は相容れるか否か、その時の歴史的状況は如何なるものか、布教する方法はどのようであるか、である。[1]

布教戦略の選択と修正は初めからあったものではなく、それぞれの具体的な歴史的状況において、宣教師たちはその地の需要に基づき、中国人に合わせながら布教の手段を選んだため、その内容は様々であり、宣教師漢文小説は、まさに西洋の宣教師が中国での布教のために用いた文化適応政策を反映している。そのため、ある意味で、宣教師漢文小説は、彼らが中国の文化的背景において『聖書』の書き換えと解釈を行ったもの、といえる。ここで言う「文化適応」政策とは、広範囲な文化の層に着眼したものであり、異文化交流時の様々な現象や規律を解釈することであった。西洋の宣教師は中国社会の現実と向き合い、中国人読者の需要を理解してこれに適応しようと試みた。世俗的で手軽な読み物と宗教信仰の普及との間に微妙な平衡関係をもたらそうと努力したのである。

周作人[1]は文学の起源と宗教間の関係について、「文学は、本来、宗教の一部分だったが、両者の性質が異なるため、後に宗教の中から分かれて行ったのである」（『中国新文学的源流』「第一講　関于文学之諸問題」）と述べている。この指摘からも分かるように、『聖書』と小説の関係もまた密接であった。朱維之も『基督教与文学』の中で『聖書』が有する小説的特徴、および、それと後世の小説との関係について「いわゆる「小説」というものの誕生は近代に属するが、古代ヘブライの『聖書』の中には、近代の小説と類似した作品が少なからず存在している。（中略）『聖書』の中の物語は、最古の小説であり、各時代、各民族の中にあって人々を感動させる」と述べている。[2]

まさに、こうした『聖書』と小説の深い関係が、西洋の宣教師をしてキリスト教文化と中国の伝統的白話小説における文体との結合を可能にさせた。[3] 中国の白話小説は一種の大衆芸術であり、それには主として、短編小説と章回小説の形式をとる長編小説という二つの形式があった。[2] いずれも中国で広い読書層、深い影響力を有し、紙幅は長短自在で、とても柔軟性がある。小説の叙述者は、書場（寄席）で語られているという虚構の設定の中で、絶えず読者と交流し、小説の中で作者本人の見解を述べるために道徳的な評価を行うのみならず、小説の意味の解釈における権威として、しばしば作品中で強く勧善懲悪を説く言説を加えている。これらは疑いなく布教者の需要に符合していた。また、中国の白話小説における、通俗的で臨場感のある表現は、読者を楽しませるだけでなく、異文化を有する外国人の学習と理解にも役立った。そのため、小説と宣教師との間にある種の一致が生じることとなったのである。

宣教師の西洋小説翻訳の初期を辿ると、明の万暦から天啓の時期へ遡ることとなる。当時、イエズス会士は主に文言文を用いて、ヨーロッパの寓言と初期小説の一部分を訳述した。明万暦三〇年（一六〇二）、イタリアのイエズス会士のロンゴバルディ（Nicolas Longobardi）が編訳した『聖若撒法始末』は、初めて中国語に訳された西洋小説である。この書のギリシャ語とラテン語による訳本は中世期のヨーロッパで流行し、その影響は、北はアイスランド、南はイタリア半島にまで及んだ。ロンゴバルディはこれを中国語に翻訳し、一六〇二年に広東省の韶州（現在の韶関市一帯）で木版印刷により刊行したが、現存するのは、隆武元年（これは明の年号で、清の順治二年にあたる。一六四五）の張賡による改訂本である。

明万暦三六年（一六〇八）に、イタリアイエズス会のリッチ（Matteo Ricci）[3]が著した『畸人十篇』が北京で刊行された。これは〝阨所伯〟（即ちイソップ）の物語について初めて取り上げた書で、四つの『イソップ寓話集』とその他の西洋の伝説を翻訳している。

明万暦四二年（一六一四）には、スペインイエズス会士のパントーヤ（Didaeus de Pantoja）の『七克』が北京で刊行された。この書は『イソップ寓話集』を初めて「寓言」という言葉を以て命名した作品である。明天啓五年（一六二五）、フランスイエズス会士のトリゴー（Nicholas Trigault）訳、福建省、泉州出身の中国人宣教師である張賡筆録の『伊索寓言』の単行本『況義』は西安で出版された。その中には二二則の『イソップ寓話集』が収録され、各篇の構造はおよそ二つに分かれている。前の一つは〝況〟と称し、物語の翻訳があり、二つ目は〝義〟と呼び、物語から引き出された寓意を示している。

清順治二年（一六四五）、イタリアイエズス会士のアレーニ（Giulio Aleni）の『五十余言』は福建省で出版された。「冬蟬求糧」「鷹狐」「農夫議刈」といったイソップ物語や西洋の歴史、格言などを翻訳紹介した。順治一八年（一六六一）には、イタリア宣教師のマルティニ（Martin Martini）の『逑友篇』が出版された。この書の主旨は交友の道を論じることだが、一〇余りの寓言、逸事、古代史などが引用されている。その中には「犬入牛槽」「母猴誇子」「狼求水」と三つのイソップ物語が含まれている。イタリアイエズス会士のヴァニョーニ（Alfonso Vagnoni）が著した『則聖十篇』『童幼教育』『斎家西学』『達道紀言』『譬学』などには、部分的にいくつかの寓言が見えるが、他の書と比べると、簡単な描写となっている(4)。

総じて、イエズス会士はイソップ物語の原型についてはしばしばこれを保つか、書き換えるとしてもごく僅かに止めている。しかし、その寓意については、

会士は西洋伝統の足枷から離脱し、カトリックの角度から再考を試みた。そのため、ある種の物語について、中国において新たな解釈による布教のための詩学を創造した。このようにして形成された「イソップ寓話集」は、ある意味、ヨーロッパ中世の布教物語を継承し、通常、文学史上立派な貢献をなしたと見なされる(5)。

だが、歴史物語、名人逸事といった類の短編作は『世説新語』(4)の形式に類似し、意味深く、各寓言は風刺的なものを示唆している。一七世紀になると、イエズス会士が編訳した宗教題材の作品が現れた。たとえば、フランスイエズス会のパルナン（Dominique Parrenin）の『徳行譜』（一七二六年北京刻本が現存）やヴァニョーニの『聖人行実』

（一六二九）と『聖母行実』（一六三一）などがある。創作的な白話小説に至っては、目下見られる最も古い作品は、一七二九年にフランスイエズス会士のプレマール（Joseph de Prémare）が書いた章回小説の『儒交信』である。

以上で挙げた作品は、悠久たる文学史からいうと、微々たるものだが、中国明末の文人が西洋文学を知るきっかけとなり、明末の文学を豊かなものにした。同時に、中国と西洋文学が接触した歴史を明代の万暦年間にまで遡らせたことから見ても、中国と西洋の文化交流史における意義は極めて大きなものであった(6)。

一九世紀以来、プロテスタント宣教師が訪中し、カトリック宣教師よりもさらに柔軟かつ積極的に中国本土の文化に適応しようと試みた。彼らは世俗文学を通じて布教し、宗教の伝播と世俗的な文化活動を一体化させた。特に文字を活用した活動に力を注いだ。これは当時の困難を打破するために行った戦術である。

一八三五年四月二八日、アメリカコネチカット州のウェズリアン大学の宗教徒が布教団を設立し、中国への布教を希望し、その理由を以下のように述べている。

中国は布教に適している。今この時、中国の道理に対する興味は地球上のいかなる国よりも勝っている。人口は三億六七〇〇万人。学び易い通俗言語を共有しており、それは普通の人が想像するほど難しくはなく、すでに現在多くのキリスト教の書籍が中国語で書かれている。中国ほど文字の影響を受けての改革が速やかに行われる国はない。ある会はすでに中国で活動し、中国政府は、実際には宗教と西洋人を受け入れることを認めている。中国の道徳の状況は強烈に布教を求めていることが明らかで、これは中国へ行き布教をするための力となっている(7)。

一八三九年にアメリカから来華した宣教師のブラン（瑪卡雷・布朗）は次のように述べている。

単純な布教では多くの進展を得られないであろう、なぜなら、宣教師は各領域で「無知」なる官吏らの妨害を受けているからである。学校ではこのような「無知」をなくすことができるが、しかし、短期間で、この広く人口の多い国において、少数のキリスト教学校では何ができるだろうか。それは他でもなく書籍や新聞を出版することである。(8)

プロテスタントの教えは、アヘン戦争後、大量に中国へ伝わった。この時期、一九世紀におけるプロテスタントの自由主義的な神学は、自由で理性的な研究を主張し、強調したのはキリスト教徒の倫理と普遍的な人道の一致であって、教条的神学理論ではなかった。そのため、プロテスタント宣教師は中国文化や中国の伝統的小説をより柔軟に受け入れようという態度を示した。プロテスタント宣教師は、小説には社会を変える力があり、紙幅の調整がきき、充分かつ柔軟に教義を解析し得る、と考えていた。また、小説が有する叙事性と言語上の特色により、さらに一般の読者に易しく楽しく受け入れられ、福音の伝授には頗る効果がある、とも考えていたため、小説の文体が広く用いられたのである。そしてこれが正に今日見ることのできる宣教師漢文小説の作者の圧倒的多数がプロテスタント宣教師であることの原因である。これに関しては、アメリカ北長老会の宣教師であるレイド（Gilbert Reid）が明晰な解釈をしている。(9)

西洋人が中国の問題に対処する場合、必ず中国人の性情に随わねばならない。……今天下のことを談じて、西洋の方法を中国に適用するのに、中国を富強にすると言えばただちに受け入れられるとするのは、決して正しくはない。蓋し法は善であっても、必ず其の人心と、風俗とも合致し、人々にそむかれることがないときにこそ採用される。従って、善く法を用いる者は、まず必ず現地と相宜しきようにしてから動き、住民を感化し、後に法を普及する。

この他、特に重要なことは、一九世紀の西洋の神学自体も変化の最中であった、ということである。近代科学の発展に伴い、科学的な理性が宗教に対する巨大な圧力を生み、宗教の旧形式はすでに問題となっていたため、新たにキリスト教の有効性を確立する必要があった。そこで、『聖書』を用いた布教に努力が注がれるようになった[10]。

このような背景の下、一九世紀後期、イギリスとアメリカの文学的な宗教著作の数が明らかに増加した。特に児童を対象とする福音小説、童話、寓言物語が大量に現れた。これらの作品もさらにプロテスタント宣教師によって中国語に訳述され、中国の読者の中で広まった。

一八一九年に、最初のプロテスタント宣教師の漢文小説が出版された。ロンドン宣教師協差会のミルン（William Milne）による『張遠両友相論』である[11]。これ以降、プロテスタント宣教師の漢文小説が、次々と創作された。これらの作品は白話文、あるいは浅文理と言われる通俗的な文言、または方言によって書かれている。ある一篇の小説は、白話文だけでなく、浅文理や方言で書かれたものがそれぞれ出版された。その内容としてはおよそ宗教の範疇を出ることはなかったが、小説として、架空の人物とプロットによって教義の解釈を表現している。

プロテスタント宣教師小説の発展は大きく分けて二つの時期を経た。一つは一九世紀の五〇年代以前の小説を主としたものである。これはミルンの『張遠両友相論』以外に、代表的なものは、ギュツラフ（Karl F. A. Gützlaff）の『贖罪之道伝』『常活之道伝』『是非略論』『正邪比較』『誨謨訓道』『小信小福』『悔罪之大略』や、レッグ（James Legge）の『約瑟紀略』『亜伯拉罕紀略』や、F・ゲナール（Ferdinand Genähr）の『廟祝問答』『金屋型儀』。さらには、クロフォード夫人（Martha Crawford）の『三個閨女』などがある。早期の作品は、形式上、中国の伝統的な章回小説をできる限り模倣し、内容の多くは成人を対象とした教義にまつわる論争であり、ほとんどが単行本である。

一九世紀の五〇年から八〇年代の間で最も重要だと思われる創作された小説は、グリフィス・ジョン（Griffith John）の『引家当道』である。しかし、この時期の宣教師は、各布教組織が出版した著名な物語を翻訳紹介するものが多く、幾度も翻訳された作品もある。また、文言文、官話、方言などを用いて再訳されたものも多くある。[12] 代表作は、バーンズ（William Charlmers Burns）が訳した『天路歴程』、ドリトル（Justus Doolittle）訳の『鐘表匠論』などがある。また、キース夫人（Caroline P. Keith）の上海方言を用いた訳本の『亨利実録』と、ブロジェット（Henry Blodget）の官話で翻訳した『亨利実録』も有名である。さらには、H・S・C・ネビウス（Helen S.Coan Nevius）訳の『孩童故事』、M・H・ポーター（Mary Harriet Porter）訳の『両可喩言』『安楽家』『除霸伝』『閨娜伝』や、グリフィス・ジョン翻訳の『紅侏儒』などがある。

中国人読者の西洋文学に対する理解が高まるにつれ、宣教師漢文小説の風格は中国文化への同化から異化へという逆の軌跡を辿った。西洋から来た作者は、次第に中国の伝統小説の形式に同化することにこだわらなくなり、或いはこれを採用しなくなっていった。文学上の形式と技巧において、より西洋文化と文学の要素を残し、内容も宗教的なものからそれ以外へと広がりを見せ、主に児童を対象とするようになった。出版の形式は、まず定期刊行物で連載してから、単行本として出版することが多く、翻訳が創作よりも多い。このような傾向は一九世紀の九〇年代からより強まっていった。

注目に値することは、この時期、多くの女性宣教師の翻訳者が出現したことである。たとえば、ホワイト（Laura M. White）、マクギリヴレイ夫人（Mrs. Donald MacGillivray）、デュボース夫人（Mis.H.C.Dubose）、クロスセット（Mrs. Mary M.Crossette）、A・H・マティーア（Ada Haven Mateer）、H・S・C・ネビウスなどである。彼女たちが手掛けた翻訳作品は、主に一九世紀のイギリス、アメリカ女性作家の優れた児童文学である。この他、I・G・ゲナール（Immanuel Gottlieb Genähr、ドイツ礼賢会の宣教師、F・ゲナールの息子）、メイソン（Isaac Mason）らも、多くの作品を残した翻訳家として知られる。

ここで、明らかにしておかなければいけないことは、宣教師漢文小説の中の大部分は訳述である、ということである。ただし、宣教師が訳した小説は明らかな特殊性と、研究価値を有し、その翻訳は純粋な言語学上意味のある翻訳（＝移し替え）ではなく、文化の翻訳であり、西洋の宗教文化に対する解釈とそれによる再生である。それはまさにベンヤミンが『パサージュ論』で指摘したように、「一つの作品は、もし翻訳といった仲介を経なければ、早々に命を失うかもしれない」ということである。翻訳を経てこそ、しかも一度に止まらない翻訳を経てこそ、その作品は終始生命力の満ちたものと成り得る、ということである。時には、他の言語に翻訳されるたびに、原作に内在する価値を失ったり、曲解や誤読を被る可能性はあるが、最終的に、異なるカルチュラルコンテクストにおいて、原作者が初めに予測しえなかった新しいものを生み出す可能性がある。(13) 西洋の宣教師は中国文人との協力や西洋宗教と中国文学の間の転換を経て、二つの文化間の対話と相互影響関係を実現させ、その結果新たな文学を誕生させたのだ。

中国の文人にはかねてから原文と訳文という概念が欠如しており、翻訳が原著に忠実か否かは全く問題にならなかった。だから、明末のイエズス会士の「訳」は常に「書く」に等しかった。たとえば、リッチの『畸人十篇』は、部分的にはスペインのエステラ（Diego de Estella）の『浮世論』（Tratado de la Vanidad del Mundo）を底本としている。だが『畸人十篇』において、エステラの論述は、しばしばリッチと中国士人の対話の中に組み込まれてしまっており、そのため原作を、中国と西洋文化が合体した新たなテクストに変化させている。(14)

一九世紀以降、宣教師の翻訳小説の数は多く、影響は甚だしいものがあり、より一層その存在を無視するわけにはいかなくなった。これは正に樽本照雄が次のように指摘したとおりだと言える。

もし清末民初の時期の翻訳小説を排斥したら、近代小説のすべての内包を把握するすべはない。(15)

しかしながら、近代宣教師の文学的貢献を全面的に考察するのは難しい。宣教師の翻訳は少なくとも訳述、書き換え、書き直し、縮訳、転述、文章風格の調整などを含んでいる。特に一九世紀中期以前の作品は、章回小説の形式を借りているだけなので、訳者の個性が大いに発揮され、畢竟翻訳か創作かの判断が難しくなってしまっている。イギリスの牧師であるグリフィス・ジョンは、彼が訳した小説『紅侏儒』(5)の跋文でこのことについて述べている。

私は欧州で袖珍本を見つけた。それはピアース（Mark Guy Pearse）が著した本で、赤いこびとの物語であった。婉曲でありながら深奥で、豊穣ながらも端正であり、何度も読み、多くのことを悟った。そこで私は壬午（光緒八年、一八八二）の桂秋に中国語へ翻訳した。時に冗長な文を削除し、時には華麗さを以て装飾し、時に古きを新しきに変え、時に更に強く強調した。そのため、原文に基づいた訳は行っていない。この作品は翻訳とも言えるし、創作とも言える。半々の要素があると言ってもよい。いずれにせよ、訳か著作かを問わないで頂きたい。一言一句、全ては私の責任において書かれたものである。

このような翻訳者の手法は注目に値する。王徳威は、「翻訳」を清末の現代性を述べるための重要な切り口であるとし、翻訳と清末の「現代」という話題の間の様々な関係について重点的に論じている。(16)

キリスト教文化は、西洋文学の重要な要素である。西洋宣教師が翻訳紹介した布教小説を考察することで、キリスト教文化の、中国文学や文化に対する内在的な影響を理解することができる。そして、中国伝統文学の体系の解体と中国現代文化の体系の構築過程を考察することで、中国の新文学の起源、発生、発展を追究する助けを得ることができる。ゆえに、本書は宣教師の翻訳小説をも考察の範囲に入れることとする。

二　宣教師漢文小説の学術研究の価値と現状

一九二〇年から一九三〇年代以来、布教研究が神学の枝分かれとなったのに伴い、研究者たちは、キリスト教の中国への伝播が布教方法の一つと成り得るのかについて討論をするようになった。特に第二次世界大戦後、学者たちは「適応」(accommodation)と「調和」(adaptation)という二つのモデルを巡って論を展開させた。(17)

キリスト教の中国における伝播は、通常、独特な文化交流と見なされ、その内、儒家の学説とキリスト教の関係は、研究上の一つの重点であった。学者らはこれに対して「合儒」「補儒」「超儒」などといった見解を提示した。キリスト教神学の角度から見ると、宣教師の漢文小説は、キリスト教の中国布教史の研究に新たな案例と資料を提供した。宣教師の漢文小説の出現は西洋宣教師の布教理念の変化を意味し、彼らは中国民衆の通俗的な読み物に対する需要を利用して布教を行った。そして、この結果、多くの方面に影響が現れた。自覚のないまま一連の文化適応の布教方法が形成され、これによって本当の意味で異文化交流の客観的な法則に抵触するに至ったのである。

宣教師漢文小説も宣教師の他のジャンルの中国語著作と同様で、往々にして儒家の学説からキリスト教の布教に有利な記述を探し求め、キリスト教が中国人読者の内心に入り込む通路とした。小説にも大量に儒家の経典を引用し、儒教を以てキリスト教を解釈したのみならず、簡単なしかし目を引く方法を多用した。儒家の論点を直接的に聖書の教義と並列させて、両者の考えが同じであることを示したのである。

彼らは宗教の専門用語を翻訳する際には、なるべく儒家の典籍から対応する言葉を探すように努めた。同時に、中国の文化伝統、民族習俗、および礼儀を尊重することを心がけた。中国人読者の読書習慣と美意識に適応するため、宣教師たちは、中国の伝統的な章回小説を模倣し、白話を用いて小説を書いた。そして、書場(=寄席)で語られた物語という設定のもと、時に読者に対しても、講釈師が聴衆に呼びかける「看官(お聞きの皆様)」を用いた。また、白話小説の最も典型的な叙述法に従い、回目や楔子を加え、講釈師の常套語を巧みに操った。たとえば、「話説」(さて)、「花開両朶,各表一枝」(この二つの内、まず一つをお話しいたしましょう)、「欲知後事如何,且聴下回分解」(その後どうなったかを知りたければ、次の回をお聞きください)などはいずれも、講釈師が寄席で観客に直接語りかける決まり文句である。また、この他に小説に用いられる韻文(詩詞、四六駢儷文)、典故なども盛り込んだ。

実際、効果的な布教戦略を発展させる過程において、宣教師たちは彷徨や猶予を余儀なくされたばかりではなく、激しい矛盾や闘争さえも経験した。たとえば、プレマールはイエズス会の『旧約聖書』索隠派神学の代表的な人物である。[6] 彼は中国の古典における史実の信憑性を信じ、中国の典籍の中から原始的宗教の根源を見出し、キリスト教信仰の奥義を探すことが可能であると考えた。彼の小説『儒交信』は、まさにカトリックと儒学との調和の実現を試みた作品である。それは中国の民衆により適した布教方法を築くためであった。プレマールの著作の戦略が表した異文化に対する寛容さをイエズス会は警戒し、教会内部では大きな論争が巻き起こった。それ故、プレマールの見解は普及せず、その結果、『儒交信』は結局出版されず、ここ数年に至ってようやく学者に発掘され、二〇〇三年に北京大学の宗教研究所が整理し出版した。

文学の角度から見ると、宣教師漢文小説を注目する原因は、時間的にみて、それらの小説は一九世紀九〇年代に中国人が翻訳した『福爾摩斯短編小説』[7]、林紓が訳した『茶花女』[8]よりもさらに早いことにある。また、その数も多く、中国小説に直接影響を与え、中国小説の中に新たな領域を確立させた。[18] これらは、本来、宣教師の布教に用いる文学的な冊子であったものが、知らず知らずの内に、初めて国外の小説を中国へ翻訳し紹介するという責務を担い、外国の小説を中国へ導入する一つのきっかけとなった。

バーンズが翻訳した『天路歴程』は最も早く中国で紹介された西洋の長編小説である。周作人はこれについて以下のように述べている。

> この文章は力強く簡潔で、文意も麗しい。故に、教義を宣揚する中で民の心へ深く入るとともに、近代小説の先駆的作品となった(19)。

バーンズは翻訳時に、客観的に、原作の叙述者の視点をそのまま運用し、原作の一人称の叙事形式を完全に留めている。リチャードが翻訳した『回頭看紀略』は、維新人士に理想的な社会の模範を提示しただけでなく、清末士人が理想小説を著作する先駆けとなった。『百年一覚』における未来の大同社会への夢想は、直接的、あるいは間接的に梁啓超の『新中国未来記』（一九〇二）や旅生の『痴人説夢記』、植民小説の『氷山雪海』（一九〇六年。著者を題さず）、碧荷館主人の『新紀元』（一九〇八）、陸士諤の『新中国』（一九一〇）などの作品に影響を及ぼした。小説の中で描かれているボストンの大きな夢は、当時新たな物質文明の環境におかれた上海の文人と、彼らの作り出す都市の物語に対する影響をも生み出しているため、清末の上海文化の考察に関しても、同様に潜在的価値がある。

この小説には時間の概念においても根本的な変革が生じていた。それは、

> 古代の循環する時間という概念から、近代の西洋式の時間概念、すなわち過去から現在を経由して未来へと直接進むという概念に変わった。そのため、着眼点は過去ではなく、未来にある。故に、未来に対してユートピア式の憧憬が生じたのである(20)。

この他、宣教師の小説の文体そのもの、また白話文の積極的な提唱と運用、白話小説の探索的な実験は、白話文運動の先駆けとなり、中国と西洋の文学と文化、宗教と文学の間に多重的な衝突と交流を生じせしめた。この点を学術的に研究する価値は大いにある。朱維之は『中国文学底宗教背景——一個鳥瞰』において次のように評論している。

ここ最近の百年をみると、プロテスタントが来てから、キリスト教学者の気風は変わってしまった。彼らは中国に来るとすぐに『聖書』の中国語への翻訳を試み、詩歌やエッセイなどの西洋の宗教文学を中国語へ翻訳した。驚くような成果はなかったが、中国の新文化運動の先駆けとなった。胡適、陳独秀らが白話文を提唱する前から、キリスト教徒はすでに官話や方言を用いて、最も尊敬してやまない『聖書』の翻訳を実行していた。ピンイン文字が提唱される前に、彼らは早々とアルファベットを使って『聖書』を印行していた。[21]

キリスト教文化と中国文学の出会いは最終的に五四以降に開花し、再生された。許地山、冰心などをはじめとする多くの現代文学作家に影響を与え、独特な宗教的色彩のある文学を構築した。

実際、『聖書』の文学的価値は、五四以後の中国学者の注目を受け、これに関連する研究や評論が次々と現れた。一九二一年一月一〇日、周作人は『小説月報』[10]で「聖書与中国文学」を発表し、『聖書』の文学的意義について述べた。その後、すぐに梁指南が翻訳した「英文聖経之文学価値」が『北新』[11]の第二巻第一四期に収録された。一九二二年一〇月一〇日、『小説月報』ではイギリスのハドソン教授（Prof. W. H. Hudson）著、湯澄波、葉啓芳共訳の「聖経之文学的研究」が掲載された。一九二五年一二月二一日の『語絲』第八五期では董紹明訳述の「聖書作文学書読的建議」が発表された。一九二九年一二月二二日、趙景深は『文学周報』[12]の第三八〇期に「浪漫主義与基督教」を発表し、ロマン主義とキリスト教の密接なる関係について論じた[22]。

朱維之はキリスト教文学の研究に尽力し、一九四〇、五〇年代に『基督教与文学』『文芸宗教論集』、さらには『聖経文学十二講』などを著した。これらの研究は多くが『聖書』を基にし、その文学的価値について討論したものである。一九九〇年代中期以来、キリスト教と中国文学の研究は大きな進展を得る。馬佳『十字架下的徘徊』（学林出版社、一九九五）、楊剣龍『曠野的呼声』（上海教育出版社、一九九八）、王本朝『二〇世紀中国文学与基督教文化』（安徽教育出版社、二〇〇〇）、梁工主編『基督教文学』（宗教文化出版社、二〇〇一）などがある。

現時点での最新の研究には、許正林の『中国現代文学与基督教』（上海大学出版社、二〇〇三）、劉麗霞の『中国基督教文学的歴史存在』（社会科学文献出版社、二〇〇六）、陳偉華の『基督教文化与中国小説叙事新質』（中国社会科学出版社、二〇〇七）などがある。これらの著作はキリスト教文化の二〇世紀以来の中国現代文学に与えた影響について重点的に論じている。但し、『聖書』の中国での翻訳、移動、受け入れ、再生に関しては、視野をより早期の宣教師の漢文小説に広げる必要がある。

しかしながら、宣教師の漢文小説の研究状況は楽観できない状況にある。宣教師漢文小説が生まれてから、中国の読者の中では、特に文人、学者に重視されずにきたが、その原因は多方面に及ぶ。

まず、これらの作品が含む強い宗教的色彩と近代における中国の特殊な歴史的背景、特にキリスト教そのものが中国の知識層には受け入れ難かったということに大きな原因がある。それは一八八〇年、李鴻章[13]が公然とリチャード（Timothy Richard）に対し、「信徒は生活のために信仰し、教会が彼らを経済的に支えられなくなると、すぐに棄教する。そのことで分かるように、中国人の信徒の中に本当の読書人はいない[23]」と指摘したことからも分かる。

そのうえ、宣教師たちがあらゆる手を尽くして中国語の表現力を高めて執筆し、中国人の助手に文章の添削を頼んでも、もともと小説は高い知識階層の文士におおっぴらに読まれることはまずなく、ましてこれらのキリスト教的小説の評論、研究、所蔵などはもってのほかであった。この結果、宣教師漢文小説は、長い間、文学研究者と小説研究者に注目されることがあまりなかっただけでなく、この現状には今もなお大きな変化はないため、現存する重要な小説目録には、宣教師漢文小説がほとんど加えられていない。

第二に、宣教師漢文小説のテクストの散逸が甚だしいことがある。多くの小説、とくにプロテスタント宣教師の初期の作品は民衆に無料で贈呈している上に、しかも大半が粗雑に造られたと思われるような作品で、芸術性にも乏しく、叙事文学として、宣教師漢文小説の芸術的価値は低い。同類のテクストからの無節制で簡単な複製と勝手な模倣が、文学作品の精緻な描写に取って代わり、平面化して芝居の隈取りのように類型化した人物形象が人物の心理や性格を表す深くリアルな描写を喪失させてしまっている。また、章を分けて教義を解したことにより、物語のプロットの展開と作品の内在的な結合を害し、離散的な構造がまとまりのある深い構造に取って代わってしまっている。これらのいい加減に造られたかに思える無料の読み物は、宣教師漢文小説の所蔵価値と研究価値を大幅に減少させ、散逸するに至ったのである。現在、主にオクスフォード大学図書館、大英図書館、ハーバード大学図書館に所蔵されているものの、多くの原作は手に入れにくいため、研究は難しい。

第三に、著者や題材が特殊であることも研究の足枷になっている。そして、著者が西洋の宣教師であるため、作品を文学、宗教のいずれの範疇に置くべきか、時として判然としないのみならず、中国小説なのか外国小説なのかも判断し難く、文学研究者を困惑させてやまない。だが、これらの小説の文化史における意義は、その文学史的意義よりもはるかに上回っていることは明白である。しかしながら、宗教研究者にとって、宣教師漢文小説は教義を宣揚する補助的、補充的な文学の読み物にすぎず、その過度に雑駁な形式と文学的虚構は宗教著作として研究するのに適さないように思える。そのため、これらに対して口を閉ざしていたのである。このようにして、宣教師漢文小説は学術研究の隅へ、ひいては研究者が空白の場所へ置き、誰も手をつけなかったのである。

宣教師漢文小説は、当時、読者がいなかったわけではなく、発行数からみると、宣教師漢文小説の数は少なくない。『張遠両友相論』は数十年間絶えず改訂再版され、版本は三〇以上あり、高い支持を得ていたことを十分に証明しうる。韓国の崇実大学の呉淳邦教授は宣教師漢文小説の韓国語訳本を発見し、宣教師漢文小説の伝播は少数の中国教徒の範囲に限られず、より広い範囲、ひいては韓国でも長期に渡って伝播していたことを証明したことも注目に値する。

早期のカトリック宣教師の漢文小説の研究は早くから進められていたため、当初、プロテスタントよりも中国語著作の整理と出版が容易であった。明、清時代のカトリック教徒による中国語著作はパリのフランス国家図書館、上海徐家匯蔵書楼、ローマのバチカン図書館の所蔵がもっとも豊富である。ローマのイエズス会資料館にも多くの明、清時代のカトリック宣教師による中国語の文献が収められている。これらの文献は次々と影印、出版された。二〇世紀六〇年、方豪影は『天学初函』を影印し、呉相湘主編の『天主教東伝文献』『天主教東伝文献続編』『天主教東伝文献三編』を出版した。一九九六年、ベルギーのルーヴァン・カトリック大学のスタンダート（Nicolas Standaert S.J.）、ドュディンク（Adrian Dudink）教授と台湾清華大学の黄一農教授、中央研究院史語所の祝平一研究員などが『徐家匯蔵書楼明清天主教文献』を編集し、輔仁大学神学院から影印出版した。二〇〇二年、スタンダートらは『耶蘇会羅馬檔案館明清天主教文献』を編集し台北利氏学社から出版した。[24]

二〇〇三年、北京大学宗教研究所は、鄭安徳が編集した全五巻の『明末清初耶蘇会思想文献彙編』を改訂し再版した。その中で収録している文献は主としてフランス国家図書館とバチカン図書館所蔵資料に基づいている。この他、中国宗教歴史文献集成編纂委員会編纂、王秀美、任延黎主編の『東伝福音』は二〇〇五年に合肥の黄山書社から影印し出版された。唐から民国までの三八〇余りの文献を収録し、キリスト教ネストリウス派、カトリック、プロテスタント、ギリシア正教などについて言及している。その内、カトリックとプロテスタントの文献と著作が特に多い。これらの文献は宣教師漢文小説研究にとって大いに有益であることは疑いないが、目下の研究は、やはり主として寓言に集中している。

明末清初に訪中したイエズス会士が翻訳紹介したヨーロッパの寓言については、一九二五年に日本人学者の新村出が「漢訳伊曾保物語」[25]という文章を発表している。その後、戈宝権、李奭学、張錯、顔瑞芳、陳慶浩などの学者がそれぞれ研究成果を発表した。戈宝権は『中外文学因縁』[26]を著している。李奭学は「希腊寓言与明末天主教東伝初探」（一九九一）、「故事新詮——論明末蘇耶会士所訳介的伊索式証道故事」（二〇〇〇）などを発表し、その後、一つに纏めた『中国晩明与欧洲文学——明末耶蘇会古典型証道故事考詮』を出版した[27]。張錯は論文「附会以教化——〈伊索寓言〉中訳始末」を発表した[28]。顔瑞芳は「論明末清初伝華的欧洲寓言」と題した論文を発表した[29]。

陳慶浩の目下の仕事は、主にフランスでカトリック宣教師の漢文小説を探すことであった。彼はフランス国家図書館でプレマールの章回小説『儒交信』、ロンゴバルディ編訳の『聖若撒法始末』、パルナン編訳の『徳行譜』、およびヴァニョーニの『聖人行実』『聖母行実』などの原著を発見した。二〇〇五年、台湾の嘉義大学で行われた中国の小説と戯曲の国際学術シンポジウムにおいて、陳慶浩は「新発現的天主教基督教古本漢文小説」を発表した。

プロテスタント宣教師の小説が注目されるのには時間を要した。二〇〇〇年一二月ハーバード大学のハナン（Patrick Hanan）は『哈仏亜洲研究学報』において「一九世紀中国的伝教士小説」（The Missionary Novels of Nineteenth-Century China）を発表した[30]。論述の対象はプロテスタント宣教師の漢文小説である。この頃から、この領域の研究が次第に行われるようになった。韓国の崇実大学の呉淳邦、復旦大学の袁進、および筆者は、作品の調査とテクストの収集整理という難関の仕事に取りかかった。呉淳邦は宣教師漢文小説の韓国語翻訳本の研究に力を注ぎ、第三回中国古代小説国際シンポジウム（二〇〇六年八月一三日〜一八日、中国、哈爾濱市）に最新の研究成果として「一九世紀伝教士中文小説在韓国的伝播与翻訳」を発表し、『張遠両友相論』『引家当道』『贖罪之道伝』などの宣教師漢文小説の韓国語訳本を紹介した。また、リチャード編訳の『喩道要旨』の発見も報告した。袁進は宣教師漢文小説と清末白話文運動、五四期白話文運動の内在的関係を探求し、西洋宣教師の中国近代文学変革に対する影響はひどく過小評価されているとし、新たに現代文学の研究視野を調整する必要があると主張した。(31)台湾の成功大学の王三慶が発表した論文「東西交流史上漢文小説所表現的文化衝突」も宣教師漢文小説について言及しているが、新たな発見はなく、主に陳慶浩、呉淳邦、およびハナンの研究成果を引述している。(32)

筆者は近年オクスフォード大学、大英図書館、ハーバード大学図書館、上海図書館、中国国家図書館などで調査を行い、書目文献の収集整理を行っている。同時に、具体的な歴史文化的背景から宣教師漢文小説を解釈し、具体的で詳細な研究を試みている。主に「一九世紀伝教士小説的文化解読」「第一部伝教士中文小説的流伝与影響——米憐〈張遠両友相論〉論略」「一九世紀中国的独特文化存在——郭実臘的小説創作与評論」「一九世紀西人小説中的白話実験」などの論文を発表している。

三　本書の研究と難点

近年、宣教師に関する研究は大きく進展し、成果を上げているとはいえ、宣教師漢文小説の範疇だけに絞ると、やはり、十分に研究が行われているとはいえず、埋めるべき空白は多い。時には、基本的な書目さえ乏しいというのが現状である。これは中国と西洋の文化交流史、中国宗教史、中国小説史、中国翻訳史の角度からいうと、極めて遺憾である。そのため、本書は宣教師と「西学」（西洋の学術・文化）の中国への伝来の関係を総括的に研究するのではなく、研究対象をより具体化させ、研究の深度を深めることを目的として、執筆した。

ハナンが著した『中国19世紀的伝教士小説』は、現在「宣教師漢文小説」を研究する上で最も重要な基礎文献であると言えるが、補うべき点も明らかに存する。この著作は紙幅が限られているため、記述がやや概括的であり、また、論述の年代を厳格に一九世紀の長編小説だけに限定し、短編小説を視野に入れていない。また、彼自身が「プロテスタント宣教師の作品に集中している。なぜなら、資料の出所の情報を得やすいからである(33)」と認めているように、文献資料の制約から、カトリック宣教師の作品に触れていない。

カトリック宣教師の小説が比較的希少であったのは、客観的な原因があった。カトリックの出版制度は厳格で、いくつもの審査を通過しなければならなかった。しかも、学術的伝統も厳格で、宣教師の中で白話文の小説を書く者は少なかった。たとえ作品が完成しても公に出版されるとは限らなかったのである。しかし、ハナンも、これはカトリック宣教師がこのような作品を書いたことがないことを意味するのではない、と認めている。ハナンが推測したカトリック宣教師による漢文小説の総数は約二〇種類であるが、この数は明らかに少ないし、長編についてだけでいえば、ハナンは数種類の作品しか言及していない。ハナンのこの『中国19世紀的伝教士小説』の意義と学術的な価値は、著者が宣教師漢文小説という新たな研究課題を提示した点にあると思われるが、書目文献の整理を行い、その全貌を明らかにしたわけではない。このような状況を踏まえるならば、我々は新たに宣教師漢文小説の著作・出版量の統計をとる必要があることは明らかである。宣教師の漢文小説の作品の数は一九世紀末から二〇世紀初めに頂点に達し、前期の作品を継承し、かつ新しい特徴を有しているが、その中で注目すべき傾向がある。それは、女性宣教師がこの時期の非常に重要な創作メンバーとなっていたことである。

カトリック宣教師の漢文小説の収集は困難だが、可能な限り試みるべきである。もしこれらの作品を排除してしまえば、宣教師漢文小説の発展における総体的な状況を把握し難い。ただし、明末のカトリック文学における翻訳や紹介についてはすでに多くの学者が研究を試みているのに対して、一九世紀以来のプロテスタント宣教師の小説は、数が多く繁雑で、整理と研究がほとんど行われていないため、本書はやはり後者を論述の重点とする。

筆者がこれまで収集した資料に基づくと、一つの小説の異なる版本、たとえ、それが同じ小説をそれぞれ白話、文言、或いは方言によって書かれたもの、異なる時期の書き換え、改訂、削除などにより違いが明らかなものであっても、それらを一切数に入れない場合ですら、宣教師漢文小説の数は二〇〇種類を超える。

目下、宣教師漢文小説の研究で最大の障害は文献である。故に、宣教師漢文小説の書目文献整理は差し迫った作業である。これは、さらなる研究を行うための基礎であり、また前提でもある。一九世紀後期には、すでに宣教師の中国語著作の編目が存在する。最も早く在華キリスト教の各教会の漢文書籍の出版目録を編纂したのはワイリー（Alexander Wylie）である。彼は一八四七年に訪中した。初めは墨海書館で就任し、その後、江南制造局翻訳館[14]、格致書院[15]、大英聖公会などに勤めた。彼が編纂した『来華基督教伝教士紀念冊——附著述目録』（*Memorials of Protestant Missionaries to the Chinese: Giving A List of Their Publications, and Obituary Notices of the Deceased, with Copious Indexes.* Shanghai: American Presbyterian Mission Press 1867）は各作品の簡単な要約を行っている。たとえば、その中にはギュツラフの六一の中国語著作が収録されており、それにはギュツラフが創作した漢文小説も含まれている。一八七六年、中国の税関はワイリーに目録を増訂するよう求めた。この増訂した目録は全部で一三六項目あり、同年の一八七六年に、アメリカのフィラデルフィア博覧会の報告書の付録の中で発表された（*Catalogue of the Chinese Imperial Maritime Customs Collection at the International Exhibition, Philadelphia, 1876*. published by the Inspectorate General of Customs, Shanghai, 1876）。

これを受け、中国の税関は一八八四年のロンドン国際健康博覧会で中国語の図書を展示し、書目の『国際健康博覧会中国征集展品図解目録』（*Illustrated Catalogue of the Chinese Collection of Exhibits for the International Health Exhibition, London, 1884*, China Imperial Maritime Customs Miscellaneous Series No.12, London: William Clowes and Sons.1884）を作成した。これは一八五〇年から一八八三年までの間に中国語に訳された四八六種の図書を収録している。

中国税関の措置は、一八七七年に上海で開かれた在華宣教師第一回大会において、ある決議の決定を促した。即ち、中国語で書かれたキリスト教関連の書籍と刊行物（新聞、雑誌、パンフレットなど）の目録の出版である。このために、すでに出版した宗教関係の書籍や論文の情報を収集し、書籍を整備し、分類目録を作成することとした。しかも、これは随時増訂することとした。[34]

しかし、一八八二年になっても、この決議は依然として実施されなかった。なぜなら、その年は、聖教書会インド代理人のマードック（John Murdoch）が訪中し、中国基督教文学の報告書（*Report on Christian Literature in China, with a Catalogue of Publications*, Shanghai: Hoi-Lee Press、一八八二）を提示したからである。マードックはその中で、「一般的に、現存するキリスト教漢文書籍の大半を宣教師たちは知らなかった、と考えられている」と指摘し、彼はその報告書の後に書目を附した。そして後に、カナダの宣教師であるＤ・マクギリヴレイ（Donald MacGillivray）がこの仕事を自ら進んで行い完成させた。Ｄ・マクギリヴレイは *New Classified and Descriptive Catalogue of Current Christian Literature, 1901.*（上海、一九〇二）を編纂した。この書目についてはさらに一九〇七年に同じ標題でより詳細な改訂版を出版した。

クレイトン（George A. Clayton）によって編纂された中国語の書目『基督聖教出版各書書目彙纂』（漢口、聖教書局、一九一八）は二四〇〇余りの書目を収録している。この書目は教会人士の賞賛を大きく得た。というのは、

これは以前出版した目録と大きな違いがある。以前の目録は英語で、目録の中で掲載された書名は中国語と英語を並列しているが、最近、この索引を中国語版と英語版の二つに分け、英語版は英語で説明し、中国語版は中国語で説明しており、とても厳密に対応している。また、書籍を必要とする人が直接検索することができ、宣教師の紹介を通す必要がない。以後、全ての書目をこのようにすべきである。

その他、『協和書局図書目録』[16]（*Catalogue of Chinese Books Sold by the Mission Book Company*）が一九二一年一〇月に上海四川北路総発行所から発行された。また、『中華基督教文字索引』（中国語と英語）およびその続編（*A Classified Index to the Chinese Literature of the Protestant Christian Churches in China*）が一九三三年、一九三六年、一九三八年にそれぞれ上海広協書局から版本が出ている。一九二二年には、フランスの漢学者であるペリオ（Paul Pelliot）が編纂した『梵蒂岡図書館所蔵漢文写本和印本書籍簡明目録』（*Inventaire sommaire des manuscrits et impreimes chinois de la Bibliotheque Vaticane*）[35]も参考に値する。これにはバチカン図書館所蔵の漢籍とプロテスタント、あるいはカトリック宣教師の中国語著作の書目を収録している。上述した書目は当然の如く全て重要だが、これらはあらゆるタイプの書物を収録しており、宣教師の漢文小説を専門的に編纂した者はいない。

筆者は宣教師漢文小説の簡単な目次を作成し、近代に渡中した西洋宣教師が書いた漢文小説に対して初歩的な書目整理を行い、さらなる研究のための基礎とした。同時に、現存する小説の書目、および文学資料の不足を補った。たとえば、ミルンが著した『張遠両友相論』は多くの書目がこれを収録しているが、一種類の『張遠両友相論』しか収録していない。すなわち、一八八〇年の上海美華書館[17]（組版本）の『張遠両友相論』である。この書は一二回に分かれており、著者は記されていない。内側の表紙に「張遠両友相論，耶蘇降世一千八百八十年，光緒六年歳次庚辰，上海美華書館重印」と書いてある。樽本照雄は漢口聖教書局から出版された光緒一二年（一八八六）の版本の『張遠両友相論』を収録している。

筆者が収集した同書の版本は三四種類以上あり、各書目の不足を補い、この種の小説の長期にわたる伝播状況を把握し、現存する書目の誤った記述を訂正した。たとえば、阿英の『晩清戯曲小説目』、樽本照雄の『新編増補清末民初小説目録』、陳鳴樹主編の『二十世紀中国文学大典』はいずれも小説『扣子記』を収録しているが、編訳者はみな誤って〝狄丁氏〟と記している。これは明らかにM・R・M・マティーア（Mrs. R. M. Mateer）とA・H・マティーア（Ada Haven Mateer）を混同させてしまっている。A・H・マティーアはアメリカ宣教師のC・W・マティーア（Calvin Wilson Matteer）の継室であり、その著作は時に〝麦体雅〟と書かれた。M・R・M・マティーアはC・W・マティーアの三男である神学博士のR・M・マティーア（R.M.Mateer）の夫人で、中国語では〝狄珍珠〟（Madge D.Mateer）と呼ぶ。二人は親族関係にあり、共に多くの著作を残している。『扣子記』はA・H・マティーアの作品である。

さらに例をあげると、『アンデルセン童話』の中国語訳は胡従経が『浮槎東来幾春秋――安徒生在中国』の中で従来の見解を修正している。すなわち、通常、一九二六年の『小説月報』で発表された訳本が『アンデルセン童話』の最初の中国語翻訳であるとされてきたが、胡従経は一九一四年に発表された『中華小説界』第七期の劉半農訳の「洋迷小影」が最初の『アンデルセン童話』の中国語訳だと主張した。しかも〝附記〟のところで、彼は、関連資料を調べ尽くし、再度改訂を要するような重要な資料はない、と述べた。だが、上海の協和書局は一九一〇年にツアー教授（Prof. M. E. Tsur）訳の『安氏寓言選訳』（*Tales from Anderson*）を出版していた。

宣教師漢文小説に対する初歩的な書目文献整理を基に、本章では文学の角度から研究を行い、宣教師漢文小説が中国近代文学に与えた影響について重点的に考察することとした。『文心雕龍』[18]の「文変は世情に染まり、興廃は時序に係る」という言葉にあるとおり、近代の中国社会は天と地が覆るような変動があり、文学もまたそれに伴って一変した。新旧交わる中国近代文学は空前の豊かさ、多様性、複雑性を呈することとなった。

> 時代の変化と維新、歴史と想像、国家意識と主体的情操、文学の生産技術と日常生活における実践などの議題について、激しい議論が展開された[36]。

中国文学の近代変革において、西洋文化の強力な介入は、疑いもなく一つの直接的な誘因であり、それは欠かすことのできない異文化という資源でもあった。西洋の宣教師は中国語を用いて、通俗的で臨場感のある小説を大量に創作、翻訳した。これにより、教義の宣揚を行って、中国人の観念を変えようとした。だが、予期せぬことに、それらの作品が西洋文学を中国ではじめて翻訳紹介する役割を担い、西洋の小説を中国に導入することになった。

宣教師漢文小説の作品は、高度な中国現地化戦略の表れであり、教義に反しない前提で、可能な限り、中国の文化伝統、民族習俗、礼儀に従い、中国人読者の好みに適応した。また、中国文学における章回小説の形式を模倣した。小説の執筆は、中国と西洋の文化的差異と隔壁を解消し、キリスト教文化を伝えるための重要なルートであり、宣教師の中国文化の体験についての独特の表現でもあった。同時に、作者が根を下ろした西洋社会、歴史、文化背景により、宣教師漢文小説には西洋の思想観念や小説上の技巧、言語上の表現方法が盛り込まれている。その結果、様々な形で読者に西洋の歴史と文化のイメージをもたらし、中国の読者に異なった美的体験を与えている。

宣教師漢文小説の中国での普及は、実際には、中国と西洋文化が衝突する過程であり、清末の士人や中国文学の変革に対して、暗黙のうちに影響を与えた。近年、清末文学の研究者、中国現代文学の研究者を問わず、文学史を見直し、再度、清末と「五四期」の関係を整理しようという試みがある。清末から「五四期」は簡単な時間軸上の延長ではなく、文学の発展も直線的に推し進められたわけではない。この時期に生まれた宣教師漢文小説も、内容、風格、形式において、伝統と現代、中国と西洋、新と旧といった錯綜たる状態を呈している。これに対する研究は、我々が清末から「五四期」までの文学の発展の複雑性や多重的な可能性を分析する上での助けとなる。少なくとも、重要な傍証となりうる資料として、小説がなぜ清末で興り、かつ現代的叙事の最もよき媒体となったのか、という疑問に対する答えを得るために活用することができる、と考えられる。

宣教師漢文小説は、総じて言えば、聖書文学の範疇に属する。一般的に白話（官話あるいは方言）を用いて書かれており、形式上、章回小説を模倣し、幾つかの章に分かれ、「回」という語を用いている。そして、伝統小説や西洋小説の叙事方式を採用している。それ故に、中国小説の研究範疇に置かれたのである。しかし、創作の主体、言語、および形式が特殊なため、宣教師漢文小説は同時期の中国章回小説とも、その後の現代文学におけるキリスト教小説とも大きく異なっている。宣教師の小説は、我々にキリスト教文化と中国文学の融合という事例を提示し、異文化交流と衝突についての研究を価値あるものにさせた。

フェアバンクは学者が宣教師の著作を考察する場合に検討すべき問題を、次のように指摘している。

第一に、中国と西洋思想の関係について研究する学者に提示する問題である。それは、宣教師の布教した内容はどれ程はっきりしているか。宣教師が編纂したものはどのくらい読んで理解されたのか。しかも、それらはどの程度、編集者の狙いを表現しているのか。ということである。

第二の問題は、思想史の専門家に向けてのものである。つまり、宣教師が伝えた内容は何か、ということである。宣教師の翻訳者は、自らは西洋文明の真髄を伝えていると考えていたし、リチャードが訳した『泰西新史攬要』は読者の中で最も広く普及したが、この書は科学的な成果と学説に対しての低俗な称賛にすぎないとされ、R・G・コリンウッドはこのような著作を「三流歴史書の中で最も嫌悪感を覚えさせる滓」と批判している。

第三の問題は、誰が宣教師の布教を受け入れたのかということだ。宣教師の訳書の読者は社会的に、また地域的にどの程度の範囲まで広がっていたのか。読者のパターンは時代の流れに伴って如何に変化したのか。といった問題がある。以上のような問題に答えられてこそ、正確に宣教師の非宗教的著作が生んだ影響の程度や性質を推測することができる。(37)

そして、我々が知りたいことは、宣教師はどのくらい漢文小説を書いたのか、ということであり、それらは具体的にどのような読者にどれほど受け入れられたのか、ということである。また、中国近代社会と文学に対して、具体的に如何なる影響を与えたのかについてもその答えを望むものである。

この点に関して、一九〇一年から一九二〇年の中国キリスト教の文字事業に対する調査から見ると、西洋宣教師が著した文学書籍の販売量は満足のいくほどではなかった。

外国人の著作の数が中国人のものを上回ったが、一人の中国作者が編著し、人々に愛された四種の書物が大量に発行されたことにより、外国人の（書いた）書籍の総販売量は中国人のそれに及ばない。中国作者の小説は半数がベストセラーである。外国人が書いた多くの旧小説は既に大きく売れ行きが落ち込んでいる。だが、総じていうと、彼らの作品に対する需要は確かに上昇し続けている。その中で少なくとも一〇冊が本当のベストセラーである。(38)

このような状況はこの時期特有のものだったのだろうか。それともキリスト教教会が終始直面した問題だったのであろうか。キリスト教教会の書籍や刊行物の出版において多くの人力、物力、経費を投じたが、その成果は如何なるものだったのだろうか。そして予想通りの効果を得たのだろうか。このような価値ある探索は、正に宣教師漢文小説の研究で解決すべき問題である。

以上のことから、宣教師が中国語を用いて書いた小説は漢語文学史の範疇に収められるべきものであるが、宣教師漢文小説は今日においても軽視されがちな学術分野であり、ひいては学術上の盲点となっている。中国学者の研究範疇に属さず、伝統漢学の研究対象にも当てはまらず、さらには、宗教研究者にも注目を浴びず、文学研究者からは排斥を被っている。宣教師漢文小説に対する整理と研究は各国の学者の責任であり、また、中国文化研究者の責任であると言える。(39)

いかなる文化交流と伝播も単純な複製と移植ではなく、その結果として、異なる文化主体の一定の変異にまで至る可能性がある。この前提の下、西洋人が創作した漢文小説を考察することは、我々が漢文化の歴史的変遷を知る助けとなり、同時に、より全面的に中国近代文学と現代文学の源流を考え、整理することが可能となる。そして、これによって、より客観的に五四期の白話文運動の得失と歴史的地位を評価することができる。宣教師漢文小説の伝統的な中国語の文体に対する改造は、西洋の現代的な文体が「自由に間接的」に、伝統的な中国語の文体を改める過程である。この影響は無意識の感化であり、ゆっくりと現代中国語の隅々にまで浸透する。それは叙事の文体、言語の風格、文法構造、さらには言語運用にまで及ぶ。

聞一多は、中国文学は二度外来文化の影響を受けた、として、以下のように述べている。

一度目の外来の影響が根付いたと思うと、今や二度目がやって来た。一回目の仏教がもたらしたインドの影響は小説と劇である。二回目のキリスト教がもたらした欧州の影響もまたしても小説と劇（小説と劇はヨーロッパ文学の骨幹を成し、一つの特色である）である。これは偶然だと言えるだろうか？[40]

本書は、一九世紀における中国と西洋の異文化衝突と影響、という大きな背景を展望しつつ、宗教伝播と文化交流を視野に入れながら、宣教師漢文小説の文学的価値、および社会的機能の拡張と転換について論じる。宣教師漢文小説に関する文学的研究を行うのと同時に、これと中国現代白話の確立、および白話文運動の間の関係を探求し、白話文運動と二〇世紀初頭の小説界革命の発生について、より歴史的発展の軌跡に符合する見解と、文学発展の内在的な論理に適した解釈を提示するとともに、信憑性のある資料を提供する。

本書の目的とする研究を行うには、専門領域の枠を超えるとともに、現存する新しい言語理論、発生学理論、歴史文化理論などを文学研究に運用し、専門領域を超えた多元的な視野による思考に努め、深度のある、全面的かつ総合的な研究を行わねばならないことを附記する。

【原注】

（1）フェアバンク、劉広京『剣橋中国晩清史』（上巻）、北京：中国社会科学出版社、一九八五年版、二〇〇七年第三次印刷、五四三頁。
（2）朱維之『基督教与文学』、上海：上海書店一九九二年版、二七三頁。
（3）現在見ることのできる宣教師漢文小説は、主に一九世紀以降のプロテスタント宣教師によって書かれたため、本書で述べるキリスト教は、主としてプロテスタントを指すが、時として便宜を図り、カトリック、ギリシア正教なども含めることとする。
（4）顔瑞芳の「論明末清初伝華的欧洲寓言」、林明煌「明末清初伊索寓言伝華大事記」、『長河一脈：不尽奔流華夏情——二〇〇七海峡両岸華語文学術研討会論文集』、台湾桃園県中壢市：万能科技大学創意芸術中心出版社、二〇〇七年版、二四頁を参照されたい。
（5）李奭学『中国晩明与欧洲文学：明末耶蘇会古典型証道故事考詮』、台北：中央研究院及聯経出版公司、二〇〇五年聯合出版、八五頁。
（6）李奭学「中世紀・耶蘇会・宗教翻訳」（http://cmc. fl. fju. edu. tw/wcmprc/download/20070301_10_LEE.pdf）を参照されたい。
（7）游蓮『美以美会伝教士武林吉研究』、福建師範大学二〇〇六年論文、未刊行、一一頁。
（8）馬祖毅『中国翻訳簡史』、北京：中国対外翻訳出版公司、一九八四年版、二四一頁。
（9）レイド「新命論」、『万国公報』第九五巻、一八九六年一二月、五〜六頁。
（10）劉鋒『「聖経」的文学性詮釈与希伯来精神的探求』、北京：北京大学出版社二〇〇七年版、二〇八頁。

(11) これ以前、モリソンの『古時如氏亜国歴代略伝』(一八一五)と『西游地球聞見略伝』(一八一九)は既に小説のいくつかの特徴を示している。しかし、それらは主に小説の一部として存在しているのではない。『張遠両友相論』は、最初、一八一七年の『察世俗毎月統計伝』の第三巻から一八一九年の五巻まで連載された。全一二回。

(12) ハナン『中国19世紀的伝教士小説』、『中国近代小説的興起』、徐俠訳、上海:上海教育出版社二〇〇四年、九一頁を参照されたい。

(13) 王寧『翻訳研究的文化転向』、北京:清華大学出版社二〇〇九年、八六頁を参照されたい。

(14) 李奭学『中世紀・耶蘇会・宗教翻訳』(http://cmc.fl.fju.edu.tw/wcmprc/download/20070301_10_LEE.pdf)を参照されたい。

(15) 樽本照雄(日本)『新編増補清末民初小説目録』、「新編前言」、済南:斉魯書社二〇〇二年版、七頁。

(16) 王徳威「翻訳〝現代性〟——論晩清小説的翻訳」、『想像中国的方法』、北京:三聯書店一九九八年版、一〇三頁。

(17)「基督教在華伝播史研究的新趨勢」、孫尚揚『一八四〇年前的中国基督教』、北京:学苑出版社二〇〇四年版を参照されたい。

(18) ハナン「中国19世紀的伝教士小説」、『中国近代小説的興起』、徐俠訳、上海:上海教育出版社二〇〇四年版を参照されたい。

(19) 周作人『欧洲文学史』、上海:東方出版社二〇〇七年、二一六頁。

(20) 李欧梵『中国現代文学与現代性十講』、上海:復旦大学出版社二〇〇二年、五三頁。

(21) 朱維之「中国文学底宗教背景——一個鳥瞰」、『金陵神学誌』一九四〇年一二月一〇日。

(22) 陳偉華『基督教文化与中国小説叙事新質』第一章「緒論」、北京:中国社会科学出版社二〇〇七年版を参照されたい。

(23) リチャード、『親暦晩清四十五年——李提摩太在華回憶録』、李憲堂、侯林莉訳、天津:天津人民出版社二〇〇五年版、一二九頁を参照されたい。

(24) 李天綱「耶蘇会羅馬檔案館明清天主教文献」書評」、『台大歴史学報』二〇〇三年一二月第三二期を参照されたい。

(25) 新村出「伊曾保物語の漢訳」、『南蛮広記』、東京:岩波書店、一九二五年。

(26) 戈宝権『中外文学因縁』、北京:北京出版社、一九九二年版。

(27) 李奭学『中国晩明与欧洲文学——明末耶蘇会古典型証道故事考詮』、台北:中央研究院及聯経出版公司、二〇〇五年聯合出版。

(28)張錯「附会以教化――「伊索寓言」中訳始末」、『当代』第一四九期、二〇〇〇年一月。
(29)顔瑞芳「論明末清初伝華的欧洲寓言」、林明煌主編『長河一脈：不尽奔流華夏情――二〇〇七海峡両岸華語文学術研討会論文集』「明末清初伊索寓言伝華大事記」、台湾桃園県中壢市：万能科技大学創意芸術中心出版社二〇〇七年版。
(30)*Harvard Journal of Asiatic Studies*, Vol.60・2。この論文は、後に、徐俠が中国語へ翻訳し、ハナンの論文集『中国近代小説的興起』に収録され、二〇〇四年に上海教育出版社から出版された。
(31)袁進「重新審視欧化白話文的起源」、『文学評論』二〇〇七年第一期。
(32)王三慶「東西交流史上漢文小説所表現的文化衝突」、台湾『成大中文学報』第一七期、二〇〇七年七月。
(33)ハナン『中国近代小説的興起』、徐俠訳、上海：上海教育出版社二〇〇四年版、七二頁、六八頁。
(34)中華続行委員会調査特委会編の『一九〇一～一九二〇年中国基督教調査資料』(下巻)、蔡詠春等訳、北京：中国社会科学出版社一九八七年版、二〇〇七年第二次印刷、一二〇三頁を参照されたい。
(35)日本京都大学人文科学研究所の高田時雄教授が校正、整理し、京都のイタリア国立東方学研究所(Italian School of East Asian Studies)の『参考文献叢刊』の第一種(Reference Series1)に掲載され、一九九五年一二月に出版された。その中国語版は郭可が訳し、『梵蒂岡図書館所蔵漢籍目録』と題して、二〇〇六年に北京の中華書局から出版された。
(36)王徳威『被圧抑的現代性――晩清小説新論』「中文版序」、宋偉杰訳、北京：北京大学出版社二〇〇五年版、一頁。
(37)フェアバンク劉広京『剣橋中国晩清史』(上巻)、五六五頁。
(38)中華続行委員会調査特委会、『一九〇一～一九二〇年中国基督教調査資料』(下巻)、一二二三頁。
(39)劉倩「漢文文学史与漢文化整体研究」、『中国社会科学院院報』二〇〇八年一月二九日を参照されたい。
(40)『文学的歴史動向』、『聞一多全集』第一〇巻、武漢：湖北人民出版社一九九三年版、一九頁。

〔訳注〕
〔1〕一八八五～一九六七、魯迅の弟、作家、文芸評論家。
〔2〕白話小説―明清時代に隆盛を迎えた物語文学の形式。『三国志演義』など歴史を題材にした長編小説と、都市の事件、恋愛物語、怪談などを題材にした短篇小説に大別される。長編小説では全体をエピソードごと、さらにはそれをプロットに従っ

て細分化し、数回～百数十回に分けて物語られ、それぞれの部分を回（則、節、段）と呼び、それぞれの回にはタイトルがつけられる。このため、長編小説を章回小説という。そのスタイルの最大の特色は、口語体の文体とともに、部分的に講釈師による語りに擬しているところにある。白話小説そのものを読むことのできた庶民の数を多数とは想定できないが、その物語内容は、戯曲、芸能、図像、伝承などを通じて大多数の人々の知るところであった。

〔3〕マテオ・リッチ―イエズス会の宣教師。中国の文人と交流し、中国史上、中国文化に最も大きな影響を与えた人物の一人。以下の文献を参考されたい。柴田篤訳注『天主実義』平凡社東洋文庫二〇〇四年、川名公平訳、矢沢利彦注『中国キリスト教布教史1・2』岩波書店一九九三年、平川祐弘『マッテオ・リッチ伝』全三巻　平凡社東洋文庫一九六九、一九九七年。

〔4〕五世紀、南朝宋の劉義慶によって編纂された、当時の著名人の逸話集。

〔5〕*The Terrible Red Dwarf*（『赤いこびと』）。

〔6〕聖書とそれに関わる物語の中に歴史の真実が隠されていると考える人たち。

〔7〕ホームズ短編集―原作が一八九二～一八九三年にイギリスで出版され、一八九六年に最初の翻訳（『海軍条約事件』）が、梁啓超が主筆を務める上海の新聞『時務報』に掲載された。

〔8〕椿姫―小デュマ原作、一八四八年出版。一八九八年林紓の翻訳が出版された。

〔10〕一九一〇年、上海の商務印書館より刊行。三二年に停刊。前半の一〇年間は、伝統的スタイルの小説や恋愛物語が多く掲載されたが、二〇年代からリアリズム文学、社会派文学へと舵を切った。

〔11〕『北新』―上海北新書局発行の総合雑誌。一九二六～一九三〇年。はじめは週刊、後に半月刊となる。

〔12〕中国の「文学研究会」が主宰する雑誌。一九二一～一九二九年。鄭振鐸、謝六逸、葉紹鈞、趙景深等が編集を担当した。初期は『時事新報』発行。のちに上海開明書店、遠東図書公司で刊行。

〔13〕一八二三～一九〇一、晩清を代表する文人官僚にして政治家。漢族。

〔14〕一八六五年洋務運動の中で設立された軍事関連の生産機構が江南（機器）製造（総）局で、外国の先進的学問の翻訳紹介を目的として付設されたのが翻訳館である。清末民初のインテリたちがここで欧米や日本の先進文化に触れることがあった。

〔15〕一九世紀に教会によって設立された中学校。福州が最も早く一八四六年、上海、南京が一八七四年、広州が一八八八年。

〔16〕一九一五年上海で設立。後に本部を南京に移し、キリスト教関係の書籍を出版。

〔17〕澳門から遷ってきた花華聖経書房の後を受け一八五八年設立。広学会の布教のための印刷を担うとともに、『聖書』、教会学校の教科書、自然科学の啓蒙書を出版した。一九二八年に解散。
〔18〕五世紀末、南朝の斉の劉勰撰。中国古代の文学理論の代表的著作。

第一章　プレマールと初期のカトリック宣教師による小説『儒交信』

一七二九年、フランスイエズス会のプレマールは白話を用いて章回小説の『儒交信』を書いた。これはカトリックの宣教師が著した漢文小説として貴重なものである。プレマールは、イエズス会の『旧約』索隠派の代表的な人物であり、中国の典籍の中から宗教の根源たるものを発見し、キリスト教信仰に導き得ると確信していた。『儒交信』は、まさにカトリックと儒学の調和を実現させようと試み、中国の民衆により適した布教方法の確立を図った。氏の小説は、初めて、中国の伝統的な章回小説の体裁を借用し、対話形式を取った。これによって、より直観的かつ明晰に氏の見解を表現し、明解に教義を説いた。ただ、この小説は、儒教を許容しながらの記述であったため、イエズス会に危機感をもたらし、内部で論争を引き起こし、中国で布教するカトリック教徒らによって広められることはなかった。しかし『儒交信』が用いた章回小説と対話形式による体裁は、一九世紀のプロテスタント宣教師に継承され、広まっていくのであった。

一　漢学大家のプレマール

フランスイエズス会士のプレマールは西洋の漢学に対して最も影響を与えた人物である。一六九三年、ブーヴェ(Joachin Bouvet)は北京宮廷の特使としてフランス宮廷へ派遣された。目的はフランス国王に対する康熙帝の感謝の念を表すためである。そこで、フランス国王ルイ一四世は貴重な贈り物を康熙帝へ贈ることにした。同時に、ブーヴェに数名の新たなイエズス会士を連れて中国へ戻ることを許可した。プレマールはそれに選出されたのである。

一六九八年、プレマールは中国に到着した。そして翌年の一六九九年に、江西に送られ、そこで二〇年余りの間、布教活動を行った。一七二四年、雍正帝がキリスト教を禁じると、プレマールは他の西洋宣教師と共に広州へ追いやられた。

中国での滞在中、プレマールは大半の時間を漢語と文学の研究にあてた。布教は助手に行わせた。このようにした理由は、多くの蔵書によって自己を高めてこそ、中国人への布教に大きく貢献できると考えたためである。プレマールの漢学における造詣は極めて深く、後世の学者たちから、西洋人の中で中国文学と易学の専門家であると認められている。

プレマールは中国の経典を博覧し、晩年は澳門で学問に没頭した。

（プレマールは）『十三経』『二十一史』[1]、先儒の伝集、百家の雑書、購ぜざる所なし。食を廃し寝を忘れ、誦読輟めずして、既に一〇余年たり。いま鬢髪は白を交え、老いの冉冉として将に至らんとするも、之に累するを知らざるはなんすれぞや。能く吾の心を度する者あれば、必ず其の故を知るべきなり[1]。

同時に、プレマールはフランスの漢学研究の創始者であるフルモン（Etienne Fourmont）のために漢文の典籍を収集し、フランスにおける漢学の形成と発展の促進を図った。

プレマールの最も重要な著作は、ラテン語による自筆原稿の『漢語札記』（*Notitia Linguae Sinicae*）である。これは一八三一年、すなわち、プレマールの死後百年近くたってからマラッカ（マレーシアの港湾都市）で出版されたものである。この書は漢語と中国文学に関する指南書で、主に文法、文学著作などに関して書かれている。漢語研究に対する深さ、引用されている例証の広さは、筆者の中国言語文学の素養の高さを反映したもので、ヨーロッパの漢学研究の礎を築いた著作の一つであると見なされている。だが、このプレマールの作品は当時から見ると特別なものであった。プレマールは、漢語を学ぶには、ラテン文の文法理論と方法を踏襲せず、実践を通じて学ぶべきだと考え、その学習の教材は中国の通俗文学によっていたのである。

プレマールは三〇年という長い歳月を使い、漢語の研鑽に精進した。漢籍に精通し、大量のノートを残した。『漢語札記』はその長期の努力の成果である。この書は、通常、漢語の文法書と見なされるが、実際の価値はその範疇をはるかに超えている。著者の願いは、宣教師に適した教材を提供すると同時に、中国文学のさらなる研究のための基礎をうち固めることであって、体系的で厳密な文法をまとめあげたものではない。プレマールは教学の実践に着眼し、例文によって漢語を学ぶことを強調した。実例による方が規則によるよりもより早く漢語を使いこなせるようになると考えたのだ。これこそがフルモンやレミュザ（Jean-Pierre Abel-Rémusat）から批判を受けた原因であるが、漢語学習の効果から考えてみると、プレマールが提唱する方法はたしかに正しいと言える。

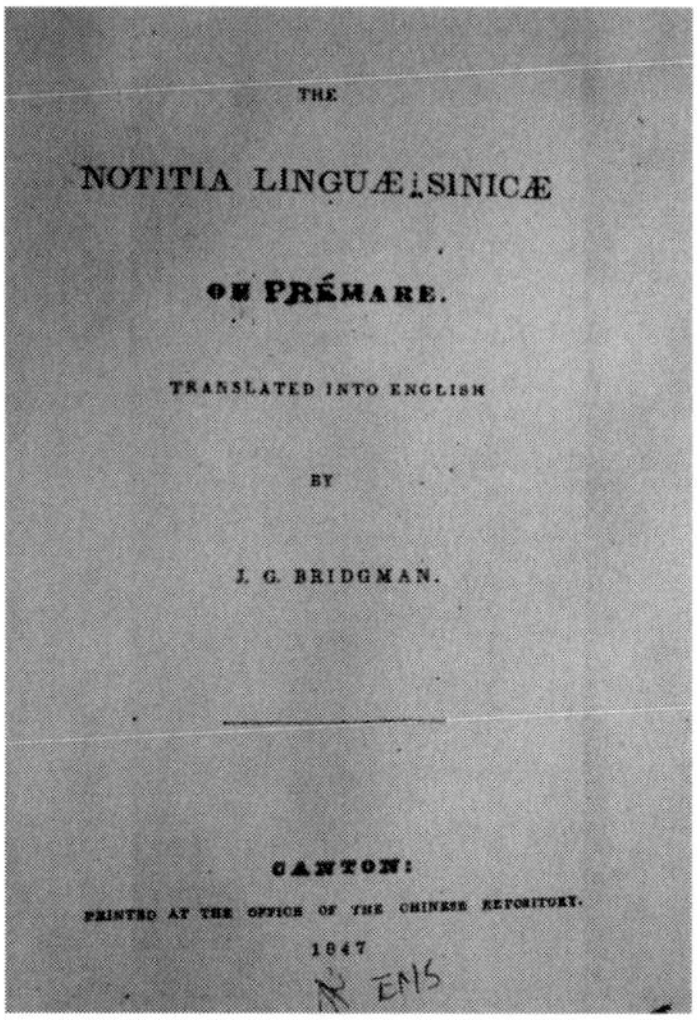
THE
NOTITIA LINGUÆ SINICÆ
OF PRÉMARE.
TRANSLATED INTO ENGLISH
BY
J. G. BRIDGMAN.
CANTON:
PRINTED AT THE OFFICE OF THE CHINESE REPOSITORY.
1847

図１　1847年広州『中国叢報』社が出版した英文版の『漢語札記』

『漢語札記』の文法の第一部は「白話と日常の風格」である。その中の例文の少なくないものが当時流行していた戯曲や小説から引かれており、その対象となった小説は『水滸伝』[2]『画図縁』[3]『醒風流』[4]『好逑伝』[5]『玉嬌梨』[6]等で、プレマールは特によい小説の閲読を通じて官話を学ぶこと

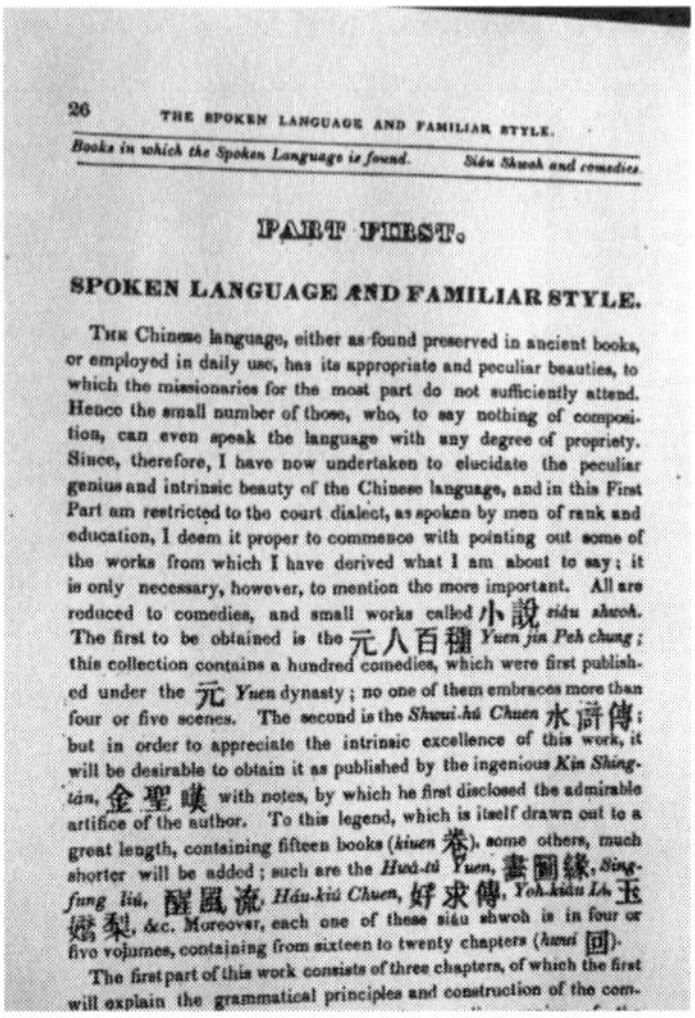
26 THE SPOKEN LANGUAGE AND FAMILIAR STYLE.

Books in which the Spoken Language is found. *Siáu Shwoh and comedies.*

PART FIRST.

SPOKEN LANGUAGE AND FAMILIAR STYLE.

THE Chinese language, either as found preserved in ancient books, or employed in daily use, has its appropriate and peculiar beauties, to which the missionaries for the most part do not sufficiently attend. Hence the small number of those, who, to say nothing of composition, can even speak the language with any degree of propriety. Since, therefore, I have now undertaken to elucidate the peculiar genius and intrinsic beauty of the Chinese language, and in this First Part am restricted to the court dialect, as spoken by men of rank and education, I deem it proper to commence with pointing out some of the works from which I have derived what I am about to say; it is only necessary, however, to mention the more important. All are reduced to comedies, and small works called 小說 *siáu shwoh.* The first to be obtained is the 元人百種 *Yuen jin Peh chung;* this collection contains a hundred comedies, which were first published under the 元 *Yuen* dynasty; no one of them embraces more than four or five scenes. The second is the *Shwui-hú Chuen* 水滸傳; but in order to appreciate the intrinsic excellence of this work, it will be desirable to obtain it as published by the ingenious *Kin Shing-tán,* 金聖嘆 with notes, by which he first disclosed the admirable artifice of the author. To this legend, which is itself drawn out to a great length, containing fifteen books (*kiuen* 卷), some others, much shorter will be added; such are the *Hwá-tú Yuen,* 畫圖緣, *Sing-fung liú,* 醒風流 *Háu-kiú Chuen,* 好求傳, *Yoh-kiáu Lí,* 玉嬌梨, &c. Moreover, each one of these siáu shwoh is in four or five volumes, containing from sixteen to twenty chapters (*hwui* 回).

The first part of this work consists of three chapters, of which the first will explain the grammatical principles and construction of the com-

図２　『漢語札記』第一部は、通俗小説や戯曲から例文を引用

ができると指摘している。しかしながら、『漢語札記』の訳文は意訳という言葉もあたらないほどで、小説、戯曲の中の片言隻句を引用して翻訳しているにすぎない。たとえば、「花の如き容、月に似たる貌」、「山を看ては水に玩び、花を尋ね柳を問う」、「才あるものは未だ必ずしも貌有らず、貌有るものは未だ必ずしも才有らず」といった類い（これらはいずれも『好逑伝』から引かれている）である。

プレマールは本の中で漢語の文法体系と西洋の文法体系は大きく異なっていると強く指摘し、母語の束縛から脱却することが重要だと述べている。これは母語と差異の著しい言語を学ぶ際に大切な心構えとなる。しかし、プレマールの願いは、必ずしも実際とは上手く合っていなかった。すなわち、プレマールは、人間の思想観念は、多くが固有の言語習慣によって制御されていることを認識していなかったのだ。しかも、大いなる矛盾は、プレマールがラテン文法との決別を高らかに提唱しておきながら、一方で、ラテン語の文法モデルを用いて漢語を解説していることである。当時、プレマールは漢語の特徴に適した術語を持ち合わせていなかったため、中国の伝統的な実詞（主語、目的語、述語などに成ることができ、ほとんどが単独で文を構成できる）と虚詞（文法機能のみを有し、ほとんどが単独で文を構成できない）の概念を使用していながらも、最終的には、西洋の伝統的な文法規範を用いている。これは、当時の西洋人にとって、文法とは伝統的なラテン文法から発展した一連の体系の中にしか存在しなかったためで、それだけが西洋人が他の言語の規則を記述するときに用いることのできる唯一の道具であった。プレマール自身もこの矛盾に気づいていたため、時として自己の見解を崩すような記述を行った。すなわち、漢語の名詞、代名詞、動

詞、形容詞、副詞などの品詞を列挙しているが、このような区分は漢語において何の意味もない、と指摘している。たしかに『漢語札記』は文法書としては体系的でなく、その明らかな欠陥は、統語法に関する記述が存在しないことである。だが、この書が見せるその記述の豊富さは文法書の範疇を大いに超え、プレマールの漢語と文学における知識の深さを充分に表している。(2)

しかし、この著作の出版過程は普通ではない経歴を有していて、プレマールが仕上げた原稿をフランスへ送ってから出版までに一世紀余りもの時間を費やし、しかもその間の経緯は極めて曲折していた。フランスの漢学者であるレミュザとコルディエ（Henri Cordier、一八四九～一九二五）の見解によると、フルモンはプレマールの『漢語札記』を剽窃し、さらに、訪中したドミンゴ教会の宣教師であるスペイン人のバロ（Francisco Varo）も剽窃し、一七〇三年に広州で『官話語法』（*Arte de la lengua mandarina*）と題して出版した、ということである。

プレマールの『易経』研究もヨーロッパにおいて影響を及ぼした。一六世紀以来、イエズス会士は『易経』(7)に対して直接、かつ体系的な研究を開始していた。この研究は『易経』の原典と中国の当時のいくつかの権威ある注釈本に対しての研究から始まり、その結果、多くのイエズス会士が、直接漢文で書かれた『易経』の書を扱うようになった。プレマールの漢語による著作の『経伝論』は一二篇あり、その内の一篇が『易経』である。

プレマールが西洋で好評を得た『易経』の著作は、フランス語の『「易経」入門注釈』（*Notes cntique pour entrer dansl'intelligence de l'y King*）である。プレマールは、かつて、フーケと『易経』について論じあったことから、この書において、『易経』を修める過程について詳細な紹介を行っている。また、この書はまず〝乾〟と〝坤〟について解し、その後、それぞれの卦に対して論述している。一七二八年八月二七日と一二月の四日、一〇日にプレマールはフルモンにあてた手紙の中で、プレマールは『易』に関する長編の自筆原稿をただフルモン一人に送ったと書いているが、フィスター（Louis Aloys Pfister）はこの直筆原稿こそまさに『「易経」入門注釈』であると見なしている。

プレマールは中国の古典に記された史実の信憑性を信じ、同時にその中から原始宗教の啓示の痕跡を見つけ出そうとしていたが、『易経』あるいはその他の古典が「神」のイスラエルの十二支派への啓示（『聖書』「出エジプト記」）の痕跡に到るとは考えていなかった。すなわち、プレマールは自己の仮説を無理に押し通さず、優れた理性を有していた。ブーヴェのように『易経』の予言に拘泥することなく、またフルモンの如く、中国の古史を神話と見なすこともなかった。従って、プレマールは、冷静に『易経』と中国の古史を、理性的な態度によって、ユダヤ教中心のキリスト教教義の外へもち出したイエズス会士の中の最初の人物であるといえよう[3]。

さらに、プレマールは中国の元曲『趙氏孤児』[8]をフランス語（*Tcho-chi-cou-eulh; ou, L'orphelin de la Maison de Tchao, tragédie chinoise*）に翻訳した。これは西洋人が初めて中国の戯曲を訳した作品である。これはアルド（Pière Jean Baptiste Du Halde）が編集した『中華帝国志』（一七三五年）の第三巻に収められている。ヴォルテール（Voltaire）はプレマールのフランス語訳『趙氏孤児』を読むと、これを書き換えて『中国孤児』と改名し、一七五五年に出版した。また、この戯曲は同年の八月にパリの国家劇場で上演された。ヴォルテールは物語の発生時間をチンギス・ハンの時代に設定し、プロットを大幅に変えた。かつ『五幕劇孔子学説』の副題を加えた。しかし、その原本は依然としてプレマールのフランス語訳本の『趙氏孤児』であった。『趙氏孤児』はフランスで発表すると、すぐに多くの読者の支持を受け、瞬く間にヨーロッパ全土へ広まった。その後、数十年間で、英語、ドイツ語、ロシア語など多くの版本に翻訳された。当時ヨーロッパで名を馳せていた文学の巨匠や詩人、思想家、たとえば、イタリアのミナソヴィッツ（Jozef Minasowicz）、ドイツのゲーテ（Johann Wolfgang von Goethe）に注目され、極めて高い評価を得て、続々と改編された。イギリスのハチェット（William Hatchett）が改編した『中国孤児』（*The Chinese Orphan*）、イタリアの著名な詩人であるミナソヴィッツの『中国英雄』（*L'Eroe cinese*）などが舞台化されると、ヨーロッパの多くの有名な大劇場で大反響が起こった。ゲーテは『趙氏孤児』の啓発を受けて、一七八一年から一七八三年の間、オペラ『埃爾佩諾』(*Elpenor*)の制作を試みた。完成はしなかったものの、書き上げられた二つの幕を見ると、『趙氏孤児』の影響を受けていたことがたしかに分かる。

しかし、多くの西洋の翻訳本の内、最も影響力のある作品は、フランスの啓蒙主義思想家、文学の巨匠であるヴォルテールが『趙氏孤児』を底本として改編した『中国孤児』である。これは舞台化され、パリ中にその名を轟かせた。当初、ヴォルテールがプレマールのフランス語訳本を読んだとき、『趙氏孤児』を高く評価し、「演劇と詩の発展が最も早かった国は、偉大なる中国とアテネである」と述べている。さらに、「この中国の演劇は、我々の近代の作品の中で、間違いなく最も優れた作品である」とも述べている。ただ、ヴォルテールの『中国孤児』は、物語をチンギス・ハンの時代に変えたため、内容がやや異なっているが、上演時には爆発的な人気があり、大波の寄せるが如く好評を得た。

また、プレマールはパリのフランス王立図書館に、中国で出版された書籍を多数寄贈した。フランス国内の非宗教界のシノロジーの学者たちはこの寄贈された書に対して研究を行った。プレマールはフランスに書籍を送った際に、わざわざ元雑劇の選集を選んでいる。その後、この本はバザン(Antoine Pierre Louis Bazin)とジュリアン(Stanislas Julien)が共著でフランス語に翻訳し、一八三八年にパリで出版された。プレマールが原本を送った功績は決して忘れるべきではない。

二　貴重なカトリック宣教師漢文小説『儒交信』

早期のカトリックの漢語叙事文学の作品は、今日容易に見ることができないが、かつて存在していなかったというわけではない。実際、一七世紀以来、イエズス会士にとって儀式後の福音を説くことが、布教の重要な手段となっていた。福音を説く者は『聖書』の中の物語をその地の言語に翻訳して語り、その後、それを書面の形式にして出版した。たとえば『口鐸日鈔』である。この書はイエズス会士のアレーニとルドミーナ（Andreas Rudomina）が一六三〇年から一六四〇年の間、福建のキリスト教地区で行った布教の事柄が収録されている。二人は『聖書』を暗唱するのではなく、物語を語るようにして『聖書』の物語を紹介したのだ。彼らの語った福音の内、第一則の『ルカ福音書』におけるイエスの放蕩息子改心の比喩は、アメリカ小説の理論家であるハミルトン（Clayton Hamilton）が近代短編小説の模範であると見なした。(4)

早期のイエズス会士の文学作品の中で、現在見ることができるのは、主に文言を用いて訳述したヨーロッパの寓言や初期の小説である。たとえば、ロンゴバルディが編訳した『聖若撒法始末』（一六〇二年、広東省韶州出版）がある。現存するのは、隆武元年（一六四五年）の張賡の改訂本である。また、ヴァニョーニの『聖人行実』（一六二九）、『聖母行実』（一六三一）、アレーニの『五十余言』（一六四五年、福建出版）、パルナン編訳の『徳行譜』（一七二六年、北京刊本のみ確認）などがある。(5)

寓言は大衆文学であり、人々はその形式を借りて自らの志を述べる。従って、解釈は無限に変化し得る。寓言の改編は文化と国の境界を超え、形式と解釈との間テクスト性を形成する。このような現象は古今同一の理であり、国内外もすべて同様である。(6)

イエズス会士は、明末から寓言の物語を用いて、主として布教に用いる冊子を作成していた。だが、この数少ない作品は、当時中国にやってきたイエズス会の人数から見ると、極めて取るに足らない数であった。合理的な推測

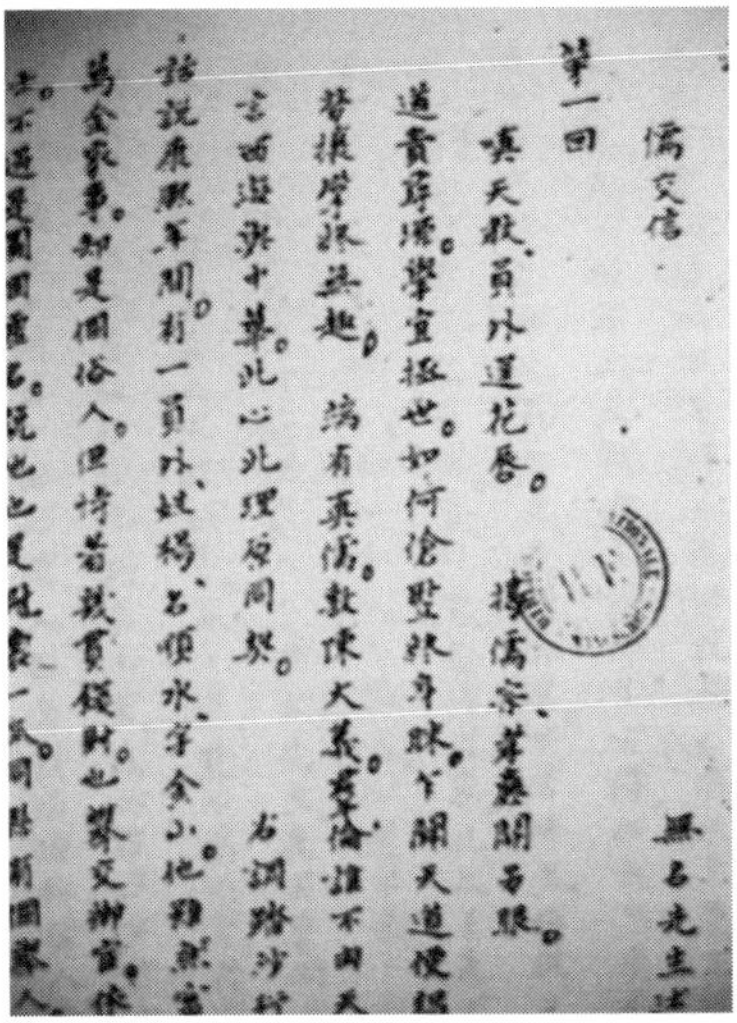

図３　フランス国家図書館所蔵抄本『儒交信』第一回

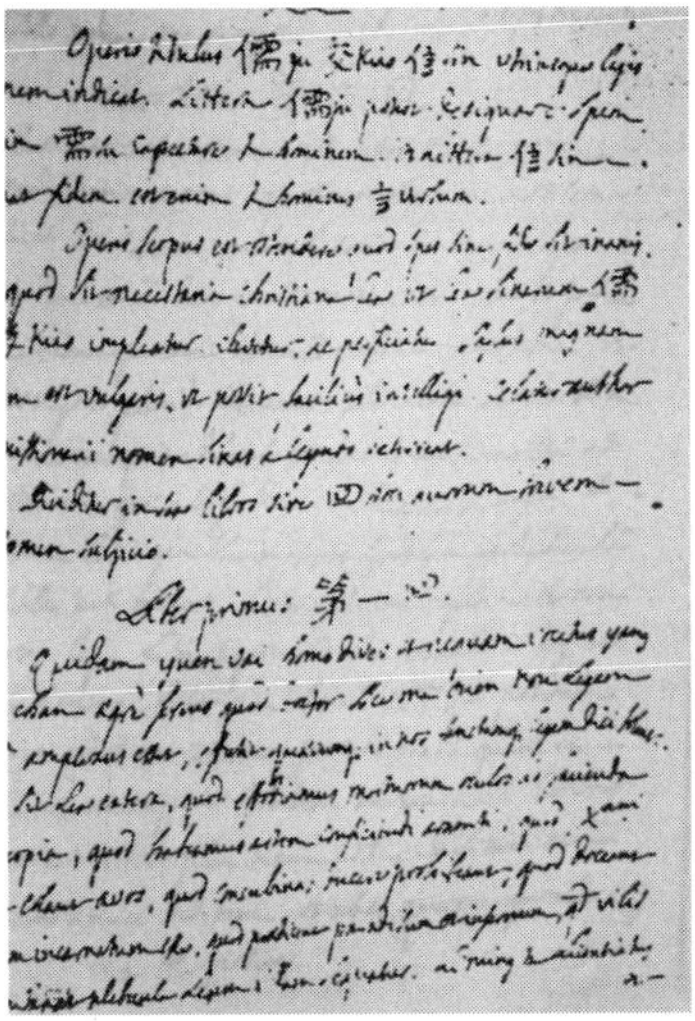

図４　フランス国家図書館所蔵抄本『儒交信』ラテン文の序

を一つ行うとすれば、それはすなわち、カトリックの出版における審査は過度に厳格であり、また、学術的伝統も厳かであったため、布教に適応するために中国のイエズス会士は叙事文学を世に出してはいるが、それは主として口頭で伝えていたため、刊本が極めて少なかったのではないかと推測できる。

この推測が妥当か否かはさておいて、一七二九年、プレマールは白話を用いて章回小説『儒交信』を創作した。当時、これは新たなる試みであり、プレマールの生前に出版の許可が出なかったが、極めて価値のある著作である。

プレマールが漢文を学び始めた当初は、その目的は布教の為だけではなく、漢語で著述を行うことを望み、かつ、漢文の典籍からキリスト教信仰の支えと根拠を探し出し、福音を伝えようと試みることにあった。神父のゴビエン(Charlws Gobien)へ宛てた手紙の中で、プレマールは以下のように書いている。

これら不幸な人々への自然な同情から、宣教師たちはまず次のような思いを巡らせることになる。我々は福音の規律に従う貧しき人が感じることのできる大きな慰めを、少なくとも彼らに伝えられるだろうか。我々は、彼らに、彼らを愛するがゆえに受難したイエスキリストという手本を提供し得るのだろうか。しかも、貧困、苦労、勤勉といった厳しき生活を通じて、天国で永遠の幸福を手に入れられることを伝え、また、それが故に、彼らをして自己の苦難を聖なるものへと化すことを修得させられるだろうか。僅か数名の宣教師の肉声で如何にして多くの非キリスト教徒に理解してもらえるのであろうか。これは、言語の壁を克服しなければならない国では、さらに容易ではない[7]。

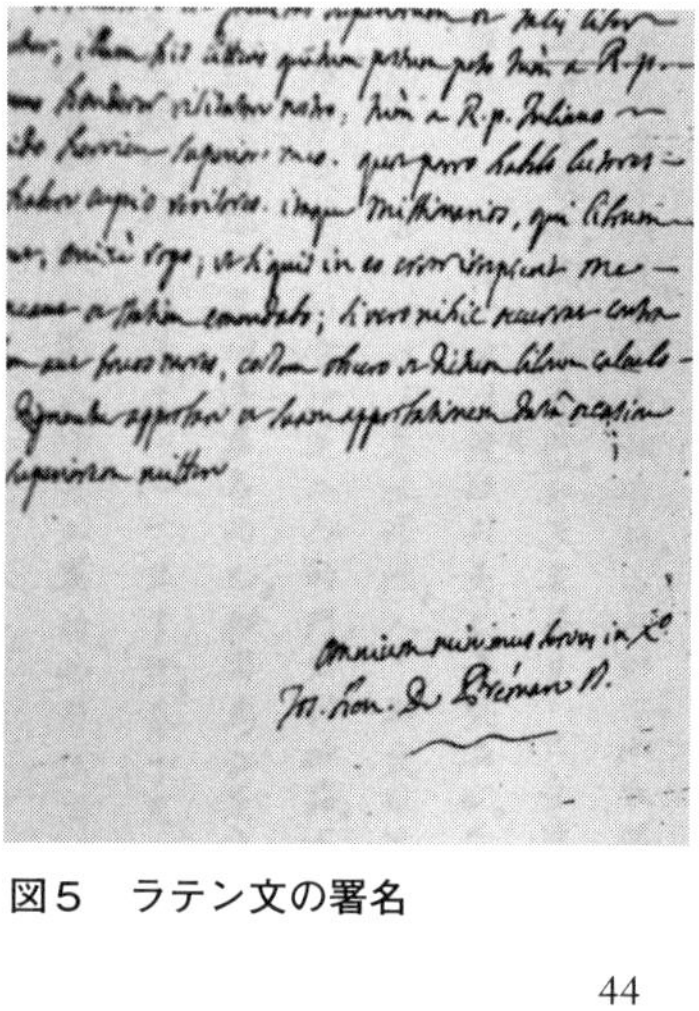

図5　ラテン文の署名

これにより、プレマールはこの時すでに言語の壁を感じていたことが分かる。同時に、漢語で著述を行い、多くの非キリスト教徒の人々に宣教師の「肉声」を届かせることを考え始めていた。『儒交信』はプレマールが心血を注いだ力作の一つであった。

『儒交信』は布教のための小説である。パリのフランス国家図書館の東方稿本部の書庫に漢語の写本がある。この小説はプレマールが著してから、厳重に閉じこめられ、印刷を禁じられていた。写本の巻首にはラテン文で各回の要旨が書かれ、「無名先生述」という署名がある。だが、ラテン文の要旨の終わりには「Jos. Hon. de Prémare」とサインしている。また、小説中の人物である司馬慎の号は「温古」となっており、洗礼名は「若瑟」としている。加えて、プレマールは自らの号を「温古子」と称していたため、プレマールとこの本との関係を暗示しているのが分かる。小説の第三回ではプレマールが著した『信経直解』が盛り込まれている。

この他、『儒交信』の第五回において、李光の妻である公呉氏は、普段、平話小説を好んで読んでいたという設定から、間接的にプレマールがこのような通俗文学を知っていたことが示されている。また「無名先生述」という署名も、明清時代の小説の作者が名を隠すという習慣を守っていることも含めて、そもそもプレマールは中国の下層文人や平民と親しくしていたため、世俗文学を深く理解していて、このような小説を書くことが可能だったのだ。現に、既に述べたように、プレマールの『漢語札記』の文法の第一部分において〝関于白話和日常風格〟の多くの用例は当時流行していた演劇や小説からの引用である。総じて、中国の文人が彼の創作を助けたという可能性を排除しないという前提の上で、「無名先生述」の『儒交信』は他でもなくプレマールの手によって書かれたと推論し得る。

『儒交信』は長くパリのフランス国家図書館で眠っていたが、近年になって、ようやく学者によって発掘された。

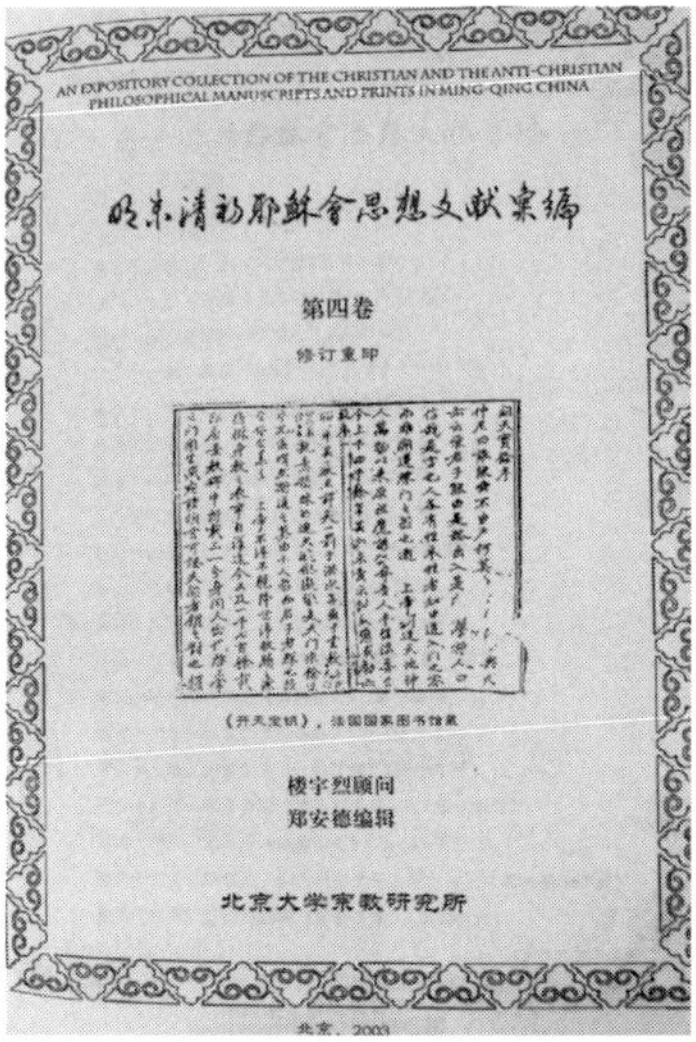

図６　北京大学宗教研究所が整理した『明末清初耶蘇会思想文献彙編』

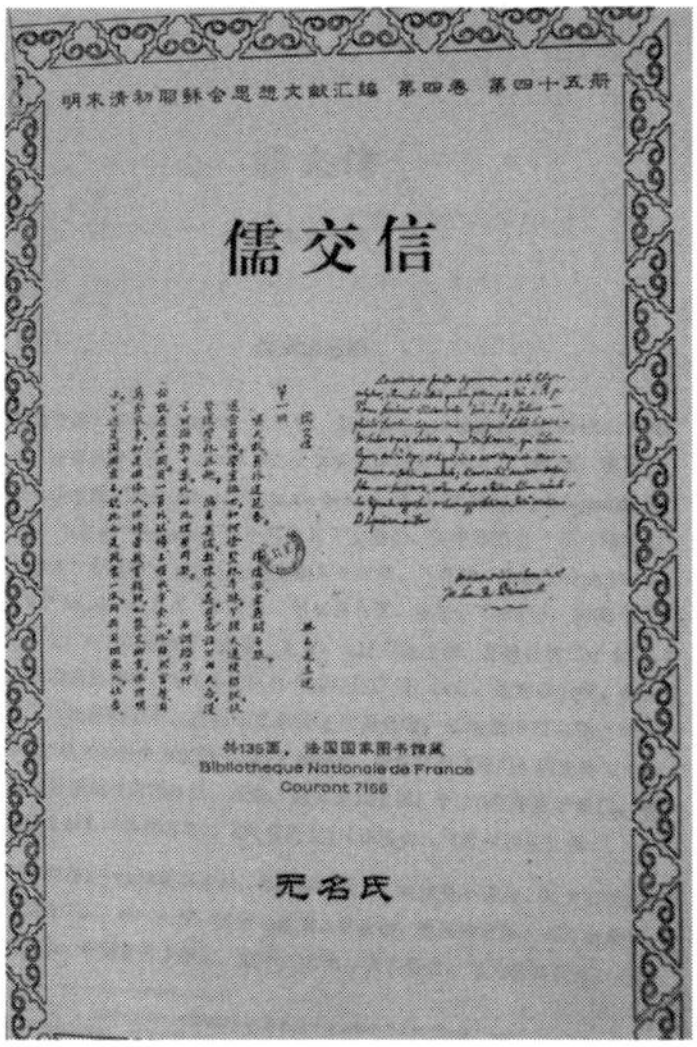

図７　『明末清初耶蘇会思想文献彙編』収録の『儒交信』

二〇〇三年、北京大学宗教研究所によって整理出版された『明末清初耶蘇会思想文献彙編』の第四五冊に収められている。しかし、資料を整理した者が章回小説の形式を熟知していなかったためであろうか、回目と文頭の詩が混淆し、現在、我々が見ることのできるこの北京大学の整理本には回目が存在せず、誤解と不便を招かざるをえない。

フランス国家科学研究センターの陳慶浩は二〇〇五年に台湾の嘉義大学で行われた中国小説と戯曲の国際学術シンポジウムにおいて「新発現的天主教基督教古本漢文小説」を発表し、『儒交信』の要約や釈名について紹介した。台湾の成功大学の王三慶が発表した論文「東西交流史上漢文小説所表現的文化衝突」は、新たな発見や一歩踏み込んだ研究には到っていない(8)。全体的に見て、目下『儒交信』に対する研究はさらなる深度と精密さを要するといえよう。

小説『儒交信』は全部で六回ある(9)。

第一回「嗔天教員外逞花唇　掲樹宗考廉開另眼」

員外の楊順水と挙人の李光の間でキリスト教についての議論が展開される。二人は宗教を信仰していなかったが、楊員外は庶民を代表し、彼は西洋人が死人の目を抉り取って望遠鏡を作っている、キリスト教の信者は先祖さえ敬わず、親が死んでも僧侶に経を念じさせず、紙銭を焼かない、妾を取らず家の跡取りができない、といったような様々な行いを非難した。李光は神を信じなかったが、このような西洋人と宗教を中傷する荒唐無稽な言論に反駁した。しかし、同時に西洋のいわゆる天主は『詩経』(9)『書経』(10)における上帝(11)であり、中国では孔子を師としていて、天主を信奉する必要はないと考えていた。これは当時の宣教師と中国の知識人の思想上の矛盾と文化的衝突を如実に反映している。

第二回「驚異夢急切訪真因　篤厚情詳明談大道」

李光は心に疑念があったため、一晩中心穏やかならずいたところ、恍惚とした中で、天主教の司馬慎という名の教徒が彼を呼ぶ声を聞いたが、たちまち聞こえなくなる。南柯の一夢であった。そこで、翌朝空が明るみだしたころ、李光は司馬慎の家を訪ね、教えを求めた。二人は天主教と儒教、仏教の関係について広く討論した。司馬慎は天主教と孔子の学説は相通じていることを解説し、「カトリックの信仰は孔子に叛かないばかりか、実は孔子の道理を守ることを助けるものである」、「イエスは孔子を滅さず、孔子はイエスの成就を助ける」と述べている。そして李光に対し「イエスの教室へ入るなら、必ず儒家の門から」といった。李光は司馬慎の入信後の変わり様を見てとても敬服した。

第三回「一片言喚醒宦海客　十二解提醒儒教人」

司馬慎の友人である趙敬之は三年間喪に服した後、都へ赴き官職に就こうとしたが、天主を信じると官職に就きやすいという話を聞いたので、司馬慎に教えを請うた。すると司馬慎は、天主を信じて役人になれば、「仁と義有りて、先に民に徳を以てし、百姓の愛戴を受け、善く撫字し民牧す」ことができるので、高き役職を得ることが容易となる、といった。そして別れ際に、司馬慎は趙敬之に対して、北京へ着いたら天主堂へ行き西洋人と会うように、とくれぐれも言い含めた。この時、挙人の李は書斎でプレマールが著した『信経直解』を読んでいた。小説はこの書の一二節の内容を概述している。

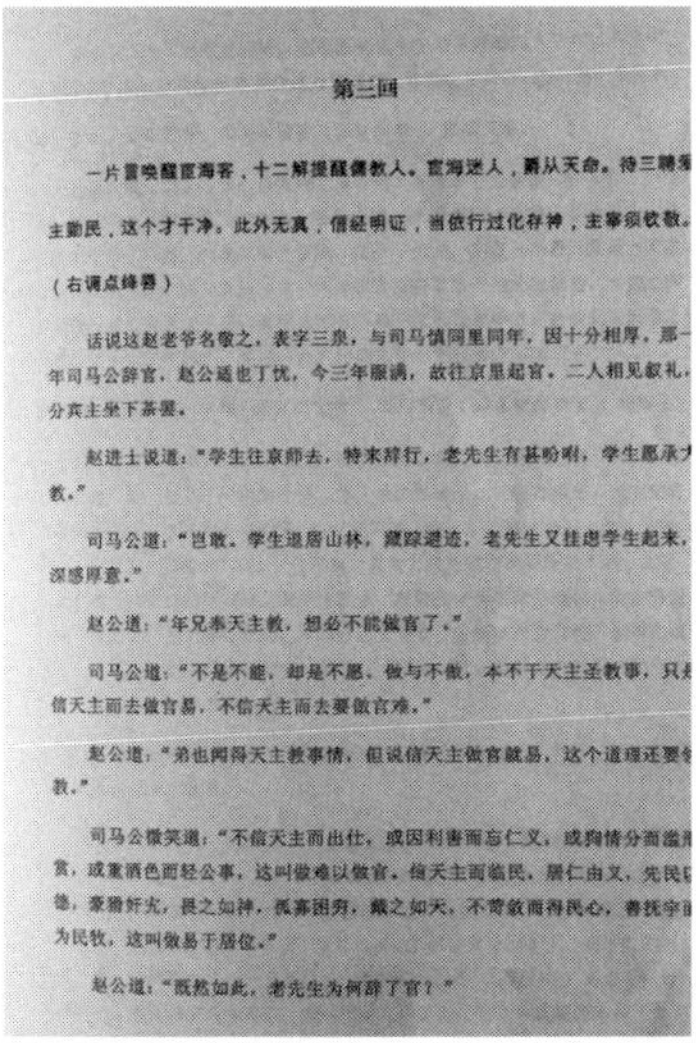
第三回

一片言唤醒宦海客，十二解提醒儒教人。宦海迷人，需从天命。待三聘

主勤民，这个才干净。此外无真，信经明证，当依行过化存神，主宰须钦敬。

（右调点绛唇）

话说这赵老爷名敬之，表字三泉，与司马慎同里同年，因十分相厚，那一

年司马公辞官，赵公适也丁忧，今三年服满，故往京里起官。二人相见叙礼，

分宾主坐下茶罢。

赵进士说道："学生往京师去，特来辞行，老先生有甚吩咐，学生愿承大

教。"

司马公道："岂敢。学生退居山林，藏踪避迹，老先生又挂虑学生起来，

深感厚意。"

赵公道："年兄奉天主教，想必不能做官了。"

司马公道："不是不能，却是不愿。做与不做，本不干天主圣教事，只是

信天主而去做官易，不信天主而去要做官难。"

赵公道："弟也闻得天主教事情，但说信天主做官就易，这个道理还要领

教。"

司马公微笑道："不信天主而出仕，或因利害而忘仁义，或徇情分而滥用

赏，或耽酒色而轻公事，这叫做难以做官。信天主而临民，居仁由义，先民以

德，豪猾奸宄，畏之如神，孤寡困穷，戴之如天，不苛敛而得民心，善抚字而

为民牧，这叫做易于居位。"

赵公道："既然如此，老先生为何辞了官？"

図８　『明末清初耶蘇会思想文献彙編』の『儒交信』第三回

第四回「究真詮古経多必寓　述霊蹟大道見躬行」

李光は司馬慎と『信経直解』について討論し、この書は素晴らしいが、内容が事実に基づくか否か疑わしいと指摘した。というのは、中国の古書にそのような記述がないか

らである。そこで司馬慎は、李光と「信」と「知」の関係について論じあうことにした。「信」は「知」と等しいわけではなく、もし「信」を生じることができれば、聖教について知り、中国の『易』『中庸』[12]といった古書の内容を実証することができる、と述べ、李光は、孔子の言動は弟子が書いたものであると考えていたと述べた。司馬慎もイエスの言動を挙げ、一二名の弟子と当時の証人がいることを述べた。また、天主と教徒の聖なる遺跡について語り、『天主降生言行紀略』『軽世金書』『真道自証』を彼に読ませた。

第五回「妹勧姐魔女回頭向正　儒交信春光大悟皈」

李光は帰宅した翌日、天帝[13]の像を中庭に安置し、先祖の位牌は他の場所へ置き、家にあった仏像を粉々に破壊した。仏教を篤く信じていた妻の呉氏を不快にさせ、大喧嘩となった。呉氏の迫力に圧倒された李光は、司馬慎の家に逃げ、毎日イエスの道理を学んだ。この日、キリストを信仰する呉氏の妹がちょうど姉の家を訪ねると、姉が打ち壊された菩薩の事で悲しんでいるのを見た。そこで、姉の信じているものは偽りで、儒教も完全なるものではなく、真にして全なるは唯一キリスト教である、と言った。また、キリスト教の様々な事跡を語ったため、呉氏は大きく心が動き、改宗の念がよぎった。そこで、妹にしばらく家に住んでもらい、聖教の理を語らせた。

第六回「迓西師蘭舟談妙義　帰聖教花県萃群英」

司馬慎が挙人の李をつれて天主堂で洗礼を受けさせた。洗礼名は保禄（パウロ）。司馬慎に教父になってもらい、舟で山村へ向かった。道中、熱心に教えを求めた。一日目、李光は「信」「望」「愛」の三つの徳について質問した。二日目には、天性について質問した。神父は『説文』、荘周、孟子、および、その他儒者の言葉を引用し、それらを分析した。三日目になると、挙人の李は再び「如何にしたら他人を信仰へと導けるのでしょうか」と聞いた。また、聖教の美についても質問した。神父はこれらについても順番に答えた。神父は司馬夫人と呉氏に洗礼をさせた。町、村を問わず多くの人が教えを聞きにやって来た。この数日間で洗礼を受けたものは五〇人余りにも及んだ。神父は李光を会長に任命した。すると三年も経たぬうちに、信者は数千人にも膨れ上がり、大きな教会を建てることとなった。楊員外は仏教を信仰し、妾もあったが、五〇歳にもならぬうちに、家は強盗に遇い、家は滅び本人も死んでしまった。一方、李光夫婦は七〇歳を過ぎても、病気をすることなく一生を終えた。遺体は同じ場所に埋められ、魂は二人一緒に昇っていった。伝統的な因果応報思想の再現というべき物語である。

『儒交信』の書名に関して、小説の中の多くの箇所で言及している。最も集中しているのは第五回である。冒頭の『蝶恋花』(14)の詞では、その回の大義を概述しているが、その後半部分では、「これまで儒教が最高であると思っていたが、天主の者と話を交わし、多くの事を学んでいないことを知り、儒教と天主教を交えて学んでこそ充実し、万事を知ることができる」と述べている。

また、この回の終わりでは、

司馬慎は李光に次の如く聞いた。「いま李さんはまだ儒を信じますか、天主を信じますか」。すると李光は、「いずれも正しいのですが、儒教だけを知り、天主教を知らなければ、それは無用であり、儒教と天主教を交えて知ってこそ本物である。聖人は儒教であるべきで、聖人の言葉に従って教えを信ずるのです。しかし、私が言う聖人とはイエスキリストだけが当てはまるのですよ」。

これは正に、「迷う時には悟りなく悟れば迷いなし、畢竟迷う時こそ悟る時」というものです。今こそ迷いを悟りとなし、儒教と天主教の交わりも実現する。二人が如何にして西洋の先生の教えを得るのかは、次回の講釈をお聞き下さい。

小説全体としては、儒教とカトリックの教義は矛盾せず、儒学の信仰とカトリックの信仰は互いに交わり得るとし、話が展開されている。その後の一九世紀プロテスタント宣教師が書いた漢文小説と比べると、『儒交信』は白話文の運用においても、また、章回小説形式の模倣においても、その精度は他を上回り、プレマールの深い漢語の素養を感じ取ることができる。小説の回目は整った体裁を保ち、章回小説の定式的な叙述の運用も適切である。第三回において、長編の経文解釈の『信経直解』を挿入したために、些かのぎこちなさを残したのを除くと、西洋人が書いた文章とは思えないほどの出来栄えである。また、冒頭と末尾に韻文や決まり文句を置く形式をも厳格に保持している。

たとえば、第二回の冒頭では、多くの小説に見えるように「西江月」[15]の詞（「洵是天心仁愛，端倪試借南柯。此衷未釈敢騰那，急扣伊人則個。先覚殷勤接引，真途敢自蹉跎。金針貫頂妙如何？尽把疑団打破。」）を引き、物語の内容を概述している。

第一回の終わりでは、「李光接着那書，不多厚一編，満心歓喜，直進書房内去了。正是：已愛心情融水乳，更憑書巻代提撕。不知趙老爺有什么話，且聴下回分解」と締めくくり、章回小説の様式に従っている。この他にも、叙述中によく詩や物語を盛り込んでいて、語りは「講釈師」的である。

『儒交信』の文学性、特に人物の形象においては、プロテスタント宣教師の作品が教義と討論を重視しているため、人物像の形成がやや疎かになっているのに比べ、『儒交信』に登場する人物はとても個性的である。司馬公は淡泊で穏やかな性格を有し、順序立てて易しく人々を導く姿が印象に残る。李光は思考能力に長け、果敢に実行する力を有している。だが、最も存在感を放っているのは、李光の妻、呉氏であろう。彼女は第五回になってからの登場だが、その性格のきつさと賢さは読者に強烈な印象を与える。

李挙人の妻の呉氏は、なんと司馬夫人よりもさらに仏教を篤く信仰していた。だが、きびきびと利発で、裁縫手芸はおろか、囲碁さえも知っていた。文字を多く知っており、小説の類いも読んだことがある。ただ、口が頗る達者で、美女の中の弁舌名人である。李挙人は仕方なく、彼女が望むように、仏を祭らせ、お経を読ませていた。

李光は呉氏の仏教信仰を止めさせるため、家にある仏像を粉砕する。呉氏は菩薩が粉々になっているのを見て驚愕し、顔色は青ざめ、しばらく呆然とし、その後大声で怒鳴りだした。

この死にぞこないめ。取りつかれて、狂ったんでしょう。どうして私の仏様や菩薩様を打ちこわしたの。いいと思っているわけ。

李光は呉氏に菩薩像を拝んでも意味がないと説得するが、却って呉氏の罵声を被ることとなる。

この無限地獄行き野郎、仏教の本を読んだこともないくせに、面白いつまらないがわかるわけ。この本しか読まない馬鹿野郎、昔吹いたほらを恐れてるのかい。天の神がいるなら、どうして早く言わないわけ。私は二〇年余りここで仏様を祭り、観音様に祈禱しているのに、あんたは何もしないんだからね。一緒に何度も菩薩を拝んだくせに、全く罰当たりだわ。

呉氏のセリフは、活気があり、臨場感に溢れ、スピーディーで、個性的である。これは作者の高い文章力の現れに他ならず、他の宣教師には成しえないであろう。

『儒交信』は全て人物間の問答によって成り立っている。これはプロテスタント宣教師によって書かれた多くの漢文小説を彷彿させる。たとえばミルンの『張遠両友相論』（一八一九）、ギュツラフ（Karl Gützlaff、一八〇三～一八五一）の『贖罪之道伝』（一八三四）と『誨謨訓道』（一八三八）、F・ゲナールの『廟祝問答』（一八五六）などである。『儒交信』は木版印刷されなかったが、写本によって伝播し、影響を与えていたのではないか、といった疑問が浮かぶ。

プレマールの『漢語札記』の出版は、最後は、イギリスのプロテスタント教徒の手によって完成する。近代の中国におけるプロテスタント布教活動の創始者であるイギリスのモリソン（Robert Morrisson）はイギリス貴族の経済的援助を得て、マラッカの英華書院[16]から『漢語札記』を出版した。当時、レミュザの学生であるジュリアンが生計のために、レミュザの写本に基づいて、モリソンのためにプレマールの直筆原稿を写し取った。一八三一年、この著作はついにマラッカで出版され、すぐに多くの人が推賞した。プレマールもこれによって、漢学史上有すべき地位を確立することとなった。

では、それ以前にかつて『儒交信』は果たして書き写されことはなかったのであろうか。これについて今我々はその当否を明確に知ることはできない。しかし、ジュリアン以前に写本があったという仮説が成立するならば、なぜ、最初のプロテスタント宣教師の漢文小説が、モリソンの助手を務めたことのある英華書院の第一期校長のミルンの手によって生まれたのかを説明することができ、同時に、当書の構造的特徴と文体がこれほどまでに『儒交信』に近い理由を知ることができる。

大胆すぎるかもしれないこの仮説をぬきにして考えるとして、プレマールとその後のプロテスタント宣教師らが、期せずして共に白話小説と問答体を組み合わせた形式を選択した主な原因は、おそらくこのような形式は、記述がより直観的かつ明断になり、要点を明確にして教義を伝播することができるからであろう。作者は登場人物に依拠して、問答の最中で自由に自己の見解を述べ、物語展開を阻害することなく、教義を説くことができたのである。なお、このような問答体は、ヨーロッパの哲学と宗教の著作において先例があったことは言うまでもない。

三　『旧約聖書』索隠派の神学観と『儒交信』の創作

『旧約聖書』索隠派（Figurists）は「形象学派」あるいは「象徴学派」と訳される。この名称は、最も早くはフランスの漢学者であるフレレット（N. Freret）とプレマールとの一七三一年の手紙の中で見られる。索隠学派は、『聖書』、『道徳経』、中国の文字、および古代史を専門的に研究する一八世紀の初めに成立した小規模の学術団体で、創始者はブーヴェである。プレマール、フーケ（Jean-Francois Foucquet）、ゴレ（Alexis de Gollet）もその中の主要メンバーである。

一七世紀、一八世紀において、ヨーロッパでは折しも批判的な視点から『聖書』の研究を行う趨勢にあった。中国に滞在する宣教師は、中国の天文学上の発見に関する報告により、中国の文明起源の正確な年代について討論することとなった、一七世紀初頭、シャール（Johann Adam Schall von Bell）、クプレ（Philippe Couplet）らは、この問題に関して討論したが、適切な結末を導き出しえなかった。一六五八年になると、マルティニの『中国上古史』（*Sinicæ Historiæ Decas Prima, Munich*）がドイツのミュンヘンで出版された。その中で提示されている中国歴史の編年と『旧約聖書』の矛盾に関する問題は、『易経』に対するキリスト教的な解釈の試みを促した。キリスト教の学者は中国史を用いて『旧約聖書』の信憑性を検証し、中国古代における伝説（『周易大伝』に体系的な記述がある）を『旧約聖書』の物語の変種と見なし研究を始めた。大半が憶測であったが、このような研究の存在は注目に値し、近代キリスト教学者がヨーロッパ以外の非キリスト教の国をもキリスト教の世界史に編入しようとする意志を察しうる。(10)

プレマールは中国の書物を広く読んだ。索隠派の中で、プレマールは中国の学術に対する理解が極めて深く、その他の研究方法においても理性的な態度を保った。プレマールは、一七〇三年頃から、ブーヴェと親交を深め、ブーヴェに宛てた手紙の中で、ブーヴェの学生であると自称している。プレマールは一六九八年に中国へ上陸した後、生涯の大半を江西と広東で送った。中国の下層文人や庶民と親しく付き合ったため、中国の実社会や世俗文化を深く知ることができた。従って、同じ索隠学派でも、プレマールの見解はブーヴェ、フーケとは異なる。既述の如く、プレマールは中国の経書における史実の信憑性を信じ、それらの中から宗教の根源を求めた。プレマールの見解によると、

中国の宗教は全て経書の中に存在する。基本的な教義について言えば、古代の中国人はノアの子孫から自然法則の原理を得た、ということを人々は発見することができる。彼らが神に関する知識を人々に授け、また人々に神を尊敬させた。(11)

すでに述べたようにプレマールは、キリスト信教の主たる奥義は中国の古書の中から探しうると信じていたが、『易経』あるいはその他の古い経書が、イスラエル十二支派への神の啓示の痕跡を示しているとは考えていない。つまり、プレマールは自分の仮説に無理にこじつけようとはせず、極めて理性的だったのである。プレマールはイエズス会士の中では冷静な態度を以て『易経』と中国の古代史を、ユダヤを中心としたキリスト教教義から切り離した第一人者であると言える。

その一方で、『旧約聖書』索隠派の重要なメンバーとして、プレマールの中ではその歴史感覚と形象主義が衝突していたが、それは主としてプレマールが著した『中国古書中基督教義之遺迹』(*Selecta quaedam vestigia Praecipuo-*

rum Christianae Religionis dogmatum ex antiquis sinarum Libris）の中に現れている。この中でプレマールは中国古代史についていろいろと疑問を提起している。たとえば、

どうして古代の中国は天下を九つの州に分けたのだろうか。文王は果たして本当にそれほどまでに理想的であったのだろうか。龍、麒麟、鳳凰は人が創造した記号なのであろうか。

そして、プレマールの最終的な観点は依然として、キリスト教教義に符合する象徴主義によって解釈すべきだと見なしている。だが、一二八年中国に滞在したものの、中国の『易経』を賛美し、『旧約聖書』を尊重していないと見なされ、ローマカトリック教伝道総会によって帰還させせられてしまう。[12]『旧約聖書』索隠派の神学の観点はプレマールの文学活動においても一貫しており、彼の『趙氏孤児』の翻訳の過程は、索隠派の観点と密接に関係している。プレマールはヨーロッパで索隠派の神学観を広めるために、『趙氏孤児』を翻訳した。かつ、それを当時、フランスの漢語の権威者であるフルモンへ送ったのである。

プレマールはなぜ数多くの元劇の中から『趙氏孤児』を選んだのであろうか。一つだけ確定しうるのは、プレマールは随意に選択したのではないということである。臧懋循『元人百種曲』[17]の全ての挿絵は第一冊に集中し、全部で二二四ある。これらの挿絵には題目が付けられているが、実際の作品の標題と対応していない。そこで、プレマールは全ての挿絵に番号をつけて対応させた。さらにその番号を、対応する巻と各戯曲の台本の冒頭にも記した。その作業のために全ての作品に目を通す必要があることから、プレマールは意図的にこの作品を選択したと見なし得る。この『趙氏孤児』は当時のフランス文学界が好んだ悲劇的観念に符合し、同時に、劇に出てくる人物の、気高い英雄像はプレマールの興味をひきつけた。

イエズス会は一貫して悲劇的な人物の英雄像を以て人々の教化を図った。索隠派の観点とイエズス会上層は深い矛盾があったが、プレマールはやはり長期に渡ってイエズス会の伝統的な教育によって育った学者であるため、美学の観点において大きな対立を生むことはなかった。『趙氏孤児』に登場する程嬰、韓厥、公孫杵臼という人物の、国家民族のため自己犠牲を惜しまない忠義道徳は、これは正に彼らの悲劇観と合致している。従って、プレマールは、元雑劇を熟知したうえで、優れた中国の文学作品を選択し、かつ、その選択は、フランスイエズス会を含むフランスの美学観念に最も適していたと推論できる。イエズス会は索隠派に反対したが、この台本は『中華帝国志』に錦を添える、と認めた。よって、アルドは一切を顧みずこれを発表しようとした。[13]

前述の如く、『旧約聖書』索隠派神学の観点は、プレマールの『儒交信』においても一貫しているが、この点を理解すると、小説、およびその文化的価値を理解するのに役立つ。この小説の核心は、儒教とカトリックの共通点を探すことにあり、小説中の人物による儒家の経典の解読とカトリック教義の解析を利用して、「天主教を信仰するのは孔子に叛くのではなく、実は、孔子の道理を補い、守っているのである」、あるいは「イエスは孔子を滅さず、孔子はイエスの目的の成就を助ける」といったことを証明しようと試みている。[14] 小説にはこのための「読書随筆」スタイルの長い議論が多く、たとえば、第二回では、李光は『詩経』『書経』『論語』[18] などの経書を多く引用し、儒家とカトリックの共通点を証明しようとした。

このような中国と西洋の文化を調和させようとする言論は、ある特定の時代における文化的背景に生まれたものである。これはプレマールの努力によって発掘されたものであり、この時期の西洋の宣教師が中国での布教のために行った探求の結果を代表するもので、当時の「典礼問題」[19] における論争の焦点となった。

その一方で、儒教とカトリックが相異しているのでなければ、孔子の理を知ればよいのであって、どうしてカトリックを信仰しなければならないのだろうかという問題が生ずる。小説中の人物司馬慎はこの問題について答える。

李さんは（儒教の）立派な学者であるだけでなく、きっと奥様とご子息、執事たちは儒教に帰依し、菩薩を信じず、ただ孔子だけを信じているのでしょう。でも、周りの人や親せき友人がみな分かっているとは限りません。李さん、正直にお答えください、あなたは何度他の人に神に仕え、孔子に学び異端を絶つよう説得したのですか。何回相手を心服させたでしょうか。本府と本県を除くと、あと一三の省があります。そして、国外には夷狄の国があります。彼らは神を信じず、また孔子を知りませんが、彼らもまた間違いなく神という大きな父母から生まれたのであり、我々と兄弟なのです。神の賢臣であり、孔子の賢徒であるあなたはここで何をしているのですか。どうして儒教を万人に広めないのですか。孔子が在世なら、きっと神に仕え、諸国に教えを広め、まさにそれゆえに「東西南北の人」と自称したでしょう。

この考えは、我々から見ると、十分に納得することはできないが、作者は宣教師の理想的な方法に基づいて、以下のプロットにおいて希望を込めてこう続ける。すなわち、「李光はこの言葉に深く感服し、しかも信教後の司馬公を敬慕して已まなかった。」と。

プレマールはリッチ以来のイエズス会が遂行した、儒教と合致させ仏教を排斥する策略に従った。リッチは中国に来てから久しくないうちに「儒教は中国固有のもので、かつ、国内最古のものだ。中国人は儒教を以て国を治め、大量の文献を有し、他の教派とは比べられないくらいほどよく知られている」ということを認識した。[15]このような神権と政権が一体となった社会構造に直面し、カトリックが中国へ進出するためには他の選択がなく、当時の中国のイデオロギーであった儒学と結合するより他なかった。すなわち「合儒」の路線を歩むことにしたのである。もし中国と西洋の文化交流史の観点から見、かつ西洋の思想文化と中国文化の衝突と融合といった視点から見ると、この策略には歴史的な意義がある。まさにこのようにしたが故、西洋文明は、真の意味で東洋文明と本当の対話を実現することができ、特に、西洋文明の核心である哲学と宗教がようやく東洋の哲学、宗教と実質的な対話を行うこととなったのである。

ただ、この策略は、カトリックの伝統的な布教方法と比べると非常に危険であった。キリスト教に叛く恐れがあったからである。実際に、その後、イエズス会とその他の後から訪中したカトリック教修会、たとえば「フランシスコ会」「ドミンゴ会」「ビンセント会」「アウグスチヌス会」などとの間に亀裂を生み、内部に異なった考えを孕ませる根源となった。いわゆる「典礼問題」はこの時に導火線が埋められたのである[16]。

プレマールは中国の言語文字、および古代の典籍からカトリックの教義を発掘する努力をしたが、これにより、当時のローマ教廷の主流の思想と激しく衝突した。正にこのようなことから、小説『儒交信』はプレマールの他の著作と同じ運命を辿り、プレマールは生前異端と見なされ、『儒交信』はついに出版されなかったのである。プレマールが著した『経伝論』の一二篇ではこの点がより突出している。この書は歴代の儒者の経説を引述し、相手の論拠によって相手に反駁を加える手法を利用し、索隠派の観点を説明した。すなわち、唯一、古経だけが信じることができ、多くの儒家の説は信用しきれない、ということである。だが、中国の読者にとって、プレマールのカトリックの思想は完全に経学と理学の文字の下に埋まり、プレマールがカトリックの教義を伝播しているとは見なし難かった。

プレマールの著作は宣教師の存在を合理化したが、宣教師をむしろ当時の一般的な中国学者に近い存在にしてしまった。プレマールは自分の信仰を疑ったことは一度もなかったとしても、結果、彼の著作の構想、および異文化に対する寛容は教会に危機感を与え、帰還を命じられるに至った。だが、プレマールのケースによって、はるばる遠方からの訪問者の二つの文化の狭間での葛藤を、我々は共感を以て理解することができるかもしれない[17]。

日本で布教したザビエル、あるいは中国で布教したリッチ、いずれも先駆者は優れた智慧と一身をささげる精神を有している。彼らの人格の魅力、異民族の文化に対する現実主義的な態度と寛容たる精神は、特定の時代と歴史的事件を超越し、広く深い文化の象徴といった意義を有している。正にイエズス会士の異質の文化に対する認識、およびその布教戦略の絶え間なき修正により、東洋と西洋文化の交流をこのように深めることができたのである。[18]

プレマールの意義は正にここにある。彼は正真正銘の漢学の大家であり、プレマールの白話小説『儒交信』は、儒学と中国文学に対する深い理解と現実主義の態度の現れである。『儒交信』は白話小説として著され、布教に用いられたが、これは、広大な中国本土の読者に適する新たな布教方法を開拓したと見なし得る。それは後の一九世紀のプロテスタント宣教師によって、より輝かしき光彩を放ち、その適用性と有効性が証明されることとなるのである。

【注】

（1）『馬若瑟伝』、方豪『中国天主教人物稿』（第二冊）、台中：先啓出版社一九七〇年版。
（2）http://baike.baidu.com/view/493630.htm を参照されたい。
（3）楊宏声「明清之際在華耶蘇会士之「易」説」『周易研究』二〇〇三年第六期、四八頁を参照されたい。
（4）『小説月報』一九二一年第一二巻第一期。
（5）早期のイエズス会士が訳述した寓言小説と逸事小説に関しては本書の序論を見られたい。
（6）李奭学『中国晩明与欧洲文学――明末耶蘇会古典型証道故事考詮』、台北：中央研究院、聯経出版公司の共同出版、二〇〇五年聯合出版、七九頁。

（7）「耶蘇会伝教士馬若瑟神父致本会郭弼恩神父的信」『耶蘇会士中国書簡集』第一巻、鄭州：大象出版社二〇〇五年版、一五一〜一五二頁。
（8）王三慶「東西交流史上漢文小説所表現的文化衝突」、台湾『成大中文学報』第一七期、二〇〇七年七月。
（9）ここで依拠した『儒交信』の版本は、パリのフランス国家図書館東方稿本部の漢文抄本の影印本である。陳慶浩氏から提供された。以下の論考で特別な場合を除き、『儒交信』の引用はすべてこの版本によるものとする。
（10）楊宏声「明清之際在華耶蘇会士之「易」説」『周易研究』二〇〇三年第六期を参照されたい。
（11）前掲注1『馬若瑟伝』を参照されたい。
（12）前掲注10楊宏声「明清之際在華耶蘇会士之「易」説」。
（13）魯進「馬若瑟為什麼翻訳了「趙氏孤児」」『中華読書報』二〇〇七年九月一二日第一九版「国際文化」。
（14）『儒交信』第二回。
（15）リッチ、トリゴー著／何高済、王遵仲、李申訳『利瑪竇中国札記』、桂林：広西師範大学出版社二〇〇一年版、七〇頁。
（16）姜光輝「論明清間入華伝教士対理学的解釈・導言」「国学論壇」http://bbs.guoxue.com/viewthread.phh?tid=211310 を参照されたい。
（17）祝平一「経伝衆説——馬若瑟的中国経学史」『中央研究院歴史語言研究所集刊』第七八本第三分、民国九六年九月を見られたい。
（18）戚印平『日本早期耶蘇会史研究』、北京：商務印書館二〇〇三年版、一二六頁。

〔訳注〕
〔1〕中国の歴代の正史二一書。史記・漢書・後漢書・三国志・晋書・宋書・南斉書・梁書・陳書・魏書・北斉書・周書・隋書・南史・北史・新唐書・新五代史・宋史・遼史・金史・元史を指す。これに『旧唐書』『旧五代史』『明史』を加えたものが二十四史である。
〔2〕『水滸伝』—山東の梁山泊に跋扈した好漢を主人公とした長編小説。明代に成立し、百回、百二十回など様々なテクストがあるが、この時代に読まれていたのは、明末に金聖嘆の手で大幅に改編された七十回本である。

〔3〕『画図縁』――一介の文人が二幅の画を入手した縁で、官位と美女を手に入れる、いわゆる才子佳人小説。康熙年間の版本がある。作者は天下蔵主人とあるが未詳。
〔4〕『醒風流』―才子佳人小説のスタイルを借りてはいるが、南宋の主人公が奸臣の悪巧みにより陥れられた父の冤罪をはらす反「才子佳人」の物語。乾隆年間の版本がある。作者は鶴市道人とあるが未詳。
〔5〕『好逑伝』―才子佳人小説の傑作とされる。男女のキャラクターは魅力的であり、悪人の妨害を打ち破り、様々な困難を克服していく物語の展開にも無理がないとされる。一八世紀に欧州で紹介され、ゲーテの賞賛を受けた。清代の版本に名教中人編次とあるが作者は未詳。
〔6〕『玉嬌梨』―一人の才人が、苦労の末、高官の地位と二人の美女を手に入れるという才子佳人小説の典型的作品。清初の版本があり、成立は明末と思われる。作者は荑秋散人とあるが未詳。
〔7〕占いの理論と方法を説く書。『周易』とも、単に『易』ともいう。経は六四卦の卦画、および卦辞、爻辞上下二編でなり、解説にあたる「伝」は一〇編から成り、「十翼」ともいう。
〔8〕元代に流行した戯曲を元雑劇あるいは元曲という。簡素ながら、物語の展開、人物形象のいずれも評価の高い名作が多い。また、宗教芸能の要素を色濃く残していることも特色とされる。『趙氏孤児』は元代前期の作品で、元曲の中でも名作とされる。春秋時代の故事をもとにしている。奸臣のために一族を誅殺された趙氏の孤児が二人の人物の力を借りて仇討ちをするという物語。
〔9〕中国最古の詩集。五経の一つ。孔子以来、儒家の経典とされた。諸国の民謡を集めた〈風〉、宮廷の音楽〈雅〉、宗廟の祭祀の楽歌〈頌〉の三部分から成る。
〔10〕五経の一つ。先秦では単に『書』といい、漢代からは『尚書』と呼ばれ、宋以後『書経』と称される。『書』は史官の記録に由来する中国最古の文献であり、早くから古典として尊ばれており、儒家はそれを自己の経典とした。
〔11〕『詩経』『書経』などの儒教経典に見える宇宙の最高神。〈昊天〉は大いなる天、〈上帝〉は天上の帝王の意。〈皇天上帝〉〈皇皇后帝〉ともいい、単に〈上帝〉ともいう。
〔12〕中国、戦国時代の思想書。一巻。子思の著と伝えられる。「礼記《らいき》」中の一編であったが、朱熹《しゅき》が「中庸章句」を作ったことから、四書の一として儒教の根本書となった。

〔13〕道教の最高神。
〔14〕詞は一篇の字数が決まっている。また平仄と脚韻を持っているが、句ごとに字数が異なる。詞は詞調に合わせて作られるが、もとは音楽を伴っていたため詞調ごとに形式が決められている。また詞調には特定の名称が決められており、これを詞牌といい、この「蝶恋花」もその一つ。詞の題名には詞牌が使われ、詩のように内容による題はつけられない。詞牌の数は、清の康熙帝勅撰の『詞譜』によると、八二六調、同一詞牌で形式の異なる「同調異体」を数えると二三〇六体に上るが、常用される詞牌は一〇〇調くらいであった。
〔15〕小説で頻用される詞牌の一つ。
〔16〕一八一八年マラッカで、布教の拠点として設けられ、キリスト教の教義に基づく教育と、布教に関連する出版を行った。その後、一八四三年香港に移設され、一八五八年からは出版業務のみを行っていたが、一八七八年に王韜に売却され、中華印務総局として出版業務を継続した。一九一一年、香港大学の設置に伴い、同書院は中等教育の学校として復活した。
〔17〕『元人百種曲』―明末の文人臧懋循（?～一六二一）選。元代の戯曲百種のテクストをレーゼドラマのテクストとして整理・校訂・編集したものである。万暦四四年にでき上った。
〔18〕孔子の弟子によって孔子の教えが記録された語録。
〔19〕中国の「祖先崇拝」など伝統的宗教文化をキリスト教は許容すべきか否かで巻き起こった論争で、中国の伝統に寛容なイエズス会と他の教派との対立でもあった。一七〇四年ローマ教皇は中国の伝統的宗教文化を拒絶することを決定し、一七一五年改めて通告した。これを受け、一七一七年康熙帝は、イエズス会を除くキリスト教の布教を禁止する勅令を発布した。この後一七二〇年再度禁教令が公布され、また雍正帝の時代には一七二四年以後度々禁令が出され、宣教師たちの多くは国外退去を余儀なくされた。

第二章　早期のキリスト教の漢語定期刊行物

本章では三種の漢語定期刊行物について述べる。すなわち『察世俗毎月統記伝』『特選撮要毎月紀伝』『東西洋考毎月統記伝』である。これらはキリスト教宣教師が創設した最古の漢語による定期刊行物である。これらは、また、中国における新聞業の歴史において最古のものである。従って、研究者はすでに多くの論文を発表し、これらの中国の刊行物の近代化に対する影響について論じている。しかし、伝統的小説の形式や文体が刊行物においてどのように応用されたかについては詳しく論じられていない。そのため、一歩進んで検討する必要がある。

『東西洋考毎月統記伝』は黄時鑑が全てを収集し、その後、影印出版して、国内の学者に大きく貢献した。その他の二つの定期刊行物は、国内での所蔵がきわめて少なく、多くの文章が引用や転用に頼り、間違いも多い。本章では主として、これらの定期刊行物が中国伝統小説の形式を借用していたことについて論じ、当時のプロテスタント宣教師の文学観と布教構想について考察する。そして、宗教の伝播と文化交流を視野に入れながら、西洋のキリスト教文化が如何にして中国の伝統的な章回小説の形式を模倣し、それが中国の大衆に受け入れられ、この種の文学の影響がどのようにして中国文学と社会のその他の領域で拡大し転化していったのかについて論じる。

一　『察世俗毎月統記伝』

『察世俗毎月統記伝』（*Chinese Monthly Magazine*）は中国の新聞刊行物の歴史上最初の定期刊行物である。これは

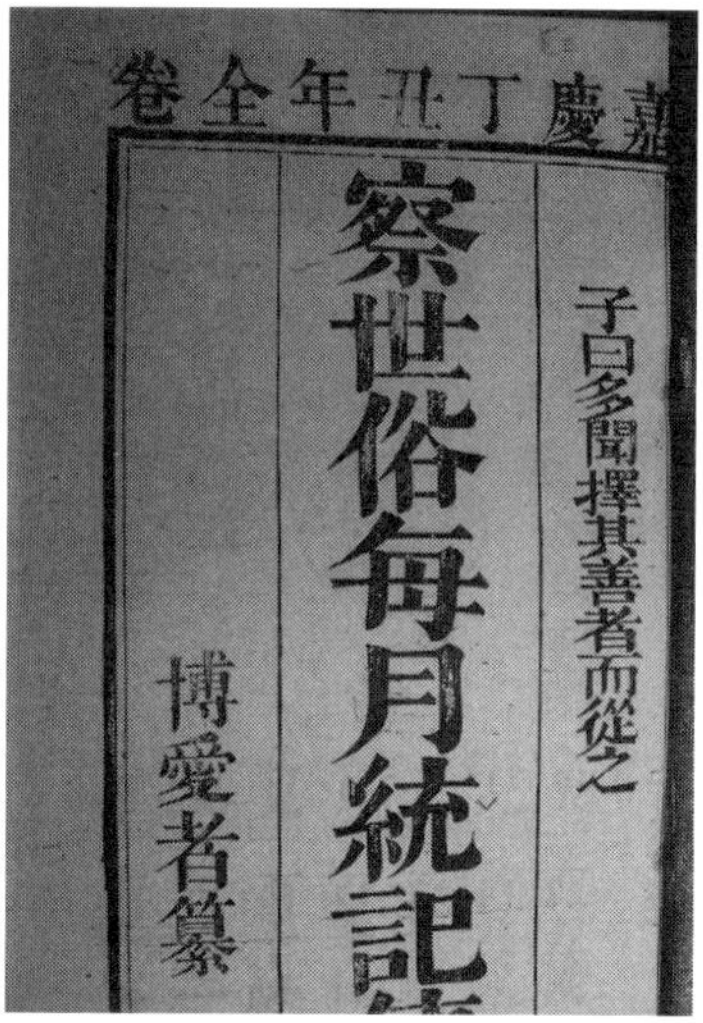

図１　嘉慶22年（1817）刊『察世俗毎月統記伝』

嘉慶乙亥年七月（一八一五年八月）にマラッカで月刊として創刊され、道光元年（一八二一）に停刊となった。表紙の左下に「博愛者纂」と押印されているが、実際は、主にミルンが手掛けたものである。これは、なぜ章回小説の形式が『察世俗毎月統記伝』において広く応用されていたのかを知る手掛かりとなる。ミルンの文学に対する主旨は、従来の研究資料からは詳しく知りえないが、彼はプロテスタント宣教師の漢文小説『張遠両友相論』の作者として有名である。『張遠両友相論』の最初の単行本は一八一九年にマラッカで出版されたが、一八一七年にすでに『察世俗毎月統記伝』の第三巻で連載されている。それは一八一九年まで続いた。第五巻まで連載し、全部で一二回ある。[1] これはミルンが中国伝統小説に対して興味を持っていたことを意味している。注目に値することは、ミルンのこのような興味は、『察世俗毎月統記伝』の刊行理念に影響を与えただけでなく、以後の宣教師の漢語定期刊行物である『特選撮要毎月紀伝』と『東西洋考毎月統記伝』にも影響が及んでいる、ということである。

『察世俗毎月統記伝』は、第三巻の『張遠両友相論』の連載を境として、その前後で文体の特徴に違いがある。それ以前では論説文が多いが、以後の文は叙述的な色彩がより強くなっている。これはある意味で『張遠両友相論』の影響を受けているといえよう。ただ、第三巻より前、この刊行物が論説文を主とし、イエスの道理を説いていたとしても、編集者は文書校正において、すでに章回小説の影響を受けた痕跡を残している。たとえば、論説文においても、章回小説の常套語、「看官，你若還有疑，請等第二回与汝論一論」（「聴衆の方々、もし疑念がございましたら、第二回で改めてお話をしましょう」）を用いている。さらに、編集者は一年最後の巻末で、幾つか詩を用いて総括を行った。これは章回小説の終結方法と似ている。(3)

また、巻二の序言で、この雑誌の編集方針について述べる中で、編集者は読者層とその需要について十分に考慮するとともに、特に「貧しい労働者」に焦点を置いていること、そのため、編纂時は通俗性を追求していることを強調している。同時に、作者は、読者は「五色の雲（異変を告げる凶兆もしくは吉兆）を最も好む」と考え、物語、寓話、逸話など様々な「五色の雲」を展開し、多くの読者を楽しませた。これは『察世俗毎月統記伝』が「神の理」を主とした宗教刊行物でありながら、世俗的な読み物であることの特徴をも表していると言える。

長編の文書に対しては、『察世俗毎月統記伝』は往々にして章回小説のような形式を用いており、連載する場合には、各章の終わりに「後月続講」（次の月に続けてお話ししよう）、「後月又講」（次の月にまたお話ししよう）、「後月接講」（次の月に引き続きお話ししよう）などの表現がある。ひいては、直接、小説にある「欲知後事如何，且聴下回分解（続きが知りたければ、次回をお聞き下さい）」といった表現を模倣している。たとえば、第二巻で連載を始めた、紙幅が最も長い『古今聖史紀』は、『聖書』の中の『創世記』を物語として語っている。全体は二つの巻に分かれ、上巻は二〇回、下巻は七回に分け、各回にはそれぞれ伝統小説風のタイトルがつけられており、かつ二回と三回、四回と五回、六回と七回はそれぞれが対句になっていて、これも伝統小説に見られるものである。(4)

なお、巻二は『天文地理論』が全九回の形式で掲載されているが、この巻には、版画による挿絵があり、天文に関する解説の便宜を図っている。これは章回小説の挿絵に似ている。

第三巻から『察世俗毎月統記伝』は、これまで紙幅の多い『古今世史紀』の連載を継続すると同時に、『張遠両友相論』を最も目立つ位置に掲載し、この刊行物の風格に変化を与えた。『張遠両友相論』の最大の功績は、二人の対話による問答の形式を確立させた点にある。また、内容と主題に基づいて章節を区切り、観点をより直接的に、明晰に表現し、読者が要点を掴みやすいようにしている。さらに、『張遠両友相論』は、通俗的でかつ臨場感のある小説と、無味乾燥な教義の説教や討論との間のバランスを保つことに成功した。そのため、より読者の好評を得ることができた。

『察世俗毎月統記伝』の創刊一年目の暮れ、ミルンは次のように述べ、さらに読者獲得を目指した。

遠方の各地に居る方で『察世俗毎月統記伝』を読みたい方は毎月の一日から三日までに、私の住まいに人を来させ受け取らせていただきたい。ペナン（マレーシアの州の一つ）、シャム（タイ王国の旧名）、ベトナム、ジャカルタ、リオなどに居てこれを読みたい方は、船でマラッカに来た際に、私に手紙でお知らせいただくか、舟の者に私のところまで取りに来るよう申し込んでください。どの方法でも承ります。ミルン拝。(5)

四年後、『察世俗毎月統記伝』の発行量と読者は明らかに増加した。(6)ミルンは、読者がこの書物の中の要義を理解したかどうかを確認することはできないとして、以下のように述べている。

しかし、このような書を読む人は少なくないが、その中には明らかに道理を理解できないものが含まれている。それはかつてこのような道理を聞いたことが無かったり、あるいは、文章が些か読みづらかったり、教義の一半しか読む機会がなかった等の理由で、違和感を覚え、理解できなかったと思われる。(7)

だが、読者の増加は疑いのない事実であり、編纂の世俗化という策略が次第に功を奏する。

三年で毎月五百冊印刷し、友人に委託し、船を利用して、南洋群島、シャム、コーチシナ（フランス統治時代のベトナム南部に対する呼称）など各地の華僑が集まる地域の人々に販売した。また、内地にも滞りなく配送できた。最近さらに千冊増刷したが、需要は増え、販売経路は拡大しつつあり、三、四年後には、二千冊以上にまで増加するかも知れない。[8]

この他、粤（広東、広西）の県試、府試、郷試の際に、梁亜発（ミルンの指導を受け宣教師となった中国人。科挙と儒教の批判を行い、洪秀全らに影響を与えた）が試験場へ赴く際に、宗教関係の書物と一緒に送った。

第三巻以降『張遠両友相論』の叙事方法が『察世俗毎月統記伝』の中でよく用いられるようになり、用いられる言語も著しく口語化するという特色が見られる。たとえば、第七巻に『鉄匠同開店者相論』『東西夕論』があるが、これらは『張遠両友相論』にとても似ている。『鉄匠同開店者相論』の主人公は「何」と「進」という人物だが、二人の生い立ちは当時の南洋地区でよくありがちな設定だった。

道光元年二月三日、ジャカルタで二人の唐人が、夜、腰を下ろして話をしていた。一人は何といい、広東の人である。もう一人は進といい、福建の人である。二人の家は貧しく、生きるすべがなかったため、嘉慶一六年に海外へ行き、活路を求めた。進は鉄の加工を学び、何は店を開き小さな商売をした。何は節約に努め、毎年三〇円の銀貨を実家へ送り、年老いた母を養った。更に、一〇円銀貨を送り体の不自由な姉の生活を支えた。だが、進はジャカルタに来てから数年で広西の客人の女性を娶り、そこで暮らし、中国へ帰ろうとはしなかった。だが、毎年四~五円或いは一〇円銀貨を父へ送った。進と何は幼少時に少しだけ学問を学んだ。だが家が貧しかったため、すぐに先生の教えを受けることができなくなった。そうであっても、二人は四書[1]、『三国志』[2]、道

徳書などの書物を読むことができた。(9)

この「何」と「進」のような「プロレタリア」が『察世俗毎月統記伝』の布教の対象であり、また、この刊行物の潜在的読者層を構成した。編集者は「何」と「進」という二人の虚構の人物を通じて、読者との距離を近づけようとしたのである。

ある日、「何」が道を歩いていると、厦門の人に出会い、イエスの道理に関する書を二冊手に入れる。その二冊は『万年寿薬』と『永錬論』であった。何氏と進氏、彼らと逆の考えを持つ昭氏はここで討論を繰り広げることとなる。『張遠両友相論』と同様に、人物間の対話は厳格に叙事の枠組みによって限定されている。

一方同巻における『東西夕論』では、二人の人物の運命は『天路歴程』の人物に似て、「さて、むかし、骨肉相愛の二人の者がおりました。一人は姓が西、名は真字、知を求める者であり、もう一人の姓は東、名は知字、経験に富む者でした」という極めて寓意的なものであった。東と西はともに学を好み知を求めており、二人の対話から、作者の東西の文化交流に対する希望の念が窺える。その中で、多くの紙幅を用いて、二人の生い立ちや性格、好みなどについて叙述しているが、対話の主題は天地万物の根本であり、哲学的な思弁が多く、教義的な色彩はさほど強くない。

この雑誌には、簡潔で鋭く、かつ面白みがあり、臨場感あふれた寓言や物語が徐々に増加していった。たとえば、第五巻の「貪之害説」「負恩之表」「蝦蟆之喩」はそれぞれ「イソップ物語」の「肉をくわえた犬」「農夫とヘビ」「ウシとカエル」である。第六巻は「ロバの喩え」、第七巻は「羊が橋を渡る時の喩え」である。その他、以下に挙げる中篇の作品も小説に似ている。すなわち、第六巻の「媚びへつらい」や第七巻の「施しを受ける者」「心服」「聖人如士田の年譜と行い」「アブラハムの悟り」などである。このように小説の文体は広く用いられ、時には多用しすぎた感があり、後期の一部の論説文ですら、小説の筆法がしばしば混入している。

第五巻の『凶殺不能脱罪』は二つの小さな物語によって構成されているが、読者に命の尊さを説き、他の命を奪う者は罪から逃れられない、と勧告し、たとえ罪を隠匿しても、神がいつかはそれを暴き出してしまうのであると述べる。物語は臨場感があり、説教じみていない。

また、第五巻の「西賢教子之法」は読者に神が天地万物を創造したことを説いている。

昔、英吉利国に一人の賢人がいた。その名は比弟。彼は息子に、如何にして、自然な方法で、天地万物が創造されているのかを教えるべきか考えた。そこで庭の土を整え、指で息子の名前を書いた。その後、野菜の種をその文字に沿って撒き、埋めた。芽が出てきたところで息子を連れて庭で遊んだ。そのとき息子は自分の名前の字形で苗が生えているのに気づき、訝しげに云った。「お父さん、僕の名前が丁度ここに生えているけど、どうしてだろう」。父はわざとこう云った。「自然に生えたのではないかね」。すると息子は「僕は人の名がこのように自然と土に生えているのを見たことがないよ。こんなことは有り得ない。きっと誰かまず僕の名前を土に書いて、それからこんな風に苗が生えてきたんだよ」。そこで父は言った。「こんなに小さな事も自然にできたのではなく、誰かが造ったのならば、天地万物はどうだろうね」。息子はこれに悟り思った。「そうか、この大きな天地もきっと造った人がいるのか。だからこのようになっているのか」。(10)

『察世俗毎月統記伝』を考察すると、次のようなことが看取できる。つまり、知識の普及、経典史伝の通俗化に、宣教師は心血を注いでいるということである。(11)

宣教師が章回小説の形式を借用したのは、教義の世俗化、現地化の布教戦略を意味し、その出発点はいずれも知識の簡易化、通俗化を主旨とし、一般庶民ないしは知識の乏しい人々でも学べるようにしたのである。

二　『特選撮要毎月紀伝』

『特選撮要毎月紀伝』と『察世俗毎月統記伝』は同じ流れをくんでいるが、これは『特選撮要毎月紀伝』の編集を担当した、ロンドン差会の宣教師であるメドハースト（Walter Henry Medhurst）と大きな関係がある。メドハーストは『特選撮要毎月紀伝』の創刊号の序言で以下のように述べた。

今を去ること七年前、マラッカで一冊の書物が刊行された。様々な道理を論じ、この世に大いなる益をもたらした。ただ残念なことに、その文を作ったご老人、かの仁愛の人はすでに他界し、その本を再び印刷することはできなくなった。その書の名は『察世俗毎月統記伝』という。たしかにその本の印刷は再びなしえぬものの、その他にも幾つかの印刷の可能な道義を説く文章は存在し、また人々に読んでもらうことはできる。どうかこれらの書をじっくりと読み、その道理を察し、先達の心血を注いで造った文章を無用のものとすることがないようにと願う。そのため、私は先達の残した徳業を成し遂げ、その功績を受け継ぎ、著述出版を行い、後世に利が及ぶこと、人々の善心をして感じせしめること、人々が己の欲を抑することを願うものである。私はいまこの『察世俗毎月統記伝』を引き継ぐこととなったが、書名を変更し、『特選撮要毎月紀伝』と称することとする。改名したがその中の理は依然として変わらない。

メドハーストはここで『特選撮要毎月紀伝』を、『察世俗毎月統記伝』の書名を変えた続刊にすると明言している。

初期のキリスト教のいくつかの漢語定期刊行物にメドハーストは参与していた。一八一七年、メドハーストは東洋に派遣され、翌年、インド経由でマラッカに到り、ミルンの英華書院の教学と印刷出版の仕事を助けた。一八一八年の八月から翌年の二月までミルンは広州に居たため、メドハーストが代わって『察世俗毎月統記伝』の編集を務めた。一八二二年の春、メドハーストはペナンからジャワのクラパへ移動した。一八二三年七月、バタビア（現在のジャカルタ）で『特選撮要毎月紀伝』を創刊した。これは一八二六年に停刊となった。一八二九年の秋には、シンガポールへ上陸し、『東西史記和合』を手掛け、その後『東西洋考毎月統記伝』で連載し、この刊行物の後期の仕事を代行した。さらに、一八四三年、メドハーストは上海で近代印刷史上有名な「墨海書館」[3]を開設した。

メドハーストの経歴を見ると、『察世俗毎月統記伝』の風格を熟知し、大いに評価していることが分かる。そのため『特選撮要毎月紀伝』を創刊する時に自然と『察世俗毎月統記伝』の風格を継承させたのである。『特選撮要毎月紀伝』の創刊号では二篇の文章を発表した。また、「特選撮要序」以外に、メドハーストが書いたジャワの地理状況を紹介した長文が掲載されているが、これも『察世俗毎月統記伝』を模倣しており、章回小説に見られるような、回を分けた形式を採用している。そして、ジャワ島の歴史、風俗、民情、物産、山河、気候などについて詳述している。作者は文中で盛んに中国と関連付けた記述を行っている。たとえば、初めの「呼名」で次のように述べている。「中国西南のあたりに位置し、海を越え、約四千里ほど行くと、海峡がある。その名はジャ

図２　メドハーストと中国官員

ワ・クラパである」。天気についての記述では、「ここは大変暑く、中国の夏のようである」となっている。また、果物に関しては、「この地のいくつかの果物は中国の物と異なる」と説明している。このような記述は他の箇所でも多用されている。(12)

だが、全体的に見ると、この刊行物では長編ものが減り、短編を多く扱う傾向にある。『特選撮要毎月紀伝』はミルンが重んじた「文は長くなってはならない」と「道理を説くときは彩雲の如くせよ」の精神をより透徹させたと言える。『特選撮要毎月紀伝』が宗教の刊行物であることには変わりがない。(13)

しかし『察世俗毎月統記伝』で連載した「神の理」のような丁寧な教えは『特選撮要毎月紀伝』の中では少ない。その他の歴史、地理に関する長編の連載も減り、それに代わり、臨場感のある短い物語が掲載され、神にまつわる話を通じて布教を試みている。たとえば『戦兵以聖書救命』は『聖書』が不思議にも兵士の命を救ってしまう物語である。

イギリスの一人の兵士は出陣するときに、少しでも読書をしようと思い、『聖書』を携えた。だが、準備もままならぬうちに、戦闘開始のどらが鳴り、敵軍が攻め込んできた。兵士は荷物を整理する余裕がなく、その本だけを懐へ入れて戦場へ出て応戦した。しかし、しばらくしない内に、敵軍の一人が弓を引き、丁度その兵士の胸に刺さった。だが、幸いにも本があったが故、体に刺さらず命を落とさなかった。(14)

また『亜勒大門特之死』には、登場人物のアレクサンダーが臨終時に懺悔する場面があるが、これも読者に迫るものがある。

かつて一人の貴人がいた。名はアレクサンダー、幼いころから師に従い学問を学び、成長すると学識は深く、振る舞いは優雅で、才気に溢れ、人々に好かれた。ただ一つだけ欠点があった。驕り高ぶって、目の前のことに目を向けず、自分こそが正しいと自負し、他人の話を受け入れなかった。天の道理も、イエスのことも信じず、生前死後の応報も恐れず、好き勝手に振る舞い、悪しきことも為さざるは無かった。さらに他人を悪しき道へと導き、人心を破壊する術を施し、友人をも己と同じように、無神の徒とならしめた。そしてしばらくすると体を壊したが、それでも酒と色を好み、寿命を削った。臨終を迎えると、一人の仁義なる者が来て、ベッドに横たわったアレクサンダーを見舞った。医者と親しい友人はそこであらゆる手を施していた。助かる方法はあるのであろうか。(15)

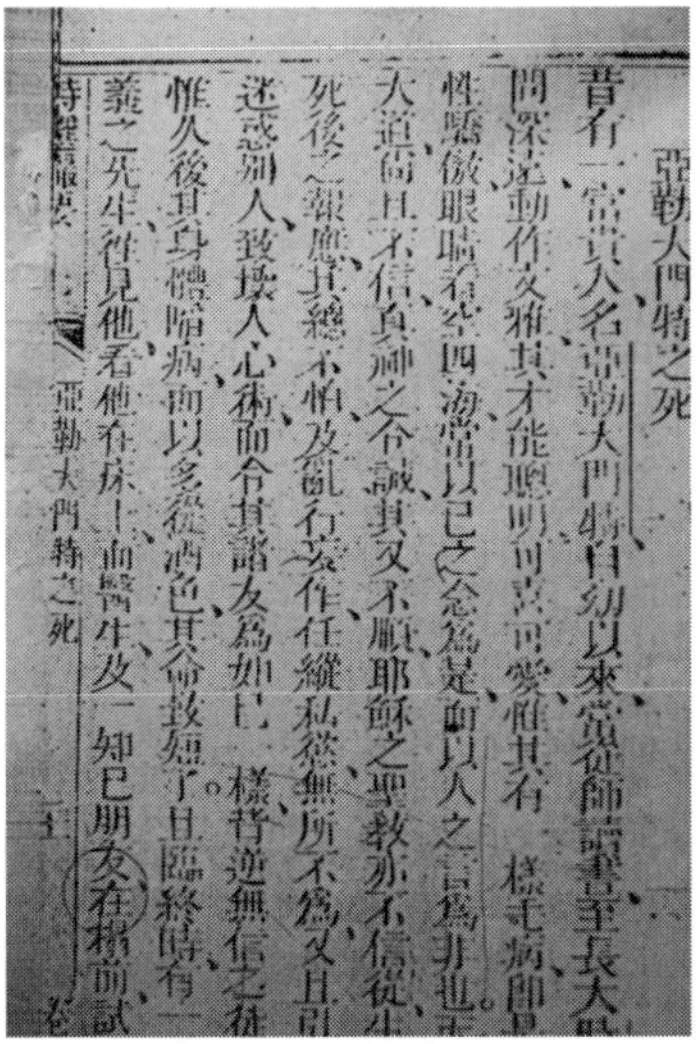
亞勒大門特之死

図３　『特選撮要・亜勒大門特之死』

あらゆる手を尽くしても帰依し得ないその時、仁義の士はアレクサンダーと対話を行い、ついに、神を信じなかったことを、死を前にして深刻に懺悔させ、アレクサンダーは長嘆息の後に死を迎える。この文章の基本的な枠組みは『張遠両友相論』を模倣している。異なるのは、長い対話を構成している『張遠両友相論』に対し、『特選撮要毎月紀伝』においてはそれが圧縮され、短編となっている点である。(16)

逸話と短編の物語は『特選撮要毎月紀伝』の重要な部分であり、特色だといえよう。題材は主として『聖書』における短い物語である。神の奇跡を通じて信仰を勧めたり、恩に報いたり、仁愛、寛容などの道徳的な教えを説いている。

三 『東西洋考毎月統記伝』

『東西洋考毎月統記伝』(*Eastern Western Monthly Magazine*) は創刊の時期が遅いが、ある「一位」の座を占めている。すなわち、この刊行物は中国の国境内で初めて刊行された漢語の雑誌なのである。一八三三年六月に広州で創刊され、一八三八年に停刊した。なお、創刊者であるギュツラフと彼が書いた漢文小説については本書の第四章で詳述する。従って、本章では、ギュツラフが『東西洋考毎月統記伝』において、如何に小説の形式を運用し、この刊行物が中国の読者に受け入れられたのかについて注目したい。

ギュツラフの漢文小説と彼が『中国叢報』(*Chinese Repository*) で論じた一連の中国古典小説の紹介と評論は、主に一八三四年から一八三九年の間に発表したものである。この時期は『東西洋考毎月統記伝』の編纂と発行時期が大体重なっている。ギュツラフの中国古典小説、特に歴史演義小説に対する推賞と熱狂的な模倣を『東西洋考毎月統記伝』の作品の節々から看取することができる。道光一三年(一八三三)六月、創刊号の第一篇はメドハーストが歴史について述べた『東西史記和合』である。この作品で注目すべきことは、一頁の上列に中国の歴史を、下列に西洋における歴史の記述を載せていることである。作者は東西の歴史を時系列に沿って対比させ、広大な世界史への視野を提供し、中国史を世界史の範疇に加えようとしている。ギュツラフの『贖罪之道伝』(一八三四)、『聖書注疏』(一八三九)はこの作品の影響を受けており、中国の編年を西洋史の叙述に用いている。そして中国史の編年に基づいて『聖書』の物語を語っている。(17)

『聖書注疏』の第一回の『父諄諄告誡』では「漢朝では世が大きく変化し、霊帝〔4〕は道理に反し、宦官は権力を乱用した」と述べる一方で、「西の国では次第にローマの民が管轄を行い、学問は頗る栄え……[18]」といい、即座に視点を西洋へ切り替える手法を用いた。著者は毎回、聖書の一部の内容を紹介しているが、これは中国史の年表に基づいて厳密にその出来事が発生した時間を記述した。たとえば、第一回で『創世記志略』を紹介する際には、小文字で「自第十二章至二十四章，自夏帝扃起，終於帝孔甲二十六年」、「自第二十四章至第三十六章，起夏帝孔甲，終商太甲二十四年[5]」と注釈している。この方法は、以後発展し、アレン（Young John Allen）が編纂した『四裔編年表』（一八七四）という書が現れた。この書は歴史の変化に基づいて、少昊四〇年（紀元前二三四九）から同治元年（一八六二）までを扱っている。東洋と西洋の錯綜した複雑な歴史を順に並べ、各時代の主要な国の歴史的沿革と大事件を列挙した。また、それらを中国の年号と対応させた。誤っている個所も少なくないが、中国国内の学界が、中国と西洋の時間観念の多元性について思考する契機を与え、中国人の時間観念と歴史に対する意識を根本的に変えた[19]。

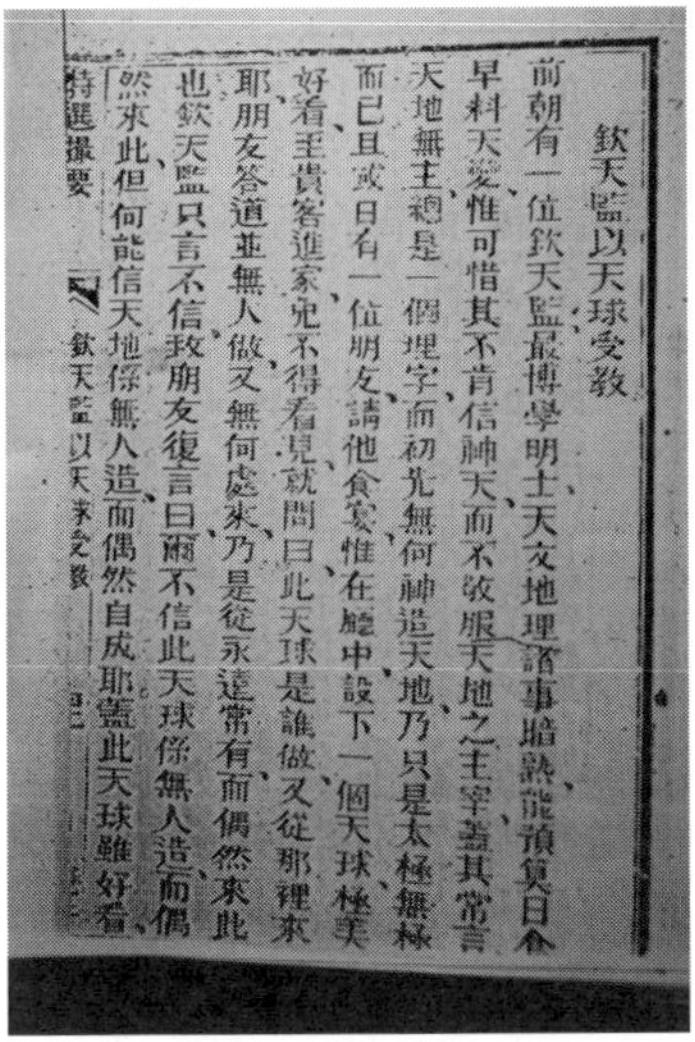
欽天監以天球受教

前朝有一位欽天監最博學明士、天文地理諸事暗熟、能預算日食早料天變、惟可惜其不肯信神天而不敬服天地之主宰、蓋其常言天地無主、總是一個理字、而初先無何神造天地、乃只是太極無極而已、且或日有一位朋友請他食宴、惟在廳中設下一個天球極美好看、至貴客進家、免不得看見、就問曰、此天球是誰做、又從那裡來耶、朋友答道、並無人做、又無何處來、乃是從永遠常有而偶然來此也、欽天監只言不信、致朋友復言曰、爾不信此天球係無人造而偶然來此、但何能信天地係無人造、而偶然自成耶、蓋此天球雖好看、

特選撮要　欽天監以天球受教

図４　中華書局 1997年刊、黄時鑑整理『東西洋考毎月統記伝』

『東西洋考毎月統記伝』を、前述した二つの刊行物と比べると、さらに世俗化していることが分かる[20]。それは、その内容から看取することができる。ミルンが『察世俗毎月統記伝』を刊行していた時、その中の記載が宗教道徳の問題に傾きすぎていたことがあった[21]。だが『東西洋考毎月統記伝』では、この問題が解消される。編集者は宗教に関する文章の紙幅を減らし、ニュースや天文、地理、貿易、政治、軍事、交通、天気、災難など世俗的な題材を多く取り扱った。同時に、中国の読者が好む小説の形式を用いており、この点も世俗化の具体的な表れであると言える。そして、その中の論述、歴史、ニュース、雑文などのどれを取っても小説の文体の影響を感じ取ることができる。

道光一三年（一八三三）一二月刊の「叙話」には、「話説」「不妨」「喫一驚」などの小説の決まり文句が頻出する。(22)

道光一四年（一八三四）二月の「第二論」の初めでは、

且説先来有両箇朋友，一箇姓郭，一箇姓陳，両人説道不厭。毎日私事完了，便是論議講理。時値正月中旬，郭先生来拝陳相公，説道……」（さて、二人の人物がやって来た。郭という姓の者と陳という姓の者である。二人は飽きることなく道理について語った。毎日、それぞれの用事を済ませると、議論を交わすのであった。時は正月の半ばに至り、郭氏が陳氏に挨拶をしに行き、こう云った……）。(23)（傍線部が決まり文句にあたる。）

となっている。

また、道光一三年（一八三三）六月の「ニュース」では「トルコの国事」と「オランダの国事」の報道をする前に、講釈師の如く、二人の人物を登場させ、この雑誌を読ませるという設定でニュースの紹介を始める。(24)そして全体の構造は正に小説のようで、まくら（入話）があり、次に内容が具体的に語られ、最後に結びがある。このような形式は他の刊行物においては決して見られるものではない。

しかし『東西洋考毎月統記伝』は小説の形式を活用したことで、些か冗長であることを免れないため、たびたび『張遠両友相論』の対話形式を用いている。『張遠両友相論』の人気と巨大なる影響力は多くの版本によって証明し得るだけでなく、上記の点からも看取し得る。なお、これ以外に、地理に関する知識を紹介した『論欧羅巴事情』でも、昔有仏蘭西人，名胡蕃，与漢人姓黄名習，情意最篤。両人可謂腹心之友，二共寄情書日日吟咏，家居無事，就聚道叙話。往来慣了，情意愜洽，全無一点客套。忽一日，黄来見胡，登堂看見地図，読其字看出欧羅巴号，問道……（かつて胡蕃と言う名のフランス人がいた。漢人の黄習という者と最も親しかった。二人は無二の親友であり、毎日の如く手紙をやり取りさせ、二人の思いの内を述べ合っていた。家での用事がないと、会って話をした。そして更に親しくなり、心が通い合い、他人行儀にすることもなくなった。そんなある日、黄が胡を訪ね、一緒に地図を見た。その中で「欧羅巴号」という文字があるのを見て、問うた……）[25]。

とあり、ヨーロッパに関する紹介を二人の対話によって展開させている。

道光一八年（一八三八）の三月から掲載された長編の「貿易」も、六期に分けられ、二人の主人公が、六つの方面から、中国の海外貿易の拡大の必要性と重要性についての対談という形式で進行する。これ以外に、西洋の新しい事物を紹介する短文『火蒸車』も対話の形式を用いている。

このような形式は『東西洋考毎月統記伝』の至る所で看取し得る。その風格を見ると、多くがギュツラフの手によって書かれたと思われる。ギュツラフは『東西洋考毎月統記伝』を編纂し、それに止まらず、紙幅の多い『大英国統志』（一八三四）、『古今万国鋼鑑』（一八三八）や、三〇作余りの漢語の著作など、多くの作品を出版している。そのためか、機械的なくり返し、ひいては粗製濫造の感を与える。形式上の独創性にこだわる余裕がなかったのであろう。

編集者がこのような形式をとった利害については、これ以上論じないこととするが、『東西洋考毎月統記伝』は、当時、たしかに人気を得ており、一八三四年に幾つかの刊行物が北京、南京、さらには、その他の都市に送られた。

これがこれ程にも長い間出版され続けていたこと自体が一つの証拠である。毎回出版されると再版され、合訂本として一〇〇〇部も出版された。これはさらに有力な証拠だといえよう。

と述べられている点は注目に値する。(26)

余論

上述した三つの定期刊行物は新聞業において重要な地位に置かれることは疑いない。ミルンは『察世俗毎月統記伝』を創刊して五年後で、すでに多くの読者を得ていた。『東西洋考毎月統記伝』も人気があり、読者の声に応じて合本が出版された。しかし、これらが当時の中国社会に与えた影響は限られたものだった。原因は、まず、言語と文化の違いにある。西洋宣教師は漢語を自由巧みには扱えなかったため、読者、とりわけ高い知識を有する人々からは高い支持を得られなかった。この点については、編纂者たちも感じていた。『察世俗毎月統記伝』の編集者は知識人の寛大を願い、同時に編集者側は努力を重ね、改善していくと表明し、「第一巻が印刷されたが(27)、粗末な記述が存在し、学識のある方には恐縮ではあるが、寛容を以て見ていただきたい。筆者は今後漢語の向上に努め、改善を図っていきたいと存じます」と述べている。さらに、編集者は「今後イギリス人で漢語を学ぶ者が増え、本刊行物が素晴らしきものとなっていければ幸いである(28)」とも述べている。

だが、この望みは叶わなかった。『東西洋考毎月統記伝』も同じような問題に面することとなるが、編集者のギュツラフは他とは違った態度を有していた。彼の玉石混淆、意味の明晰ではない雑然とした序文の中で、中国人読者の異民族、異文化に対する非寛容的な反応に不満を示し、孔子の「四海の内皆兄弟なり〔6〕」という言葉を引用し、外国人の文章を軽視すべきではないと指摘した。(29)

また、一方で、小説の角度から見ると、上述した刊行物から、プロテスタント宣教師の中国小説に対する認識の初期段階における特徴をいくつか看取し得る。宣教師たちは章回小説と他の文体の区別をはっきりとは理解していない。また、歴史演義小説と歴史書の区別も明瞭に把握していない。そのため、章回小説の文体を文学の形式であると見なし、かつ、それを多用し、小説の形式を様々な題材に混入してしまった。故に、甚だ雑駁な文体を形成するに至ってしまったのである。この他、宣教師たちは、章回小説は中国人読者の中で大きな影響力を有していると感じたため、その影響力を利用しようとして、夢中になり、このような形式が小説以外の文体に適用し得るか否かを考慮しなかった、と言える。この点から、宣教師が訪中したばかりの時期に抱いていた焦燥感を察し得る。

だが、その後、教会が刊行した漢語刊行物の『遐邇貫珍』[7]『六合叢談』[8]『中外雑誌』[9]などはこの問題が改善されている。書式や内容において『察世俗毎月統記伝』や『東西洋考毎月統記伝』の影響を若干受け、また、小説などの文学作品も掲載されてはいるが、小説とその他の文体が錯綜した現象はほとんど見られない。

【原注】

（1）この小説については、本書の第三章で詳述するので、ここではこれ以上述べないこととする。

（2）『察世俗毎月統記伝』（一八一七）三巻「異神論」、五五頁。

（3）『察世俗毎月統記伝』（一八一六）二巻、冒頭。

（4）「論月食」の前に「第二回」と記しているが、編集者はこれを「論日食」の下篇と見なしているように思われる。『察世俗毎月統記伝』（一八一九）の五巻、七頁を見られたい。

（5）『察世俗毎月統記伝』（一八一五）一巻、巻末「告帖」。

（6）『察世俗毎月統記伝』五巻、「釈疑篇」、二四頁。

（7）同上。

（8）ここの引用は、戈公振『中国報学史』「英京読書記・附録」（北京：三聯書店一九五五年版）三七〇頁からである。戈公振によると、原文は『察世俗毎月統記伝』の第三巻に掲載され、『中国報学史』では「第三期」となり、その後、英語に翻訳され『中国叢報』Vol.2で発表された、ということである。そして、戈公振はさらにその英語訳を漢語へ翻訳したとのことだが、『察世俗毎月統記伝』にはそれが見当たらない。よって、ここでは上記の如く戈公振の訳本を用いることとする。
（9）『察世俗毎月統記伝』（一八二二）七巻、五二頁。
（10）『察世俗毎月統記伝』五巻、三五頁。
（11）戈公振『中国報学史』「英京読書記・附録」、三七〇頁。
（12）馬光仁「『特選撮要毎月紀伝』介紹」『新聞大学』一九八二年第五期を参照されたい。
（13）メドハースト『特選撮要毎月紀伝』（序）、一巻冒頭。
（14）同『特選撮要毎月紀伝』二巻、四九頁。
（15）同『特選撮要毎月紀伝』一巻、二一頁。
（16）同『特選撮要毎月紀伝』二巻、四七頁を参照されたい。
（17）愛漢者纂『贖罪之道伝』一巻、第五回「論善人之死」、道光丙申年（一八三六）、一四頁。
（18）『聖書注疏』、道光一九年己亥（一八三九）、新嘉坡堅夏書院蔵板、一頁。
（19）鄒振環『西方伝教士与晩清西史東漸』第六章「林楽知与最早的年表体史書『四裔編年表』」、上海：上海古籍出版社、二〇〇七年版を参照されたい。
（20）陳虹「由世俗到宗教――以「東西洋考毎月統記伝」為中心」『図書館雑誌』二〇〇四年第一一期を参照されたい。
（21）前掲注11戈公振「英京読書記・附録」、三七〇頁を参照されたい。
（22）『東西洋考毎月統記伝』道光癸巳年一二月、六三頁。
（23）『東西洋考毎月統記伝』道光甲午年二月、八六頁。
（24）『東西洋考毎月統記伝』道光癸巳年六月、八頁。
（25）『東西洋考毎月統記伝』道光乙未年五月、一七一頁。
（26）『東西洋考毎月統記伝』「導言」、二五～二六頁を参照されたい。

(27) 戈公振『中国報学史』「第一期」、六六頁。
(28) 前掲注11戈公振「英京読書記・附録」、三六九～三七〇頁からの引用。
(29) 黄時鑑整理『東西洋考毎月統記伝』、北京：中華書局一九九七年版、三頁。

〔訳注〕
〔1〕儒教の経書のうち『大学』『中庸』『論語』『孟子』の四つの書物を総称したもの。
〔2〕こうしたところで持ち出される『三国志』は通常『三国志演義』を指すことが多い。
〔3〕一八四三年、メドハースト、ミルンなどとともに設立したもので、当時の最新鋭の印刷機を備えていた。ここから、後に英華書院を買収する王韜らを輩出している。
〔4〕後漢の皇帝、在位は一六八～一八九年。在位中に黄巾の乱などが起こり、三国時代の幕開けとなる時の皇帝。ローマ帝国では哲人皇帝マルクス＝アウレリウスの在位期にあたる。
〔5〕「扃」は、伝説の「夏王朝」の第一二代の王、「孔甲」は第一四代の王とされるが、実在したか否かも含めて未詳。商の「太甲」は第四代の王、紀元前一六世紀中頃に在位。当初暴君であったため、名宰相伊尹に一時追放されるが、悟るところあり、名君となったとされる。
〔6〕『論語』顔淵篇。
〔7〕『遐邇貫珍』―香港で刊行された漢語の新聞。一八五三～一八五六年まで刊行された。英華書院で印刷された。
〔8〕『六合叢談』―上海で最初に刊行された漢語の新聞。一八五七年に創刊され、一年あまりで停刊となった。印刷は墨海書館で行われた。
〔9〕『中外雑誌』―一八六二年上海で刊行された月刊雑誌。或いは一八五四（一説に一八五八）年寧波で刊行された『中外新報』を指すか。

第三章　最初に宣教師漢文小説を書いた宣教師のミルン

『張遠両友相論』はロンドン会の宣教師のミルンが著した白話小説で、史上初めて章回の形式を用いた宣教師による漢文小説である。ミルンはスコットランド出身。一八一二年に任命を受けて訪中し、モリソンの仕事を補佐した。その後、一八一三年に、澳門へ行った。しかし、ミルンはプロテスタント教の伝播をしていたことにより、ポルトガル人による追放に遭い、広州への移動を余儀なくされた。そして、広州にて、漢語を学びながら、モリソンが行っていた『聖書』の翻訳を助けた。一八一五年、ミルンはマラッカに印刷所を設立し、史上初めてとなる漢語定期刊行物『察世俗毎月統記伝』を発行した。

ミルンが書いた『張遠両友相論』は、当初は、一八一七年から『察世俗毎月統記伝』の第三巻で掲載し、全部で一二回連載した。この作品は、一九世紀において印刷回数が最も多い漢語小説である可能性があり、当時、宣教師や中国人読者の間で広く伝わった。この書が創造した叙事の枠組みは数十年の間、絶えず在華宣教師の著作に影響を与え続けた。だが、現在に至るまで、学界では該書の紹介は極めて限られている。本章ではこの『張遠両友相論』の小説史上における意義について論じ、その伝播状況と社会的な影響について考察する。これにより、研究者の注目を引き出し、その注目の対象を、現在空白となっている宣教師による漢文小説全体の領域にまで拡大させたいと考えている。

一　問答体小説――中国と西洋の文化の融合

疑いなく『張遠両友相論』はキリスト教教義のための文学作品であり、このような作品の誕生は布教の過程において珍しいというわけではない。この作品が注目されたのは、文体に特徴があり、創造的で、中国と西洋の文化が融合しているからである。中でも最も重要な意義はその独創性である。作者は初めて中国の伝統的な章回小説の形式を用いてキリスト教を解説した。小説の舞台は中国、主人公の「張」と「遠」は親友である。「張」は敬虔なキリスト教徒で、一方の「遠」はキリスト教について全くの無知な人物といった設定である。二人は偶然にも道で会いキリスト教の話をする。その後、「遠」はたびたび「張」を訪ね、教義における疑問を投げかけた。ある日二人は夜の青桐の木の下で長く対話を交え、その時、「遠」はついに信徒となるのである。小説は二人の対話の論題に基づいて一二回に分かれているが、各回の題目はない[1]。

作者は厳格に対話を叙事の言説に組み込んでいる。また、章回小説に見られるような、評点をつける形式を取り入れ、時に眉批（各頁の上部に細字で書かれた注釈、批評を指す）を用いて、読者に有益な情報を提供した。たとえば、第五回において、「張」が『聖書』を読み、その中でイエスが降臨し罪人を救った話について語っている時に、「見『弟摩氏第一書』第一章十五節（『テモテへの手紙』第一章十五節を見られたい）」と注釈している。また、第七回では、「張」は復活の身と現在の身の違いについて話をしているが、そこでは「見『保羅与可林多輩書』第十五章四十二節（『パウロとクリントの書簡』の第十五章四十二節を見られたい）」と記してある。

伝統的な章回小説を選択して教義を宣揚し、異なる民族の思想観念を表し、中国読者の読書上の習慣と美意識に適応させた。これは早期のイエズス会士が推進した文化適応政策の流れを継承している。ミルンを先駆者とし、かつ、キリスト教プロテスタントの中国布教活動の特色となった文学によるこの最初の企ては、後に梁啓超の文学革命の主張の中で概括され、実践された。いわゆる、「古い風格を以て新たな創意を含む」である。[2] 彼が一九〇二年に日本語版から翻訳した、フランスの作家ジュール・ヴェルヌ（Jules Verne）の科学小説『十五少年漂流記』は、すなわち「純粋に中国の小説スタイルを用いた」[3] ものであった。しかし、ミルンは早くも一八一九年にすでにこのような試みを始めていた。

ミルンは創造的に問答の形式を運用したが、この形式は異なる思想間のやり取りを表現するのに適し、より効果的に論点を伝えることができるものとして、広く用いられてきた。実際、古代ギリシャの哲学者プラトン（Plato、前四二七～前三四七）の著作の特徴の一つがまさに問答体の運用であり、中国の古代においても類似したものとして、「語録」「答客問」といったものがある。「トリエント公会議」（一五四五～一五六三）の後、入門したばかりの教徒のために書いた様々な教義に関する問答体の冊子も、ヨーロッパでたいへん普及した。これらは多くが中世期の基礎教育の四つの柱、すなわち、「使徒の象徴」「我々の聖父」「十誡」「聖礼」の構造を模倣している。そして、聖書に対する新たな関心は「トリエント公会議によって各地の教会に公布される教義冊子」（*Catechismus ex decret concilii Tridentini ad parochus*、一五六六）において反映されている。流行した問答体で教義を伝えるものとしては、たとえば、イエズス会のオージェ（Auger）とカニシアス（Canisius）が書いた冊子がこれにあたる。[4] 早期に訪中したイエズス会士として有名なリッチとアレーニも問答体を使っている。だが、問答体を章回小説に用いて、それを作品全体に渡って貫徹させたのはミ

図1　ミルン（1785–1822）

ルンだけである。(5)

ミルンはその書の中で、「遠」のために一連の問題を設けているが、これらの問題は順序立ててキリスト教の核心へ導くようになっている。たとえば、キリスト教徒の特徴的な行動と規準、原罪と懺悔、イエスの品性と忠節、魂の永遠と死後に天国へ行くか地獄へ行くか、復活の体と現在の体の違い、有罪の人は神の許しを得られるか、などである。これらは普通の人にとって謎めかしく、また興味深い事であり、西洋の宣教師の中国の宗教信仰、思想観念、民間習慣に対する観察と思考を反映している。

「張」と「遠」の対話は、実際は、中国と西洋の文化の間の衝突と交戦である。しかし、両者の発言権は平等ではない。キリスト教徒の「張」は弁論に長け、滔々と語る。一方、「遠」は無知で、頭の切れが悪い。まれに「張」の発言に対して異議を立てるが、すぐに説き伏せられてしまう。これは、西洋の教理書を先生が質問し、学生がそれに答えるような形式とは異なり、東洋の国の読者の知識背景と表現上の習慣を考慮して書かれている。このスタイルは日本の宗教書籍の中でも見られる。(6)

ミルンは根気強く、洞察力があり、様々な異なる人の声に耳を傾けた布教者であった。威圧的な所がなく、常に中国本土の文化に留意し、中国と西洋の比較によって説得、勧誘した。中国人が熟知している日常生活の話題から問題を説明することが上手く、読者に親近感、共通感を与えた。たとえば、第八回においては、旧暦の元日、一五日（元宵節）の神への祭りと飾り燈籠、先祖の礼拝などについて書いた。第四回では、読書人が困難に耐えて学問を積み、秀才、挙人と出世のハシゴを昇ろうとする話を用いて、天と地の間の関係を説き、読者に対して、目先にとらわれず、死後の事にも考慮すべきであると戒めた。また、文中ではよく中国の古訓を引用している。たとえば、「古人曰く、一日善を念じないと、あらゆる悪が生じる（第五回）」「先人は云った、悪には悪の報いがある（第一〇回）」等の例がある。

一七世紀中葉から一八世紀中葉において「典礼問題」が生じてから、イエズス会士たちが放棄した中国への文化適応は、ミルンと彼の後継者によって再現された[7]。ここで注目すべきことは、ミルンの中国文化と宗教に対する考え方である。すなわち、仏教、道教については排斥し、儒家が提唱した五倫五常と、親孝行などの思想を充分に肯定している。このようにして、儒家の思想とキリスト教の間には交流の道が切り開かれ、文士階層から一般庶民に至るまで、キリスト教を受け入れる基礎が築かれた。第六回で仏教の輪廻とキリスト教の復活の違いについて述べられているが、作者の代弁者である「張」は諄々と、「死後、獣の形に生まれ変わるなど嘘で、人を欺いている。あなたは信じてはいけない」と「遠」を戒めている。しかも、キリスト教の復活の思想と中国人が重んじた孝行を関連させて、忠実なる聞き手の「遠」の心を強く動かした。

一方、道教の多神論と偶像崇拝については、次に示すが如く、書中の第一回ですぐに否定している。

　世間の人が敬うそれぞれの神は自分の手で作ったものであり、無用無能な偶像に過ぎない。これは偽の神であり、真の神ではない。また、この偽神は無数に存在する。ただ、真の神は一つだけである。

第八回、第九回では、キリスト教徒の祈禱の儀式と中国の神や先祖への礼拝の違いについて書いている。教徒の祈禱は香の机や燭台を必要とせず、祈禱の目的は名利を求めたり、子孫の幸福を願うことにはない。これらはいずれも中国文化と西洋文化の差異に言及し、かつ、普遍性を持ち、日常生活で向き合うこととなる問題である。

こうしたことから、深い洞察力を要さなくても、作者の狙いが布教であることは容易に察し得る。「パウロは民に偽の神を捨て去り天地万物にとっての唯一神のみを崇拝するように勧めた。その意は『使徒伝』十四章と十六章に見える」[8]とあるとおりである。だが、この意図は小説の枠内にはめ込まれているため、無味乾燥な教義の問答がとても面白いものに変わり、問答の中には、人物の性格の描写、心理描写、プロットの設定がある。

説明をしておかなければならないのは、この本の完成当初は二人の主人公だけが個性的で、彼らの友人や家族は簡単な描写に留まり、対話はほとんどなかったが、書き直しや改訂を繰り返すうちに、その他の人物も次第に細やかな描写がなされるようになっていった、ということである。たとえば、一八七五年の京都美華書院[1]が印刷した『張遠両友相論』では、「遠」の妻、息子、友人の描写が加えられている。

彼の息子が傍らでこれを聞き恐ろしくなって口を開くことができなかった。彼の妻は遠に指をさしながら息子に言った。「お父さんはおかしくなってしまったのだわ。そうでなければ、何かに取りつかれてしまったのよ。あなたの先生を呼んできてもらえるかしら」。この先生とは王という姓の者で、聡明で、遠と一番親しかった。昼時になる頃、王がやって来て遠に言った。「何か辛い事でもあるのかい」。遠は答えた。「天地万物の主に逆らってしまった。地獄の罰を免れることはできないだろう」。すると、王は「心配しないで、君はもっとも公平で善良な人だ、みんなそれを知っているよ」と言った。遠は顔をあげて詠嘆した。「僕の心の善悪を君たちは見ることができまい。自分で分かっているんだ。だから怖いんだ」。王は「君の言っていることがよくわからない。誰かの話でも聞いたのかい」と問うた。遠は答えた。「張という友人の道理を聞いて僕の罪を知ったんだ」。王は驚いて言った。「だからこんなでたらめを言っていたのか。張はイエス教の者だ。彼の家は僕の家の隣にあってね、みんな彼を避けている。どうして君は親しくしているんだ。彼には近づかない方がいい。変な洗脳を受けないためにね」。しかし遠は言った。「あの人の話はとても理にかなっている。僕もあの考えは良いと思うんだ。人はもし信仰を受け入れなければ、決して救われることはないんだ」。（第十三章）

ここでの描写はとても臨場感があり、一人一人の反応を見事に表現していると言える。「遠」はすでに正真正銘のキリスト教徒となり、教徒の話し方をし、心から自分の罪を懺悔している。これにより、却って「遠」の妻と息子は恐怖感を覚え、友人は驚きと共に憎しみの念を持ち、改めるようにと説得した。

問答体の語りのスタイルは神の如き視点ではなく、人物像、特に「遠」の表現と、「遠」の視点を通しての語りが真に迫ったものになった。第九回で「遠」が繁雑なる祈禱の儀式を見て、思わず疑念が生じ、「僕のような貧しい労働者はこんなに多くのことをする暇がないかもしれないな」(9)という独白はその意味で注目に値する。さらに、第一〇回では、「遠」が「張」の祈禱を見てから、次のような「遠」の視点からの独白が展開されている。

遠は帰り道の途中で、張が祈禱をする時に言った言葉を思い出した。「あの人はおかしいな、いつもいつも良い事をして、みんなも張は優しくて余計なことはしない人だと言っているけど、自分がお祈りをする時に、罪があるとか、心は悪いとか言っていたし、天のお怒りを受けるべきだなんてことも言っていたな。何でなんだろう。次に会った時に必ず聞こう」(10)。

これらの心理的独白は普通の人の心情をついていて、「遠」が抱いた疑念は正にミルンが読者の立場を考慮して著作していることを意味している。このような考慮が読者の心をつかみ、読者に思考の契機を与えている。なぜなら、ここでは「遠」の変化、すなわち当初のキリスト教に対して好奇心を抱く段階から、それを理解し始めてからの困惑、その後の復活への渇望、地獄に対する恐怖などを経て、最後には敬虔な教徒となるという心理的な変化が十分に表現されているからだ。しかも、「張」と「遠」との対話により、キリスト教徒である「張」の英知、忍耐、忠貞、善良といった肯定的なイメージが引きたてられている。

また、作者はこの作品を書くに当たり、読者層（布教の対象）を設定し、社会の底辺にあたる民衆をその対象とした。そのため、主人公の「遠」は貧しい労働者であり、問答の形式を用いることで見解をより分かりやすく、かつ明晰にさせ、知識が乏しいと思われる読者の理解を助けようとした。また、同じような目的で、作者は読者にとって実感のある比喩を用いた。たとえば、第一回では、机と大工の関係を用いて、神と天の関係を説明した。第二回では、暫時の苦を受けてこそ命を守り得るという話を利用し、生前と死後の苦の関係について説いている。

『張遠両友相論』の言語形態はとても興味深い。ミルンは懸命に白話文による著作に試み、漢語らしい表現になるよう尽力している。相手を尊称する時に用いる「尊駕」や、同族を言う際に「本家」と称するなど。しかし、文言文と白話文が混同し、流暢でない表現もあり、作者が外国人であることを隠しきれてはいない。だが、これは初の試みであったが故、無理もない事である。その意味で、これは宣教師漢語小説の初期段階に属するものであり、この作品の中から、我々は多くの西洋化した表現方法を看取することができる。

繰り返しになるが、改訂、改作を経て『張遠両友相論』の完成度は次第に高まっていった、ということを強調しておきたい。たとえば、主人公の「張」と「遠」は音訳であったが、これは西洋人の習慣に基づいて、姓によって呼称している。書名はこれにより、それぞれ異なっているのだが、「張と遠」以外に、「張と袁」「長と遠」、さらには「甲と乙」と呼んだ。唯一の例外は、咸豊四年（一八五四）福建省の鷺門花旗館寓の版本が『張遠両友相論』と題しながらも、主人公の二人の名は全て「潘長」と「曹遠」としているのは、おそらく中国人の文人が書いたのであろう。

宗教用語に対する翻訳についても模索中であったことが分かる。たとえば、「上帝」を「神天」、『新約全書』は『新遺詔書』と訳されている。また、第三回では、「真の神は一つである。だが、それは三位あり、父と子と聖なる神の風である。この三位は三体の神ではない。一つの全能なる神である」とあるが、この部分は一九〇六年の上海美華書館の擺印本では、「神は一体であるが、その中から三位に分かれる。すなわち、聖父、聖子、聖霊である。この三位は三体の神というわけではなく、一体の神である」となっていて、すでに当時の一般的な翻訳方法と大きな違いはない。

人物の描写において、作者は明らかに西洋小説の心理描写を得意とし、章回小説特有の簡潔で淡々とした「素描」に秀でていたわけではないことは明らかである。作品中では「張」が長時間にわたり説教しているが、彼の順序だった丁寧な説得の語り口は、読者に西洋式の哲学的思考を感じさせるものである。これは奇妙な融合であって、中国と西洋の異なる宗教思想、言語上の表現方法、著作の手法が織り交ざり、読者に独特な文学鑑賞の経験をもたらしたのだ。ミルンの後には、ギュツラフ、レッグ、グリフィス・ジョンらがこぞってこれに倣い、章回小説の形式を用いて教義を宣揚するための小説を書いた。

二　長期的な伝播と多くの版本

『張遠両友相論』は初期の布教小説であったため、未熟さが些か残るが、その創業期の功績により、この書は幾度となく書き直され、改訂、再版された。その結果長期間にわたって広がっていき、一八一九年にマラッカで初版が刊行されてから、平均、二年に一度は出版され、それは二〇世紀の初め宣教師による小説の出版が消滅するまで続いた。

ワイリーが一八六七年に出版した『来華基督教伝教士紀念冊――附著述目録』の中には、すでに『張遠両友相論』の一三種の版本が収録されており、この書が当時、すでに極めて大きな影響力を有していたことを示している。(11)

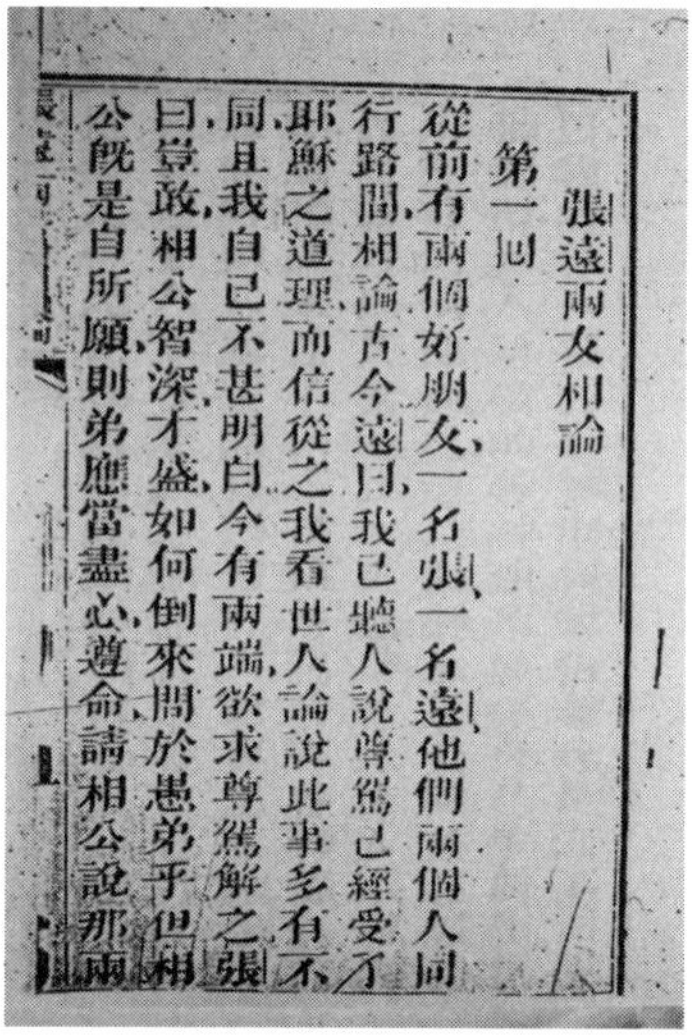
張遠兩友相論
第一回
從前有兩個好朋友、一名張、一名遠、他們兩個人同
行路間相論古今、遠曰、我已聽人說尊駕已經受了
耶穌之道理、而信從之、我看世人論說此事多有不
同、且我自己不甚明白、今有兩端、欲求尊駕解之、張
曰、豈敢、相公智深才盛、如何倒來問於愚弟乎、但相
公既是自所願、則弟應當盡心遵命、請相公說那兩

図２　道光16年（1836）刻『張遠両友相論』第一回、シンガポール堅夏書院蔵本

一八一九年、マラッカ出版、二〇頁[12]。

一八三一年、マラッカ再版本、四二頁[13]。

一八三六年、シンガポール再版本、四二頁[14]。

一八四四年、香港改訂本。四一頁に縮小[15]。

一八四七年、上海で出版。

一八四七年、寧波で再版。原本はマラッカ。三五頁。

一八四九年、上海。シャック（John. Lewis. Shuck）が改訂し出版。三五頁。

一八五一年、ミルンの改訂版が上海で出版。二四頁。原作の一二回を一一回に縮減。この版本は一八五一年に香港で再版。二七頁[16]。

一八五一年、もう一つの改訂本が『二友相論』という題で寧波にて出版。三〇頁。

一八五八年、上海で再改訂され、『甲乙二友論述』と題し出版。二二頁。一二回から一〇回へ圧縮され、最後の一回はエドキンズ（Joseph Edkins）が増補した。「遠」が（ここでは「乙」）が完全に信服し、洗礼して入教する。

一八六一年に上海で再版[17]。

一八六二年、広東で『張遠両友相論』が出版。全一六頁。その内、ミルンが原著した前五回が広東語に書き換えられている。


現時点で、本書の諸版本については、オクスフォード大学のボードリアン図書館（Bodleian Library）が最も多く所蔵し、二一種類もある。ワイリーが提示した前掲の五種類以外に、その他、一六種類の版本がある。

一八五二年刊本『長遠両友相論』、上海：墨海書館、二四頁、ミルン改訂。

一八五三年刊本『張遠両友相論』、上海：聖会堂、二四頁、シャック改訂。

一八五七年刊本『張遠両友相論』、寧波：華花聖経書房、三三頁。[18]

一八五七年刊本『張遠相論』、上海で出版（出版者の記載無し）、アメリカ南浸信会の宣教師のタイソンイェイツ博士（Matthew Tyson Yates）が官話に翻訳。

一八六三年刊本『張遠両友相論』、上海：美華書館、四〇頁。

一八六四年刊本『二友相論』、寧波：英華聖書堂、ハドソン（Thomas Hall Hudson）改訂、内側の扉の題は「同治二年寧郡福音殿」。三〇頁。

一八六五年刊本『張遠二友論述』、上海：墨海書館、エドキンズ増補、ミュアヘッド（William Muirhead）編訂。二二頁。

一八六七年刊本『張遠両友相論』、香港：英華書院、ミルン改訂。三二頁。

一八六八年刊本『張遠両友相論』、上海：美華書館、コーベット（Hunter Corbett）[19]により増補、官話への翻訳。六〇頁。最後の七頁が不足。

一八六八年刊本『張遠両友相論』、上海：美華書館、三三頁。

一八六九年刊本『張遠両友相論』、上海：美華書館、銅版印刷、一一頁。

一八七一年刊本『甲乙二友論述』、福州：太平街福音堂、福州方言、二八頁。[20]

一八七一年刊本『長遠両友相論』、香港：英華書院刊本、ミルン改訂、三二頁。

一八七五年刊本『両友相論』、京都：美華書院、コーベットにより増補、官話への翻訳。六三頁。[21]

一八八二年刊本『張袁両友相論』、上海：中国聖教書会、ミルン改訂、二二頁。

一八八三年刊本『長遠両友相論』、漢口・聖教書局、ミルン改訂、一三頁。

この他、ハーバード大学の燕京図書館には四種類の版本が保存されている。

一八四九年福州刊本。内側の扉の題は「張遠両友相論、道光二十九年福州城刊刻、耶蘇降世壹千八百四十九年、板蔵花旗寓所」、一二回。

一八五四年福建刊本、内側の扉の題は「長遠両友相論、福建鷺門花旗館寓、咸豊四年印冊」。一一回。

一八七五年、京都美華書院印刷『美華書院短篇集』合集、一巻第一部を『両友相論』とする。

一九〇六年、上海排印本。内側の扉の題は「張袁両友相論、救主耶蘇降世一千九百零六年、華北書会印発、大清光緒三十二年歳次丙午、上海美華書館擺印」、一一回。


熊月之は『西学東漸与晩清社会』の中で、宣教師が各地で出版した漢語の書籍を整理した。その内『張遠両友相論』の多数の版本はいずれもワイリーの『来華基督教伝教士紀念冊——附著述目録』に基づいているが、ワイリーの目録に見えない版本が記載されており、しかも、作者はその所蔵場所や資料の出所についても説明していない。それはすなわち、一八四七年寧波出版のミルン『張遠両友相論』八頁であり、これは一八三六年シンガポール版を基に改訂したとしている。(22)

また、『中国通俗小説総目提要』、王継権、夏生元編の『中国近代小説目録』、孫文光主編の『中国近代文学大辞典』、劉葉秋、朱一玄、姜東賦主編の『中国古代小説大辞典』、日本の樽本照雄編の『清末民初小説目録』はすべて同じ種類の版本を収録している。すなわち、一八八〇年に上海美華書館から活字印刷で出版された『張遠両友相論』である。全一二回である。著者名は書かれていないが、内側の表紙に〝張遠両友相論，耶蘇降世一千八百八十年，光緒六年歳次庚辰，上海美華書館重印〟とある。(23)

不思議なことに、このように多くの書目がみな同じ種類の版本を収録していることである。これはおそらくこの本の読者層と関係がある。当時、この書を所蔵し、読んだ上層の文人はさほど多くなく、ましてやこれを研究する者はいなかった。学術の継承を重んじていた当代の中国学者に至っても、眼中に入らなかったといっても過言ではない。

筆者の管見の及ぶ限りにおいても、上述の如く『張遠両友相論』は一八一九年にマラッカで初版後、ほぼ二年に一度は刊行され、一八八三年まで、即ち、わずか十数年で三四種類もの版本が出版され、二〇世紀以降も新しい版本が出ている。これはハーバード大学のハナン教授の把握と合致する。ハナンは一八七六年から一八八四年までの図書目録を統計し、かつ、大英図書館所蔵のその他の年代に出版された版本とハーバード大学の燕京図書館とフィリップス図書館が所蔵する版本を補足している。ハナンが考えるには、『張遠両友相論』は少なくとも三〇種類もの版本がある、ということである。同時に、版本の印刷は一年間で一つの版に止まらず、実際の数はそれよりも多いと推測した(24)。

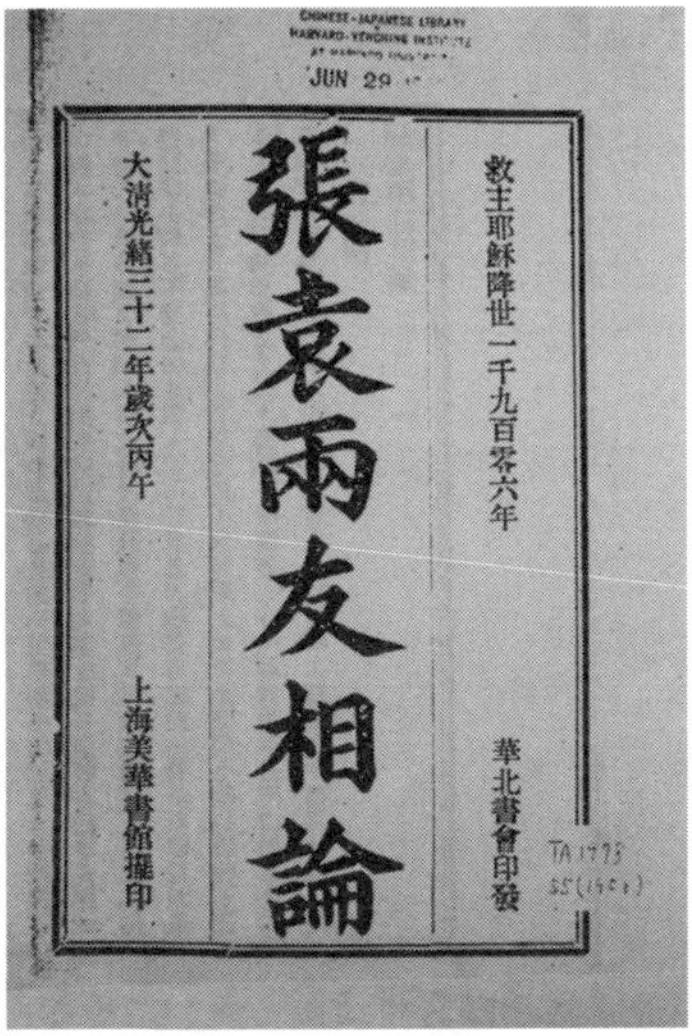

図３　1906年上海美華書館発行『張袁両友相論』

ベイズ（Daniel H. Bays）は一八一九年から一九〇六年の間に出た一七種類の版本に依拠して、『張遠両友相論』は最低でも数十万冊、ひいては百万冊以上印刷されているのではないかと推測した(25)。『張遠両友相論』が出版された場所は、主にマラッカ、香港、上海、寧波、福州、北京である。この書に対する改訂、改作はこれまで途切れたことがないのである。

三　中国と西洋の読者の受け入れと影響

『張遠両友相論』が出版された時代は、漢語書籍の刊行が宣教師にとって容易ではなかった。一八一二年にミルン夫婦が澳門へ着いた時、澳門の総督は逗留を拒んだだけでなく、彼らのために陳情を行った澳門在住のモリソンに対しても漢語の書籍を印刷することを禁じた。一八一六年、広州の巡撫は現地の人が外国人の漢語書籍の印刷を手伝うことを禁じる命令を下し、容三徳（名前の漢字表記はYong Sam Takの音に基づく推定による。モリソンはかつてロンドンで彼に師事し漢語を学んだ）、梁発（一七八九～一八五五、前出、印刷工から宣教師となった）などの労働者が逮捕され、モリソンの教師と謄写係は指名手配を受けた。結果、モリソンは遺憾ながら、事典の印刷に用いるために準備した漢語の組み版をポルトガルの職工に破棄させた[26]。

このような環境の中で、漢語小説『張遠両友相論』の出版は宣教師にとって非常に意義のあることだった。一八一九年、モリソンとミルン共著の漢語翻訳本『聖書』が完成し、その年にちょうど『張遠両友相論』が出版された。小説の文体を用いて、かつ一連の対話によって構成され、内容は西洋人が熟知したものであったため、漢語の入門書としても適切で、様々な人から好評を得た。フリオ（Philo）と署名した『漢語の研究』という書物の作者はかつて読者に『張遠両友相論』を強く推薦した。

これらの対話は簡単明瞭に書かれており、一般の人が常用する語彙が多く含まれている。私が入門時にこの書を選んだ理由は、私が知る限り、この書よりも語彙が豊富なものがなかったからである。私は先生と一緒にこの書を数回読んで学び、復習時には、先生にこれをノートに書き写していただいた。段落の間隔を開けておき、一頁に二段落分以上写すことができた[27]。

しかし、この作品は漢語学習の教科書として読者の間で広まっただけでない。ギュツラフは、この作品が中国でどれほど受け入れられているかということとともに、ギュツラフ自身も大きな影響を受けたと述べている。また、一八二九年三月、ギュツラフが、まだタイのバンコクにいる時に、ミルンの『張遠両友相論』を持ち「この書から多くのことを学んだ」と言う者が彼を訪ねて来た、と言われている。(28)

一八三三年、ギュツラフは三度目の中国沿海旅行をした。そして二月に浙江省の普陀山へ行った。船に沢山の宗教に関する書物を備え、当地の読者に歓迎された。それらの書物はみな配って無くなってしまった。

満足すべきことは、才智に富む僧侶たちが、あんなにも熱心に私たちの書物を読み、我々が傍らにいることさえ忘れていることだ。その中で最も彼らの心を打った書物は「張と遠」の物語である。即ち、一人のキリスト教徒と一人の知識に乏しい隣人との対話による作品である。この書の作者は、既に他界し、私が追悼して已まないミルン博士である。この書は極めて鋭くかつ公平な評述を行い、絶えることなく中国の読者に好まれ続けている。(29)

これは初めて民間で起こった中国文化と西洋文化の交流だと言えよう。書中のどの内容が多くの僧侶を含む中国の読者の心を打ったのかは現在判然とし得ないが、小説の文体が功を奏したのではないかと思われる。また『児女英雄伝』といった類の小説が氾濫する時代に、〔2〕ギュツラフが贈呈した書物の内容に、中国の読者が驚きと新鮮味を覚えたのも無理はない。

ここで我々が注目する必要があるディテイルがある。それは、その後、ギュツラフが普陀山の僧侶から『香山宝巻』〔3〕を貰って読んでおり、その結果、東洋と西洋の宗教の共通点、すなわち、東西いずれの宗教も物語の形式による書物によって読者をひきつけているという事実を発見したことであった。その後、ギュツラフは漢語小説を書いて宗教を宣揚し、自分の見解を述べるようになった。

　一部の中国文人は、より多くの下層の人々にこの本を理解してもらうため、さらに方言による書き換えを行い、この本の伝播を後押しした。同治一〇年（一八七一）、福州の大平街福音堂から発行された『甲乙二友論述』の序文を見られたい。

図４　同治10年（1871）福州太平街福音堂印行『甲乙二友論述』

　これは嘉慶年間に英国のミルンが著作したものである。名は『張遠両友相論』である。後に英国のエドキンズが加筆を行い、改めて上海書局から『甲乙二友論述』という名で刊行した。私はこの書を読んだが、道理が簡潔かつ明瞭で、論理的で、多くのことを学んだ。そこで主要な箇所を選出して福州方言で翻訳し、その地のお年寄りや子供達にも読みやすく、イエスの救世の厚恩を知り、道理の大意、すなわち「邪悪な物を棄て、改心し、共に新たな民となり、天道を崇拝し、未来の際限なき幸福を享受することが可能となる」ものを与えることができるようにした。同治十年　仲春下浣愚教弟沈守真識。

　西洋の宣教師はみなが『張遠両友相論』を崇拝した。すでに述べたように、この本は書き換え、改訂する者が後を絶たず、かつ、多くの者がこの書を底本として模倣をした。これにより、たくさんの問答体の章回小説が生まれた。その内、ギュツラフの『正邪比較』とF・ゲナールの『廟祝問答』は最も代表的な名作である。

留意しておかねばならないが、ミルンの章回小説の運用と理解には一方で限界があった。回によって分かれているが、題目はなく、章回小説の叙述のリズムを厳守していない。すなわち、プロットの設置を重んじたためか、要所に来たと思うと焦らすかの如く「いかが相成りますかは次回にお話し申しあげます」としてしまい、結局二人の主人公が討論するテーマに基づいて回が分かれている。この点は、ミルンの後継者である、言語と創作の才能に長けたギュツラフの小説において大きく改善されている。ギュツラフが著した二作の小説の中から、彼が章回小説をすでに熟知しているのが看取できる。叙述の中で巧みに「且説、却説、話説」（話題を転じたり、新たな話題に触れる時に用いる常套句）、「不在話下」（一つのプロットの展開を止め、別のプロットに焦点を移すときに用いられる。「～はさておき」という意味に相当）といった講釈師の常套語を用いたり、題目や終結時に用いる詩なども加えている。

『正邪比較』は一八三八年にシンガポールで出版され、三つの回に分かれている。[30] 陳成大、呉瞻能、馬福領という三人の人物がキリスト教を知る物語である。呉瞻能はキリスト教徒である。三人は多くの対話を経て、馬福領は最終的にイエスを信じる。陳成大は完全には理解していないが、三人は何度も一緒に神への祈りを行った。この書が『張遠両友相論』を模倣した痕跡は極めて明らかである。少しその中の段落を覗いてみよう。

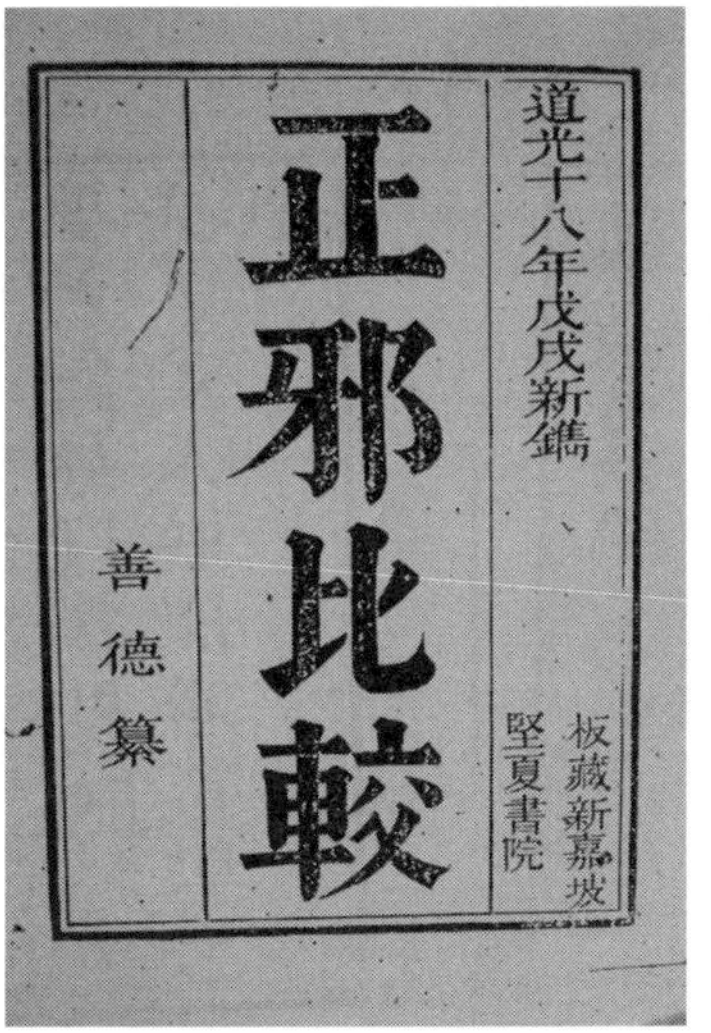

図５　道光18年（1838）刻『正邪比較』、シンガポール堅夏書院蔵本

さて、陳成大が帰宅してから、心中こう考えた。「私と呉瞻能は数日間付き合い、いろいろと探ってみたら、彼は優れた才能が有り、学識を有し、清新で立派な人物であった。彼と一日話を交せば、膨大

な奇書を読むに優る感がある。だが、私とイエスの教徒は合わない。彼ら教徒は民を害さないが、合法か否か疑わしい」。一晩中考えを巡らせ、寝つけないでいた。空が明るむと、身支度を済ませ、再び呉瞻能の家へ向かった。到着し丁度門を入ろうとした時に、呉瞻能がそこで神を拝み、聖なる神が多くの心を感化させ、日々善と徳を重んじ、罪悪から逃れることを懇願していた。また、慈悲により万民を教え導きたまえ、敬愛なる救世主イエス等といった言葉を耳にした。そのため、ひどく驚き訝り、外に腰かけて待っていた。[31]

この段落と『張遠両友相論』における「遠」の心境と行動を比較すると、瓜二つのようである。作者はこの箇所で人物の心理内の変化を表現しようとしている。だが『張遠両友相論』と比べると、この変化の推移はさほど明晰かつ充分ではない。馬福領は自分で思考しているのではなく、呉瞻能の布教に影響されているに過ぎない。陳成大のキリスト教への態度の変化も矛盾している。キリスト教を排斥する一方で、二人の友人とともに祈禱に参加している。彼が信教しない理由は只ひとつである。すなわち、朝廷が禁じているからとするだけで、この作品には、段階的な深まりというものが見られない。

『張遠両友相論』の穏やかな対話と比べると、『正邪比較』は感情の起伏が激しく、異教を排斥しようと、攻撃的で声高で、読者を屈服させ、キリスト教は邪教ではないことを受け入れさせようと懸命に主張する作者の差し迫った心境が現れている。たとえば、第二回では、キリスト教は「邪教がでたらめを言い合い、飲んで食って大騒ぎするようなものとは異なり、……キリスト教の信徒は静かな場所で暮らし、道徳心を養い、識見の向上に努めていて有益である」とし、異端のやからが「徒党を組み、夜中に集まっては行うのは悪いことばかりで、盗賊よりまだたちが悪い」のとは異なると述べている。[32]これは、当時、清の朝廷がキリスト教を邪教と見なし、禁止令を下し、庶民はキリスト教を誤解していたことを如実に物語っている。呉瞻能はその後二人を教徒の集会に誘って誤解を解こうとする。作者が小説を利用してキリスト教の名を正そうとしていること、間接的ながら布教を禁じた清朝政府への不満を示していることが分かる。

この他、ギュツラフが著した小説『贖罪之道伝』（一八三四）、『是非略論』（一八三五）はいずれも対話の形式を多用し、主として中国と西洋の宗教の差異について比較し、読者にキリスト教へ改宗するよう力説している。ギュツラフはミルンに倣って小説を書き、また極めて多くの作品を残した。しかしながら、ギュツラフの作品は再版されたことがなく『張遠両友相論』がもたらした感動には遥かに及ばない。同時に、ギュツラフの冒険主義的で危険をもたらす恐れのある行為は他の宣教師から非難された。これが彼の小説が広く伝わらなかった重要な原因である。

『廟祝問答』は上下に分かれており、作者のF・ゲナールはギュツラフの学生である。この本は一八五六年に香港で出版され[33]、一八八二年福州太平街福音堂[4]刊行の印本がある。この作品は伝道者と寺男の対話によって構成され、明らかに『張遠両友相論』の問答体を彷彿させる。だが、座って道を論じる場面が二回だけに縮減され、プロットの設置や人物の描写も簡単になり、仏教の批判に重点が置かれていて、菩薩を拝む様々な民間の儀式は、伝道者から見て全くでたらめであると指摘する。二人がまだ話し終わらないうちに、人が廟にやってきて神を祀り始めたので、寺男はその手伝いをする。まず、蠟燭と線香に火を点け、供え物と酒を並べ、筊竹で占い、おみくじを引き、紙銭を焼き、爆竹を鳴らす[5][34]。こうした行為がいかにでたらめか、伝道者は一つずつ指摘し、その率直な態度に寺男は憤慨する[35]。その後、伝道者との一問一答が続

図６　光緒７年（1881）福州太平街福音堂印行『廟祝問答』

く中で、寺男の信念が次第に揺らぎ、キリスト教を受け入れ始める。

作中で、作者は自己の観点から中国の歴史を解読しているが、その際故意に中国の歴史と文化を読み間違え、仏教を捻じ曲げようとしている。[36]中国の歴史上の戦乱と災難をすべて仏教の仕業にし、これは神の偶像崇拝に対する罰だと指摘し、これを証左としてキリスト教の立場を高めようとした。

『張遠両友相論』およびその模倣作はいずれも布教者が説得し、最終的に聞き手がキリスト教を信仰することとなるのだが、当時の実際の布教効果は宣教師の作者たちのように楽観できるものではなかった。

「天下第一の傷心者撰」と署名した『辟邪紀実』は中に『閲〈甲乙二友論述〉』が収録されているが、そこでこの本はでたらめであると非難し、その矛先をキリスト教の教えそのものへ向けている。[37]これは明らかに無神論者が生活上の常識から見て、その書がでたらめであるとして反駁したもので、キリスト教の教えも論理的に破綻し、筋道が立っていない、と述べたのである。しかも、このような判断と観点は当時普遍的だった。中国人はキリスト教が考えていた、神が宇宙を創造した、ということについては全く関心を持たず、唯理主義（理性主義）、唯心論を信じており、その思想の中に迷信的な色合いと無神論の要素が錯雑していることは否定し得ないものの、中国人の信仰からは、本質的には神や幽霊、自然の力、奇怪な妖魔への信仰が排除されている。[38]

『張遠両友相論』の版本と発行数は同時代の他の漢語小説と比べると、その差は歴然である。しかも、ギュツラフが示したように、この書はたしかに中国の一般的な読者の人気を得た。しかし、社会的な影響と実際の布教効果は意に叶わず、知識人の層、特に上層の文士の支持を多く得られなかった。たしかに、ミルンがこの書物の読者として想定したのは、数が最も多い下層の民衆であり、それは正に「遠」のような貧しい労働者であった。もう一方で、この本の大部分の版本は一八四〇年以降だが、実際には「典礼問題」の後、カトリック、プロテスタントを問わず、士大夫や知識人はすでに信徒にはなり難かったし、アヘン戦争後、中国の民族心は高揚し、西洋の宗教に対する排斥心や反感が強まり、それが布教に関する書籍の受容にも直接影響したのである。

小説の発展過程から見ると、『張遠両友相論』から始まった宣教師の漢語小説の創作は、中国伝統小説の外枠を借用して西洋の宗教の内容を注入することによって、清代小説の中に極めて独特な一分野を形成した。漢語小説の作成はこの時から新たな領域へと進み、宣教師の介入は中国の伝統小説の創作に危機と契機を同時に与え、中国小説の古代から近現代への過渡期にその変化を激しくする役割を果たした。

彼らは伝統小説の内容に新たな要素を注入する一方で、この宣教師の小説という中西の合璧（二つの半円の玉が合わさって美しい一つの玉となる）の中には両者を隔てるものがあり、完璧とはならなかった。一方文学が新たな思想と新たな内容を表現する時期において、中国の伝統小説は日増しに役立たずとなり、もはや時代の要求に適応できず、その衰退ぶりは後戻りのきかないものとなってしまった。

一八九五年、フライヤー（John Fryer）は「求著時新小説」（新たな時代の小説を望む）という原稿募集の文章を発表し、新たな形式の小説を求めた。一九〇二年になると、梁啓超がついに小説界に革命の嵐を引き起こし、内容、形式から文章の作法にいたるまで、伝統小説に対する転覆を次第に押し進め、中国小説の発展に新たな一章を開くこととなったのである。

【注】

（1）改作、再版の過程において数がやや変わっている。本書は主として早期の版本に基づいて論じる。ハーバード大学燕京図書館所蔵、一八三六年、シンガポール再版本の「道光十六年鐫，新嘉坡堅夏書院蔵板」も適宜に後期の版本を参照して対照を行っている。

（2）梁啓超『飲氷室詩話』、北京・人民文学出版社一九八二年版、五一頁。

（3）『新民叢報』一九〇二年二月第二号。
（4）孫尚楊、スタンダートの『一八四〇年前的中国基督教』（第一一章「聖経在十七世紀的中国」、北京：学苑出版社二〇〇四年版）を参照されたい。
（5）ハーバード大学教授のハナンは、対話形式は、早くもミルンより前に、インドにおいて宣教師が普遍的に用いていた、と主張した。そして、シュワルツ（Christian Frederick Schwartz）はタミール語を用いて、キリスト教徒と非キリスト教徒の一二段におよぶ対話の作品を著作し、一七七二年にマドラス（Madras）で発表し、彼の作品は自然とミルンの創作を導いた、と指摘した。詳細はハナンの〝The Missionary Novels of Nineteenth-Century China〟, *Harvard Journal of Asiatic Studies*, vol.60・2, p.418. を参照されたい。
（6）戚印平『日本早期耶蘇会史研究』、北京：商務印書館二〇〇三年版、二三一～二三二頁を見られたい。
（7）宣教師の小説とプロテスタントの布教構想、および、文化適応政策については、本書の第一〇章を見られたい。
（8）『張遠両友相論』、光緒六年庚辰（一八八〇）上海美華書館排印本、扉頁。
（9）『張遠両友相論』、光緒六年庚辰（一八八〇）上海美華書館排印本、二八頁。
（10）『張遠両友相論』、光緒六年庚辰（一八八〇）上海美華書館排印本、三一頁。
（11）*Memorials of Protestant Missionaries to the Chinese: Giving A List of Their Publications, and Obituary Notices of the Deceased, with Copious Indexes.* Shanghai: American Presbyterian Mission Press 1867, p.17, p.145.
（12）ワイリーは再版と称した。紙幅は変化し、版式も異なっている。故に、本書ではこれを別の版本として列挙する。
（13）オクスフォード大学ボードリアン図書館に所蔵がある。英華書院道光一一年（一八三一）。
（14）ハーバード大学燕京図書館に所蔵されている。内側の表紙の題は〝道光一六年鐫『張遠両友相論』。新嘉坡堅夏書院蔵板〟、全一二回。
（15）ハーバード大学燕京図書館とオクスフォード大学ボードリアン図書館に所蔵がある。内側の扉の題は『張遠両友相論』。香港英華書院蔵板。一二回。ロンドンで出版。
（16）オクスフォード大学ボードリアン図書館に咸豊元年（一八五一）の香港英華書院刊本が所蔵されている。W・C・ミルン（William Charles Milne）が改訂。

(17) 上海墨海書館が刊行印刷し、ワイリーが改訂、エドキンズが増補した。オクスフォード大学ボードリアン図書館に所蔵されている。

(18) ハーバード大学燕京図書館に所蔵。内側の扉の題は「張遠両友相論、寧波華花聖経書房訂、耶蘇降世一千八百五十七年、□様人第」。全一二回。

(19) コーベットの漢語名は「郭顕徳」。アメリカ長老会に属し山東省にいた宣教師。

(20) ハーバード大学燕京図書館に所蔵。内側の扉の題は「甲乙二友論述、同治十年福州城内太平街福音堂印」。全一〇回。

(21) ハーバード大学燕京図書館所蔵。内側の扉の題は「両友相論、耶蘇降世一千八百七十五年、歳次乙亥」、京都（北京）：灯市口美華書院刷印、全一三章。

(22) 熊月之『西学東漸与晩清社会』、上海：上海人民出版社一九九四年版、一七六頁。

(23) 『中国通俗小説総目提要』、北京：中国文聯出版公司一九九〇年版、七五三頁。王継権、夏元生『中国近代小説目録』、南昌：百花洲文芸出版社一九九八年版、二一六頁。

(24) ハナン "The Missionary Novels of Nineteenth-Century China", p.417.

(25) *Christianity in China: from the eighteenth century to the present*, edited by Daniel H.Bays, Standford, California : Sandford University Press 1996. を参照されたい。

(26) 湯森着（イギリス）、王振華訳『馬礼遜—在華伝教士的先駆』、鄭州：大象出版社二〇〇二年、七四頁、九〇頁を見られたい。

(27) "Study of the Chinese Language", *Chinese Repository* 1839 Vol.8・7, p.343.

(28) Jacob Tomlin, *Journal of a Nine Month's Residence in Siam*, London: Frederick Westley and A.H. Davis 1831, p.105.

(29) "Journal of a voyage along the coast of China, from the province of Canton to Leaoutung in Mantchou Tartary; 1832-33", *Chinese Repository* 1834, Vol.2:2, p.54.

(30) ハーバード大学燕京図書館所蔵『正邪比較』「善徳者纂、道光十八年戊戌鐫、新嘉坡堅夏書院蔵板」。

(31) ハーバード大学燕京図書館所蔵『正邪比較』第二回「論諸邪不能勝正」、二一頁。

(32) ハーバード大学燕京図書館所蔵『正邪比較』「善徳者纂、道光十八年戊戌鐫、新嘉坡堅夏書院蔵板」、第二回『論伸説端曲』、八頁、一四頁。

(33) 前掲注22熊月之『西学東漸与晩清社会』、二二一頁。
(34) ハーバード燕京図書館所蔵「光緒七年、福州城内太平街福音堂印、福州美華書局活板」。上巻、一頁。
(35) 同右、四頁。
(36) 同右、三〜四頁。
(37)『辟邪紀実』中巻、天下第一傷心人撰、同治辛未(一八七一)季夏重刻。
(38) 張国剛『従中西初識到礼儀之争』、北京：人民出版社二〇〇三年版、五一二〜五一八頁を参照されたい。

〔訳注〕
〔1〕北京灯市口にあったアメリカ公理会(日本では合衆派と呼ぶ)の教会に附設された出版社。教会関係のものだけでなく、多数の啓蒙的な書物を出版していた。
〔2〕『児女英雄伝』―清・文康撰。一九世紀半ばに刊行された。序文などで反『紅楼夢』を唱えているが、内容は才子佳人と武俠小説とを組み合わせたにすぎない。その一方で、洗練された官話による描写力は高く評価されている。
〔3〕宝巻とは仏教や道教の儀礼において説唱される亡者への回向を目的とした宗教芸能の台本を起源とする。経典の内容を、節のついた韻文と、物語的な散文を交互に配置して語る。最初期の宝巻として注目されるのがここでいう『香山宝巻』、正しくは『観世音菩薩本行経(簡集)』といい、『観音宝巻』とも呼ばれる。明清時代に宝巻が盛んになったのは、旧来の宗教に加えて、宝巻を正式の経典とする民間宗教(羅教、大乗教など)が流行したことによる。
〔4〕一八八八年、福州の太平街に教会が設立され、福音堂と名付けられた。現在もそこに教会がある。
〔5〕現在でも、爆竹を鳴らして、悪鬼を退散させてからおみくじを引く。

第四章　ドイツ人宣教師ギュツラフの小説創作と評価

既述の如く、一九世紀の西洋宣教師は教義の宣揚や中国人の観念を変えさせるため、漢語による小説の著作や『聖書』を通俗的な小説に改編し、中国人読者の興味を引こうと試みた。ギュツラフは疑いなくその中で最も多くの作品を書き、また最も注目された人物の一人である。一八六七年、ワイリーの『来華基督教伝教士紀念冊――附著述目録』（*Memorials of Protestant Missionaries to the Chinese: Giving a List of Their Publications and Obituary Notices of the Deceased with Copious Indexes*）によると、ギュツラフの名がある漢語の著作は六一作以上あり、その内、約三分の一が小説である。教義を説明する以外に、ギュツラフは西洋の文明について力説した。それは西洋文化優越論、とくにイギリス文化優越論を強く感じさせるものであった。文化とそれに包摂される美学的な形式は歴史的な経験から生じるが、ギュツラフのこのような文化的認識は彼が生きた一九世紀の帝国主義の急速な拡張と密接な関係がある。また、本人の性格や経験、身分なども深く関連している。

図1　ギュツラフ（1803-1851）

他の宣教師に比べて異彩を放ち、議論の的となっていたギュツラフはプロイセンに生まれ、一八二七年にオランダ教会の支援を得て中国に上陸した。まず、バダヴィア（インドネシアの首都ジャカルタのオランダ植民地時代の名称）を訪れ、翌年の一八二八年に

図２　アヘン商人ジャーディン（1784-1843）

シンガポール、シャムを訪れた。一八二九年になると、再びシンガポールとマラッカへ到り、最初の妻の協力のもとロンドン教会に尽くした。ギュツラフは、妻とはマラッカで知り合い結婚した。妻もイギリスの宣教師で、時として教会団体から支援を得ることがあった。彼らは一八三〇年にはシャムへ行き、一八三一年にバンコクを旅行した。ギュツラフは旅行をこよなく愛し、一八三一年から一八三三年の間に、外国人宣教師は中国で自由に布教する許可を得られない状況の中、翻訳者と外科医の身分で三度も東インド会社のロード・アムハースト号（the Lord Amherst）やアヘン商人のジャーディン（William Jardine）のシルフ号（The Sylph）等に乗り中国の沿海部を旅行した。

一八三五年、ギュツラフはイギリス政府の一連の任務に服すようになり、一八四三年以降、モリソンに替わって、香港総督の漢語秘書を亡くなるまで務めた。これらの経験は彼の身分をとても複雑にさせた。布教者、小説家、天才的な言語学者、学者、また、果敢な旅行家、貿易会社の社員、イギリス政府の官員など多数挙げることができるが、彼はイギリス植民当局のために情報を収集し、対策を練った。アヘン戦争期間は、武力で中国の大門を打開することを主張し、さらに『南京条約』制定時にはイギリス側の通訳まで務めた。そのため、彼と帝国主義の拡張とは切り離せない関係にある。

時間的な視点からみると、プロテスタント宣教師が訪中した時、いわゆる「地理上の大発見」といった大航海時代はとっくに過ぎていて、イギリスを筆頭にヨーロッパ国家は中国を貿易の相手国とみなしていたものの、開発は未だ十分でなかったので、宗教の伝播は軍艦と商船（当時両者は区別し難いものだった）の支持に頼るだけでなく、宣教師たちは時間、場所、情勢により、巧みに自己の身分や役割を変え、改宗、土地の征服、利益の獲得という軍人や商人と共通する目的を実現しようとした。ギュツラフはその内で最も際立った代表的な一人であり、彼の小説は正に彼の多重的身分を生かした産物であり、純粋たる文学のために生まれたのではないことは明瞭である。そして、これを、一九世紀の中国近代史における独特な文化形態と見なして考察を行うことは、とても意義のあることである。紙幅の関係により、総括的な記述にならざるを得ない部分もあるが、以下、ギュツラフの作品について検討、分析していきたい。

一　中国白話小説に対する重視と模倣

ギュツラフの漢語小説における著作の業績は、非凡なる言語能力により実現されたといえる。注目するに値することは、ギュツラフは早くから小説の重要性を知り、彼が中国の伝統的な小説を読む中で意識的にそれを模倣し、漢語の小説を創作したということである。彼が具体的にいつから中国の小説を読み始めたのかは明らかではないが、一八二八年にシャムに来た時には恐らくすでに始めていたと思われる。

一八三三年、ギュツラフは三度目の中国沿海旅行をしたが、既に紹介したように、この時普陀山の僧侶たちがギュツラフに『香山宝巻』を贈呈した。この本をギュツラフは「仏教の小説」と見なし、「通俗的でわかりやすく、ひいては平易な風格である」と述べている(1)。そして、布教のため、この本を小説文体の模範と見なした。

一八三五年、ギュツラフは『中国叢報』に論文を発表し、自らを儒家の典籍に精通する漢学者からは截然と切り離すとともに、「中国の邸宅に図書室があったとしても、人々は小説以外の書物には一顧だにしない」と、小説の重要性とそれが読者に与える魅力について力説した。[2]

一八三八年の九月から、ギュツラフは『中国叢報』に一連の文章を掲載し、中国小説の紹介と評論を行った。内容は主に歴史演義についてである。また、世情小説や文言の小説についても言及した。ギュツラフは『三国志通俗演義』[1]を「中国最高峰の作品の一つ」と讃え、[3]この作品の文章と叙事能力、特に物語が統一国家という結末へと向かうスピード感、活き活きとした細密な描写、人間形象の魅力などを大いに称賛している。[4]また、ギュツラフは、『南宋志伝』（五代から趙匡胤による宋朝の樹立に至る王朝興亡の物語）が、晦渋なところも虚飾もなく、活き活きとした描写で英雄たちの冒険と彼らの個性とを描き出していると激賞している。[5]この他、ギュツラフは『歴代神仙通鑑』[2]『大明正徳皇游江南伝』[3]『智嚢補』[4]『聊斎志異』[5]『紅楼夢』[6]等を紹介している。[6]

ギュツラフは一八三八年出版の『開かれた中国』の第一二章でも中国小説を紹介する箇所を特別に設けている。そこで重点的に述べられたのは、やはり歴史演義であった。[7]ギュツラフは『三国志演義』『五虎平南後伝』[7]『群英桀』[8]『東周列国志』[9]『于少保萃忠全伝』[10]の五つの小説を挙げ、これらは当時非常に流行し、皆が持っているほどである、といった。また、これらは全体的な総数の一部分にすぎないとも説明した。

> 各朝歴代において似たような性質を持つ作品がある。全ての偉人はみな伝記になるように、全ての天災と人災はみな演義小説へと演繹される。その中には無聊なる作品もあるが、多くの風格の異なる佳作も存ずる。これらの作品は、中国史の傑作を書こうとする外国人にとって、必読に値する。[8]

このような視点による記述はギュツラフの著作の中で顕著に見られ、歴史演義の影響の下、ギュツラフは歴史を題材とした小説を多く創作した。たとえば、イギリスの歴史を記した小説『大英国統志』（一八三四）がある。また、世界歴史を描いた小説『古今万国綱鑑』（一八三八）は歴史と小説が混在した作品である。

『聖書』の歴史的な物語を描写した小説『聖書注疏』（一八三九）では、中国と西洋の歴史を対比させ、両者を同じ時間体系に収めようとしている。ギュツラフは『聖書』の内容を毎回部分的に紹介する度に、中国の歴史年表に基づいて、慎重に出来事の発生時間を定め、大体の中国の歴史時間を提示し、読者に便宜を与えた。たとえば、第一回で『創世書志略』を紹介する際に小文字で、「自第十二章至二十四章、自夏帝扃起、終于帝孔甲二十六年」、「自第二十四章至第三十六章、起夏帝孔甲、終商太甲二十四年」と注した。また、『出麦西国書（出エジプト記）志略』を述べた時には、「自第一至第十四章、起于商沃丁十四年、終于沃甲元年」[9]と記した。『東西洋考毎月統記伝』に掲載された『東西史記和合』『拿破戻（ナポレオン）翁』『馬理王后（マリーアントワネット）略説』なども歴史演義の痕跡を感じ取ることができる。

当然の如く、ギュツラフの小説は歴史の題材だけに限ったわけではない。中国小説がギュツラフに高く評された

図３　道光14年（1834）刻本『大英国統志』

図４　道光19年（1839）刻本『聖書注疏』

根本的な理由は、読みやすい白話文で書かれ、通俗的で臨場感があり、吸引力を有していたからである。ギュツラフは白話小説の「平易で通俗的、かつ気軽で愉快な風格」を学ぶことを主張した。なぜなら、それがあれば、「読者にキリスト教を指導するにしても、読者は喜んで読もうとするからだ」[10]と言っている。これは、一九世紀における多くのプロテスタント宣教師の共通認識である。

イギリス人宣教師のワイリーは『中国文学筆記』の序言において、[11]一八二二年、フランス人宣教師が中国から持ち帰って翻訳した中国小説が教会から出版された、と指摘している。[12]彼はこの書において、当時の書店でよく売れていた一三七冊の中国白話小説の目録を列挙した。恋愛や世情を題材にした短篇の「話本小説」[11]が主であった。また、彼が著した『来華基督教伝教士紀念冊——附著述目録』でも宣教師が著した漢語小説を紹介している。

イギリスロンドン会の宣教師であるレッグも同様に早くから中国小説に興味を持っていた。一八四二年の半ば、レッグは翻訳と注釈を施した『四書五経』の出版といった偉大なる計画をするに至った。しかし、ひどく晦渋であったため、以下のように事を進めていった。

初歩的な試みとして、『大明正徳皇游江南伝』を彼（レッグの学生の何進善）に託した。すると、翻訳が進むにつれて、私たちは次第に興味を駆り立てられていった。一たび暇があれば、すぐに訳文を修訂し、これによって私の漢語が向上し、また、訳書が良い作品へと変わり、人々に受け入れられ、有益となることを望んだ。

この翻訳本は一八四三年にロンドンで出版された。同時にレッグは本人が把握している中国伝統小説に関する技巧を、『聖書』における二人の人物の伝記の記述に運用した。また、レッグは小説体を用いて、六回に分けて述べた、『約瑟（ヨセフ）紀略』（一八五二年序）と、四つの回によって構成される『亜伯拉罕（アブラハム）紀略』（一八五七年序）を書いた。日にちが異なる以外は、この二つの作品の漢語で書かれた序言文ではいずれも「この紀伝は小説の体に似たるといえども、実は小説の流にはあらず」としており、決まり文句を用いるなど小説形式で聖書の内容を述べて読者の興味を引いている。また、どちらも中国の年代を用いてヨセフを殷朝に、アブラハムを夏朝の頃としている。(13)これに対して、一八七七年に展開された「世俗文学」の議論において、マーティン（William Alexander Parsons Martin）が、小説は必要だが行き過ぎてはならない、と述べている。(14)

一八八二年、聖教書社のインド代表であるマードックは招待を得て、中国を訪れて視察を行った。彼の報告の中に「通俗文学」という箇所がある。その中では「手軽な読み物に対する渇望」について提示し、宣教師たちは可能な限り小説を創作し、このような欲求を満たすよう提唱した。(15)

通俗的で臨場感のある白話小説の形式を用いて教義を宣揚し、よりよい布教の効果を得ようとする試みは、すでに一九世紀のプロテスタント宣教師の共通認識となり、また独創的な布教方法となった。一八一九年に宣教師小説を最初に手掛けたロンドン差会のミルンが著した『張遠両友相論』から、一八八二年にグリフィス・ジョンが書いた『引家当道』までのたった数十年の間に、宣教師たちは小説の創作に疲れも覚えず没頭したことが想像できる。その中でギュツラフが創作した小説の量は最も驚異的であった。

二　中国と西洋の文化の衝突による産物

ギュツラフの小説が注目されるのは、ただ著作の量が多いからではない。彼の作品は中国の小説史において独特な地位を占め、内容、形式を問わず、中国文化と西洋文化の融合を表現している。『聖書』の内容を、白話小説の形式を用いて書くことはすでにミルンやモリソンらが試みて成功をおさめたといえるが、白話小説の方式や技巧

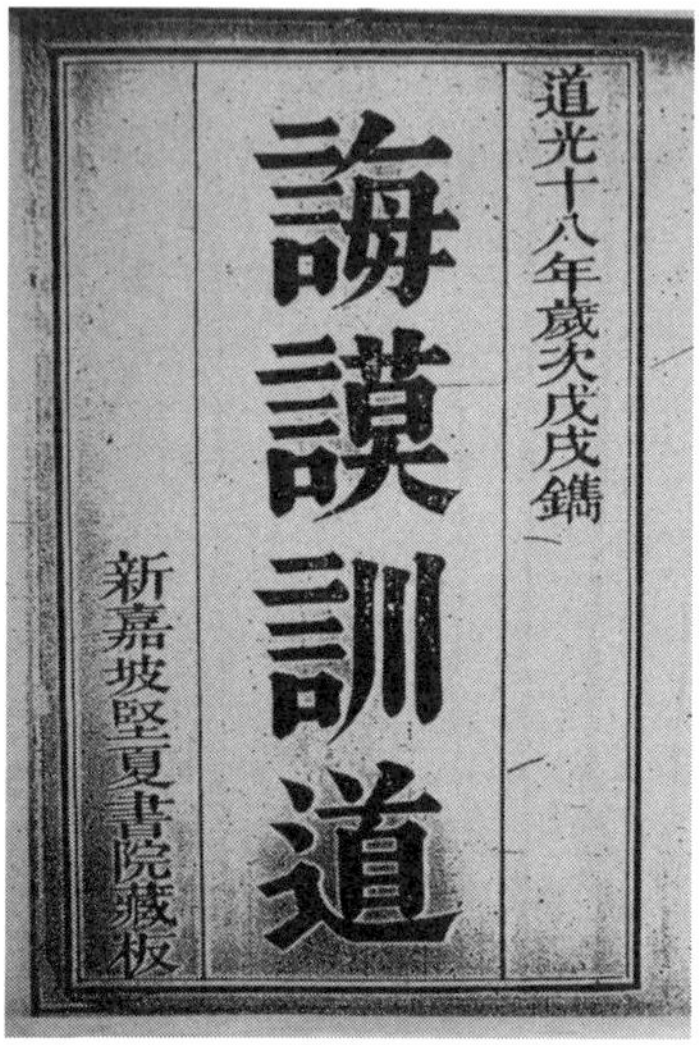

図５　道光18年（1838）**刻本『誨謨訓道』**

は、ギュツラフの方がより優れていることは疑いない。

ギュツラフの小説を考察すると、中国の社会と文化を非常によく理解していることが分かる。しかも、意図的にそれを自分の作品の中に生かしている。ギュツラフは中国小説に対して興味を持ち、同時に小説伝播の効果を固く信じていた。そのため、すぐに章回小説の形式を使いこなせるようになり、既に述べたように、文中で巧みに講釈師の常套句や回目や終結の箇所で用いる詩を用いた。中国の読者の小説に対する美意識や習慣に適応しようとしたのである。同様の目的により、ギュツラフの『贖罪之道伝』（一八三四）、『聖書注疏』（一八三九）なども中国史の編年に基づいて『聖書』の物語を叙述している(16)。

ギュツラフは、科挙試験が、儒生にとっていかに重要だったかを明らかに知っていた。ギュツラフの作品における主人公は、学識の深い儒生であることが多く、しかも科挙試験において非凡なる力を発揮している。たとえば『大英国統志』の葉櫝花や『贖罪之道伝』における蘇連幸、林翰林などがそれに当てはまる。しかも、作品中の儒家の学説と中国の古訓の引用も大いに人々の注目を浴びた。ギュツラフは文中で長々と儒家の経典を引用し、キリスト教の観点と比較させて論じた。たとえば『誨謨訓道』の第一回では、キリスト教徒の陳委化は『論語』（述而篇）から「不義にして富みかつ貴きは、我に於いて浮雲の如し」という句の引用を行い、金好きで吝嗇な商人の勤踦に、いかな金持ちでも死ぬ時には紐一本持って行けないと忠告している(17)。

時には儒学の典籍から引用した句を、表紙の目立つ位置に載せて、文人の同感を得ようとした。たとえば、道光丙申年の彫刻本の『贖罪之道伝』では「朱子謂わく、道の本は原より天に出で、而して易えるべからず[12]」と題した。引用文は多くが『四書』『五経』から選出し、『書経』『論語』『孟子』が最も多い。目的は明確である。要するにキリスト教と儒教の間の関連を探し、儒家に合わせることを心がけ、少なくとも儒教とキリスト教の似通った思想観念や経験を併存させようとした。しかしながら、儒家経典に対する解釈は、多くが西洋式の解釈であり、布教の利益のための解釈で、本義に対して十分には理解していなかったり、時に些か意図的に捻じ曲げた解釈となっている。

プロットの設定において、ギュツラフは変化を与えるよう気を配っている。叙事文学の角度からみると、ギュツラフはたしかに以前の宣教師たちよりも技巧的である。ギュツラフの『贖罪之道伝』『常活之道伝』（一八三四）、『誨謨訓道』（一八三八）などはいずれも物語性の強い作品である。たとえば『贖罪之道伝』では、「明朝に科甲の翰林がいた。姓は林、名は徳表、字は道显。厦門の人である」、「その人格は義を重んじ、官職は高く、家は豊かで、才学に優れ、有望であった。高貴な人々と親しく交流し、公務がない時は決まって、相手が訪問してくるか、彼が訪問した[18]」といった具合である。

図６　道光16年（1836）**刻本『贖罪之道伝』**

彼をきっかけとして、呉御史、李老叟、李老叟の学生である蘇連幸、真夜中に蘇連幸の家に泊まりに来た陳両、林徳昭などの才学の士たちが続々と登場する。キリスト教を信仰する儒士の間で教義について討論がなされ、これにより小説の主体が構成されている。それと同時に、小人の妨害や頑迷固陋さによって大きな波紋が生じる。第七回では、蘇連幸の友人である楊太常に注目が集まる。楊太常は傲慢で貪欲な人格を持ち、常に権力に弱く、蘇連幸と林翰

林の忠告を聞かず、酒、肉、色をむさぼり、最後は酒に溺れ死んでしまう。（第七回）

また、周行浪らが牧師の謝徳列と教徒を黄知県に訴え出て、邪教の取り締まりを願った箇所も興味深い。その結果、謝牧師は、気概と教義を以て黄知県を説得するが、知県にはまだ不安が残っていたため、謝牧師にさらにイエスの理を説いてもらい、最後には心から喜んでそれを信じた。（第一一回、第一二回）

また、第一四回から第一七回では、呉利得という進士[13]が主人公となるが、彼は家では貪欲で、外では他人と濫りに交際し、キリスト教の教義も信じず、林翰林と激しく論争を繰り広げ、何度も傲慢な言葉を吐いた。だが、何度も論争が続くうちに恐怖感が宿り、キリスト教を信じ始め、友人とイエスの教えについて討論することとなる。そして最後、第一八回において、林翰林と友人の李御史の討論と「贖罪之道」を総括して、この作品は終結を迎える。『常活之道伝』の主人公である李瑞のたどる人生もとても複雑であり、李氏の身に降りかかる過酷な変化を通じて、この人物の心の歴程を巧みに描いている。これらの例でも分かるように、ギュツラフの小説は、人物やプロットを問わず、多様性と複雑性を追究しており、そのため、彼の文学の成果は他の宣教師による作品を上回っていると言えるのだが、これは同時に中国の伝統的小説における特徴の一つに他ならなかったのである。このこと、ギュツラフが中国小説を読みかつ重視していたことを関係付けるならば、その成果は中国小説の影響を受けた結果であると理解できる。

ギュツラフは白話小説の形式を用いて、多くの中国文化とその社会の現実における内容を作品に意識的に導入したが、しかしその主旨はやはり西洋文化と宗教を伝播することにあったし、こうした小説の構造もミルンの『張遠両友相論』とモリソンの『西游地球聞見略伝』の影響を強く受けている。

前述したように、『張遠両友相論』は英知なるキリスト教徒の「張」と無知で頭の悪い非キリスト教徒の「遠」との間の対話によって構成されている。二人は夜の青桐の下でキリストの教義について長い対話を行い、「遠」は最後にキリスト教徒となる。問答体の形式は、異なる思想の間のやり取りを表現するのに適し、より効果的に論点を伝えることができる。

『西游地球聞見略伝』は主人公の遍歴を通じて外国の様子を紹介した作品である。主人公は四川人で、チベット、インドを経由してヨーロッパを旅行し、ヨーロッパ各国の教育、天文、地理、暦法、君主立憲制におけるイギリス法廷、イギリスの風土と人情など様々なことを紹介する。数年後、旅行者はアメリカ州を経由して帰国しようとしたが、途中、船は琉球で足止めされるが、旅行者は何とか中国の商船に乗り、広州へ戻って来る。この作品の、主人公の遍歴を通じて外国の様子を紹介する方法はギュツラフの用いるところとなった[14]。

同時に、我々が注視しなければならないのは、問答体はギュツラフの作品において、ほぼ一貫して用いられていることで（違いは対話が占める比率だけである）、内容は教義の宣揚とヨーロッパの紹介、特にイギリスの国情が主である。ギュツラフの小説のうちあるものは問答体によって構成され、あるものは、旅行者の西洋での遊歴をまくら、発端とし、旅行者による異国の紹介へと読者を導入する。作品の主体となる紹介箇所は、やはり対話の形式をとっており、好奇心のある聴衆が質問し、見識の広い旅行者がそれに対して詳しく回答をする。たとえば『大英国統志』（一八三四）では、儒者の葉櫝花が友人の林徳豪に伴って船でイギリスへ行き、二〇年余りもの歳月を経て帰国し、故郷の人々にイギリスの宗教、政治、軍事、教育、貿易、外交などを紹介する物語である。旅行者と故郷の人々の問答がこの小説の主体となっている。

『誠崇拝類函』（一八三四）は、福州のある家の長男がイギリス旅行をしている間に家族あてに書いた一連の複数の手紙によって構成されている。『聖書』の物語を述べた『聖書注疏』（一八三九）も対話の形式をとっているが、叙述者と叙事の視点がより多様化している。その構造は『豆棚閑話』[15]を連想させる。つまり、いわゆる框架（枠組み）小説である。各対話には必ずその共通の背景に叙述者としての作者が存在し、ここでは農夫の郭良と三人の息子の福有、函令、閩常が交代で背景の前の舞台での叙述者を務めている。彼らの隣人とその息子の泰成は聴衆と質問者の役割を演ずる。また、叙述者が舞台で『聖書』の物語を語っている時に、物語の中の人物の対話と心理状況にまで及ぶため、多重的な叙述の視点（全体の叙述者、舞台での輪番の語り手、そして聖書の物語の中の語り手）が形成されている。

以上からも分かるように、問答体と遍歴体はより効果的に作者による布教とヨーロッパ文明の紹介に貢献したが、一つ認めざるを得ないことは、この結果、かなりの程度まで小説のプロットを解体し、叙事性を弱めたために、明らかに内容がきわめて雑駁となり、小説の有する文体的特徴をぼかしてしまっている、ということである。たとえば『大英国統志』では、長々とイギリスの対外貿易の明細書を列挙し、植民地を紹介しているため、小説の特徴が大きく損なわれている。

たしかに、白話小説の形式は一般的な読者に好まれたため、巧みに教義の伝播を行うことができた。同時に、簡潔な表現を用いているが故、異国の地で西洋文化と教義の解釈の宣揚を急ぐギュツラフを大いに助けた。そのため、小説の筆法は各種の著作に広く応用されたが、そのやり方は時に余りに野放図でしかも無限定となることもあった。『東西洋考毎月統記伝』が刊行されたことは本書の第二章ですでに明らかにしたが、それは「中国人に我々の技芸、科学、規則を知らせるためである。政治を語らず、彼らの意識を逆撫でするような内容は全て避けている。巧妙な言い方で表現すると、私たちは間違いなく「蛮夷」ではない」[19]としているが、「巧妙な言い方」の一つはまさに小説の筆法を用いることであった。論述、歴史、ニュース、雑文など各種の文体の中から白話小説の痕跡が窺える。

以上により、形式的にもまた内容的にも、ギュツラフの漢語小説は、中国と西洋が調和し、中国と西洋の異なる文化、言語上の表現方法、著作上の手法の衝突や交錯が現れており、そのため、深く玩味するに値する。

三　欧州文化優越論及びその発言権の強さ

一九世紀、東洋と西洋の関係は広範囲にかつ急速に注目された。両者間の距離は一九世紀を通じて、絶えず止まることなく縮小していった。ギュツラフは漢語を用いて大量の白話小説を書いた。それは中国人読者の読書習慣や審美的な好みに適応したものであり、中国と西洋の対話と交流を実現させようと努めたのである。しかし、ギュツラフは双方に平等な発言権を与えてはいなかった。

牧師として教義を説くことはギュツラフの小説創作において欠かせない内容だった。ギュツラフは対話の形式を採用し、非キリスト教徒が質問し、キリスト教徒がそれについて長々と答えた。質問する非キリスト教徒は、通常、判断力に乏しい無知な人物で、対話において劣勢にある。質問内容は浅薄で幼く、時に異議を申し立てても最後は相手に説得されてしまう。ある非キリスト教徒は「反面人物（否定的に描かれる人物）」であった。欲深く貪婪で、頑迷無知であるため、結果、穏やかな最期を得ず、作者の批判の対象となる。一方、返答を行うキリスト教徒は英知があり、正直で、博学かつ弁論に長け、多くは相手を説得させ、入教させて幕を閉じる。そのため、「質問者は必ず浅く、返答者は必ず深い。質問者は非を有し、返答者は必ず是を有する」[20]といった指摘があるように、これはがこのタイプの作品の定式となっている。また、人物の描写においても類型的という通弊が生じている。これは著作の技巧が原因ではなく、作者が意図的にキリスト教徒に圧倒的に強い発言権を与えている点に問題がある。たとえば『正邪比較』の中のキリスト教徒の呉瞻能は陳成大、馬福領よりも賢く、自己の見解を有し、弁舌も立つ。また、『誨謨訓道』における勤跨の隣人のキリスト教徒である陳委は、この作品で唯一の正統派であり、慈しみ深く、哀れみの情を有し、善人の象徴である。誰かの運命が左右されんとする時や、失望している時に必ず出現し、説得して救済を図る[21]。

サイードの言葉を借りるならば、「文化は自ら内包し融和することのできるものについては寛容だが、排斥し蔑視するものには決して寛容ではない」のであって、儒家の学説と比べると、仏教と道教は宗教的に突出した神聖性と排他性を有しており、キリスト教徒の存在と明らかに衝突する。故に、宣教師小説は、キリスト教の一神論については断固たる態度を採り、仏教と道教の消極的ではあるが広く伝わる多神論、偶像崇拝といった伝統に対しては絶えず挑戦した。同時に、人の心に根付いている仏教の輪廻転生の考えや、道教が求める不老不死とキリスト教の復活思想を比較させ、民間で流行していた道教の偶像崇拝を低劣な迷信だと批判した。

「上帝」が唯一の真なる神であることを説くとともに、ギュツラフはその他の宗教に対して強く排斥し、攻撃した。『正邪比較』において、ギュツラフは、キリスト教は「正名」であって邪教ではなく、「上帝が聖旨を下され、万国が上帝に帰依し、菩薩を駆逐し、万物の真の主宰者を崇拝し、天の法律が守られることを願う」と主張しているのに対して、[22]『贖罪之道伝』では、儒教、仏教、道教の人生観をキリスト教徒と比較させる中で、「仏教では仏子は西の空にありと言い、道教では蓬莱は東海にありと言う。孔孟だけが今を大事にして、太陽がなければ春風は吹かないと言っているが、まあどうでもいい、今日は酒を飲み肉を食い、明日は明日だ」という伝統的宗教観を厳しく批判し、[23]『悔罪之大略』は、主人公である泉州周安出身の郭氏が、天国を渇望し仏教を信仰している人に出会い、「天国へ行くには金銭では解決できず、如何なる状況においても仏教は無能である」と説いている。

さらに重要なのは、一九世紀に生きるヨーロッパ人、宣教師、旅行家、そしてイギリス政府官員のギュツラフには帝国主義とヨーロッパ優越論から脱するのは困難であったということだ。イギリスは帝国主義として、他の帝国主義国家よりもさらに大きく、傲慢で、また威圧的であった。これらの特徴はイギリス政府の代弁者であったギュツラフと彼の作品から看取しえる。従って、文化形態としての小説と帝国主義の拡張の間の関係を考察すると、重要な美学の課題ともなる。

中国は康熙末期に禁教令が布告され、イエズス会以外の布教が禁止され、雍正帝の時代には基本的に鎖国を遂行した。一七、一八世紀は中国から出国する者も少なからずいたが、教養に乏しかったため、西洋に関する書籍や旅行記を書いた者はほとんどいない。そして、一九世紀初めになっても、清朝政府は世界情勢に疎く、ヨーロッパ各国の地理や相互関係について全く正確には把握していなかった(24)。

この角度から見ると、ギュツラフの小説はこのような不足を補い、中国人の視野を大きく広げた。だが、ギュツラフはこれとは対極の方向へと走ってしまう。すなわち、ヨーロッパ文化優越論を以て中国の盲目なる尊大を打ち消そうとしたのだ。彼は大英帝国の代弁人であった。

帝国主義とは一種の制度であり、このような統治形態によって文明の伝播が使命と見なされたとき、統治者の社会的経験は必ず選択の余地なく植民地とその地の人々に依拠することとなるが、伝道者の目的はその地の人々に「我々」の文明を受け入れるようにさせることだった。ギュツラフは中国の伝統小説の外殻を借用し、西洋の宗教、政治、文化を注入し、これを、西洋文明を示す百科全書とさせ、中国人に伝播し、その中身を注ぎこんだ。

同時代のプロテスタント宣教師と比べると、ギュツラフの小説は内容的にすでに宗教の範疇を超えている。明末期以来のイエズス会士の著作と比較すると、ギュツラフの西洋に関する紹介は、重点が科学技術と物質文明から、貿易、外交、政治体制、文化、教育及び社会習俗などへ転移している。そして、中国の維新党の人々による西洋の政治制度への憧憬と模倣の実践は、およそ六〇年後になってから始まった。

イギリスはギュツラフの心中で理想的な国であり、また文明の象徴であった。そのため、再三詳細な紹介がなされている。最もよく見られるのは、前述の如く、中国人が旅行や貿易でイギリスへ行き、その後、手紙や帰国後の友人との問答を通じて、イギリスの状況を紹介する形式であった。

文明がほぼ地球上の各地で迅速に進歩し、かつ無知と誤謬を超越しようとしている時、――たとえ異なる意見を排斥するインド人が彼らの言語を用いて幾つかの定期刊行物を出版したとしても――唯一、中国だけが以前と変わらない。我々は彼らと長く付き合っているが、彼らは依然として天下の全ての民族の首長であると自称し、全ての多民族を「蛮夷」と見なしている。このような無謀な尊大は広州の外国人居民の利益、及び彼らと中国人の付き合いにまで影響する。……巧妙な言い方をするならば、我々は間違いなく「蛮夷」ではない。編集者は専ら事実を伝えるという手法によって、中国人に、彼らが依然として多くのものを学ぶ必要がある、ということを信じさせたい。(25)

ギュツラフは自己の不満を隠蔽せず、中国と西洋の商業上、政治上、また、その他の実在した衝突がさらに激化している時に、

文化が一つの舞台となった。様々な政治のイデオロギーの力がみなこの舞台の上で力量を比べている。文化は優雅で穏やかな領地ではなく、戦場ともなりうる。様々な力がそこに現れ、互いに勝敗を争うのである。(26)

小説は紙幅が長く容量が大きかったため、ギュツラフはこれを見解の発表と檄文を表すのに適した陣地であると見なしたために、既に述べたように、その中には様々な文体が混ざり、内容は雑駁なものになってしまっている。たとえば『是非略論』は全くのところ、中国は互恵貿易関係に加入すべきであるという旨を述べた長い公文書のようである。そこには、広州出身の陳択善という人物が登場する。陳氏は幼い時から孤児だったが、その後、手段を講じてロンドンへ行き、そこで店を開き、繁盛させた。二五年後に帰省すると、外国人を敵視し、強い偏見を持っ

た友人の李と長い論争を繰り広げた。ギュツラフは作中で外国人、とくにイギリス人は「紅毛鬼（赤毛の化け物）」ではなく、また「夷人」でもなく、先進の文化を有していると述べた。その証拠の一つは、大英帝国は毎年一万冊余りもの図書を出版しているということである。故に、文化あるいは軍事力に基づくと、イギリスは進貢国のような扱いを受けてはならないとした。本の中では「四海の内はみな兄弟である」と詠嘆しているが、その狙いは、読者に海外の商社の合理性、豊かさや実力、また、優れた政府と外国の先進や文明を知らしめることであった。また、この書は最終章で、イギリスのキリスト教について言及し、教育（男女平等）、言語と著作、婚姻の習俗（若者は会合に参加し、結婚を望むか否かを自ら決定する）について述べ、さらには、イギリス婦人の地位についても強く主張した。(27)

中国の現状はこれと鮮明に異なっていたが、その他の宣教師よりも、ギュツラフの小説は中国社会の現実を反映させていて、内容は禁教や、教徒と住民との関係、儒林のキリスト教に対する態度、アヘンがもたらす体への害や家族への影響など、多くが負の面に関するものであった。たしかに、ギュツラフは再三アヘンの危害を述べているが、プロテスタントの大規模な布教とアヘン及び軍艦の侵入との関係は切り離しえないものであり。ギュツラフ自身もアヘン商船に乗って中国を旅したことを忘れてはならない。しかし、小説『誨謨訓道』は主人公の万行がアヘンを吸い、娼妓を求め、果てには野外で息絶える。一方、門咨という人物は、アヘンのために、賭博で家と家族を失うが、後に改宗し、キリストを信仰する。直接的に、かつ如実にアヘンの弊害を明らかにさせている。

最も早くアヘンの恐ろしさについて言及した中国の小説『風月夢』〔16〕は『誨謨訓道』よりも一〇年遅れて日の目を見る。(28)この作品では、アヘンに取りつかれた鳳林と賈銘を描いているが、アヘンの吸引は鳳林の生活に厄運を齎してはおらず、賈銘は牢獄に入れられるものの、その所以はアヘンにあるわけではなく、小人の計略を被ったからである。『誨謨訓道』は小説中の人物がアヘンによって悲惨な結末を辿ることで、中国人読者にその恐ろしさを如実に伝えようとした。

儒林における様々な醜態もギュツラフの目からは逃れられなかった。たとえば『贖罪之道伝』では、ある数名の受験生が家財に頼って替え玉受験を企むという設定になっている(29)。しかしながら、作品の細部の表現と臨場性は極めて乏しく、社会現象を表面的に描いているに過ぎない。そのため、この小説で何度も儒士と科挙試験について書かれているが、読者はそれらの中から『儒林外史』(17)に相当する感銘や深い理解を得ることはできないであろう。

これ以外に、作者は幾度となくキリスト教の中国での伝播と教徒の境遇がいかに困難であるかを述べている。たとえば『正邪比較』(一八三八)は、陳成大、呉瞻能、馬福領がキリスト教を理解しようとする物語だが、第二回では、馬福領と陳成大がキリスト教を疑い、人を雇ってイエス聖公会の状況を探った。一方で、役所の邪教についての禁止条例を調べた。そして、二人は周囲の迷惑を考慮し隠居する。すると、キリスト教の呉瞻能は二人の住所を聞き出して道理を説き、教会へ行って教徒の集会を参観し、不安を打ち消すよう勧めた。これは当時の様子を如実に反映させている。多くの儒生は信教していたために非難を浴びたのである。たとえば『贖罪之道伝』の第一一回では、「さて、蘇連幸は試験の結果、案首を得て、名声を高めることとなった。人々は若くして才能に優れ、容姿も秀でていたものだから、天道の徒と交際するのを訝しく思った(30)」とされ、牧師の謝徳列と教民は邪教徒と見なされ県知事へ告訴された。

ギュツラフの当時実在した中国に対する描写と、早期のイエズス会士によって書かれた絢爛たる文明を有する中国との落差は極めて著しい。ギュツラフが書いた中国は、西洋人の視点と経験を通じて形成されたものであり、その着眼点は中国の専制主義、閉鎖的かつ尊大な思想と、アヘンの吸引、賭博、売春などの悪習にあった。

たしかに、ギュツラフはアヘンの弊害を指摘することを主旨としたが、残酷な現実、すなわち、アヘンが中国で蔓延したのは、正に帝国主義の拡張が原因であり、彼らが武力によって強引に持ち込んできたという事実、賭博や売春は中国に限ったことではなく、西洋でも普遍的に存在していたという事実から故意に目をそらしていた。すなわち先験的文化傾向を持ち、ヨーロッパ、とくにイギリスを基準にしたため、中国はヨーロッパの科学、芸術、商業発展の主流から排斥され、それ故、ヨーロッパが注目し、再構築、ひいては救済を要する対象となった。注意すべきは、ギュツラフやその後に活躍するA・H・スミス（Arthur Henderson Smith）ら西洋宣教師の中国の国民性に関する言説を、我々は単に歪曲したものと見なしてはならず、実際に起こった歴史的事件として理解する必要があるということだ。なぜなら、その言説がかつて本当に中国と西洋の間の五四以降の歴史と両者の関係とを構築したからである(31)。

ギュツラフの小説は、当然、中国近代小説の一部分である。だが、その中に含まれている社会的現実と文化的内包が明らかにしていることは、これらがより広い範囲の歴史に属すべきだ、ということである。一九世紀の植民拡張といった地球規模の歴史的過程において、ギュツラフの作品は、事実上すでに植民の進行過程における明らかな構成部分となっていたのだ。

【注】

（1）『仏教評述附普陀島及当地僧侶簡説』（「Remarks on Buddhism; together with brief notices of the island of Poo-to, and of the numerous priests who inbabit it」）, *Chinese Repository* 2·5（1833）, p. 223。ギュツラフは二月に、三度目の旅行の帰路でこの島を訪れた。

（2）*Chinese Repository* 10·10（1841）、p. 554.

（3）*Chinese Repository* 7·5（1838）、p. 233.

（4）*Chinese Repository* 7·5（1838）、p. 249.

（5）*Chinese Repository* 11·10（1842）、p. 540.

（6）『神仙通鑑』は *Chinese Repository* 7·10（1839）を見られたい。『大明正徳皇游江南伝』は *Chinese Repository* 9·2（1840）

を見られたい。『智嚢補』は *Chinese Repository* 10·10（1841）を見られたい。『聊斎志異』は *Chinese Repository* 11·4（1842）を見られたい。そして『紅楼夢』は *Chinese Repository* 11·5（1842）、pp. 266–274 を参照されたい。

（7）*China Opened*, London : Smith, Elder and Co. 65, Cornhill 1838、pp. 467–468.

（8）Ibid.

（9）『聖書注疏』、第一回『父諄諄告誡』、道光一九年己亥（一八三九）、新嘉坡堅夏書院蔵板。五〜六、九頁。

（10）『在華宣教使団』（「Christian Missions in China」）, *Chinese Repository* 3·12（1835）、p. 566.

（11）ワイリーは一八四七年に訪中し、初めはロンドン会に所属していたが、一八六二年にイギリスへ戻って休暇を取り、ロンドン会を脱退した。一八六三年の一一月、大英聖書公会の代理人として再度訪中するが、一八七七年に目の病気を患いイギリスへ帰国した。

（12）*Notes on Chinese Literature with Introductory Remarks on the Progressive Advancement of the Art and a List of translations from the Chinese into Various European Languages* by Alexander Wylie, Agent of the British and Foreign Bible Society in China. Shanghai 1867, p. i, pp. Xii–XIII

（13）ハナン"The Missionary Novels of Nineteenth-Century China", *Harvard Journal of Asiatic Studies*, vol. 60·2、pp. 433–434.

（14）*Records of the General Conference of the Protestant Missionaries of China*, 上海・美華書館、一八七八年、二二七〜二三五頁。

（15）前掲注13ハナン"The Missionary Novels of Nineteenth-Century China", pp. 438–439.

（16）愛漢者纂『贖罪之道伝』一巻、第五回「論善人之死」、道光丙申年（一八三六）、一四頁。

（17）『誨謨訓道』、道光一八年（一八三八）、新嘉坡堅夏書院蔵板、三頁。

（18）『贖罪之道伝』一巻、第一回「論賢士教人遵万物之主宰」、一頁。

（19）一八三三年六月、ギュツラフの創刊号の序言。『中国叢報』（*Chinese Repository*, 1833）。訳文は『東西洋考毎月統記伝』「導言」（愛漢者等が編集、黄時鑑が整理。北京・中華書局一九九七年版、一二頁）からの引用である。

（20）章学誠『文史通義・匡謬』葉瑛校注『文史通義校注』四巻、内篇四、北京・中華書局一九八五年版、四〇七頁。

（21）サイード（薩義徳）、李琨訳『文化与帝国主義』、北京・生活・読書・新知三聯書店二〇〇三年版、一七頁。

(22)『正邪比較』第三回「論伸説端曲」、道光一八年戊戌鐫、一一頁。
(23)『贖罪之道伝』第一四回「論真道自証」、一九頁。
(24)張海林『近代中外文化交流史』、南京：南京大学出版社、二〇〇三年、八七頁。
(25)『東西洋考毎月統記伝』「導言」、一二頁。
(26)前掲注21サイード（薩義徳）『文化与帝国主義』、四頁。
(27)前掲注13ハナン"The Missionary Novels of Nineteenth-Century China", pp. 428-429.
(28)『風月夢』の序において、「一八四八年」と書かれている。
(29)『贖罪之道伝』一巻第三回「論人之善与人之悪明白」、七頁。
(30)『贖罪之道伝』二巻第一一回「論約翰鐸徳」、六頁。
(31)劉禾『語際書写』、上海：上海三聯書店一九九九年版、七八～七九頁を見られたい。

〔訳注〕
〔1〕『三国志通俗演義』――『三国志』を分かりやすく物語化した長篇演義小説。元代の戯曲化、物語化を経て、元末の羅貫中によって編纂されたと言われるが、現存の最古のテクストは一六世紀前半のものである。その後も内容を異にする様々のテクストが生まれるが、清代には毛宗崗父子によって編纂されたテクストが他のテクストを駆逐した。ギュツラフが見たものもおそらくこの系統のテクストである。
〔2〕『歴代神仙通鑑』―明末清初に江夏（現湖北省武漢）の徐道という道士が歴代の神仙・道家の物語をまとめたものだが、儒・仏の人物の伝説も採録している。全二二巻で、一八巻から二二巻は新安（現安徽省徽州）の程毓奇がまとめている。
〔3〕『大明正徳皇游江南伝』―道光年間に広東の何夢梅によって書かれた四五回の演義小説。全体は二つに分かれ、後半は『大明游江南梁太師訪主』というタイトルがつけられている。前半が明朝の正徳帝時代の大臣たちによる悪政、後半は正徳帝の微行による悪人退治が物語の主たる内容。
〔4〕『智嚢補』―明末に小説の蒐集、編纂、刊行を行い、小説を含む中国通俗文学に大きな影響を与えた馮夢龍（蘇州人、一五七四～一六四六）が天啓年間に、先行する文言筆記から面白い物語を選び、『知嚢』という文言小説集を編纂した。その後、

馮夢龍だけでなく、清初にかけて複数の人物によって増補が行われ、それぞれ『知嚢補』『増広知嚢補』などの書名で刊行され、本家の『知嚢』より流通した。

〔5〕『聊斎志異』―清代前期の文言短編小説集。作者は蒲松齢（一六四〇～一七一五）。神仙、幽霊、妖狐等にまつわる怪異譚を収集し、手を加えた上で小説集としてまとめたものである。複数の写本、刊本があり、収録された物語の数はテクストによって異同があるが、各テクストを校定した「会校会注会評本」では全一二巻、四九一篇を収める。

〔6〕『紅楼夢』―清朝名家の出身であった曹雪芹（一七一五?～一七六三?）によって書かれた長篇小説。但し、曹雪芹は八〇回までを執筆し、八一～一二〇回は高鶚（一七五三～一八一五?）によって書かれたと考えられている。名家の没落と名家の子女の恋愛を主題にし、複雑なプロット、人物の魅力、豊かな表現力により、乾隆以後人気を博した。模倣作が多数作られたこと、女性にまでファンが広がったことなど、中国文学史上出色の作品である。なお、作品中の人物にモデルがあったのではないかと思われる面があること、曹雪芹に近い人物によるコメントが付けられた写本が複数存在することから、他の小説には見られない精度と情熱を以て研究が行われており、これを「紅学」と言う。なお、ここでギュツラフは全く違うタイプの小説を挙げており、彼の読書の対象が広範囲にわたっていることが分かる。

〔7〕『五虎平南後伝』―北宋の将軍狄青とその仲間たちの活躍を描いたもので、『五虎平西前伝』（一四巻一一三回、一八〇一年の刊本が現存）の続編にあたる。六巻、四二回。嘉慶初期以後の刊本が多数あり、芝居でも上演されていたことからその人気が窺える。なお、いずれも作者は不明。

〔8〕『群英桀』―六巻三〇回。著者も刊行年代も不明だが、乾隆から嘉慶の頃に刊行された可能性がある。北宋、仁宗の頃の物語で、主人公の「高超群、王文英、高超桀」の名前の一文字を連ねてタイトルにしている。才子佳人、演義小説、妖怪退治などの要素と、包拯、穆桂英、范仲淹など小説上に頻出する人物を取り込んでおり、当時の通俗小説の「ポトフ」の感がある。

〔9〕『東周列国志』―明代に春秋戦国時代の歴史を物語化した『列国志伝』が出版され、前掲馮夢龍がこれに大幅に手を入れて『新列国史』を刊行した。清朝前期の蔡全放（生卒年及び経歴は不明）はこれを更に史書に近づけるべく、テクストを改編し、更に評注を加えたものを刊行した。これが『東周列国志』であり、清代ではこれが流行した。春秋戦国時代に関する小説については、『三国志』とともに、明代から清代にかけて歴史へ近づこうとする動きがあることが分かる。

〔10〕『于少保萃忠全伝』─明代の孫高亮（杭州人、生卒年、経歴不明）撰、一〇巻四〇回。明代の政治家于謙（一三九八～一四五七、杭州人）とその波乱の生涯を物語にしたもの。大枠では史実に従っているが、伝説に基づく部分も少なくない。清代にも人気があり、数多くの版本が刊行された。なお、ここで挙げられている歴史演義小説には、歴史の名に相応しいものと、とても歴史書には値しないものとが入り混じっている。こうした例示により、信徒の獲得にプラスになった面と、マイナスになった面とがあったと考えるべきであろう。

〔11〕馮夢龍の編になる「三言」（『喩世明言』『警世通言』『醒世恒言』）、凌濛初の編になる「二拍」（『初刻拍案驚奇』『二刻拍案驚奇』）に代表される、口語体の短篇小説を指す。その名称は、講釈師の語りの口調がところどころに用いられていることに由来する。

〔12〕『中庸』について、孔子の教えを子思が敷衍したものであることを述べた箇所にあたる。原文は以下の通り。「右第一章。子思述所伝之意以立言。首明道之本原出於天而不可易、其實體備於己而不可離」。

〔13〕唐代から始まった科挙という官僚登用試験制度は明清でそのピークに達した。様々な制度があり、時代によっても異なるが、一般的に科挙として理解されているのは、文官登用を目的としたもので、資格試験（合格したものを秀才）→地方試験（合格したものを挙人）→中央試験（合格したものを進士）→皇帝による最終試験（一位合格を状元）というシステムになっていた。

〔14〕このスタイルは、ヨーロッパの小説の起源とされる「ラサリーリョ・デ・トルメスの生涯」以来、欧州では小説の草創期に普遍的に見られるスタイルであった。また、手紙形式のものも古くからある。ギュツラフは、そうしたヨーロッパの伝統的なスタイルを中国の小説と組み合わせることでうまく利用したと考えられる。

〔15〕一二篇の短篇からなる小説集で、豆棚の下でそこに居合わせた人物がそれぞれの体験を語るというスタイルをとっており、全体の語り手と、個別の物語の語り手が二重構造になっている。作者は不明だが、康熙年間の刊本があり、明末清初の作だと想定される。

〔16〕清末の小説、三二回。光緒九年（一八八三）の排印本、光緒一〇年（一八八四）の刊本があり、道光二八年（一八四八）の邗上蒙人による序文がついているが、著者は不明。妓楼とアヘンの恐ろしさについて警鐘を鳴らした書とされる。

〔17〕清代の小説、五六回。呉敬梓（一七〇一～一七五四）著。科挙試験とその回りに蠢く人々の世界をリアルに描いた小説と

して高く評価される。執筆年代は一八世紀の中頃と推測されるが、現存する最古のテクストはそれより五〇年以上後の嘉慶八年（一八〇三）の刊本である。

第五章　『中国叢報』が翻訳紹介した中国古典小説及び宣教師に対する影響

厳格に言うと、本章の論題は宣教師漢文小説の研究範疇に属していない。しかし『中国叢報』は、早期の中国古典小説の西洋人のための翻訳紹介において重要な役割を果たし、西洋社会に大きな影響を与えた。かつ、宣教師の中国小説のさらなる学習と模倣のために実質的な貢献を果たしたが故、敢えて章を一つ設けて論じることにしたい。

一　漢語学習と中国習俗を理解するための教科書となった小説

『中国叢報』（*Chinese Repository*）は月刊の定期刊行物である。旧訳は『澳門月報』あるいは『中国文庫』と呼んだ。『中華見聞録』『中華叢刊』とも言われた。日本では『支那叢報』と訳されている。これは近代中国で最も重要な英語定期刊行物の一つである。これを創設したのは主にモリソン、E・C・ブリッジマン（Elijah Coleman Bridgman）とアメリカ商人のオリファント（David W.C.Olyphant）の三名である。早期のプロテスタント宣教師が刊行物を創設した主たる目的は、中国人に西洋の知識と宗教を伝播するためであった。だが、宣教師らは中国人に西洋を理解させる以外に、西洋人が中国を理解することをも期待した。従って、彼らは漢語による定期刊行物の作成と同時に、西洋の言語による定期刊行物も手掛けた。たとえば、ミルンのマラッカで発行した最初の英語刊行物『印支捜聞』（*The Indo-Chinese Gleaner*）がある。この刊行物は一八二二年にミルンが没すると停刊した。一八二七年、教会

図1　ブリッジマン（1801-1860）

はマラッカで新たな刊行物として『印支叢報』（*The Indo-Chinese Repository*）の出版を計画し、これを『印支捜聞』の代わりにしようとしたが、実現しなかった。しかし、中国に関するまじめな英語定期刊行物の需要は終始存在していた。

一八三二年二月、モリソンの提案の下、『中国叢報』は広州で創刊された。[1] 最初に訪中したアメリカ宣教師の一人であるアメリカ公理会のE・C・ブリッジマンが主筆し、編集と発行の仕事を請け負った。ウィリアムズ（Samuel Wells Williams）らは編集に加わり、外国人が用いる中国社会状況に関する資料とその地での布教の進展状況に関する資料を編纂した。一八四七年、E・C・ブリッジマンが上海に移住した後、この刊行物の編集や出版の仕事はウィリアムズが担った。[2] 一八五一年一二月に停刊されるまで、『中国叢報』は西洋人士が中国の厳粛な学術著作を論じる主要な場所であり、西洋学術界が中国の知識体系を再構築する過程において明らかな地位を有していた。[3]

『中国叢報』は近代に訪中した西洋人が創設した定期刊行物の中で最も早く中国の古典小説を翻訳紹介し、中国古典小説が西洋社会に伝播する上で、その促進に重要な役割を果たした。一九世紀に訪中したプロテスタント宣教師を見てみると、九割以上がイギリス人とアメリカ人であるが、彼らは『中国叢報』の最も重要な著者のメンバーであり、また読者層であった。たとえば、モリソンは『中国叢報』の創始者であるだけでなく、前期の重要な著者だった。統計によると、モリソンは一八三二年から一八三四年のたった数年間で『中国叢報』の原稿を九七篇書いている。

宣教師の中国古典小説に対する関心は、当初は漢語の学習と中国の習俗を理解するためであった。多くの訪中した宣教師は中国の文士のように、小説の文体に対して文化的な偏見を有してはいなかった(4)。小説は臨場感のある表現でかつ分かりやすく通俗的であったため、宣教師にとって漢語を学ぶのに適した教材であった。

第三章ですでに紹介したように、一八三九年にフリオという著者が『中国叢報』で自分の漢語学習の経験を紹介し、初心者のために九冊の書籍を推薦した。その中には小説の『好逑伝』『三国志演義』『張遠両友相論』が含まれる。これらを紹介した理由は、平易で、日常用語が含まれ、漢語の向上に役立つためとしている。繰り返しになるが、ミルンの布教小説『張遠両友相論』は多くの宣教師の漢語入門書であり、フリオは自分が『張遠両友相論』で学んだ経験を例にして、すでに引用した通り、この書に対して高い評価を与えている(5)。

言語教材以外に、宣教師にとって、小説は風土人情や歴史文化を理解するのにも役立った。ギュツラフは小説『智嚢補』を紹介する際に、この機とばかりに、小説の文体の効果を目一杯に鼓吹した。ギュツラフは、歴史書が「学者が人物名や陰謀、典礼と儀式などにこだわり続け」ているのに比べて、小説は「活き活きとした描写」によって時代を描いていてさらに有益であると主張し、その例として、正史『三国志』の無味乾燥さに比べ、『三国志演義』ではまるで魔法でもかけられたように、男女の英雄達が読者の眼前をよぎるかのように思われることを挙げている(6)。

さらに、正統な文学作品たとえば、誰もが知っている蘇東坡の詩詞や散文をいくら読んでも宋代という時代への理解はほとんど深まらないのに比して、宋代を背景とする小

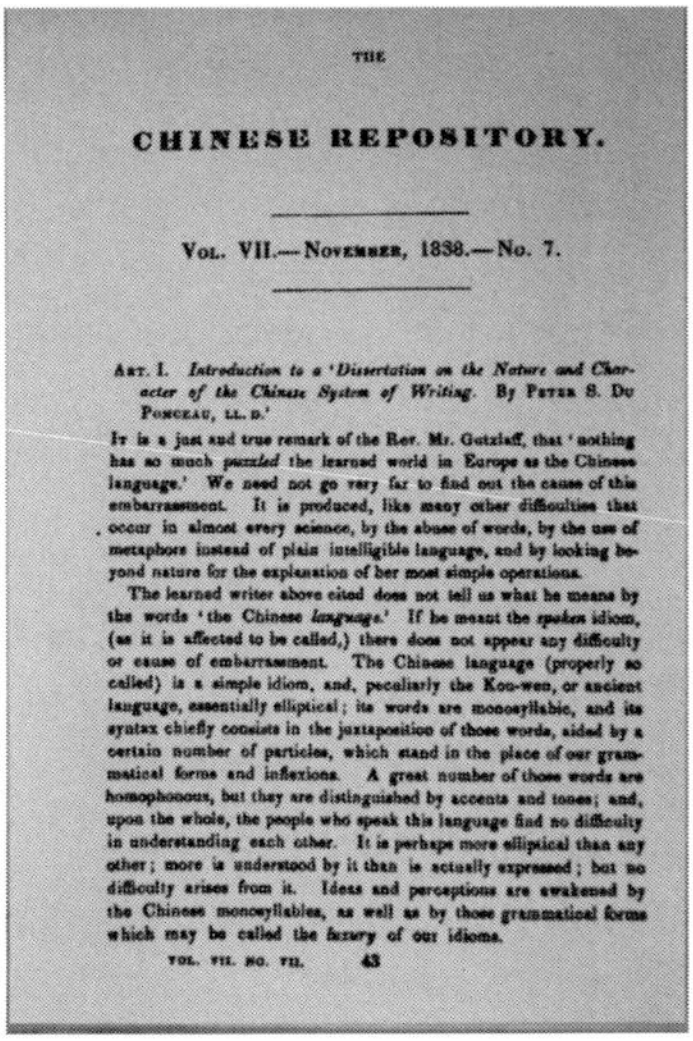

THE

CHINESE REPOSITORY.

Vol. VII.—November, 1838.—No. 7.

Art. I. *Introduction to a 'Dissertation on the Nature and Character of the Chinese System of Writing.* By Peter S. Du Ponceau, ll. d.'

It is a just and true remark of the Rev. Mr. Gutzlaff, that 'nothing has so much *puzzled* the learned world in Europe as the Chinese language.' We need not go very far to find out the cause of this embarrassment. It is produced, like many other difficulties that occur in almost every science, by the abuse of words, by the use of metaphors instead of plain intelligible language, and by looking beyond nature for the explanation of her most simple operations.

The learned writer above cited does not tell us what he means by the words 'the Chinese *language*.' If he meant the *spoken* idiom, (as it is affected to be called,) there does not appear any difficulty or cause of embarrassment. The Chinese language (properly so called) is a simple idiom, and, peculiarly the Koo-wen, or ancient language, essentially elliptical; its words are monosyllabic, and its syntax chiefly consists in the juxtaposition of those words, aided by a certain number of particles, which stand in the place of our grammatical forms and inflexions. A great number of those words are homophonous, but they are distinguished by accents and tones; and, upon the whole, the people who speak this language find no difficulty in understanding each other. It is perhaps more elliptical than any other; more is understood by it than is actually expressed; but no difficulty arises from it. Ideas and perceptions are awakened by the Chinese monosyllables, as well as by those grammatical forms which may be called the *luxury* of our idioms.

VOL. VII. NO. VII.　　43

図２　『中国叢報』1838年11月１日第７巻第７号

説を読めば、小説にはより多くの情報が含まれているために多くのことを知ることができると主張し、その中から、より具体的な写実的な細部を得ることができると見なしていた。[7]

ギュツラフが小説とその他の文体を比較しているやり方を見ると、明らかに不公平であるが、これは外国人の感性を出発点としているためであろう。小説は経典を引用した正統な文書よりも理解しやすく、これが外国人に好まれた重要な原因だと考えられる。ギュツラフが章回小説、特に歴史演義小説に対して他者に比べて突出した偏愛を見せているとはいうものの、小説を重視するのは彼の個人的な好みで普遍にあらず、というわけでは決してない。実際、多くの宣教師が、中国小説には歴史文化が内包されていることを認めていた。イギリスロンドン差会の宣教師であり、同時に漢学家でもあるワイリーも、異文化を持つ外国人読者にとって、「歴史を学び歴史知識を得るための唯一の通路である」小説はとても価値があり、それを読めば読者は「小説の物語には幻想が満ちあふれてはいるが、しかししばしば生活に忠実であることを発見する」とその価値を肯定している。[8]

一つ面白い例を挙げよう。レッグは生涯をかけて「中国経典」の翻訳と解説に尽力したが、レッグが翻訳した最初の作品は既に述べたように、『大明正徳皇游江南』という明朝の正徳皇帝を主人公とした小説であった。これは一八四三年にロンドンで出版された。レッグはこの小説は、「大多数の欧州の歴史小説のように、事実の基礎がある」と述べ、訳本は読者に「中国の宮廷と皇帝の地位について、素晴らしき作品の中からより正確に理解」させることができる、[9]と考えた。レッグはその後さらに章回小説の形式を用いて『ヨハネ紀略』（一八五二）と『アブラハ

図3　レッグ（1815–1897）

ム紀略』（一八五七）を著した。

マーティンは、小説を中国の習俗を考証するための根拠だとした。マーティンは『花甲憶記』の中で以下のように提示している。

> 『鏡華縁』〔1〕の記載によると、中国の婦人がよちよちと歩く纏足の悪習は、三〇〇年から五〇〇年の間に起こったと言われている。しかし、中国の学者の多くは、これは一二〇〇年前に皇帝の心を奪った小さい足のシンデレラ楊貴妃に倣ったと考えている。(10)〔2〕

一八九七年、シング（E. W. Thing）は『中国評論』（*China Review*）において文章を発表し、この刊行物で翻訳紹介した中国小説について回顧した上で総括を行った。その中で、断片的ながら、「小説の民に対する影響はとても大きい」、「これは漢語の独学をより面白くさせるだろう」と指摘している。そして、西洋人にとって、「経典に関する学習は無味乾燥であり、困難であることが多い」、「多くの物語と伝奇はわれわれに愉快な調剤を獲させてくれる」、「全ての漢語を学ぶ学生はこれについて注目するべきである」、「このような小説の読書を通じて、人々がどのように考えを巡らしたのかを知ることができる」、「ここから人々の一般的な文章の風格、彼らの日常における思想、社会の風俗習慣、彼らの政府についてのよき理解、中国人の過去と現在の生活について真実の風景の観照を探し当てることができるであろう」などと書いている。(11)

ギュツラフは、繰り返し述べているように、最も早く小説の文体を用いて布教を行うことを提唱した人物である。彼は、白話小説を学ぶことは「平易で通俗的、かつ気楽で愉快」であるため、「読者に学ばせる時に、楽しく行えるであろう」と主張したが、ミルンの『張遠両友相論』の成功もこの点を引証しているといえる。この布教のための小説は繰り返し述べているように、数十年間絶えず再版され、一世を風靡し、長く宣教師の漢語学習の入門書であっただけでなく、その後の宣教師の漢文小説の著作にとって原動力と手本になったのである。ギュツラフも小説による布教を試みたが、既述の如く、それは『香山宝巻』による啓発が大きい。一八三三年にギュツラフは中国の沿海で三度目の旅行をした際に普陀山の僧侶が彼に『香山宝巻』を贈呈した。宝巻は仏教の世俗化によって生まれた物で、由来は唐代の仏教の「俗講」[3]にある。仏教を通俗的な形式で伝える宝巻は宋〜元の時期に誕生し、明の前期に急速に発展した。清の初期に到ると、宝巻はすでに南北各地の民衆の間に普及し、様々な宝巻が盛んに書写によって広まるようになった。その内容は多くが通俗的な物語であった。『香山宝巻』は仏教界で『観世音菩薩本行経』と称された、観音菩薩の霊験物語である。この書は多くの禅師によって、「流行」、「重修」、「伝録」という過程を経て、絶えず豊かに発展していき、物語のプロットも中国の伝統的宗教の信者の礼儀、風俗、好みに合うように豊かになっていった。

宋代以降、観世音の伝記は何度も書かれた。最も有名なのは、元代の大書道家である江蘇省呉興（現在の蘇州と湖州の一部）の趙子昂[4]の妻、管道昇居士[5]が書いた『観音菩薩伝略』である。これは、碑に刻まれた。しかし、この管夫人の『観音菩薩伝略』は、主に文人の学士の間で広まったに過ぎず、通俗的で分かりやすく、プロットが心を打つ『香山宝巻』には遠く及ばなかった。『香山宝巻』は、信者が男女を問わず、情熱を以てこの作品の素晴らしさを伝え、庶民の中でも広まった。故に『香山宝巻』はすぐに広く全国へ伝わった。この書の異なる版本が幾度となく出版されるとともに、写本から写本へも伝わり、広がっていった。以上のことから、『香山宝巻』がいかに社会的な影響を及ぼしたのかが推察し得る。そして『香山宝巻』の流行は、江蘇、浙江地域の観音信仰を盛んにさせた[12]。

このような『香山宝巻』の伝播の効果は、宣教師にとって、間違いなく魅力的に感じたことであろう。一八三三年の九月にギュツラフは『中国叢報』において文章を発表し、氏が普陀山を訪れた時の事を書いているが、そこでこの『香山宝巻』を紹介している。この書の形成由来と物語のプロットを述べる前に、ギュツラフはこの小説に特に注目した理由について語っている。

本書は全て分かり易く、時には低俗な表現によって書かれていて、時々パーリ語（民間で使用されていた、簡易化された通俗的なサンスクリット語(13)）のような言葉が混ざっている。各回の結末は数句の韻文によってその回を取りまとめている。無論どの状況でも、読者はひざまずいて観音菩薩の救いを求める場面に導かれる。

推測になるが、まさにこの書が原因で、若くして宣教師となったギュツラフが小説の方法で布教を行うことを決意し、かつ最終的に最も著作量の多い漢文小説の作者の一人となったのではないだろうか。仏教が中国に伝来し、僧侶は「俗講」や「変文」(6)「宝巻」などの臨場感があるわかりやすい物語を用いて一般庶民に仏教を教えた。それを求める人々は殺到した。その結果として、「依然として講義を聞く日には、水上に漁船が少なかった」り、「至る所から講義を詳しく聞こうと人々が精進してやって来て、酒場や魚市には全く人がいなかった(14)」といった記録がある。ギュツラフは明らかに『香山宝巻』がもたらした社会的な影響を感じていた。これにより、小説による布教は、訪中した宣教師が布教活動を現地化、世俗化させる常套手段となったのである。

二　『中国叢報』における翻訳された小説

宣教師と西洋の読者が中国古典小説を理解するために、幾つかの英語の定期刊行物はそれに関する文を掲載した。中国の文学や文化の紹介時に小説について言及した著作も少なくなかったが、定期刊行物ほど詳しくなく、また広く普及しなかった。『中国叢報』はまさに最も早く中国の古典小説を翻訳紹介した刊行物であり、宣教師の中国小説への導入に大きな役割を果たした。

一八三三年から一八五〇年まで『中国叢報』で翻訳紹介された小説を年月に基づいて整理すると次のようになる。

『香山宝巻』Vol. 2. 5（一八三三年九月）
「二十四故事」[7] Vol. 6. 3（一八三七年八月）
『子不語』[8] Vol. 6. 9（一八三八年二月）
『三国志演義』Vol. 6. 10（一八三八年九月）
『平南後伝』[9] Vol. 7. 6（一八三八年一〇月）
『神仙通鑑』[10] Vol. 7. 10（一八三九年二月）
『神仙通鑑』（続）Vol. 7. 11（一八三九年三月）
『王嬌鸞百年長恨』[11] Vol. 8. 1（一八三九年五月）
『謝小娥伝』[12] Vol. 8. 7（一八三九年一一月）
『正徳皇游江南』『神仙通鑑』Vol. 9. 2（一八四〇年六月）
「梁山好漢」（清代の広州の画家である関廷高が書いた梁山好漢の肖像画の紹介）Vol. 9. 7（一八四〇年一一月）
『捜神記』[13]の「媽祖」[14]の物語、『三国志演義』の「黄巾起義」Vol. 10. 2（一八四一年二月）
『捜神記』の「観音」の物語 Vol. 10. 4（一八四一年四月）
『捜神記』の「玉皇大帝」の物語 Vol. 10. 6（一八四一年六月）
『智囊補』Vol. 10. 10（一八四一年一〇月）

『聊斎志異』Vol. 11. 4（一八四二年四月）
『紅楼夢』Vol. 11. 5（一八四二年五月）
『南宋志伝』Vol. 11. 10（一八四二年一〇月）
『三国志演義』の「孔明」の物語 Vol. 12. 3（一八四三年三月）
『商三官』（『聊斎志異』より）Vol. 18. 8（一八四九年八月）
『神仙通鑑』のキリスト教に関する記載 Vol. 18. 9（一八四九年九月）
『捜神記』[15]の中の自然力と関係する神の神話物語（五雷神、風伯神、雨師神、海神、青衣神、霊官馬元帥、司命竈神などを含む）、『神仙通鑑』（続）Vol. 19. 6（一八五〇年六月）
「中国文学の作品においてよく言及される歴史と神話の人物」（この巻と第三巻の続編二三三篇。伏羲、神農、唐堯、妲己[16]といった歴史、神話の人物を紹介。志怪、伝奇や先秦寓言、故事の「鬼域」「疑狐」「狐假虎威[17]」等を含む）。Vol. 20. 2（一八五一年二月）
「中国文学作品においてよく言及される歴史と神話の人物（続）」Vol. 20. 3（一八五一年三月）
「中国の物語と小説の選択――『灌園叟晩逢仙女[18]』」Vol. 20. 5（一八五一年五月）

『中国叢報』は演義小説を高く評価し、『三国志演義』『平南後伝』『南宋志伝』『正徳皇游江南』などを紹介している。ギュツラフは次のような見解を有していた。

私たちが優れた中国の歴史書を一冊も持っていなければ、中国の民族形成に対して正確な認識をすることができない。もし我々が彼らの歴史に対して理解せず、彼らの長期的な政治上の問題を解決しようとしても、また、彼らをして他の民族と融合させないようにする秘密を発見する努力をすることも、みな徒労である。この民族が世界と隔絶した原因を掘り出さない限り、彼らと世界の他の民族を隔てる万里の長城を根本から粉砕することはできない[15]。

その他、この『中国叢報』は神仙、道教、及び鬼神、志怪に類する題材の小説(『香山宝巻』『子不語』『三教源流捜神大全』『聊斎志異』『歴代神仙通鑑』)や、敵を討って孝行を果たす中国女性を描いた『謝小娥伝』『聊斎志異・商三官』などの作品にも特別興味を示している。

『中国叢報』における小説の翻訳紹介の方法は多くが逐語訳ではない。しかも、時に長い評論や鑑賞、分析が加わり、翻訳紹介者自身の観点や立場を示している。たとえば『三国志演義』では、翻訳紹介者は前の一〇回の紹介はとても詳細で、曹操に重点を置いているが、蜀、呉については簡潔に述べられていて、劉備や孫権の個人的な活躍についてはほとんど言及していない。そして翻訳紹介者はこの小説に対して高い評価を与え、老若を問わず、また学問のある人物から文字を知らぬ庶民にまでこの物語が知れ渡り、その人物は神格化されるなど、この書の中国人読者に対する大きな影響力に注目している[16]。

翻訳紹介者は『三国志演義』の芸術的成果について大体を把握しているが、作品に対する認識において、西洋読者との文化的な差異の現れを看取できる記述が存在する。時に評論者が、本当に原作の内部と美的価値を理解しているのか否か判断し難いことがある[17]。彼らは小説の活き活きとした言葉や表現方法、小説の外在的形式、そして社会的な影響力についてより関心があるように思える。このような文化的な違いがもたらす認識上の局限と美意識における隔たりは、宣教師の漢文小説においても見受けられる。やはり、多くの宣教師の漢文小説は形式的な模倣であり、その芸術性や美的な価値は高くないと言わざるを得ない。

『中国叢報』で翻訳紹介された中国古典小説は、その篇目の数量から見れば、成功を納めたとは言い難いが、作品の選択に特徴があり、これによって生じた文学と社会への影響はとても大きかった。上で挙げた書目は決して多いとは言えないものの、当時の中国社会で流行した小説はほぼ挙げられている。『中国叢報』は、在華の西洋人が主な読者であったが、同時にアメリカやイギリスにおける幾つかの都市でも発行され、西洋読者の中国小説の読書や選択に大いに役立った。

三　『中国叢報』の伝播と影響

『中国叢報』が発行されてからの二〇年間で、一八三六年八月第五巻において、この刊行物の発行と伝播について比較的詳細な情報が掲載された。それをそのまま引用する。

一巻	四〇〇〇冊	剰余〇冊	售价$六
二巻	四〇〇〇冊	剰余一三冊	售价$六
三巻	八〇〇〇冊	剰余二一九冊	售价$三
四巻	一〇〇〇冊	剰余五〇〇冊	售价$三
五巻	現在一〇〇〇冊		售价$三(18)

発行量の急速な増加により、値段を減額させることができ、最初の成功を納めたことを証明している。最初の三巻はその後再版されたため、実際は一〇〇〇冊を超えた。当時、著名な西洋の刊行物としては「*North American*

Review」や「*Westminster Review*」が挙げられるが、これらの発行数は三〇〇〇冊に満たないので、『中国叢報』の発行量は驚異的だったと言える。[19]

伝播した地域については、中国が二〇〇部、アメリカが一五四部、イギリスが四〇部、バタヴィアが二一部、シンガポールが一八部、マニラが一五部、三明治群島（今のハワイ）が一三部、ムンバイが一一部、バングラデシュ、ネパール、アッサム（Assam、インドの地名）は合計七部、マラッカが六部、ペナン州が六部、シドニーが六部、ハンブルク（ドイツの北西部に位置する港湾都市）が五部、ケープタウンが四部、シャム（今のタイ）が四部、ミャンマーが三部、セイロン（スリランカの旧称）が二部となっており、全部で五一五部である。[20]

絶対数は多くないが、伝播した範囲が狭いとは言えないであろう。また、意外なことに、欧米では当時中国に関する論著や文書が不足していた。一八一六年から一八五一年にイギリス全土で印刷された中国に関する書籍はわずか三六冊で、より長い視野でとらえて、一八〇一年から一八五二年の間の英語の目録に挙げられた中国に関する書籍を見てみても、四二冊しかなく、その少なさに驚きを覚えずにはいられない。影響力の強い「*Edinburgh Review*」「*Blackwood's Magazine*」「*North American Review*」において掲載された中国に関する文章は極僅かである。このような状況は『中国叢報』の役割をより突出させることとなり、西洋の世界に中国の情報を伝える重要な源泉となった。[21]

『中国叢報』は西洋社会で名声を獲得し、厳粛な学術刊行物と見なされた。編集者の中にはイギリス駐華公使やケンブリッジ大学の初代の漢席教授を務めたウェード（Thomas Francis Wade）、中国文学に精通したイギリスの漢学家、香港の第二期の総督を務めたデイビス（Sir John Francis Davis）、香港の第四期の総督を務め、有名な「*Westminster Review*」の主編を担ったバウリング（Sir John Bowring）、『望厦条約』の調印に参与した弁護士、またアメリカ公使であるクッシング（Caleb Cushing）、中国で最初の西洋病院を設立したパーカー（Peter Parker）などがいたが、「この著作者の名簿は、実は当時中国に滞在していたイギリスとアメリカの学者の人名録である」[22]と言われた。E・C・ブリッジマンは『中国叢報』の主旨は、如何なる偏見も持たずに、西洋人に中国を紹介することだと称し、更に『本刊章程』の中で「我々は如何なる偏見も持たず仕事を始める」[23]と強く主張している。

一八七二年の七月、アイテル（Ernest John Eitel）が編集した『中国評論』は、西洋で最も早く発行された本当の漢学定期刊行物であると見なされている。実はこの編集者は『中国叢報』の継承者であると自ら任じ[24]、自ら「『中国評論』は『中国叢報』というかつて著名であり、今も賞賛を受け続けている刊行物の継承者として認められたものである」と称した。また、「導言」のところで、「紙面が許す範囲で、『中国叢報』に掲載された優秀な文章を掲載する」[25]と書いている。これが見せかけであったとしても、『中国評論』は小説の題材やジャンルを選択するときに、たしかに『中国叢報』を参考にし、それを引き継いでいる。『中国評論』が中国の古典小説を翻訳紹介するにあたり、『中国叢報』よりも多くの紙幅をさいているが、小説の選択基準そのものは『中国叢報』に基づいている。すでに『中国叢報』で紹介されていた多くの作品は、『中国評論』の中でも依然として注目されていたのである。ただ、早期の『中国叢報』の荒い訳述や評論と比べると、四〇年後の『中国評論』では個々の作品に対するより詳しい翻訳となっている。その結果、読者は相対的にではあるが、より整った中国小説を読むことができるようになった[26]。

図4　クッシング（1800–1879）

『中国叢報』では、歴史演義小説の翻訳紹介が際立っているが、編集者の意図は、これによって、中国の歴史を紹介することであった。従って、文学ではなく、主に歴史学に対して影響をもたらした。『中国叢報』の重要な編集者はみな歴史の題材を好んだ。そのうち最も際立っているのは、E・C・ブリッジマンとギュツラフである。E・C・ブリッジマンの中国史への研鑽は目覚ましい成果を生んだ。一八四一年の三月から、E・C・ブリッジマンは二〇篇ほどの、中国史に関する一定の紙幅を有する文章を発表した。それらの文章は西洋の読者に中国史の常識を紹介し、中国史に関する知識を普及する独立したシリーズ企画ものとなっていた。これらの作品の共通点は、作者が、従来の西洋における著作に頼らずに、中国の典籍の読書を通じて文章を書いた、ということである。『中国叢報』の第一一巻第一号から、E・C・ブリッジマンは立て続けに八篇もの文章を発表した。中国上古の帝王を紹介する短文を紹介し、盤古、伏羲、神農などの木刻像を掲載した。また『孔子的生平与時代』という文を発表している。これは主として『至聖編年世紀』などの文献に基づき、孔子の祖先、家世、及び誕生前後の時代や場所を論じている。[27]

E・C・ブリッジマンはさらに『美理哥合省国志略』(一八三八)を著しており、この作品は一九世紀に最も早く出版され、中国の知識界に大きな影響を与えたアメリカ史の書である。E・C・ブリッジマンは著作の過程において読者層を考慮している。それはつまり中国の文化人であった。従って、何度もアメリカの歴史地理と中国の歴史地理を比較させた。たとえば、中国の皇帝の年号を用いたり、アメリカの「州」と中国の「省」を対応させたり、「統領」を「総統」と訳し、「州長」を「督撫」と訳している。アメリカの自然地理の記述にあたっては清朝のそれを参照している。E・C・ブリッジマンの著述が中国歴史演義小説の影響を受けたことを決定づける直接の証拠はないが、E・C・ブリッジマンは『中国叢報』の編集者として、最も早期の読者でもあったことは間違いない。この刊行物で翻訳紹介された歴史演義小説が与えたE・C・ブリッジマンへの潜在的な感化は、研究者にとって考慮の範囲におくべきことである。

上述したように、ギュツラフは一八三八年の九月から『中国叢報』で一連の文章を発表し、中国小説の紹介と評論を行った。その中で、主な対象は歴史演義であった。これも既に紹介したように、一八三八年、ギュツラフは『開かれた中国』（*China Opened*）の中の第一二章で、そこでもやはり歴史小説に着眼している。(28) すでに紹介したように、ギュツラフは、「『三国志演義』『五虎平南後伝』『群英傑』『東周列国志』、『萃忠伝』といった五作の小説は、当時流行し、みなが持っているほどである」と言ったが、一方で「これは多くの作品の中の一部分を占めているだけである」と述べている。(29)

いずれにせよ、時代は中国史に関する著述を必要としていた。

> 中国史を今の時代は欲している。もしその歴史書がタキトゥス（Tacitus）式の超越した技術とロバートソン（William Robertson）風の軽やかな風格を以て書くことができたら、その書物は、人々に、中国についてより強烈な興味を抱かせるであろう。(30)

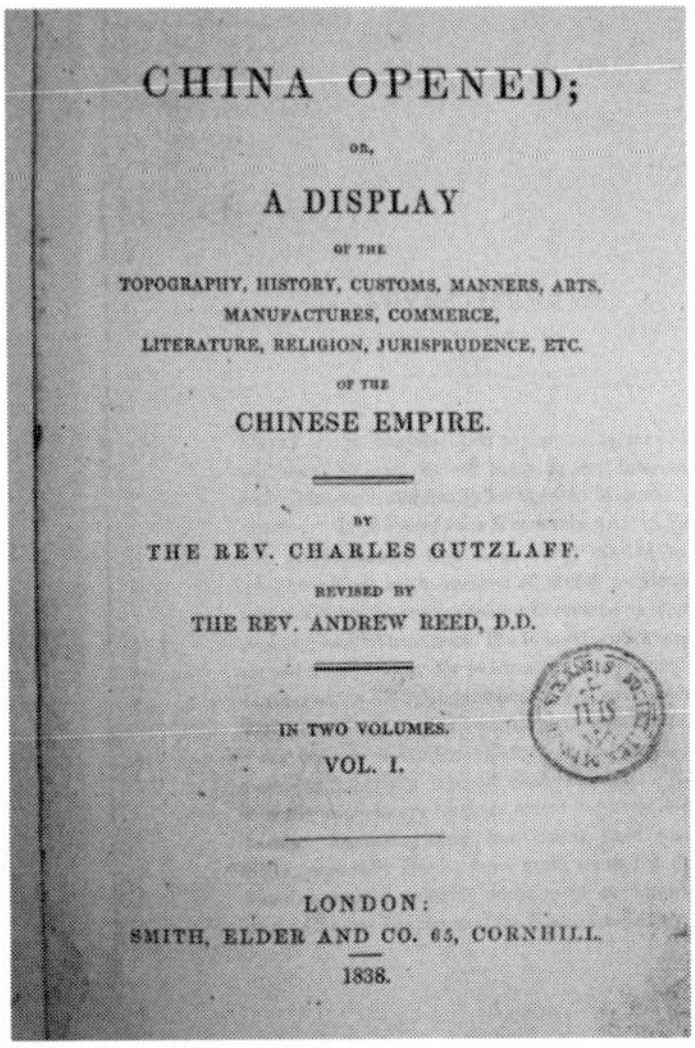
CHINA OPENED;
OR,
A DISPLAY
OF THE
TOPOGRAPHY, HISTORY, CUSTOMS, MANNERS, ARTS,
MANUFACTURES, COMMERCE,
LITERATURE, RELIGION, JURISPRUDENCE, ETC.
OF THE
CHINESE EMPIRE.
BY
THE REV. CHARLES GUTZLAFF.
REVISED BY
THE REV. ANDREW REED, D.D.
IN TWO VOLUMES.
VOL. I.
LONDON:
SMITH, ELDER AND CO. 65, CORNHILL.
1838.

図５　《開かれた中国》1838年

歴史演義小説は、正にこの二点を兼ね備えており、彼の歴史に関する著作の作成基準を満たしている。だからこそ、ギュツラフが史書を執筆した時には、既に述べたとおり、歴史演義小説の形式を模倣したのである。たとえば、イギリス史を述べている『大英国統治』（一八三四）、世界史について書いた『古今万国綱鑑』（一八三八）は歴史と小説が錯綜しているし、繰り返しになるが、『聖書』の歴史の物語を描いた『聖書注疏』（一八三九）では、中国史の年表に基づき、厳密に出来事の起こった時期を定めており、中国の歴史を強く意識していることが分かる。既に紹介した『東西洋考毎月統記伝』における『東西史記和合』『拿破戻翁』『馬理王后略説』なども歴史演義の痕跡を看取し得る。

この他、ミルンの息子であるイギリス宣教師のW・C・ミルンも文章を発表し『三国志』を紹介した。一つは黄巾軍の反乱について、いま一つは、孔明の生涯の事跡についてである。だが、彼は一つ明らかに勘違いをしている。それは『三国志』は六百年前、すなわち一三世紀に書かれたものである、としたことで、これは明らかに、史書の『三国志』と歴史演義小説の『三国志演義』とを混同しているのであり、[31]ミルンが依拠したのは後者であることを物語っている。また、『中国叢報』の後期の責任者であるウィリアムズは、春秋時代の歴史演義である『列国志』を読んだ後、それを英文で全訳し、さらに前の二章を修正して、一八八〇年一月の雑誌『新英格蘭人』で発表した。[32]

以上から分かるように『中国叢報』は西洋社会に中国の歴史を伝えたが、それは中国の歴史演義小説の形式を大いに借用することで実現した。そのため、彼らは中国の歴史を西洋に注入すると同時に、自分の歴史的視野をも変えることになった。宣教師たちが西洋の歴史書の編訳に参与する過程において、彼らの歴史的視野が変化し、多くの歴史翻訳書には、宣教師の「文化の帰化」とでも呼ぶべきものを感じ取ることができる。たとえば、改訂本の『大美聯邦志略』の形式と訳名は明らかに「中国化」している。また、伝統的な中国の正史紀伝体と対応させるため、ミュアヘッドは『大英国志』の編訳時に、その他の関係資料を利用して、中国の正史に類似した「志」[19]を編訳した。このような中国と西洋の史学的な視野の交錯は、いわゆる清末の「新史学」を生んだ。これによって、傑出した歴史学者が意識的にあるいは無意識に、相互に対立し、時ならずして融合する中国と西洋の知識の伝統と歴史の智慧を、代わる代わる用いるようになったのである。[33]

【注】

（1）『中国叢報』の出版と発行は大半が広州で行われた。ただ、第一次アヘン戦争時は、一時的に澳門（一八三九～一八四四）と香港（一八四四～一八四五）に移動して行われた。詳細は Elizabeth L.Malcolm, "The Chinese Repository and Western Literature on China 1800 to 1850", *Modern Asian Studies* Vol.7.2, pp.165-178. を見られたい。

（2）ただ、当時ウィリアムズはアメリカにいて、一八四八年の九月に中国へ戻った。それ以前は、実は、E・C・ブリッジマンの兄であるJ・G・ブリッジマン（James G.Bridgeman）が『中国叢報』の編集を務めた。

（3）フェアバンク、劉広京『剣橋中国晩清史』（上巻）、北京：中国社会科学出版社一九八五年版、五三三頁を見られたい。

（4）段懐清、周俐玲編『「中国評論」与晩清中英文学交流』、広州：広東人民出版社二〇〇六年版、八六～八七頁。

（5）"Study of the Chinese Language", *Chinese Repository* Vol.8·7, p.343.

（6）"Poo Nang Che tsăng sin", *Chinese Repository* Vol.10·10, pp.553-554.

（7）Ibid.

（8）前掲注4『「中国評論」与晩清中英文学交流』、八七頁。

（9）ハナン、徐俠訳『中国近代小説的興起』、上海：上海教育出版社二〇〇四年版、八八頁を見られたい。

（10）マーティン、沈弘、惲文捷、郝田虎訳『花甲憶記』、桂林：広西師範大学出版社二〇〇四年、八頁。

（11）シングの"Chinese Fiction", *The China Review*, Vol.22·6, P.759 を見られたい。

（12）中国社会科学院世界宗教研究所の韓秉芳が著した『観音信仰与呉越佛教』（初稿）、http://www.lingshh.com/wuyuefojiao/hanbingfang.htm を参照されたい。

（13）パーリ語（Pali）は、本来、古代インドで用いられていた言語（プラークリット＝俗語と呼ばれるアーリア系言語の代表的なもの。訳者補注）だったが、その後、仏教徒の宗教言語となった。

（14）唐の姚合。『贈常州院僧』『聴僧雲端将経』。

（15）「Character of Chinese Historical Works」。呉義雄「「中国叢報」与中国歴史研究」『中山大学学報』二〇〇八年第一期、九一頁を参照されたい。

（16）*Chinese Repository*, Vol.7·5, pp.233-234.

(17) Ibid, p.249.

(18) Ibid, Vol.5.4, p.159.

(19) Elizabeth L.Malcolm, "The Chinese Repository and Western Literature on China 1800 to 1850", *Modern Asian Studies*, Vol.7.2, p.173.

(20) *Chinese Repository*,Vol.5·4, p.160.

(21) Elizabeth L.Malcolm, The Chinese Repository and Western Literature on China 1800 to 1850, pp.177-178.

(22) G.B.Endacott, *A biographical Sketch-Book of Early Hong Kong*, Singapore: Donald Moore, 1962, pp.23-29.

(23) "For the prospectus of this magazine", *Chinese Repository*, Vol.5.4, pp.149-150.

(24) "Editorial Announcement", *The China Review*, Vol.22.4, p.620.

(25) "Introduction", *The China Review*, Vol.1.1, p.1.

(26) 『中国評論』と小説の関係については段懐清、周俐玲編著の『「中国評論」与晩清中英文学交流』を見られたい。だが、当書の論は基本的にシングが発表した『中国小説』(「Chinese Fiction」)に基づいており、この中の『中国評論』では誤字脱字が多く、信憑性に欠ける。たとえば、第二篇の「An Hour with a Chinese Romance」(Vol.1)は、実際は、一八七三年一月七日に香港のセント・アンドリュー礼拝堂で行った中国小説に関する講演であり、かつ、具体的な篇目がない。また、第七篇の「Folk-lore of China-Household Tales」の文章はとても短く、中国民間にまつわる、子供の性別の予測についての文が補充されているだけで、基本的に小説と関係がない。さらに、第一三篇の「Ssŭ-lang's Visit to His Mother」(Vol.10)は戯曲『四郎探母』の翻訳であるが、小説『楊家将演義』ではない。実は、『「中国評論」与晩清中英文学交流』の編集者が『中国評論』の篇目を整理している時、往々にして、英語で直接収録し、その中国語の篇目を丁寧に確認しておらず、それが故、研究者がこれを用いた際、不便に感じざるを得ない。

(27) 呉義雄「「中国叢報」与中国歴史研究」、鄒振環『西方伝教士与晩清西史東漸』、上海：上海古籍出版社二〇〇七年版、一一〇〜一一一頁を参照されたい。

(28) *China Opened*, London: Smith, Elder and Co.65, Cornhill 1838, pp.467-468.

(29) Ibid, p.468.

（30）「Remarks on the History and Chronology of China」、呉義雄「「中国叢報」与中国歴史研究」、九一頁。タキトゥス（五五？～一二〇？）はローマ時代を代表する歴史家。『ゲルマーニャ』『年代記』などの著作がある。W・ロバートソン（一七二一～一七九三）はスコットランドの長老派教会の聖職者であり、著名な歴史家。特に『アメリカの歴史』は名著として名高い（訳者補注）。

（31）"Notices of Kungming", *Chinese Repository*, Vol. 12.3, pp.126-127.

（32）F・W・ウィリアムズ、顧鈞、江莉訳『衛三畏生平及書信』、桂林：広西師範大学出版社二〇〇四年、一四二頁。

（33）鄒振環『西方伝教士与晩清西史東漸』、上海：上海古籍出版社、二〇〇七年版、三二五～三二六頁。

〔訳注〕

〔1〕清代の小説、百回。李汝珍（一七六三～一八三〇）撰。嘉慶二三年（一八一八）蘇州刊行の版本がある。この作品は女性の才人を主人公としたことと、海外の諸国の事情をユーモラスに紹介した点に特色が有る。

〔2〕この風習が中国に広まり始めたのは宋代以降で、楊貴妃の時代とは無関係であると考えられている。

〔3〕唐代に行われた仏教の講釈。仏教説話を描いた絵や韻文を用いるなどして、その教えを平易に説いたもの。

〔4〕趙子昂、諱は孟頫。宝祐二年（一二五四）～至治二年（一三二二）。南宋～元代に活躍した政治家であり文人。特にその書は評価が高かったが、元朝に仕えたため評判を落とした。

〔5〕管道昇、字は仲姫。景定三年（一二六二）～延祐六年（一三一九）。書画をよくするとともに篤く仏教を信仰したことでも知られた。

〔6〕唐代後半、長安などの大寺院においては、俗講形式の説法が盛んとなった。俗講を担当する僧は、聴衆の前に絵像を掛け、それを指し示しながら唱ったり語ったりして説経を行った。その際用いた絵像を「〇〇（経）変」と呼んでいたため、その文のことも、変文と呼ばれるようになったと推測されている。変文は、北宋以降には姿も変貌して、その名称も忘れ去られてしまっていたが、二〇世紀初頭に敦煌から発見された敦煌文書の中に多数含まれていたため、一躍注目を浴び、中国俗文学の源流として盛んに研究されるようになった。なお、変文を含む敦煌文書のほとんど全ては、欧米・日本の「探検家」たちによって持ち去られたことを附記しておく。

（7）「二十四孝」を指す。「孝行」は儒教の中の重要な徳目であるため、その典型を紹介する文章は古代より数多く書かれてきた。その一例が漢代の劉向撰『孝子伝』であり、そこに収録された物語は代々、文字テクストとして、あるいは口頭で伝承されていき、唐代の敦煌の資料「二十四孝押座文」から、すでに「二十四孝」としてまとめられていたことが分かる。南宋から元にかけてこの物語が普及し、『全相二十四孝詩選集』という絵入りの通俗物語集として刊行されるに至った。その後、ここに記載された物語は様々なジャンルにおいて一層の広がりを見せるに至る。

（8）袁枚（康熙五五〈一七一六〉―嘉慶二〈一七九七〉）著。袁枚が見聞きした、あるいは明清の筆記に記録された様々な怪談、奇談を集めて整理、出版したもの。正篇二十四巻、続篇十巻。一七八〇年代から九〇年代にかけて執筆され、一八世紀末から一九世紀にかけて何度か再版されている。

（9）前掲『五虎平南後伝』

（10）前掲『歴代神仙通鑑』

（11）馮夢龍編『警世通言』三四巻

（12）唐代末期の伝奇小説、李公佐の作と伝えられる。現在見られる最も早いテクストは、『太平広記』巻四九一所収のものである。内容は、夫と父を殺された若妻が、夢の中の漢字の謎を解いて犯人を捜し当て、仇討ちをするという物語で、中国探偵小説の起源の一つとされる。

（13）ここで言う『捜神記』は、挙げられた神仏の名から、晋・干宝の『捜神記』ではなく、明代の『三教源流捜神大全』を指すと思われる（以下同様とする）。

（14）福建から起こった航海安全、商売繁盛を司る女神。宋代以降次第に全国に広まった。

（15）注13と同じ。ここで挙げられているのは、全て道教系の、自然現象を神格化した、民衆に親しまれた神々である。

（16）伏羲、神農は「三皇」に属し、唐堯は五帝の一人。妲己は殷王朝最後の王紂王の后であり、歴史上の人物であるが、酒池肉林の故事など、むしろ物語の中の悪女と言える。

（17）「鬼域」とは、祀られることのない幽鬼が集まる場所を指すが、「鬼門關」を意味すると理解すると、多くの物語が連想される。「疑狐」とは疑い深い狐の意で、宋代の詩詞に散見するが、ここでどのような物語を示しているのかは不明。「狐假虎威」は日本でもよく知られた成語。出典は『戦国策』。

〔18〕『醒世恒言』巻四所収。類話が見当たらないことから、馮夢龍本人か、もしくは同時代の人物による創作の可能性が高い作品。花好きが昂じて花の精に出会い、仙人になるという物語。

〔19〕中国の正史は、個人の伝記である「紀」と「伝」を中心とするが、その他に、「志」と呼ばれる、天文、災害、経済、学芸など分野別の記述がある。

第六章　バーンズと『天路歴程』の訳本について

西洋の宣教師が著訳した小説の中で、最も注目されるのは、ミルンの『張遠両友相論』を除くと、恐らくイギリス長老会の宣教師であるバーンズが翻訳した『天路歴程』であろう。(1) それは、まず当然この小説自体の文学的成果による。

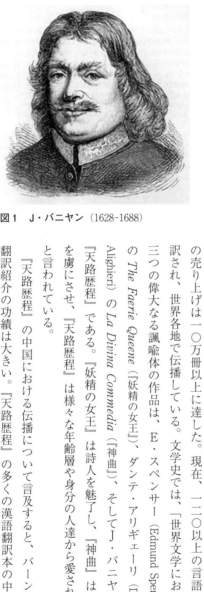

『天路歴程』は一七世紀のイギリスの牧師であり、またエッセイ家でもあるJ・バニヤン（John Bunyan）の代表作である。当書が一六七八年に出版されると、すぐに大きな成功を収め、一年足らずで三版を記録し、作者の生前の売り上げは一〇万冊以上に達した。現在、一二〇以上の言語に翻訳され、世界各地で伝播している。文学史では、「世界文学において三つの偉大なる諷喩体の作品は、E・スペンサー（Edmund Spenser）の *The Faerie Queene*（『妖精の女王』）、ダンテ・アリギェーリ（Dante Alighieri）の *La Divina Commedia*（『神曲』）、そしてJ・バニヤンの『天路歴程』である。『妖精の女王』は詩人を魅了し、『神曲』は学者を虜にさせ、『天路歴程』は様々な年齢層や身分の人達から愛された」(2)と言われている。

図1　J・バニヤン（1628-1688）

『天路歴程』の中国における伝播について言及すると、バーンズの翻訳紹介の功績は大きい。『天路歴程』の多くの漢語翻訳本の中で、バーンズの翻訳本は最も早く出版されたわけではないが、完成度が高く人々に最も良い訳本であると認められ、中国の読者に大きな影響を与えた。本章で注目したいことは、宣教師であるバーンズが『天路歴程』を翻訳する際に用いた特殊な手法である。そして、バーンズの翻訳本の特徴と伝播、およびバーンズの訳本の影響の下、宗教小説であるこの『天路歴程』が如何にして中国の読者に受け入れられたのかを見ていきたい。

一　バーンズの『天路歴程』

『天路歴程』はバーンズの翻訳紹介で人々の心を深く動かしたが、その訳者であるバーンズについてはさほど詳しく知られていない。その明らかな証拠として、熊月之は『西学東漸与晩清社会』の中で、バーンズはアメリカの宣教師であると誤解していることが挙げられる。しかし、バーンズは中国で布教を行う牧師として、当時信徒に敬愛されてもいた。そのため、バーンズが亡くなってからの数年間、『教会新報』[1]でバーンズを述懐する文が幾度も掲載された。『教会新報』の二巻では、北京の教友である曹子漁（京師同文館教習）の『賓（バーンズ）教師伝』が発表された。バーンズは北京に逗留中、曹氏の部屋を借りていたため、常時往来が絶えず、多くのことを学んだ。『賓教師伝』にはバーンズの優れた人格や、北京の布教活動についての記述がある。

『教会新報』の第三巻では、福建美以美会（American Methodist Episcopal Mission Foochoow Conference）の教友である許揚美の『賓牧師行述』と『吊賓牧師詩』がある。第四巻からは、三二回に分けて、イギリスの宣教師であるエドキンズが訳述した長篇伝記『賓先生伝』が掲載されている。その中には『賓先生日記節訳』『英国賓先生伝問答八条』などが含まれる。エドキンズは言う。

バーンズ伝道師は中国で二一年も布教を行った。その仁愛なる心は信徒の心に深く残り、その功績は長らく語り継がれることだろう。伝道師が天に召されてからすでに三年がたった。西洋では彼の生前の言動を詳細に記録した。そこで今回はその中のほんの一部を翻訳し、中国の教友にもお伝えしたい。[3]

『賓先生伝』はとても詳しい記述となっているので、本章ではこれに基づいてバーンズの生前の事跡を簡潔に整理していきたい。

バーンズは、初めて訪中すると長編宗教小説の『天路歴程』の翻訳に取りかかった。この書を選択したのは決して偶然ではない。バーンズは幼いころから『天路歴程』の影響を受け、自ら「幼い頃、特別読書を好まなかったが、『天路歴程』と『蘇格蘭傑士瓦里斯行述』は読んだ[4]」と述べている。更にバーンズは『天路歴程』の「always ready（常に準備する）」という言葉を座右の銘とし、自己の人生の、そして神に仕える態度とした。上述からも分かるように、バーンズは『天路歴程』を訳したことで、中国の読者に知られることとなったのだが、バーンズ自身が歩んだ人生も、まさに小説『天路歴程』の如く、天国への険しき道のりであった。

バーンズは一八一五年にスコットランドのグラスゴーで誕生した。父親は当地の牧師で、温厚かつ敬虔な人だった。母は勤勉な働き者で、常に道理を以てバーンズを教育した。バーンズが一三歳になると、叔父の手配を得て名門アバディーン大学へ入学し、多くのことを学んだ。

学長のミラベンはラテン方言に長けており、今もスコットランドでラテン文学者から敬服されている。バーンズは入学後すぐに勉学に励み、卒業時には多くの知識を有していた。同時に布教に関する基礎知識も自然と学んだ。[5]

その後、バーンズは優秀な成績でアバディーン大学を卒業し、エディンバラへ行き、弁護士見習いの職に就いた。だが、思いもよらぬ転機が訪れる。

ある日、突然、バーンズ先生は啓示を受け、心に急なる変化が生じた。折しも家の二人の姉が先生に手紙を送り、聖なる書物の一読を願ったが、聞き入れられぬであろうと思った。ところが、先生は返書で、聖なる道を嫌うことはないと述べ、聖なる書を家で求めたのである。姉はこれを奇とした。平素から美田を求める志があった先生は、一転して悟ったのである(6)。

この突然の悟りはバーンズの人生を大きく変えた。弁護士の資格取得を目前にしてそれを放棄し、グラスゴー大学で神学を専攻し、伝道の生涯のための準備（always ready）をした。バーンズは神に向かい、私を世界の如何なる地にでも派遣され、福音を伝える機会を与えて下さるように、と祈った。やがてその願いは現実となる。一八三八年、バーンズは、インドの布教事務を掌っている牧師に手紙を送り、インドでの布教を志願した。一八三九年の春、ダンディー（Dundee）にある聖ピーター大聖堂の牧師マッケイン（Robert.M.McCheyne）が健康を損ねたため、バーンズがしばらく代理伝道を務めることとなった。これはバーンズにとって一つの挑戦だった。というのは、マッケインはその地で名を馳せた布教家であり、他者がこの座を引き継ぐことは容易ではなかったのである。しかし、バーンズはすぐに当地の教民から名声を勝ち取った。

バーンズ先生は平和的で、おごり高ぶらず冷静で、人力は主から賜るということを熟知し、仁徳があり、寛大である。説教の際には、如何なる身分の人に対しても対等に行い、誠実に職を全うした。神が私の口を借りて説教しているのだという自覚から、ダンディーの会堂で初めて講義をした時は、まだ青年であったが、臆することなく務めた。安息の礼拝者は、この若者がやり遂げられるか皆心配したが、先生の祈禱は平静にして明晰、しかも懇切丁寧で、礼拝者はその語りに福音の深奥を味わうことができたかの如く感じ、これまで抱いていた不安や疑念が解消された。その実力を感じ、誰もが先生こそ、ここの牧師に相応しいと思った(7)。

その後、各地でバーンズに布教を頼む者が後を絶たなかった。一八四四年、バーンズはカナダへ赴き布教を行い、二年後に、スコットランドへ帰国した。

これは二度目の遠征である。先生は布教活動に心血を注ぎ、村人はその憔悴した姿を見て、如何に情熱を以て布教に身を投じているのかを知った(8)。

一八四七年七月、バーンズは中国行きの商業船に乗った。到着までの間、バーンズは漢語に関する書籍を二冊熟読し、漢語を学んだ。一つは、ウィリアムズが編集した『英華辞典』(2)、いま一つは、モリソンが翻訳した『マタイの福音』である。五ヶ月もの渡航を経て、年末も近づく頃、香港へ上陸した。その地でバーンズは必死に漢語を学んだ。

バーンズ先生は、かつてカナダに逗留していた時、毎日フランス語の書物を読み、祈禱の際には全てフランス語を用いた。いま中国の方言に対しても同じように日々努力を重ね、祈禱や詩を唄う時には必ず漢語の方言を使った。そして周囲で話される言葉にも注意を払い、少しでも早く習得できるよう努めていた(9)。

そして、一刻も早く漢語を向上させるために、バーンズは、

初めは西洋人と暮らしていたが、その後、中国人の傍らで生活し、日々交流をしながら、漢語の向上に励んだ。布教を以て中国人を救済したい思いが彼の絶え間なき努力を後押しした。(10)

これは案の定、効を奏し、バーンズはすぐに粤東（広東省東部）方言を使えるようになった。だが、粤東に住んでから一年四ヶ月が経つと、貸家の期限が終了し、家主は他者に部屋を貸すことを望んだ。バーンズは、これは主がこの地から離れるよう暗示しているのだ、と悟り、厦門(3)での布教を決意する。一八五一年のことであった。福建の人々は伝道を好んで聴き、学ぶ意欲があり、長時間の説教にも熱心に耳を傾けた。粤東とは天と地の如き差があった。バーンズは希望を得た。そこで彼は日記に以下のような言葉を綴った。

近ごろ私は各村落など様々な場所へ行って福音を行い、数名の理解者を得た。会堂で聴講する者も多く、街頭では更に盛況だった。毎日五、六回講義を行った。今回の村、鎮からの聴講者を総計すると三千人を上回るだろう。この地での伝道には希望が持てる。(11)

バーンズと漢語および各地の方言との関係について言えば、かつてアバディーン大学で受けた厳しいラテン語の学習方法が、バーンズの漢語学習に大いに役立った。潮州方言、厦門方言、福州方言、官話(4)、いずれの言葉もすぐに要領を得て、翻訳や布教に運用した。バーンズは布教にとても熱心な宣教師であった。『天路歴程』の翻訳本に止まらず、『神詩合選』『潮腔（潮州方言）神詩』『榕腔（福州方言）神詩』『厦腔（厦門方言）神詩』『京音（官話）旧

約詩篇』および小説の『正道啓蒙』（Peep of Day、官話本）などの著述を手掛けた。[12]

一八五九年（咸豊九年）一〇月、バーンズ先生は福州府に赴き福州方言の口語を毎日会堂で学んだ。今度は福州方言による伝道を試みたのである。

一八六〇年（咸豊一〇年）一〇月、先生は厦門、潮州の地で伝道を行い、信徒を助け、間違いを正した。そのため信徒は以前よりも理解を深めることができた。先生は、以前、この地ではしっかりと伝道が行われていなかったことを心苦しく思い、再び潮州方言を用いて詩を一冊翻訳し、布教を行っている。[13]

これに先立つ一八五〇年、バーンズはアメリカの宣教師であるタルマージ（John van Nest Talmage）、ドゥティ（Elihu Doty）と共に、一二三個の厦門方言におけるローマ字（厦門方言白話文字、あるいは厦門方言ローマ字）を発明し、学習と著作に役立てた。

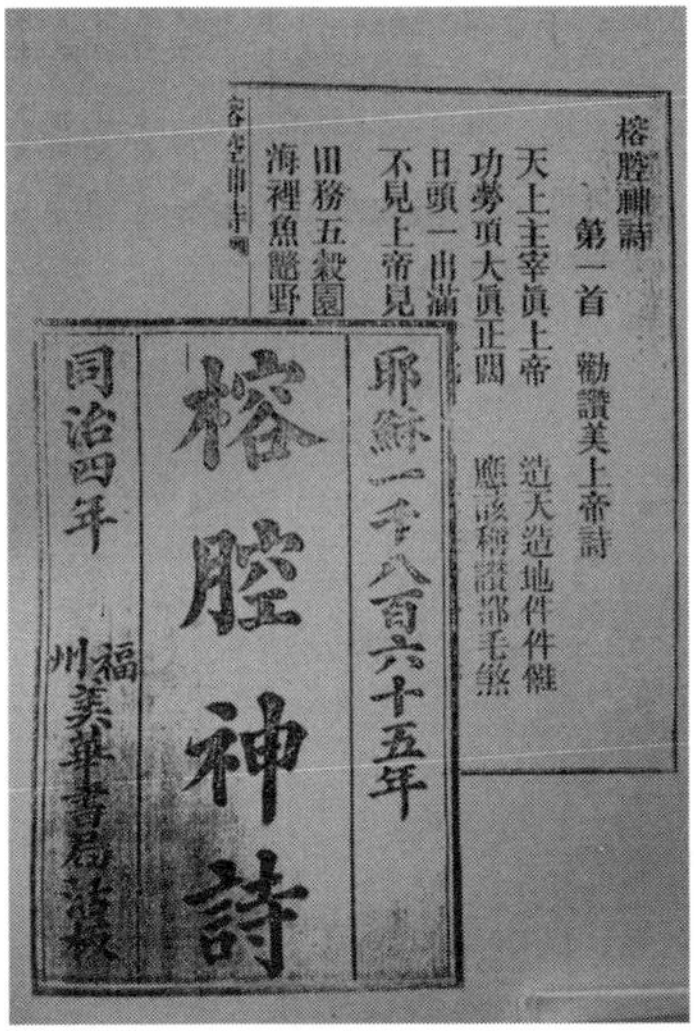

図２　1865年福州美華書局刊本『榕腔神詩』

一八五四年、バーンズは、イギリス長老会の医者であるヤング（James H. Young）を送り届けるため帰国した。同時に各地で中国での需要が報道されたため、翌年になってから再度訪中し、上海に滞在した。この時、太平天国が南京に出現し、バーンズは接触を試みたものの失敗に終わったが、ある船長が彼に汕頭（広東省東部）で布教が求められていることを告げたため、バーンズはさっそく汕頭へと向かった。同行したのはH・テーラー

(Hudson Taylor)である。このバーンズの決断は、H・テーラーがその後に「中国内地会(China Inland Mission)」を設立するための大きな助けとなった。

咸豊一一年(一八六一)、バーンズは潮州から福州へ赴き、本人の座右の銘の如く「常に準備をする」宣教師として、伝道の道を疾走した。ところが、福建省の信者の家が騒ぎに巻き込まれたため、バーンズは仕方なく舟を購入し北上した。同治二年(一八六三)の西暦一〇月、バーンズは北京へ上陸した。ここで四年間布教活動を行った。

図3　バーンズ(1815-1868)

バーンズ先生は古くて狭い貸家に住み、一人の飯炊きだけを雇っていた。節約を心がけ、余裕があれば貧しい人に分け与えたり、私塾の援助を行ったりした。さらに、病院の薬や、教室の家賃についても常に支援した。先生が毎日行っていたのは専ら二つの事のみである。それは翻訳と講義である。(14)

バーンズは一貫して写真を拒んだが、母親の要望に応じ、渋々ロシアの友人に写真撮影を頼んだ。その写真でのバーンズは、右手に雨傘を携え、左手には聖書を手にしている。素朴だが意志の強さを感じさせる。

同治六年(一八六七)には以下のようなことがあった。

バーンズ先生は奉天省(現遼寧省)の牛荘(現在の営口)に伝道者がいないことを知り、快く赴いた。そこは西洋の商人が密集し、人口が多いにも関わらず、唯一、伝道者がいなかった。安息日に祈禱は行われず、おまけに、その地の秩序は乱れており、一刻も早く布教をする必要があった。先生はすぐに荷造りをし、八月の上旬、北京から天津の大沽へ到り、五日間牛荘行きの船の出発を待った。この五日間、先生は毎日繁華街で布教を行った。船の準備が整い出発すると、先生は船の上で朝と夕刻に祈禱を行った。初め船主は従わなかったが、三日後には先生と共に祈りを捧げるようになっていた。他の船でもこのようなことがあった。(15)

以上の記述から、バーンズの伝道には極めて感化力があったことが分かる。バーンズは、牛荘に四ヶ月間滞在した時に、毎日漢語を用いて語り、安息日は英語で語った。そして、同治七年（一八六八）、バーンズは牛荘で病により天に召され、自己の「天路歴程」を完成させた。初めは牛荘の河原の畔に埋葬されていたが、後に牛荘の欧米商人の墓地に移葬された。

二　『天路歴程』の翻訳

フランス文学の評論家テーヌ（Hippolyte Taine）は、イギリスでは『聖書』を除くと『天路歴程』が最も人々に読まれている、と述べた。また、バーンズが『天路歴程』を選んで翻訳したことについて、彼は慧眼を備えていた、と評価しているが、このキリスト教の傑作とされる小説が中国の読者に受け入れられるのは容易なことではなかった。なぜなら『天路歴程』は宗教的寓言を述べた小説であり、作品の始めから終わりまで至る所に『聖書』の物語と箴言が盛り込まれていて、まさにこの書は完全に『聖書』に基づいて生まれたと言えるのだ。第一部だけで『聖書』を直接引用する箇所が二〇〇以上もありその内『旧約聖書』の一九部に関わり、『新約聖書』の二二部に関わっている。また、多くの典故や物語が『聖書』そのもの、あるいはその中のテクストを一部書き換えたり転用したりしたものが引用されている(16)。

エドキンズは『賓先生伝』の中で『天路歴程』の重要性と、この書の漢語への翻訳がいかに難しいかについて述べている。

バーンズ先生が訳した『天路歴程』の原書は西洋で著したものであり、以前から人々に高く評されてきた。作者はイギリス人、名はバニヤン。中国の時代でいうと、明末から清の初期にかけてイギリスで伝道を行ったが、一二年も牢獄に閉じ込められ、やむなく『聖書』の寓言を以てこの書を成した。この書が言わんとすることは、天に召され永久に生きながらえるには、辛い経験を積み、多くの試練に耐え、堅忍不抜の精神を貫き、以て救いを期さねばならないということである。これまで伝道者は進んで『天路歴程』を訳し、福音の際の助けとした。すでに多くの国の言葉による翻訳が行われ、それは数十ヶ国にも及んでいる。中国と西洋における言葉は異なるため、或いは中国の読者は寓言の面白さを理解しがたく、完全に訳すればかえって原書の真の姿が失われる恐れがある。だが、先生は才溢れ筆は立ち、教義に精通し、諭し方に長け、説教は機に応じて多彩であり、人をとりこにする。それは名園に遊び、草花が至る所の細い道に咲き乱れ、幾重にも変幻する風景を鑑賞しているようなもので、その素晴らしさに読み飽きるということがない。ただ唯一、各国の言葉による翻訳は、原書の面目をそっくりと映し得ないことは免れ難い。しかし、それは中国人が洋服を纏うと、着飾ってはいても、優雅さに欠けるのと似ているし、中国の名士による詩賦を西洋の言葉で訳すならば、原作の趣きを喪失しかねないのと同様の理であるといえる(17)。

バーンズ自身も中国の言語と文化は西洋とは異なることを認識していた。そのため、バーンズの最初の浅文理（通俗文言）による翻訳では、絵を使って読者の理解を助けているだけでなく、さらに、前書きを有効に利用して読者の興味を引こうとしている。

『天路歴程』は、本来イギリスのキリスト教徒によって書かれた作品である。作者の姓はバニヤン、名はジョン。大よそ二〇〇年前、福音を伝達したが故、悪官に投獄され、一二年もの間牢獄で時を過ごした。だが、不平を唱えず、道理を慕う心は一層強まり、『聖書』の理を一つの書物にした。その書は比喩的な表現を多用しながら、終始キリストの教えによって貫かれている。その波乱に満ちた物語は、大いに読者を満足させるだろう。そして、その精緻で厳密な記述は読者を驚嘆させることであろう。如何に福音の理を信じ、如何にイエスの功績に依拠し、そして如何に努力し、如何に慎重に事を進めるべきか、それは『天路歴程』を読むのが一番の近道である。人名や地名については、其の人其の地が真にあるわけではないが、外に名目を借りているわけではなく、人に真偽を知らしめるのみである。読者は自ら其の名を以て思慮し、言葉によって意を理解することもよしとする。そこで当書の最初の一行目を見られたい。本書の「私は」は作者本人を示し、穴とは牢獄のたとえである。眠りの中の夢とは、静寂なる地での沈思のことである。衣服が破れるとは、世人が罪を有し、功がないことを比喩し

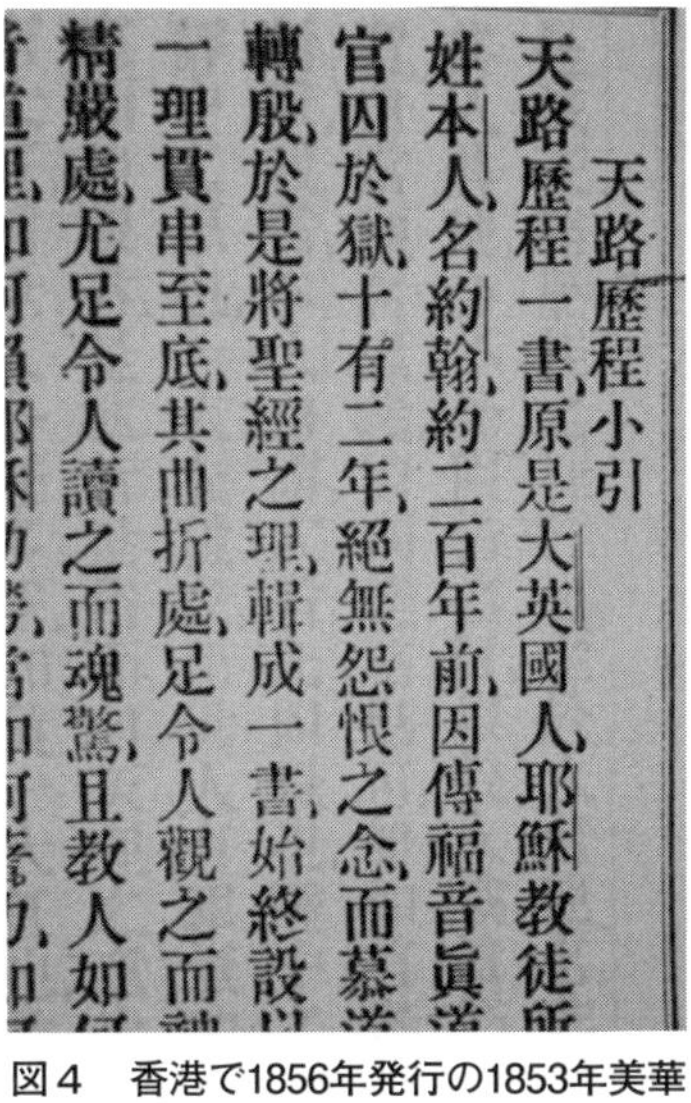
天路歷程小引
天路歷程一書原是大英國人耶穌教徒所
姓本人名約翰約二百年前因傳福音眞道
官囚於獄十有二年絕無怨恨之念而慕道
轉殷於是將聖經之理輯成一書始終設比
一理貫串至底其曲折處足令人觀之而神
精嚴處尤足令人讀之而魂驚且教人如何

図４　香港で1856年発行の1853年美華書館本重印『天路歴程』の〝小引〟

ている。家から振り向いて他を見るとは、世俗から離れ天の理へ向かうこと、背に大任ありと言うのは、世人が多くの罪を背負っていることを、大きな任務を負っているようなものだと言っているので、『聖書』を読むと身が震え、慟哭するのである。

以下の五巻においても、概ね上述と同様の語り方である。読解に長ける者は、神の教えを深く悟り得るだろう。今『天路歴程』を愛するものが、すでに多くの国の言語で翻訳しているが、これまで漢語には訳されることはなかった。中国ではようやく一八五三年（咸豊三年）になり、中国の学生とキリスト教の宣教師によって初めて翻訳された。だが、中国の読者は虚構の言葉で書かれていると見なし、本書の意がことごとく『聖書』の道理にあることが分からない恐れがある。そこで、図像を描き、理解の手引きを冒頭において、その由来を知らしめ、本書の蘊奥の理解を深める助けとなれば幸いである。(18)

バーンズの通俗文言の訳本から分かることは、バーンズはこの書に対して中国人に好まれるような表現を適度に用いている、ということである。適度と述べた理由は、バーンズは他の早期の宣教師のように、漢語の著作において、ひたすら中国伝統小説の表現方法を強調させ、常套語を模倣し、原作に対して大幅な加筆修正を行うことはなかったからである。中国人読者の読書習慣とは合致しないことではあるが、この翻訳本では、『天路歴程』における原作の叙述者の視点を崩さず、一人称の叙事を完全に維持している。だが、バーンズは訪中したばかりであったが故、中国人読者がどのような叙述方法を好むかを完全に把握していなかった可能性もある。

翻訳本の『天路歴程』はこのようにして始まる。

我行此世之曠野，遇一所有穴。我在是処偃臥而睡、睡即一夢、夢見一人、衣甚破爛……（私がこの世の荒野を歩いていくと、一つの洞窟があった。私は眠ろうとしてそこに横になると、一つの夢を見た。その夢では一人の男がいた。その男はぼろを着ていて……(19)。

ここでの「我（私）」は小説中で一貫して用いられ、「我夢見」（私は夢を見た）といった形式を保ちながら、キリスト教徒の様々な経験を語っている。

小説の最後はこのように書かれている。

我知自天門亦有路通地獄、一若由将亡城然。我夢至此乃醒（私は天の門からも地獄に通じる道があることを知った。それは滅亡せんとする都と同じことであろう。私の夢はここで終わった）。

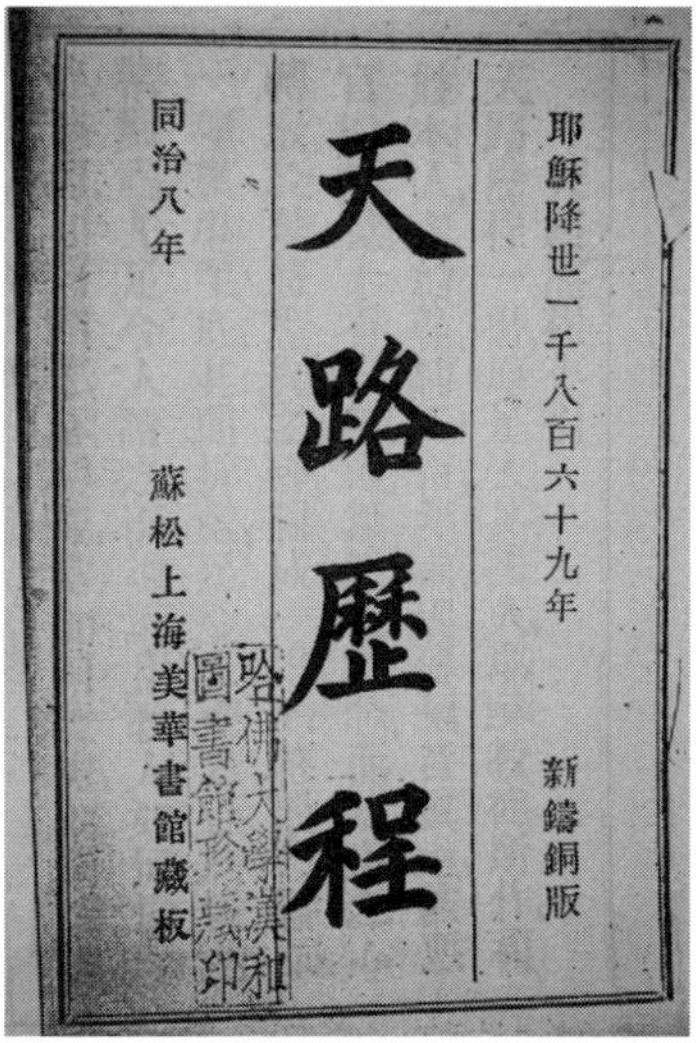

図5、図6　1869年刊上海美華書館新銅鋳版『天路歴程』の插図（上）と表紙（下）

清末において、最も早く中国の作家に影響を与えた西洋小説の訳本は三作、すなわち『百年一覚』[5]（一八九四）、『華生筆記案』[6]（一八九六）、『巴黎茶花女遺事』（一八九九）である。これらの原作はいずれも一人称による叙事を用いている。しかし、翻訳者は、中国読者がこのような叙事に慣れないことを懸念した。あるいは、読者が小説の中の「我」は訳者のことを指していると誤解するのを心配した。そこで宣教師は自然と表現方法を変えることとなった。リチャードは「我」を「某」に変えた。林紓は「我」を「小仲馬」へ変更した。『時務報』では「我」を「華生」とした。このようにすることで、訳者は、中国読者の「出鱈目だ」という批判を免れることができた。[20]

ただし、バーンズは中国の伝統小説のように巻を用いた章立てを採用し、『天路歴程』は五巻とし、それぞれの巻は章と節で分けられている。しかし、回ごとの題目は用いず、ただ「天路歴程続説」とした。これは概ね近世の直訳本における章立てと合致する。[21]その他、些かの重要な細部の事柄を書き換えている。たとえば、第三巻では、キリスト信徒と「尽忠」が「虚華市」へ行く場面がある。そこで、訳者のバーンズは、読者に親近感を与えるため、原文中の地名を中国人読者に馴染みのある「中華衢」「安南衢」「天竺衢」「呂宋衢」などに変えた。同時に、バーンズはとても巧妙に詩歌を中国の古詩に変え、大概、各巻の節の終わりには詩が書かれている。以下、バーンズの訳本と西海の訳本を比較してみよう。バーンズの訳述が巧妙であることが看取できる。上がバーンズ訳、下が西海訳である。

来斯得見七奇情，策我直趨狭路程。
宝訓諸条時必念，聖霊釈示極高明。[22]

在這児，我看到了稀罕和有益的事情，看到了快楽的和可怕的光景，這些都使我的意志堅定，把任務承当，那麼讓我来把這些事情細細思量，讓我弄明白為什麼我会看到這一切事迹，哦，好解釈者，讓我対你感激。[23]

不須痛哭尽忠兄，死既尽忠主賜栄。
謀害聖徒皆自害，人雖殺爾爾猶生。(24)

啊，忠信，你忠実地向你的主表明，你会有跟他在一起的福運，而不忠実的人，尽管有他們虚枉的歓楽，現在却在地獄的苦境中悲哭。歌唱吧，忠信，引吭高歌吧，讓你的名字永不衰敗，因為，雖然他們殺死你，你仍旧健在。(25)

一八六五年、バーンズは多くの読者を考慮し、官話を用いて『天路歴程』を翻訳した。この訳本には注釈が設けてあり、『聖書』からの引用箇所を詳細に記している。バーンズの白話による訳本は、以前と同様に直訳を行っている。文章は簡潔かつ洗練され、これは当時の翻訳本の中では珍しく、先駆的である。その『官話自序』では次のように称されている。

私は再度翻訳を行う煩を厭わない。なぜならこの本は皆に読まれるべき本であり、その道は人々が歩むべき道であるから。

まず、一六四頁に引用した文理本の冒頭部分を再度引用する。

我行此世之曠野，遇一所有穴。我在是処偃臥而睡、睡即一夢、夢見一人、衣甚破爛……

次にバーンズの官話版を見られたい。一六四頁に文理本における冒頭の部分を引用したその部分は以下のように改められている。

世間好比曠野、我在那裏行走、遇着一個地方有個坑、我在坑裏睡着、做了一個夢。夢見一個人、身上的衣服、十分襤褸、

　この世は荒野のようだ。私はそこを歩んでいくと、洞窟があったので、そこへ横たわり、一つの夢を見た。その夢で、一人の男に出会った。その者の衣服は、ひどく解れている。

なお、参考のために、官話版の以下の部分を引用しておく。

站在一処、臉児背着他的屋子、手里拿着一本書、背梁上背着重任。又瞧見他打開書来看、看了這書、身上発抖、眼中流泪、自己擋不住、就大放悲声喊道：「我該当怎麼様纔好？」

　そこに佇立し、自分の家に背を向けている。手には一冊の本があり、背には大きな荷物を負っている。男は本を開き読みはじめた。すると身を震わせ、涙を流した。もはや堪えきれなくなって、悲壮に満ちた声を震わせながら「私はどうしたらいいのだろう」と言った。(26)

図7　エドキンズ（1823-1905）

エドキンズは『賓先生伝』でバーンズの訳本を次のように評している。

　再訳の『正道啓蒙』の第一部は、英国では『将明篇』と称する。塾で幼児の教育に用いることから、「啓蒙」

の名がついた。翻訳時に、バーンズは意図的に加筆、修正を行い、漢語の方言でも深く理解できるようにした。そしてバーンズは、さらに『天路歴程』を漢語に翻訳した。その後、官話による翻訳を初めて行い『続天路歴程』と題した。多くの婦人がこの物語を信じた。バーンズはこの作品でも随意に加筆修正している。たとえば、婚姻についての箇所では、読者にキリスト教徒の婚約について理解してもらうことを願い、寓言を多用している。(27)

小説の第二部、すなわち『続天路歴程』において、バーンズはたしかに書き足しを行っている。その目的は、キリスト教徒の婚姻時に守るべき規律を提示し、この作品の中国の婦人にとっての実用性を高めることであった。ただ、バーンズのこの原文に対する書き換えは、エドキンズが述べるような「随意に加筆修正している」といった程度にまでは至っていない。実際、バーンズの書き換えは極めて限られている。バーンズの訳本と当時の他の訳本を比較してみると、その叙事の部分は、ほぼ直訳に近く、全面的に、正確に原文の内容と西洋小説の基本的な特徴を保持している。

第一部の訳本が完成した後、バーンズはほっと一息ついた。

私はバニヤンの『天路歴程』（第一部分）の漢語翻訳の最終校正を終えた。この訳本は一八五二年六月一日から取り掛かり、今ようやくそれを終えた。ただ、昨年の夏の一ヶ月間は、発熱のため、やむを得ず筆を置いた。全文はドゥティと厦門の宣教師であるストロナッハ（Alexandor Stronach）や彼らの教師たちからご高覧を賜り、多くの有益なる指摘を得た。最後の一枚のゲラを校正してから一時間が経ったとき、私は上海から送られてきた一冊の本を受け取った。ロンドン布道会のミュアヘッドが二年前に刊行した『天路歴程』の漢語訳本である。これは主に学生向けとなっているのだが、原書の『天路歴程』を全てカバーするものではない。(28)

三　バーンズの訳本の伝播と影響

バーンズの浅文理（通俗文言）訳本の『天路歴程』は最初に厦門で木版で印刷し、出版した。そして一八五三年に上海美華書館から出版されると広く世に伝わった。その後、バーンズは北京でこれを官話で翻訳し、一八六五年に出版した。翌年の一八六六年には、小説の第二部である『続天路歴程』の翻訳を完成させた。

筆者は現時点での管見とワイリーが一八六七年に出版した『来華基督教伝教士紀念冊――附著述目録』（*Memorials of Protestant Missionaries to the Chinese: Giving A List of Their Publications, and Obituary Notices of the Deceased, with Copious Indexes.* Shanghai: American Presbyterian Mission Press 1867）、一九一七年にクレイトンが編纂した漢語の書目『基督聖教出版各書書目彙纂』（漢口・聖教書局、一九一八）、『協和書局図書目録』（*Catalogue of Chinese Books Sold by the Mission Book Company*、一九二二年一〇月上海四川北路総発行所）、樽本照雄の『（新編増補）清末民初小説書目』を基にして、バーンズが訳した『天路歴程』の版本を些か整理した。全てを網羅してはいないが、これを通じてバーンズの訳本が数十年間で幾度となく出版されていることが看取できる。その他の宣教師の訳本と比べると、その差は一目瞭然である。

作品数	書名	書籍の種類	頁数	出版社、及び出版に関する情報
一	『天路歴程』	簡訳本	九九頁	厦門初刻本

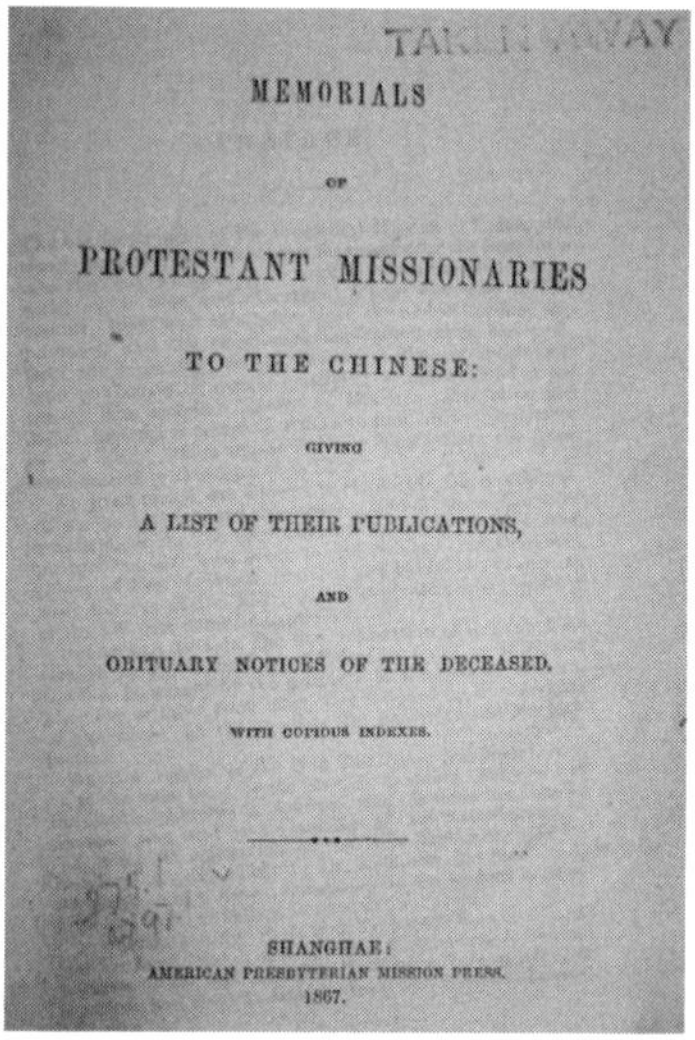

図８　ワイリー『来華基督教伝教士紀念冊』1867年刊

二	『天路歴程』	簡訳本	一〇四頁	上海：美華書館一八五三年。この版はその後上海の『中外雑誌』で掲載された(29)。
三	『天路歴程』	簡訳本	九九頁	香港一八五六年据一八五三年厦門版再版(30)
四	『天路歴程』	簡訳本	一〇四頁	香港一八五六年据一八五三年美華書館本再版
五	『天路歴程』	簡訳本	九九頁	福州一八五七年据一八五三年厦門版再版(31)
六	『天路歴程』	官話本	一二六頁	上海：美華書館一八六五年
七	『天路歴程』	官話本	一〇四頁	上海：美華書館一八六五年
八	『天路歴程』	官話本	二〇〇頁	基督聖教協書局(7)（漢口、天津）一八五三年
九	『天路歴程』	官話本	一五八頁	（漢口、天津）一八六五年
一〇	『天路歴程』	簡訳本		香港：英華書院院同治七年（一八六八）
一一	『天路歴程』	簡訳本	九九頁	新鋳銅版、上海：美華書館一八六九年
一二	『天路歴程』	簡訳本	六五頁	香港：中華印務総局(8)一八七三年
一三	『天路歴程』			小書会真宝堂(9)一八八三年木版
一四	『天路歴程』	官話本		華北書会(10)一八九二年
一五	『天路歴程』	官話本		上海：美華書館一九〇六年
一六	『天路歴程』	官話本		上海：美華書館一九一九年
一七	『続天路歴程』	官話本	九八頁	上海：美華書館一八六五年
一八	『続天路歴程』	官話本	一二〇頁	基督聖教協和書局（漢口、天津）一八六五、一八八九年

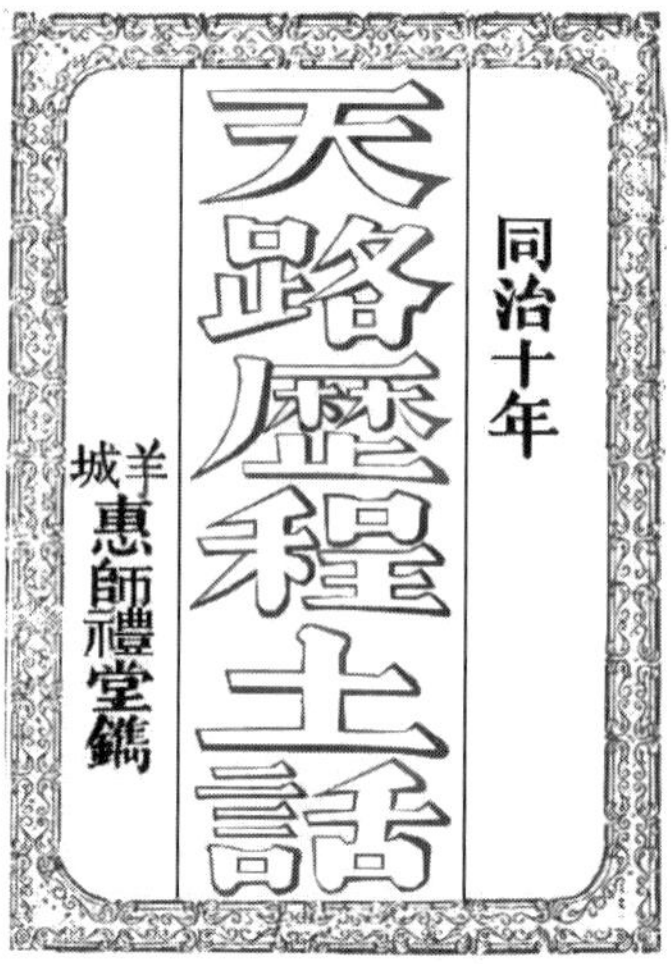

図９　1871年羊城惠師礼堂刻印『天路歴程土話』

本章の冒頭で述べたように、バーンズの『天路歴程』は『天路歴程』の最初の翻訳本ではないが、最初の完全な漢語による訳本だといえる。バーンズの訳本が出る以前は、前述のミュアヘッドの節訳本『行客経歴伝』が出版されているが、これは学生を対象としている。

その後『天路歴程』は多くの方言によって翻訳された。バーンズの訳本が出版されると、すぐにアメリカ公理会の宣教師であるタルマージが厦門方言に翻訳し、一八五三年に厦門で出版した。続いて、ほぼ同時にアメリカの南方長老会の宣教師であるリヨン牧師（D.M. Lyon）が蘇州方言を用いて翻訳し、一八五三年に協和書局から出版している。イギリス聖公会のコボルド（Robert Henry Cobbold）は寧波方言で翻訳し、『旅人入勝』と題して一八五五年に寧波で出版した。同治一〇（一八七一）には、イギリス循道公会のボランティア教師であるピアシー（George Piercy）が広州方言で『天路歴程土話』と命名し、羊城惠師礼堂から木版で刊行された。光緒二一年（一八九五）には、上海口音書局蔵版、上海美華書館排印により『天路歴程上海土白』を出版している。斯得勝の上海方言による訳本は一八九九年、一九一三年に中国聖教書局（上海）から出版された。グレインジャー（Adam Grainger）（内地会所属イギリス宣教師、『西蜀方言 *Western Mandarin or the Spoken Language of West China*』の著者）の四川方言による訳本は一九一二年に華西聖教書局（重慶、成都）から出版された。

その他、イギリスの浸礼会の宣教師であるハドソンが訳した『勝旅景程』は『天路歴程』の第二部を漢語で完全翻訳したものである。一八七〇年に二部に分けて寧波で出版された。この作品は「回」を用いて章立てが行われており、バーンズの翻訳よりもさらに通俗的なものとなっている[32]。また、イギリスロンドン会の孫栄理による官話訳本が一九〇八年、一九一三年に中国聖教書局（上海）、基督聖教協和書局（漢口、天津）で出版された。一九二〇年には、広学会[11]から児童を対象とした『小天路歴程』（*Little Christian's Pilgrimage: The Story of The Pilgrim's Progress*）が出版された。これは、イギリスロンドン会の女性宣教師であるローレンス（Miss M.Lawrence）がイギリスビクトリア中期の女性作家であるH・L・テーラー（Helen Louisa Taylor）の改作本を翻訳したものである。

本書はH・L・テーラーがジョン・バニヤンの『天路歴程』の大意を簡潔な表現で編集したものである。原作の『天路歴程』は極めて長く晦渋であり、子供はその中の深く難解な道理を理解できず、章立ても子供向けではない。本書は全部で四九の章に分かれており、各章において標題がある。これを見ると、本文の大意を推測することができる。子供たちはキリスト教徒が生前に遭遇する出来事や教徒が出会う人物などを容易に理解できる。しかも、文体は流暢で、新しい句読点を用いており、とても読みやすくなっている[33]。

一九三六年、広学会は謝頌羔が訳した『天路歴程』を出版した。書名は『聖游記』である。また、広学会は一九三八年に謝頌羔が新たに訳した『天路歴程』を『聖游記続集』と題して出版した。

以上から分かるように、『天路歴程』の訳本は極めて多いが、バーンズの訳本は、完成度が高く、人々から最も良い訳本であると認められた作品である。広く発行され、版本も最も多い。方言による訳本、特に、比較的後になってから出版された版本は、実は多くが、方言を用いてバーンズの訳本を翻訳したものであると見なしえる。少なくともバーンズの訳本を参考にしていたことは間違いない。パーシーは『天路歴程』を広州方言に翻訳した時に以下のような序文を書いた。

『天路歴程』はイギリスのバーンズ氏が一八五三年（咸豊三年）に漢語に翻訳した書物である。原文の魅力を逐語的に訳してはいないが、その要点は理路整然と簡潔に訳されている。この書が出版されてから十数年後に、バーンズは、北京で官話による翻訳を行った。天路への歩みを志す者にとって有益であり、身分、性別、年齢を問わずだれでも理解することができる、以前の訳本と比べるとより分かり易くなっている。また、この書はほとんど寓言によって書かれているが、初めの訳本には注釈がなく、読者にとって難解であった。そこで白文の傍らに小さな注釈を加え、かつ『聖書』の引用箇所を記して、読者の理解を助けるよう配慮した。現在この手法に倣い、羊城方言による訳本が誕生した。なお、読者はこの書を読むときに、『新訳聖書』と『旧約聖書』を机に置き、これを併用すると、『聖書』の教理をより深く察し得るだろう。これは皆が読むべきものであり、その道は皆が歩むべきものである。キリスト教徒ならば、滅びんとする都市から離れ、狭き門より入り、十字架の下へ到れば、重荷を降ろすことが出来る。困難なる山に面して志を喪失することなく、虚栄の市を見て動揺しなければ、シオンへとたどり着き、永遠なる生を得ることができる。これこそが人としての幸福であり、私の篤く期待するところである。以て序とする。同治一〇年八月下旬羊城の恵師講堂にて。

以上の序文により、ピアシーが訳した『天路歴程土話』はバーンズの訳本の影響を受けていたことが判然とする。訳者はバーンズ訳本の成果を肯定し、頁の上の余白に注釈を施し、読者の理解を補佐したことを特に高く評価している。そのため、ピアシーの訳本もバーンズの形式に倣っている。加えて、読者に対し、読書の際には『新訳聖書』と『旧訳聖書』を傍らにおき、『聖書』を参考にすることにより、はじめて本当にこの作品と『聖書』の教理を深く悟り得る、と指摘している。

バーンズの注釈は各頁に付記されているが、これは主として本文における典故や箴言が『聖書』のどの部分から引用したのかを詳述するためである。これは寓言的な小説を読む際に大きな助けとなる。この他、注釈には評論的な文も多く書かれた。例えば、

此等危眼往往多為其所惑。（此ら危眼は往々にして多くその惑わさるるところとなる）

此等只倚頼自己功能，乃似真而偽者，鮮有不為其所遷。（此ら只自己の効能に倚頼し、乃ち真に似て偽なるものは、其の遷さるるところは有ること少なし）

といったものがある。バーンズが中国の古代小説の注釈法に啓発されたか否かは定かではないが、このような形式は、すぐに他の訳者に模倣された。謝頌羔が訳した『聖游記』では、

新訳は標準語である国語を使い、新たな句読点を用いたが、書中の全ての人名と地名はほぼ完全に旧訳本を採用した。訳文は非常に正確で、原文の意を適確に表現している。[34]

謝頌羔が旧訳の『天路歴程』に沿った人名や地名を用いたのは、当然の如く、読者の読書習慣に適応させるためであった。この点から、旧訳本の影響が深かったことを推察しえる。バーンズの訳本は出版数が最も多く、影響が最も

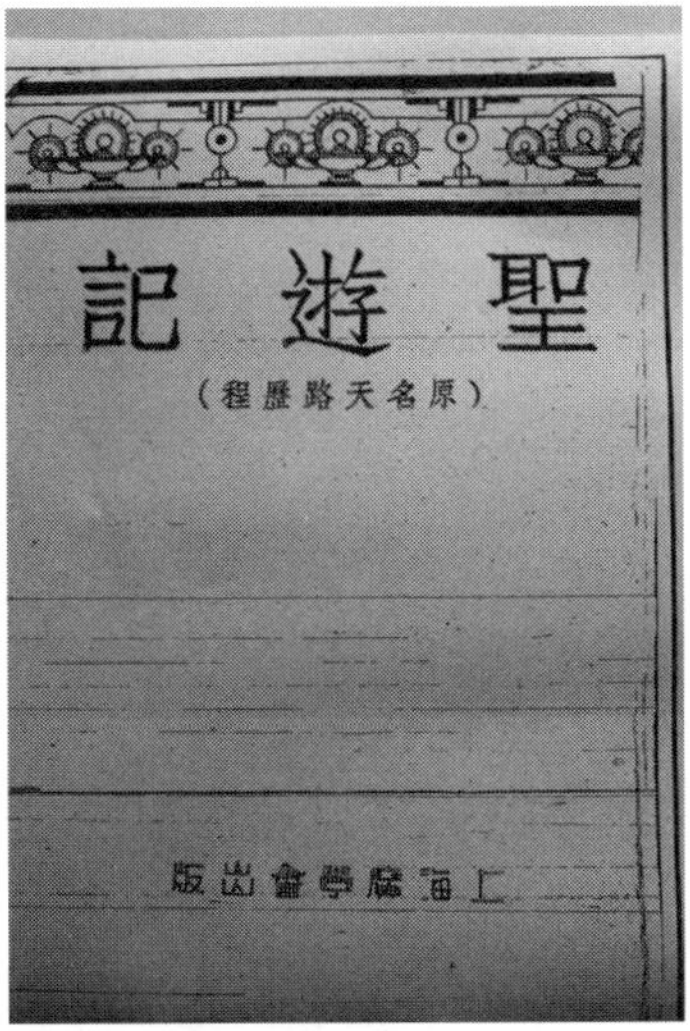

図10　謝頌羔訳『聖游記』上海広学会、1936年刊

図11　『天路歴程』韓訳本、1895年刊

大きかったと見なしえるが故、バーンズのこの訳本を参考にしていたと推測しても疑念は生じえないであろう。バーンズの訳本は最もよく普及し、手に入れやすかったため、広く伝播した。それは、上述のように、多くの漢語翻訳本に対して影響を与えただけでなく、韓国語と日本語の訳本にもそれが及んだ。

『天路歴程』は韓国で最初に翻訳紹介された西洋小説であると言われている。初めに韓国語訳を行ったのはカナダの長老会の宣教師であるゲイル（James Scarth Gale）である。英語の原本を韓国語へ直訳し、一八九五年に元山で出版した。だが、韓国語訳本もやはりバーンズが命名した題目『天路歴程』を利用している。書の中には人物の挿絵があるが、その絵は韓国化され、衣服や笠は韓国のものである。そこにある絵は金俊根が手掛けた。

一方、日本のキリスト教新聞『七一雑報』に、一八七六年から一八七八年の間に村上俊吉が翻訳した『天路歴程』が連載された。これはバーンズの訳本を基にして訳したものである。明治一二年（一八七九）には、佐藤喜峰が村上俊吉の翻訳に手を加えて『天路歴程意訳』と改名し、東京十字屋書出版から発行された。また、著名な日本の作家である芥川龍之介の小説はキリスト教にまつわる作品が多い。よく知られているのは、芥川がかつて『天路歴程』を翻訳し、それを『骨董羹』と名を改め出版した作品である。これは日本で最初の単行本による翻訳書である。その中の挿絵の風格は完全に中国化され、英語の詩の部分に対する訳も、漢語的な趣を色濃く感じさせる。[35] この芥川の訳もバーンズの訳本を参照している。

『天路歴程』は中国で一番初めに紹介された西洋の長編小説であるが、学界はこの一番の座をイギリス作家のE・B・リットン（Edward Bulwer Lytton）が著した『夜与晨』（*Night and Morning*）に与えた。この作品は一八七三年の第三期から一八七五年の第二八期まで『瀛寰瑣記』において連載された。一八七五年には、当書に三つの章を追加し、単行本で出版した。一方、『天路歴程』の文学的価値は長期に渡って軽視され続け、翻訳文学史においても、文化交流史においても、不等な扱いを被った。そして訳者のバーンズさえもこの作品を自伝体の宗教著作であり、ノンフィクション文学の作品であると見なしている。(36)

バーンズが翻訳した時の初心は結局実現されなかった。人々がこぞって読む書物となったとはいうものの、それはキリスト教徒の範疇に限られていたとされる。だが、このような社会的な反応の評価とバーンズの訳本に多くの版本が存在するという事実との間には著しき差異があり、再考する余地が大いにあるのではないかと言わざるを得ない。

実際に、現代文学の発展をたどって見ると『天路歴程』の理解者がいないわけではない。たとえば、一九一九年に周作人が著した『欧洲文学史』では『天路歴程』を大いに推賞している。すでに引用しているが、改めて引用しておく。

　この本は力強く、簡潔で、かつ風格が美しい。故に、教義を伝達し、深く人々の心を打つだろう。近代小説の萌芽を感じさせる。Faerie Queenと似たような形式を有するが、『天路歴程』の寓言は実世界を如実に表現し、小説よりも有益であるといえよう。(37)

また、許地山の小説『商人婦』における「惜官」は、彼女が学校で読んだ本の中で『天路歴程』と『ロビンソン漂流記』が最も感動させられたと言い、また、多くの安らぎを得て、同時に模範的な文であった、と話している。但し、彼らが読んだのは必ずしもバーンズの訳本であるとは限らないのだが。

【注】

（1）William Chalmers Burns は「賓恵連」「賓恵廉」「賓威廉」「賓維廉」等とも漢訳される。本章は、当時宣教師の中で最も常用されていた「賓為霖」を用いることとする。アレン（Young John Allen）は、北京の教友の曹子漁に宛てた返信の中で、宣教師は往々にして中国人の先生を招聘し、宣教師が口述した内容を中国人の先生に漢字で訳してもらったが故、誤字脱字が免れなかった、と述べている。そのため、賓氏の呼び方が複数存在するのである。ひいては「柏先生」とも称された。『教会新報』二巻、台湾：華文書局一九六八年影印本、五五九～五六〇頁。以下の論述における『教会新報』の引用は全てこの版本による。

（2）李自修「古朴素雅的諷喩体小説――析「天路歴程」的語言芸術」『外国語』一九八八年第六期。

（3）『教会新報』四巻、一四七〇頁。

（4）『教会新報』四巻、一四七一頁。

（5）同上。

（6）『教会新報』四巻、一四九五頁。

（7）『教会新報』四巻、一四九六頁。

（8）『教会新報』五巻、二一五〇頁。

（9）『教会新報』五巻、二四六九頁。

（10）同上。

（11）『教会新報』六巻、二七三五頁。

（12）ワイリー、*Memorials of Protestant Missionaries to the Chinese: Giving A List of Their Publications, and Obituary Notices of the Deceased, with Copious Indexes*. Shanghai: American Presbyterian Mission Press1867, pp.175-176.

（13）『教会新報』六巻、二七七八頁。
（14）『教会新報』六巻、二七九〇頁。
（15）同上。
（16）前掲注2「古朴素雅的諷喩体小説――析「天路歴程」的語言芸術」を参照されたい。
（17）『教会新報』六巻、二七三六頁。
（18）『天路歴程』一八五六年（香港）は、一八五三年に美華書館から出版されたものを基に再版されたものである。ハーバード大学の燕京図書館に所蔵されている。
（19）『天路歴程』一八五六年、香港、再版本、一巻、一頁。句読点は筆者が加えた。
（20）陳平原「中国小説叙事模式的転変」『陳平原小説史論集』（上）、石家荘：河北人民出版社、一九九七年版、三二八頁を見られたい。
（21）『天路歴程』の最近のよく知られた訳本は西海と王漢川のものがある。
（22）同治八年（一八六九）、蘇松、上海美華書館蔵板、新鋳銅版『天路歴程』、一巻、九頁。
（23）西海訳『天路歴程』、上海：上海訳文出版社一九八三年版、四四頁。
（24）同治八年（一八六九）、蘇松、上海美華書館蔵板、新鋳銅版『天路歴程』、三巻、二八頁。
（25）西海訳『天路歴程』、一〇三頁。
（26）『天路歴程』同治四年（一八六五）、上海：美華書館、一巻、一頁。
（27）『教会新報』六巻、台湾：華文書局一九六八年影印本、二七九〇頁。
（28）*Memoir of the Rev. Wm. C. Burns by Islay Burns*, M.A.（New York, 1870）、ハナン『中国近代小説的興起』、上海：上海教育出版社二〇〇四年版、九〇～九一頁からの引用。
（29）『中外雑誌』（*Shanghai Miscellany*）、一八六二年七月に上海で創刊。アメリカ宣教師のマガウアン（D.J. MacGowan）主編。月刊。毎月の紙幅は一二～一五頁程度。半年後に停刊。
（30）*Memorials of Protestant Missionaries to the Chinese*, pp.175–176.
（31）Ibid.

(32) 前掲注28、ハナン『中国近代小説的興起』、九一頁を参照されたい。
(33)『広学会図書目録』第二〇「児童用書」、上海：広学会一九三八年、三五頁。
(34)『広学会図書目録』第一九「故事」、上海：広学会一九三八年、二三頁。
(35) 洪芸花の『「天路歴程」的韓訳比較研究』、延辺大学二〇〇七年修士論文、八頁を参照されたい。
(36) 陳平原「晩清教会読物的図像叙事」『学術研究』二〇〇三年第一一期、一一八頁を参照されたい。
(37) 周作人『欧洲文学史』、上海：東方出版社二〇〇七年、二一六頁。

〔訳注〕

〔1〕一八六八年九月五日（同治七年七月一九日）『中国教会新報』として創刊、上海林華書院出版。アメリカ人アレン（Young J. Allen）によって創設された。七二年に『教会新報』と改称されている。バーンズを追悼する文が掲載されたのは改称後である。なお、七四年には『万国公報』と再度改称されている。
〔2〕日本で一八六九年に出版されたものは『英華字彙』、原題を*English-Chinese Vocabulary*とするが、*Ying Huá Yun-fú Lih-kiái. An English and Chinese vocabulary in the court dialect* / By S. Wells Williams. Macao : Printed at the office of the Chinese repository. 1844 とすべきかと思われる。
〔3〕福建省南部、粤東に隣接する。
〔4〕潮州は粤東方言、厦門は閩南方言、福州は閩北方言、官話は北京で話されていた共通語で、北方方言に属する。
〔5〕E・ベラミーのユートピア長編小説『*Looking Backward, 2000-1887*』の翻訳。後述。
〔6〕『シャーロックホームズ』の初訳。但し、タイトルを『ワトソン先生の記録した事件』と訳している。
〔7〕「基督聖教協和書局」が正しい。一八七八年布教のため設立された上海の「聖教書会」は全国に展開し、漢口と天津にも設けられたが後に合併して聖教書局と改称した。
〔8〕黄勝、王韜が一八七一年、英華書院を買い取り、創設したキリスト教普及のための出版組織。
〔9〕広州の租界にありキリスト教のための出版を行っていた。特にドイツ宣教師で学者としても知られたE・ファーベルの著書を多く出版した。ロビンソン・クルーソーの広東方言訳も出版している。

〔10〕「The North China Tract Society」、一八八三年北京に設立。

〔11〕「The Society for the Diffusion of Christian and General Knowledge Among the Chinese」は英米のキリスト教宣教師が中国に設立した出版機構。一八八四年に成立した同文書会を改組し一八八七年に上海で設立された。発起人はアレキサンダー・ウィリアムソンで、ヤング・ジョン・アレン、ウィリアム・ミュアヘッドらが関わった。通関総税務司のロバート・ハートが初代会長となり、ウィリアムソンは日常業務の責任者となった。一八九一年にティモシー・リチャードが後任となり、一九一六年まで二五年にわたって主宰した。広学会の主要な出版物にはアレン主編『万国公報』（一八七四〜一九〇七）、『中西教会報』（一八九一〜一九一七、一九一二年『教会公報』と改称）、『大同報』（一九〇四〜一九一七）などがある。その他にも多くの翻訳、著作を出版した。

第七章　街頭布教家のグリフィス・ジョンおよびその漢文小説

イギリスの牧師であるグリフィス・ジョンはプロテスタント教会衆派（Congregationalists、中国では一般に「公理会」と称される）の派遣を受けて訪中し、中国で五〇年余りの布教の生涯を送った。街頭での布教を積極的に行い、多量の著作を残した。生前の業績はいくつかの伝記において見ることができる。

・『楊格非牧師略伝』、ギリソン（Thomas Gillison、一八五九～一九三七、漢口仁済協和医院の院長を務めたイギリス人）著、夏貴三筆述、広学会民国期鉛印本

・「楊格非伝」『国外布道英雄集』第五冊所収、ビトン（Nelson Bitton）著、メイソン、周雲路訳、上海広学会一九二四年出版

・『楊格非・在華五十年記』、トンプソン（Robert Wardlaw Thompson）著（*Griffith John: The Story of Fifty Years in China*, New York: A. C. Armstrong、一九〇六）

・『楊格非・華中的使徒』、ギバード（Noel Gibbard）著（*Griffith John: Apostle to Central China*, Bridgend、一九九八）

グリフィス・ジョンが創作、翻訳した漢文小説に関しては、専門的な論述がなく、現在それに関する研究は、主にハーバード大学のハナン教授が発表した論文「中国19世紀的伝教士小説」（*The Missionary Novels of Nineteenth-Century China*）[1]や、韓国の崇実大学教授の呉淳邦（오순방 Oh Soon-bang）の論文「一九世紀伝教士中文小説在韓国的伝播与翻訳」である。[2]本章では先人の研究を基に、より一歩踏み込んでグリフィス・ジョンおよび彼が著した漢文小説『引家当道』などの作品に対して詳述することにしたい。

一　街頭布教家のグリフィス・ジョン

グリフィス・ジョンは、当初は漢語で「楊雅涵」や「楊篤信」「楊約翰」等と称したが、一八六一年以降は「楊格非」と称するようになった。グリフィス・ジョンは英国の南ウェールズのスウォンジー（Swansea）に生まれた。幼くして母を失ったが、父は道徳的な信徒で、グリフィス・ジョンの幼いころから宗教的な教育を行った。そのため、グリフィス・ジョンは早くから神に身を奉げる決意を有していた。八歳でプロテスタントの公理会へ入り、一六歳から礼拝を司るようになった。そして、一八五三年にロンドン伝導会へ加入し、一八五五年には、イギリスの宣教師であるウィリアムソン（Alexander Williamson）と共に訪中した。

当初は、上海（たとえば松江）、平湖（浙江省）、蘇州（江蘇省）、杭州（浙江省）などで活動し、また、太平天国の干王洪仁玕（一八二二～一八六四）に拝謁し、太平天国の所轄内での布教と信教の自由の許可を得た。一八六〇年『北京条約』が調印された後、西洋国家は中国の内地に教会を建設した。一八六一年夏、グリフィス・ジョンはウィルソン（Robert Wilson）と共に上海から江西へ下り、六月二一日に漢口へ到着した。グリフィス・ジョンが初めて湖北へ入り布教を行ったプロテスタント宣教師であった。そして、グリフィス・ジョンはこの地で五〇年余りの伝道生涯を送った。グリフィス・ジョンは漢口（一八六一）、武昌（一八六七）、孝感（一八八〇）、黄陂（一八九八）、天門皂市（一八九九）等の多くの地域に布教地点を開設し、かつ、仁済医院を建設した。彼は次のように述べている。

医療は人の苦痛を解くことができ、感化力が最も大きい。しばらくして、病院を設立し、功績を積み上げ、その評判が広く伝わった(3)。

　一八六三年、グリフィス・ジョンは漢口に華中地域で最初の教会となる首恩堂を建設した。一八六四年、漢口のイギリス領事の支持の下、武昌の戈甲営に土地を購入し、崇真堂という教会を建てた。また、湖北に百ヶ所余りの福音堂を設立し、かつ、四川、湖南等の地へ遠征して布教を行った。

　一八八九年、グリフィス・ジョンはイングランドとウェールズ公理会の全国教会の主席に選出された。また、エディンバラ大学は神学博士の学位を授与した。一八九九年、漢口で博学書院を開設した。ところが、一九〇五年、グリフィス・ジョンが布教を行っている際に、突如、中風を患い、翌年の一九〇六年は暫時アメリカのニューヨークにある息子の家で休養せざるを得なかった。しかし、次の年になると再び漢口へ戻って来た。ところが、一九一一年、武昌では武装蜂起が勃発し、グリフィス・ジョンは漢口を離れ、一九一二年、イギリスへ帰国してから間もなく病で亡くなった。

　グリフィス・ジョンは大衆に対する布教を重んじ、それを自ら積極的に実践した。よって「街頭の布教家」と称

図1　グリフィス・ジョン（1831-1912）

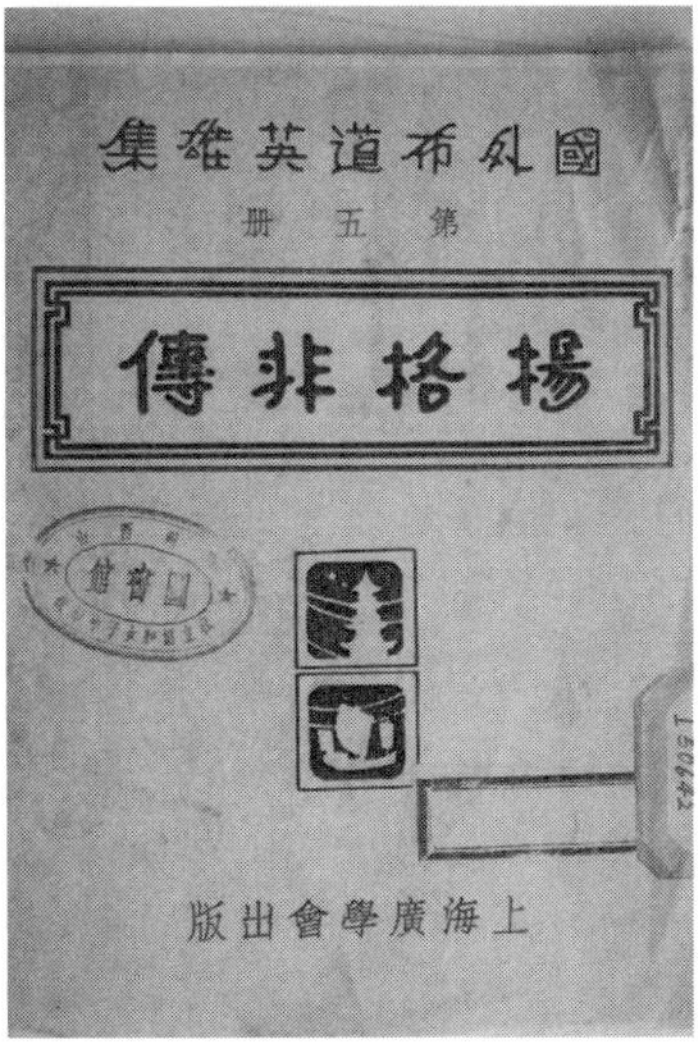

図2　上海広学会 1924年刊『楊格非伝』

賛された。[4] 彼が推賞した、直接大衆に面しての布教方法は、カトリック教の宣教師が用いることは少なかった。しかし、これは中国伝統の布教方法の一つであったため、中国人の聴衆の習慣に符合していた。[5][6]

中国においては、どこでも大衆に語りかけるのはプロテスタントの牧師であって、以前の景教やカトリックの神父は教会で宗教活動を行い、街頭や講堂で大衆に語りかけることはなかった。清朝では役所が人を遣わして『聖諭広訓』を講義させたり、格言を朗読させたりした。これは康熙帝から始まったことだが、大衆に分かりやすく善を勧めるものであり、価値のある工夫であった。また、芸人たちも昔ながらの物語を街頭で大衆に語って聞かせたが、道教、仏教ではそういうことはなかった。[1]

『聖諭広訓』は、康熙帝が公布した『聖諭十六条』[2]に基づき、雍正帝が詳細に解釈した（一万字程度あり『聖諭万言』とも言われた）ものの総称であるが、これは他でもなく帝王の統治にあたって民が学ぶべき「伝習録」（教習本）であった。『聖諭広訓』の内容は清代には官民に最もよく知られていた日常必携の書であり、平民の生活や信仰について教化の役割を果たした。これと清朝の宮廷が実施していた「宣講聖諭」とは深い関係があった。すなわち、『聖諭十六条』を分かりやすく、詳述したものが『聖諭広訓』であり、これを民衆に更に分かりやすく説明するのが「宣講聖諭」という場であり、そこでは明代以来の伝統に則り、相当に俗な表現やたとえ話が用いられたと思われる。

その後、民間において、「宣講」はさらに発展した。『宣講集要』『宣講拾遺』という「宣講」の内容をまとめた書物から見て、一八世紀以降の「宣講」は「宣講聖諭」を継承した道徳書というよりも、因果応報の物語りを主たる内容としていたことが分かる。それのみならず、こうした「宣講」が明代以来庶民に道徳を分かりやすく説いてきた地方の「善書」[3]の内容にまで影響し、木魚書[4]にも社会教化の使命を持たせるようになった。この結果、もとの「聖諭」に比べ、民衆の教化により広い効果が生じたことは明らかであった。このような中国本土の布教方法はすぐに西洋の宣教師に応用されたのみならず、大いに成功したようであった。

咸豊四年（一八五四）、王韜は二人の牧師、すなわち、ロンドン会の宣教師であるメドハーストとミュアヘッドに雇用された。王韜は、上海近郊の松江と華亭、蘇州付近の呉江、太湖に面した洞庭山などの地へ赴いて、書物を配りながら布教した。その際、彼らは中国の「宣講拾遺」の方法を用いたため、人々は慣れていて、訝しく思われなかった。グリフィス・ジョンは咸豊八年（一八五八）から江南の郷鎮で布教を始めた。王韜が助手を務めた。彼らは街頭で布教を行い、『聖書』を配布した。特に、松江府の試験期間を狙って受験生に布教し、書物を配布した。王韜は日記の中で次のように記している。それは咸豊八年九月二一日壬辰のことであった。

　蓮溪家へ楊氏（グリフィス・ジョンを指す。以下同じ）とともに教友に会いに行き、そこにある集会場へと足を運んだ。そして楊氏は演説を始めた。

また、咸豊八年（一八五八）一〇月一日癸卯では、

　この時、蓮溪家に集まり楊氏の語りを聞いていた者は以下の方々である。唐九翁、覃春、張藕汀（東庭）、王杏香（東海）、祝春泉（志祥）、陳嘯園（肇基）[5]、孫静庵、楊研山、屠俊卿、陸君。夕食は銭氏の家で盛大に行われた。素晴らしい景色に囲まれ、雰囲気もよく盛況だった。[7]

興味深いことは、グリフィス・ジョンは野外での布教を重んじるのと同時に、州県の科挙試験の機会を逃さなかった、ということである。彼は歳試と科試の仕組みを理解し、州県の試験があれば、必ず試験会場の近くの大通りなど人が多い所に出現し、布教を行った。

咸豊九年（一八五九）の二月一六日と一七日に昆山で試験があり、グリフィス・ジョンは二月一七日に昆山へ駆けつけた。『新約聖書』二五〇〇冊と、『新約聖書』と『旧約聖書』の両方が含まれている書物を五〇〇冊携えて、一万人余りの科挙試験の参加者に対して布教を行った。グリフィス・ジョンにとって、このような布教方法はより意義があったのであろう。(8)おそらくグリフィス・ジョンは自分の布教は思想を啓蒙する意義があると考えていたのである。武昌の武力蜂起の際、グリフィス・ジョンは依然として漢口へ留まっていたが、その時、自分が撒いた中国を改良する種が中国の進歩を推進するのを感じた。(9)

甲午海戦（日本で言う日清戦争）以降、中国の文人や若者は強い刺激を受け、布教の方法を借用して、民衆に向けて新たな知識を伝播し、民衆を喚起しようとした。宣教師の布教経験を用いたのか、それとも民間の「宣講拾遺」の方法を用いたのかについては、現在は定かではないが、清末といった特定の歴史的な情勢において、これはおそらく中国文化と西洋文化が融合した結果であるといえよう。(10)

グリフィス・ジョンは少年の時から弁舌の才に秀で、多くの教会が彼の語りを求め、布教において特殊なる才能を発揮した。グリフィス・ジョンは若いころの布教経験を語ったことがある。容貌が優れず、他人から軽視されたこともあったが、感化力のある見事な布教で聴衆の心を打った。

布教者の友人から、何度も私に彼の替わりに布教するよう依頼された。なぜなら彼は他の場所で布教することになったからである。そこで私はそれに応じた。当日、私は聴衆よりも早く教会へ着くと、長老と執事たちが教会の外にある門番用の部屋に集まっていた。私はそこへ入って彼らと顔を合わせ、私がグリフィス・ジョンであると名乗ると、彼らはたちまち顔色を変え、失望した様子だった。おそらく背が低く、年が若く、普通の衣服を纏い、牧師のような高い帽子や立派なコートなどを身に着けていなかったからであろう。以前の布教者が私に依頼したのは悪巧みであったと思い、急きょ他の人にお願いしようとした。その時、うまい具合に一人の宣教師がやって来た。他の地で布教を終えたため、挨拶をしに来たのである。そして、ゆっくりとこの教会で行われる語りを聞く予定であった。長老たちはこの宣教師が来たのを見て、これは神のお導きだと思い、大いに喜んだ。ところが、その宣教師は、「グリフィス・ジョン氏の語りを聞きにここまで来たのです」と言った。執事は再三説得した。この時、私は黙っていたが、その宣教師は「少なくとも最初はジョンさんにやっていただき、その後私が行います」と言った。そこでまず私が先に登壇し、神の助けを求めつつ、『ローマ書』の八章を読み、詩を唱え、祈禱を行った。だが、祈禱がまだ終わらぬ内に、聴衆たちはひどく感動していた。祈禱が終わると、執事は私に引き続き語るよう求めてきたが、委託された事は全て終わりましたと言い、下へ降りた。だが、あの宣教師が強く求めたので、私は再び登壇して語り続けた。聴衆の心は熱くなり、ひどく驚き、大いに敬服した。礼拝が全て終わると、長老と執事が前にやってきて謝罪した。そして私の名を演説者の名簿に加え、再来を望んだ(11)。

上海へ来てからの初めの二年間、グリフィス・ジョンは漢語の学習に没頭した。

西洋人が漢語を学ぶのは容易ではない。但し、彼に才能があれば成し遂げられることである。ウェールズ語は言語上、特徴があるので、漢語を学ぶのに役立った。そのため、すぐに簡単な漢語が使えるようになり、人々に布教を行った。翌年、友人である同本会の宣教師が蘇州へ行った。城門へ着くと、守衛は外国人を入れさせなかった。そこで水門を探し、そこから中へ入り、[6]街頭で書物を配り布教を行った。[12]

このようであったとしても、実際の布教時には秩序が乱れ、厳粛な雰囲気に欠け、聴衆は敬虔でなく、理解力、抑制力に乏しく、多くの者が面白いもの見たさにやって来た。[13]その根底にある原因は、恐らく言語的な壁や中国人の集会における秩序のなさではない。そもそも、異文化交流において、双方の基本的な需要が合致していれば、交流は順調に進展しえる。だが、基本的な需要が大きく異なると、交流は困難であるというのが根本の原因である。グリフィス・ジョンをはじめ多くのプロテスタント宣教師が布教に心血を注いだが、改宗という宣教師の基本的な目的と当時の中国社会の基本的な需要とは大きな隔たりがあった。当時の中国は、伝統的な自己の思想体系に替わる西洋の体系的思想を求めていたのではなく、中国の学術、思想、科学技術の現代化、および中国に適した現代化の道を求めていた。従って、宣教師の布教は往々にして中国の民衆、特に文人の抵抗を被った。実際、グリフィス・ジョンは湖南で布教している時に命を狙われたこともあった。中国を世界的な宗教の秩序の範疇に入れ込む努力は、徒労となるのが運命の定めであったといえよう。

二　聖教書局とグリフィス・ジョンの中文による著述

既述の如く、グリフィス・ジョンが最も長けていたのは口頭による語りであったが、文書による創作や翻訳の功績も見逃すことができない。[14]

グリフィス・ジョンは実に多くの著作を残した。また、様々な文体の著作を試みており、『万国公報[7]』の重要な編集者でもあった。一八八二年から一八八三年において、グリフィス・ジョンは『万国公報』で、『上帝之称』『引父当道』『引君当道』『紅侏儒伝』『引民当道』『日月星真解』『引家当道』等の一連の論著を発表した。『万国公報』は近代の訪中宣教師が創設した。西洋のことを最も多く伝え、最も広い発行の範囲を保持し、そして最も影響力を及ぼした漢語による総合定期刊行物である。これは自然とグリフィス・ジョンの影響力をも高めることとなった。

その他、グリフィス・ジョンの著作に『真理撮要』（*Selection of Important Truths*）（漢口：漢口聖教書局出版、清宣統三年）、『徳慧入門』（華北書会出版、民国元年）、『真道問答』（書名、頁の箇所では「真道問答入門」と題してある。成都：華西聖教書会、民国二年）、『莫包脚歌』（漢口：聖教書局、清光緒間）、『福音大旨』（華北書会、清宣統二年）がある。また、翻訳本は『旧約詩篇』（漢鎮英漢書館、清光緒三二年）等がある。

一八八七年、上海で第一回宣教師大会が開催された。[15]グリフィス・ジョンは書籍の翻訳と出版を伝道方法の重要な地位へと押し上げた。一八七六年、グリフィス・ジョンはロンドン会の助成金を得て、漢口に中国基督教聖教書局（Religious Tract Society Hankow）を設立していたが、これは中国で比較的早く設立されたキリスト教の文字による布教機関の一つである。聖教書局の前身は聖書会であり、一八七六年に、拡大する関係で、聖書会は二つに分けられた。一つは聖教書会と呼び、出版と発行に専念した。いま一つは聖教書局で、印刷のための事務を請け負った。対外的には統称して「聖教書局」とした。董事会が統率し、董事長と董事はいずれも牧師が兼任した。聖教書会は全国にいくつも置かれ、一九一三年に華北聖教書会と漢口聖教書会が合併し、一九二〇年には、華東聖教書会と漢口聖教書会が合併した。漢口を総会とし、同時に上海、天津、遼寧などで委員会を設立した。そして、一九三一年の九月にこの会はロンドン聖教書会の漢口分会となった。聖教書会は、漢口における各種分会の書籍や刊行物の出版発行を主として行い、原稿は教会、神学院の教師、牧師、およびその他の教会の著名人による著作からなっており、発行された書籍の半分が贈呈された。販売価格は数分、数角、一元くらいから三元くらいまでと様々であった。[16]

聖教書会成立の初心は、宣教師が布教を行う時に配る広告や小冊子を編集し印刷することであった。グリフィス・ジョンは街頭の布教を重んじたため、著述においても分かりやすい言葉を用いるよう強く主張した可能性がある。グリフィス・ジョンが著した『徳慧入門』は、

大いに評判で、信徒以外の人でも興味深いものであった。なぜなら、内容は福音の要点が書かれており、論述は詳細ながらも明解であった。故に、学識のある者が好む一方で、普通の人でも理解することができた。両者にとって有益なる書は貴重である。人々は楊氏（グリフィス・ジョンを指す。以下同じ）が翻訳した本を読み、社会的に受け入れられた。そのため、スコットランド聖書会は楊氏に『マルコによる福音書』を翻訳するよう依頼した。これは手本となり、多くの支持を得た。その後『新訳全書』が翻訳された。以前、聖書会が印刷した『聖書』は少なくないが、以後に印刷した者は一八五〇年の数名の宣教師によって翻訳された『新訳全書』である。学識のある人は好むが、普通の読者にとっては難しい。そこで、楊氏はさらに翻訳本を手掛け、適度な難しさで、様々な読者に対応したのである。発行されると、多くの支持を得た。(17)

グリフィス・ジョンが訳した新約聖書の『新約浅文理訳本』は一八八五年に漢口で出版され、一八八九年にその改訂本が出版された。その後、さらに白話を用いてそれを書き直した『楊格非官話訳本』が誕生した。

グリフィス・ジョンは計画的に著作活動を行い、読者を引きつけた。たとえば、ピアース（Mark Guy Pearse）が著した宗教小説 *The Terrible Red Dwarf*（『紅侏儒』）は一八八〇年に「Wesleyan Conference Society」からロンドンで出版された。その後間もなくグリフィス・ジョンはその浅文理（通俗文言）による訳本である『紅侏儒伝』の作成に着手し、一八八二年に漢口聖教書局から出版した。

『紅侏儒伝』は『万国公報』で二度に分けて連載され、「大英楊格非著、金陵沈子星書」と題された。これは隠喩的な小説で、紅侏儒を人の口の隠喩として用い、流言の危害を説いている。小説は全部で四つの段に分けられている。第一段は紅侏儒とその住み処の洞窟について。第二段は、紅侏儒の使役について。第三段では、紅侏儒のある村での行いについて。そして第四段においては、紅侏儒が村で如何にして征服させられたのかが述べられている。

もう少し内容を紹介しておこう。紅侏儒の外見は小さく、背丈は数寸にも満たないが、利発で、奇怪な洞窟に住んでいた。そこは真っ暗で低く、象牙を門にしている。門の外には更に仕切りがあった。あらゆる悪事を行い、時には洞窟から出て来て、民家を焼き、それが町中に及んだ。時には一つの国を破滅に陥れ、時には他者を率いて強奪を図った。様々な悪事を働き、人々に癒し難き苦痛を与えた。ある村では、紅侏儒により村中が騒然となった。夫婦や友人、隣人間の関係がことごとく引き裂かれた。村人はひどく恨んだが、紅侏儒を食い止めることができなかった。そんなある日、村の老人が隣の村で、図らずも奇妙な書物を手に入れる。その書には素晴らしい言葉が綴られており、毎日それを吟味し、多くの知識を得た。そのため、村人たちが毎日の如くやって来て教えを求めた。すると、奇遇にもその書の中に紅侏儒の事が書いてあり、老人は歓喜した。老人の指示の下、村人たちは紅侏儒の迫害から脱し、村人たちの間の関係もみな円満に解決した。そして、小説は最後にこう言っている。老人が得た奇妙な書物は『聖書』であり、紅侏儒は「口」（或いは口によってまき散らされる流言飛語）であった。

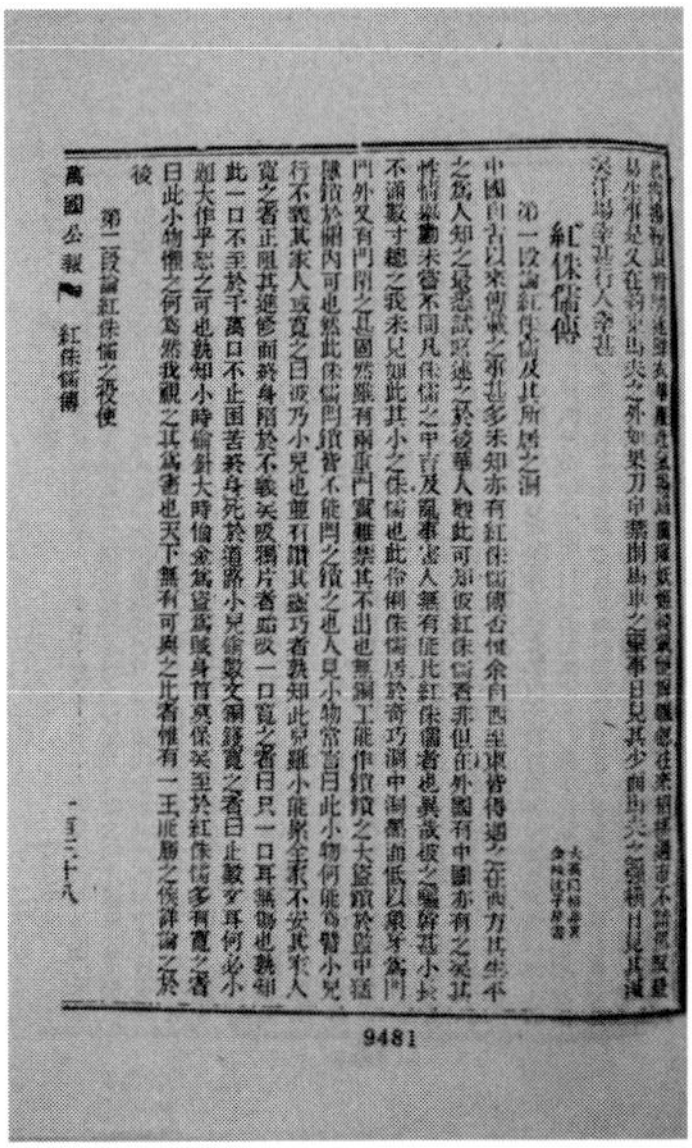
紅侏儒傳
第一段論紅侏儒及其所居之洞
第二段論紅侏儒之役使
萬國公報　紅侏儒傳
9481

図３　1882年『万国公報』に掲載された『紅侏儒』

『紅侏儒』はピアースの小説を訳したものだが、訳者の独創性を感じ得るものとなっている。また、この小説の末尾には唐太宗と許敬宗の会話の中での「三寸の舌こそが人間関係を破壊する最も恐ろしい凶器となる」というやりとりが典故として付け加えられており、それにより、紅侏儒は国内外問わず存在し、その性情や挙動は共通している、ということを証明しようとしたと思われ、これはこの小説に対する最も適切な注解だと見なしえる。同時に、中国の話本小説の形式を所々参考にしていると思われ、篇末に相似した、あるいは相反した短い物語を用いて主題を更に明示させる手法を採っている。[8]

聖教書局の早年の出版物の多くは通俗的文言を用いており、その後、次第に官話に代替されるようになっていくが、これはグリフィス・ジョンが意図的に提唱していたことと関係がある。グリフィス・ジョンの多くの作品は通俗的文言によって書かれているが、これはおそらく彼の中国人の助手によって決められたのであろう。グリフィス・ジョンは漢口聖教書会の第一期の会長を務めたが、この会の初期の出版物の大半が彼の口述によるものであるとともに、彼の中文教師である沈子星の筆録によるものであった。このときのことを「数人の中国人信徒は迫害を受け、苦労しながら、グリフィス・ジョンの同僚として説教や翻訳を手助けしていた。漢口でこのような成果を収めたのは、その協力のたまものである」と述べている。(18)

そして、グリフィス・ジョンは中国人助手の仕事を尊重した。グリフィス・ジョンは助手の名を自分の作品に載せる数少ない宣教師のひとりであった。グリフィス・ジョンは宣教師と中国人助手の協力の過程を次のように記した。

宣教師が出版をする時、口頭で中国人学者に伝え、学者が適切な漢語に翻訳した。宣教師が自分で書けない場合でも、学者の文章に批判的な意見を言うことができなくてはならない。(19)何度も校正を行う過程においてこのような力が必要であり、最終的に宣教師が自分で書こうとしたよりもさらに偉大な作品となるために、このような能力と作業が必須である。

これにはやむを得ない理由があった。

中国では、文学表現の正確性と美しさは長い世紀による薫陶によって培われた素晴らしい芸術であり、これは今日まで絶えず推賞されてきた。外国人の著作においても、訓練された素養のある（中国人の）鋭き目によってすぐ見抜かれるような過ちは間違いなく避けねばならないのであり、また、教養ある中国人の直感に逆らうことも許されない。かといって、そうした中国人が、漢語の教育を受けたことのない（通俗的な）作品に三舎を避ける、言い換えれば一般大衆が理解できるように（布教のための）文章を綴るなどということも、実際には不可能なことである。[20]

ここから、学者の文章を分かりやすいものにすることを彼が極めて重視していたことが明らかだが、それは街頭の布教家として、グリフィス・ジョンが大衆の力により注目していたからではないかと思える。

グリフィス・ジョンは浅文理本の『新約全書』を白話に訳し、さらに彼の小説『引家当道』を官話で訳した『引家帰道』を手がけたが、グリフィス・ジョンは官話に対する認識と運用において、実は先駆的であったとは言えない。ミルン、ギュツラフ、ウェードなどが既に行っていたからである。だが、グリフィス・ジョンの存在は、少なくとも、官話への重視が宣教師の中で共通認識となってきたことを表している。また、グリフィス・ジョンが創設した聖教書局が発行した各種の刊行物と書籍によって、日に日に中国社会と士人に影響を与えていた事実も確かであるといえよう。

三　『引家当道』——理想的な中国キリスト教徒の生活を示した小説

グリフィス・ジョンの小説『引家当道』は一八八二年に漢口の聖教書局で出版された。書の始めの部分には、先に名を挙げた金陵の沈子星の序文がある。沈子星の生前の事績は検証しえないが、長期にわたって漢口に滞在していた下層の中国文人であり、キリスト教徒であった。また、長期間、グリフィス・ジョンの漢語助手を務めた。清同治一一年（一八七二）、沈子星は、漢口ロンドン会花楼会堂の執事の楊鑑堂と共に、武漢で初めて布教を内容とした民間の定期刊行物『闡道新編』を手掛けた。これは光緒三年（一八七六）に停刊した。

『引家当道』は明らかにキリスト教を宣揚するために描かれたものである。この作品はキリスト教徒が罪を悔いて改心した後の理想的な生活が描かれている。一八八二年一〇月、グリフィス・ジョンが漢口から送った手紙の中でこの作品について以下のように言っている。

私が戻って来てから、普段の布教、講義、教会での仕事以外に、六篇の布教の作品を書いた。最後の一篇が今日完成した。紙幅はとても長く、私の最もよい作品の一つに入るであろう。この書では私の心にある理想的なキリスト教の生活を、更には人が如何に努力して彼の家庭、家族、友人を救済すべきかについて描いている。その形式は小説に似ており、中国人に適切だといえよう。(21)

一八八三年、『万国公報』においてこの書を一〇回に分けて掲載した。しかし『引家当道』は作者が期待するほどの好評は得られず、また、沈子星が望むように、読者の中で流行して後世にまで利益をもたらすことはなかった。グリフィス・ジョンはこのような結果は言語の問題にあったと見なした。故に、一八八八年、グリフィス・ジョンは浅文理の『引家当道』を官話で書き直した『引家帰道』を完成させた。回目は変えず、本文は官話を用いている。一八八九年に聖教書局によって印行された。この書の始めに沈子星の原序と漢口の周明卿による「訳官話序」がある。

『引家帰道』は全部で一六章ある。主人公の李氏はごく普通の低層の身分であり、彼の日常生活はよく見かける隣人、親戚、友人、ひいては読者自身の生活のように感じ得るであろう。李氏は文人ではないが、教養があり礼儀正しい。家には些かの蓄えがあり、またいくつかの畑も有し、普段は商売をして生活を賄っている。妻は何という姓の女性で、家柄が釣り合っていた。男の子二人、女の子一人に恵まれ、生活は幸せに満ちていた。ところが、放蕩子弟に悪の道に引きずり込まれ、金銭を使い果たし、家族間の心情は疎遠となり、子を売るまでに困窮した。グリフィス・ジョンは意図的にこのようなごくありがちな暮らしを描き、読者の共鳴を得た[22]。そして、この小説の重点は、行き場を失った李氏が如何にして罪を悔い改め、新生を得て、家族や周りの人を感化させたのか、という点にあることは言うまでもあるまい[23]。

図４　1895年漢口聖教書局刊行の『引家帰道』

『引家帰道』は他の布教小説のように、長々とした対話によって教義を説くのではなく、叙事性と物語性の高い作品となっている。小説は当時中国人の日常生活における妾、纏足、アヘン、孝行、子供の教育、借金返済、家庭の責任、誠実な取引、といったような問題を取り扱っている。

『引家当道』は近代に布教のため中国に来た宣教師原作の小説における、最も文学的な作品の一つである。これは主として小説に登場する人物形象から看取し得る。主人公の李氏は、他の小説の肯定的人物が記号としての役割を果たすだけで、牧師の代弁者として、滔々と人々に道を説いたり、論を交わすに過ぎないのとは大いに異なっている。『引家当道』においては、作者は、主人公の李氏を生活上の普通の人物に設定し、その人物に様々な「身分（役割）」を与え、彼は懺悔して更正する信徒を演じる以外に、夫、父親、息子、弟などの役割をも担うのである。また、『引家当道』は李氏が他人へ説教する場面は少なく、主として、李氏が一人の教徒として問題解決する方法、或いは李氏が如何にして生活上の様々な責任を背負い、いくつもの役割をうまく担ったのかを展開することに重点が置かれている。李氏と家族は数多くの困難に直面する。キリスト教徒としての李氏が一つずつその難題を解決していくことが小説のプロットを推進する原動力となっている。

李氏以外に、小説では、李氏の妻、息子、父母、先輩などが登場する。それぞれ異なった性格と特徴を有し、実世界にありがちな人物に近づけている。たとえば、李氏の両親のキリスト教の聖道に対する認識とそれを受け入れるまでの過程は、客観的に描かれ、大いなる聖道の影響力を誇張してはいない。両親は毎日の如く聖道を聞いたが、喜んで受け入れることはできなかった。だが、李氏と妻は一心に神に祈り、父母の心を感化し、二人が救い主を信じ、天における永世を喪失しないようにさせた。両親は聖道を深くは分からなかったが、息子と嫁が互いを尊重し、仲がよく、孫たちも孝行を知り、年寄を敬い、和やかな生活を営んでいたため、常々詠嘆して次のように述べるのであった。

私たちは古希近くになったが、他人の家を気にしているばかりであったら、息子たちのようにはなれないだろう。そしてもし彼らを感化しているのが真の道理でなかったら、こんなにも素晴らしいはずはない。道理の中の深いところは、必ずしもよくわからないが、息子たちの行いは、たやすく見て取れる。教えの中にある人々が、皆このようなものであれば、信じる者は自然と日に日に増し、教会は急速に繁栄するだろう。それは私も願っていることである。(24)

また、李氏が先輩のアヘン断ちを助ける悲痛な過程も描かれており、これも実世界を如実に再現している。『引家当道』が官話で『引家帰道』に翻訳されたが、この作品の社会と文学に対する影響が如何なるものであったのかは、現在、決定的な証拠を以て証明しえない。アメリカ宣教師のオーリンガー（Franklin Ohlinger）は『引家帰道』を韓国語に訳して朝鮮半島で伝播させた。これは『引家帰道』の影響力を示す証拠の一つと言えるであろう。

四　オーリンガーと『引家帰道』の韓国語訳本

オーリンガーはある意味でギュツラフと似たところがあり、個性的で議論の的となりやすい宣教師である。オーリンガーは一八四五年にアメリカのオハイオ州で生まれた。幼少から宗教の書物を熟読し、その後の宣教師となるための基礎を築いた。オーリンガーは情熱的で想像力に富み、非凡なる言語の才能を有していた。性格は明るく、容易に他人と打ち解けられた。そのため、短期間で中国の官話、福州語、朝鮮語を使えるようになった。一八七〇年、オーリンガーは福建省を訪れ、福州鶴齢英華書院を創立し、後に福州英華学校と改名した。さらに一八七四年には福建で最初の漢語による定期刊行物の『郇山使者』（The Zion Herald）を発行した。

だが、一八八七年、オーリンガーは布教と学校運営に関する考え方について他の宣教師と対立したため、朝鮮へ派遣され、そこで布教を続けた。そして一八九五年の一〇月になり、改めて福州へ戻った。[25]

オーリンガーは、朝鮮民衆の理解力には限りがあり、街頭での布教や書籍、小冊子の配布だけに頼ってはならず、民衆の知識の拡充に尽力する必要があり、これによって、より簡単にキリスト教教義を悟らせることができると、中国に滞在中と同様に考えた。オーリンガーは朝鮮に着くと直ぐに学校を設立し、そこで教鞭をとった。一八九一年に、漢語、英語、朝鮮語による三言語の刊行物を発行した。また、朝鮮における中、下層の人々へ福音を伝播するための道具として、さらに『朝鮮叢報』(*Korean Repository*)とChristian Literature Societyを発行し、かつ最初の主理を務めた。

一八九四年、オーリンガーはグリフィス・ジョンの官話本の『引家帰道』を韓国語に翻訳し、ソウルの貞洞耶蘇教会堂で出版した。この訳本は韓国キリスト教博物館にある。[26] また、オーリンガーは監理会の宣教師のために、一八八九年、ソウル培材学堂においてキリスト教の典籍の印刷出版を主要事業とする「三文出版社」を設立した。オーリンガーは韓国で積極的に文字による布教を推進した指導的存在である。

オーリンガーは『引家帰道』の「序」で翻訳紹介の目的について説明している。

この書はイギリスの牧師であるグリフィス・ジョン氏が手掛けたものである。中国人の李氏が基督教の敬虔なる信徒となる物語である。物語は真に迫り、詳細で、子供でも容易に理解しえる。そのため、今ここで韓国語による翻訳本を出版することとした。読者には閲読を機に改心されんことを願うものである。李氏は両親の孝行に尽力し、兄姉を敬い、妻と睦まじく、弟妹を重んじ、孤児を哀れみ救済し、怨恨には寛容に応対し、負債はきれいにするなど、皆我々が見習うべき価値のあることだ。これらは一人の力で成しえるものではなく、神の寵愛とキリストの犠牲、神聖なる神の感化を賜ることによって実現し得ることである。それ故、世人が李氏の如く敬虔に真なる道を信仰し、禍を福へ転じることを願う。

この序文から分かるように、オーリンガーがグリフィス・ジョンの『引家帰道』を翻訳したのは、主として、グリフィス・ジョンの作品が分かりやすい表現を用いていたからである。オーリンガーが想定した読者層は明らかに中、下層の民衆だった。朝鮮の上層文人は文言に精通し、翻訳を必要としなかったからである。オーリンガーは読者に向って、この書を読むと罪を悔い改めて善に転じ得ると言い、このことは、沈子星の原文の序言と周明卿の「訳官話序」で表されているのと概ね同じである。オーリンガーがここで提唱したのは、両親に孝行し、兄姉を敬い、妻と睦まじくし、弟妹を器重し、孤児を哀れみ導きを与え、恨みを持たず寛大で、負債を返済する、といったようなことであり、いずれも儒家の倫理道徳の思想と合致するところがあった。韓国と中国は似たような文化背景を有し、儒家文化の影響を深く受けている。そのため、キリスト教と儒学の共通点を見出すことで、韓国での布教を可能にさせた。オーリンガーの文は的を射ていて、韓国読者の心理に適応し、基本的に「合儒」、「補儒」の布教理念に沿っている。同時に小説の主人公である李氏の「修身斉家、正己化人」させる姿は、キリスト教の精神力と影響力が、人々の精神世界の再建の助けとなる、ということを強く主張している。

一九世紀末、民族危機が迫る中で、精神的な安らぎと解脱を求めた韓国人は、キリスト教の信仰を、精神的支えと民族独立のための経路とした。これはまさにアメリカのフェアバンクが「民族主義の感情を利用し、キリスト教は朝鮮において、アジアの他の地域よりも多くの支持者を得た」[27]と述べている通りである。こうしたことが『引家帰道』の韓国での伝播を推進した。韓国キリスト教博物館は一八九四年の刊行本を所蔵している以外に、一九一一年八月五日の「朝鮮耶蘇教会」主管、徽文館で印刷された刊行本を所蔵している。この版本は全て韓国語が用いられており、全部で七八頁ある。文章はとても整然と配列されており、半頁が一〇行となっているが、間隔を開けて書いたので、各行の文字数が不一致で、多くが一七文字あるいは一八文字だった。呉淳邦はこの点から次のような推測を行った。

韓国語の文章の間隔を開けた書き方は一九世紀末から始まり、このような現代の韓国語における文の書式は、キリスト教布教のための刊行物から始まった。特に早期のキリスト教小説の作品がそれである。この出版の時期の早さと書式の改革は、韓国語文の現代規範と韓国語の現代文学の発展に貢献した。(28)

これは『引家帰道』の伝播がもたらした副産物であると見なしうる。また『引家帰道』の中国、韓国における伝播状況は、キリスト教が、近代の中国と韓国で遭遇した状況が異なる原因を考えさせ、さらに一歩進んで、細部から、異文化交流と発展の具体的な過程についての討論を促進することになったと言える。

【注】

(1)『哈仏亜洲研究学刊』六〇巻第二号。この作品は、その後、徐俠が翻訳し、ハナンの論文集(『中国近代小説的興起』)に収録され、二〇〇四年に上海教育出版社から出版された。

(2)台湾東華大学で発表。『東華人文学報』第九期、二〇〇六年七月。

(3)ビトン「楊格非伝」。メイソン、周雲路訳。『国外布道英雄集』第五冊、上海:上海広学会一九二四年版、一八頁。

(4)「楊格非伝」、四一~四二頁。

(5)更正教。即ちプロテスタント。略称は「新教」、あるいは「反対教」「誓反教」「改新教」などと訳される。また、よく、そのまま基督教と称され、カトリック、ギリシア正教と並ぶ、広義における、キリスト教三大宗派の一つである。
（6）『楊格非伝』、三九～四〇頁。
（7）『王韜日記』、北京：中華書局一九八七年版、二四、三三頁。
（8）『楊格非伝』、四〇～四一頁。
（9）『楊格非伝』、五〇頁。
（10）西洋宣教師が清代の聖諭宣講と民間の宣講をヒントに宣教したことについては、王爾敏の「清廷「聖諭広訓」之頒行及民間之宣講拾遺」『近代文化生態及其変遷』、南昌：百花洲文芸出版社二〇〇二年版を参照されたい。本章を書くにあたり、この書の記述を大いに参照した。
（11）『楊格非伝』、三～四頁。
（12）『楊格非伝』、一一頁。
（13）『楊格非伝』、四一頁。
（14）『楊格非伝』、四四頁。
（15）『楊格非伝』、二七頁。
（16）周光亜、舒興文「具有百年歴史的聖教書局」『武漢文史資料』一九九四年六月三〇日。
（17）『楊格非伝』、四五頁。
（18）『楊格非伝』、三三頁。
（19）グリフィス・ジョンは、習慣的に中国人の助手を「学者」と呼んだ。
（20）ハナン、徐俠訳「中国19世紀的伝教士小説」『中国近代小説的興起』、上海：上海教育出版社二〇〇四年版、七〇頁。
（21）『中国近代小説的興起』、九四頁。
（22）『引家帰道』第二章、三頁。
（23）『中国近代小説的興起』、九五頁。
（24）『引家帰道』第一三章、一七頁。
（25）遊蓮『美以美会伝教士武林吉研究』、福建師範大学二〇〇六年修士論文を参照されたい。

(26) これは韓国崇実大学の呉淳邦教授から提供された。筆者はその複写を保存している。
(27) 斎昭印、石建国「基督教在近代中韓伝播不同境遇的原因与啓示」『上海師範大学学報』二〇〇六年第二期、九二頁を見られたい。
(28) 呉淳邦「一九世紀伝教士中文小説在韓国的伝播与翻訳」、台湾東華大学『東華人文学報』第九期、二〇〇六年七月を見られたい。

〔訳注〕
〔1〕「楊格非伝」三九～四〇頁。
〔2〕重んずべき道徳を分かりやすく対句で表したもの。以下の一六条である。
敦孝悌以重人倫、篤宗族以昭雍睦
和郷党以息争訟、重農桑以足衣食
尚節倹以惜財用、隆学校以端士習
黜異端以崇正学、講法律以儆愚頑
明礼譲以厚風俗、務本業以定民意
訓子弟以禁非為、息誣告以全良善
誡窩逃以免株連、完銭糧以省催科
聯保甲以弭盗賊、解仇憤以重身命
〔3〕善書―明清時代の勧善道徳の書。因果応報の理による勧善懲悪をうたい、平易で具体的な倫理道徳を通俗的な文言で説く。道教や仏教に基づくものもあるが、多くは儒道仏三教合一の立場に立つ。実際に民衆教化のために用いられた。
〔4〕木魚書―江南の弾詞と呼ばれる語りものに起源し、内容的には仏教の宝巻に基づく広東省の地方芸能「木魚歌」を記録したもの。「木魚歌」は明代末期から清初にかけて成立し、清代には流行した。
〔5〕知識人は本名（諱）よりも呼び名（字）を用いる。ここでは括弧内が本名であろうと思われる。
〔6〕京杭大運河のターミナルであり、長江、太湖とつながる蘇州では、ほとんどの人もモノも運河を通って運ばれるため、ほ

とんど規制がなかったと思われる。

〔7〕既に述べたように『中国教会新報』から『教会新報』、一八七四年『万国公報』となるが一八八三年に一旦休刊する。その後一八八九年に復刊するが、英文タイトルが *The Chinese Globe Magazine* から *Review of the Times* と変わっている。

〔8〕この故事は『貞観政要』に基づく。

第八章　リチャードと『回頭看紀略』の翻訳紹介

一　清末変革時に活躍した宣教師翻訳者――リチャード

リチャードは清末の中国で知名度が最も高い宣教師だといえる。リチャードの生涯については、彼自身が著した回顧録『親歴晩清四十五年――李提摩太在華回憶録』（*Forty-five Years in China: Reminiscences*）[1]以外に、多くの伝記資料から知ることができる。たとえば『国外布道英雄集』第六冊所収、スットヒル（William E. Soothill）著[2]、メイソン、周雲路訳『李提摩太伝』（上海：広学会出版、一九二四）がある。この書は近年『李提摩太在中国』という名で再出版された。訳者は関志遠、関志英、何玉で、二〇〇七年に桂林の広西師範大学出版社から出版された。また、丁則良編著『李提摩太』（北京：開明書店、一九五一）、李時岳著『李提摩太』（北京：中華書局、一九六四）なども ある。この他にも多くの研究論文がある。

図1　リチャード（1845-1919）

以下本章で述べることは、新たな知見を提示するわけではないが、リチャードの刊行物創作の経験や著作活動を通じて、リチャードの戊戌の変法において演じた役割、および、リチャードの翻訳書の中国社会に対する影響力について考察したい。

リチャードは一八四五年にイギリスのウェールズに生まれた。

一八六九年、当地の神学院であるハーバードウェスト・カレッジ（Haverfordwest Theological College）を卒業し、浸礼会（バプティスト教会）の牧師となった。そして、同年に派遣され訪中した。漢語の名は「提摩」、字は「普若」「菩若」「普岳」「普薬」、号として「醒華生」「救世子」などを用いた。一八七五年、リチャードは山東省の煙台で李鴻章と知り合った。そのとき兵士のために手当てをし、薬を与えたため、李鴻章の好感を得た。リチャードは李鴻章、張之洞、左宗棠、曾国荃、翁同龢、孫家鼐などの清末の政治家と親しかったが、李鴻章からの影響は特に大きかった。一八八〇年九月、リチャードが天津によった際に、李鴻章と再会するが、この時、彼の言葉に深く感銘を受けた。

あなた達の信徒があなたの周りを囲んでいるが、それは彼ら、および彼らの友人はあなた方に仕えることによって生計を得ようとしているからで、一旦、報酬が途絶えると、彼らはすぐに散っていくであろう。（前出）

また、李鴻章は、中国で教育を受けた者の中で、キリスト教徒は一人もいない、と述べている。(3) これにより、リチャードは著作を通じて主張することの重要性を考え始め、中国の上層官吏と知識人を対象に著述の発表や演説を行った。リチャードの漢語による著作の多くは一八八〇年代以降に書かれている。

一八九〇年七月、李鴻章の招聘に応じ、リチャードは天津の『時報』(1)の主筆を担った。就任するとすぐに文章を一篇書き、中国は必ず改革すべきだと訴えた。また、幾度となく社論を発表し、日本の明治維新の成功を紹介した。一八九四年、リチャードは『時報』に発表された二〇〇篇あまりの文章をまとめ、『時世新論』という書名で出版した。李鴻章と曾紀澤は『西学的重要性』と題した序文を書き、それを広学会の定期刊行物で発表した。

一八九一年、リチャードは同文書会の責任者となり、同文書会を「広学会」と改名した。主旨は、宗教といった小さな枠から脱し、中国の知識界の発展と中国の政治に影響を与えることであった。リチャードは広学会を二五年も掌り、この期間に『万国公報』などの定期刊行物を十数種、書籍や小冊子を二〇〇〇種類出版し、当時の中国において規模の大きい出版機構の一つとなった。リチャードはさらに北京、瀋陽、天津、西安、南京、煙台などで書籍刊行物の販売場を開設し、よく無料で書籍や刊行物を贈呈した。康有為、梁啓超はともに『万国公報』を愛読していた。

リチャードの教友である蘇恵廉は『万国公報』について、「最も広範囲に売り上げを記録し、注目を受け、中国の維新人士で影響を受けた者は多い」と述べており、これを裏付けるように、康有為は当時の香港の『中国郵報』(2)の編集者に対して、彼が維新を信仰するに至ったのは主として二人の宣教師、すなわちリチャード牧師とアメリカ人宣教師のアレンの著作である、と述べている。(4)

当時多くの維新人士はリチャードと往来し、光緒帝も深く影響を受けた。梁啓超自らリチャードに依頼し、リチャードのためにしばらく私的な秘書を勤めたこともあった。康有為は一八九五年にリチャードと対面し、合作の相談を持ちかけた。リチャードの変法の主張は大部分が維新派によって吸収された。また、リチャードは康有為の『上皇帝書』(3)が、自らの建議と内容、その目的が合致しているとして称賛し、協力を申し入れた。(5)

范文瀾は以下のように指摘した。

外国の宣教師は漢語の著作を用いて西洋学を紹介し、士大夫の異教を軽視する状況の解決を試みた。広学会では様々な書を発行し、外国の歴史および新たな学校の運営に大きな影響を及ぼした。たとえば『泰西新史攬要』(リチャード訳)、『列国交通興盛記』(リチャード著)、『七国新学備要』(リチャード著、別名『速興新学条例』)などの書を中国の維新派に与え、変法を議論する際の根拠となった。光緒一五年に広学会は『万国公報』(月報)を発行した。アレンが主筆を担い、時事論文や国内外の重大な政治の法令を掲載した。変法は一つの運動となった。『万国公報』は有力な推進者であった(6)。

リチャードの漢語による著作と訳著は非常に多い。主として次のようなものがある。

『七国新学備要』(一八八九)、『救世教益』(一八九〇)、『五洲教務』(一八九二)、『中西四大政』(一八九二)、『養民有法』(一八九二)、『伝教定例』(一八九二)、『天下五洲各大国志要』(一八九二)、『八星之一総論』(一八九二)、『大国次第』(一八九二)、『五洲各国統属図』(一八九二)、『英華讞案定章考』(一八九二)、『修命説』(一八九二)、『生利分利之別論』(一八九二)、『農学新法』(一八九三)、『整頓学校』(一八九三)、『欧洲八大帝王伝』(一八九四)、『百年一覚』(一八九四)、『列国変通興盛記』(一八九四)、『喩道要旨』(一八九四)、『泰西新史攬要』(一八九四)、『時事新論』(一八九五)、『西鐸』(一八九五)、『新政策』(一八九五)、『三十一国志要』(一八九六)、『帝王初学』(一八九八)、『地球一百名人伝』(一八九八)、『五洲史略』(一九〇三)。

以上はリチャードの作品を全て列挙したわけではないが、これらにより、リチャードは、小説、ひいては文学に対して特別な興味を持っておらず、また、宗教に関する読み物に対してもそこに多くの心血を注いではいない、ということが容易に看取しえる。というのは、この中の大多数が西洋の歴史と政治に関する作品であるからである。リチャードの強烈な政治的色彩は彼の宣教師という面を覆ってしまっている感がある。少なくとも、清末という時代にいた彼は、文学を楽しむ優雅な気分を持たなかったのだ。

リチャードは一八八一年から一八八四年の間に山西省で仕事をしたが、このことについて回顧録の中で、「中国の宗教研究や、布教の助けになると思われる外国の文学作品を翻訳する以外に、官員や無神論者たちに演説をし、農村を旅行して福音を伝播しました。このように様々な仕事を行って仕事を有意義なものにさせました(7)」と述べている。ここで彼はさらに、「外国文学の翻訳紹介は仕事の面白みが増える」とも述べてはいるが、実際、彼の翻訳書の中で文学作品に属するものは多くない。『回頭看紀略』(その後『百年一覚』に改名)を除くと、筆記体の寓言小説集の『喩道要旨』とイギリスの詩歌を翻訳した『天倫詩』くらいである。

『喩道要旨』は、リチャードが、ドイツのクルマッハー（Friedrich Adolf Krummacher、牧師、作家、賛美歌作者）が著した『クルマッハーの寓話』（*Krummacher's Parables*）の英訳本から七一一篇を選出して一冊の本に纏めたものである。一八九四年、上海の美華書館から出版した。この書は主として『聖書』における人物の物語と教理を宣揚する物語によって構成されている。たとえば、『民牧』『大衛与掃羅』『約百』『拿単与所羅門』『以利亜侑』『拉撒路』などは『聖書』における人物の物語について述べている。また、『真理之国』『生命之泉』『羔羊』『奇事』『禱告』などは、キリストの聖なる存在について語られている。さらに、『鱷魚』『花紅桃』『黒奴与希臘人』『爛種子』『新造園』『聖画』『済貧盒』は、短めの物語を通じてキリスト教教義を宣揚している。(8) この『喩道要旨』は、我々に彼の宣教師の本来の身分を彷彿させる。また、内容は分かり易く、中国の書籍に似た篇章の形式をとっている。ここから、リチャードは、やはりプロテスタント宣教師の中国現地化の一貫的な政策に従っていたことが分かる。この訳著はすぐに朝鮮半島へ伝わった。

図２　クルマッハー（1767-1845）

『天倫詩』（*An Essay on Man*）の原作は一八世紀のイギリスの詩人であるポープ（Alexander Pope）の作品である。リチャードと任廷旭が共訳した『天倫詩』は一八九八年に上海広学会から出版された。翻訳は四言詩体を採用し、意象の転換、比喩および典故などの方法で、中国と西洋の文化の違いを解消し、読者が熟知した文化環境の中でキリスト教を受け入れる意識形態を促進させた。(9)

二 『回頭看紀略（顧みれば）』から『百年一覚』まで

先に挙げた『百年一覚』、初め『回頭看紀略』と訳された小説は一九世紀のアメリカの小説家E・ベラミー（Edward Bellamy、キリスト教社会主義者、空想社会主義者と呼ばれる）のユートピア長編小説*Looking Backward, 2000–1887*（日本語訳名『顧みれば』）を翻訳したものである。作者はアメリカの一〇〇年後の社会と生産制度において生じた驚異的な変化を空想し、これにより、当時のアメリカ社会に存ずる矛盾や様々な弊害を示し、空想改良主義の主張を提示した。一八八八年にこの書が出版されると、一世を風靡した。アメリカ、イギリス各地で合計一〇〇万部の売り上げを記録し、迅速にドイツ語、フランス語、ロシア語、イタリア語、アラビア語、ブルガリア語、日本語などの言語に翻訳された。ベラミークラブとベラミー教会もこの勢いに乗り誕生した。そして、この小説の影響を受け、アメリカの多くの都市で「工業国有化運動クラブ」が成立し、都市の中産階級から会員を募り、「理性的で平和な方法」によって生産と分配の国有化の実現を要求した。(10)

一八九一年、この書はアメリカで出版されてから僅か三年で、リチャードがこの書を漢語に訳し、『回頭看紀略』と題して、五期に分けて『万国公報』の第三五冊から第三九冊まで連載した。従って『回頭看紀略』は正真正銘の当代文学の翻訳作品であるといえる。だが、リチャードが翻訳紹介した『回頭看紀略』は小説として中国に伝わったわけではなく、政治上の主張を宣揚するための道具であった。リチャードは訳文の前にこのような序文を書いている。

アメリカで出版された『回頭看紀略』は作家のE・ベラミーが著した。論じられているのは一〇〇年後のアメリカであり、様々な変化を遂げている。この書は民を育てる新たな方法について多く述べられており、伝奇体のようで、西国の人々から大いに支持された。すでに一〇万部も刊行されている。この訳書は全訳ではなく、重要な箇所のみを翻訳した。[11]

上記の「民を育てる新たな方法について多く述べられ」という点が、リチャードがこの書を好んだ理由である。リチャードが出版した大多数の漢語著作は、福音の伝播を主旨としたものではなかった。なぜなら、リチャードは、中国は、まず知識分子を社会改革へ投じさせることが必要で、これは努力して庶民に福音を布教するよりも重要だと固く信じていた。このような信念は、リチャードと他の布教者たちとの関係にも影響した。[12]

『回頭看紀略』はまさにこのような信念に駆り立てられて翻訳紹介され、中国へ至ったのである。この小説は宗教的色彩に乏しく、また文学的とも言い難い。だが、この書は清末小説を含む中国社会に対して深い影響をもたらし、軽視し難い作品である。なお、戊戌の政変後、中国の変革のために小説の刷新を主張し、『清議報』[4]を創刊し

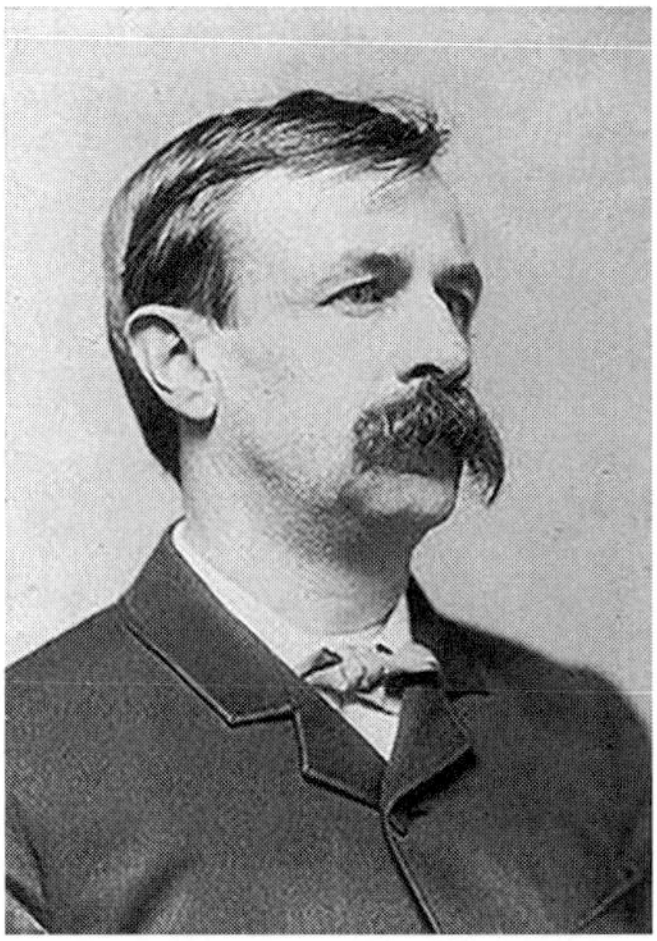

図3　E・ベラミー（1850-1898）

図４　『回顧――公元 2000～1887年』1888年初版

た梁啓超は『読西学書法』の中でこの本を紹介している[13]。

　リチャードの『回頭看紀略』は翻訳とは言い難く、ただ文言を用いて全二八章の内容を概述しているだけであるが故、「紀略」と呼んだのである。また、E・ベラミーの小説は概括しやすい観点によって構成されているため、リチャードはこのような手法に到ったと考えられる。

　リチャードは訳述の重点を、一〇〇年も眠っていた主人公のウエスト（Julian West）とそのウエストを救う医者のレーテ（Doctor Leete）の間の対話を通じて語られる、一〇〇年もの間に生じた社会生活の多大な変化に置いていて、主旨とは関係のない記述はなるべく削除している。この訳本の核心は、未来の社会の理想的な政治経済のフレームを描くことにあったのだ。この訳本の影響を受けるとリチャードが推測した読者は、清末で思想が開明になりつつある上層の官吏と思想文化界のエリートであった。そのため、全ての箇所をいちいち翻訳する必要はなく、その中の内容を概述さえすれば、作品の趣旨を十分に伝えることができる、と考えた。たとえば、第一八章は養老の問題についてだが、原作よりも縮小され、極めて簡潔な文となっている[14]。

　リチャードが『回頭看紀略』を翻訳したのは、文学的な目的のためではなく、まして中国の伝統的叙事形式とは異なった西洋小説、およびその美的価値を注入するわけでもなく、「翻訳作品を啓蒙の道具、手段と見なし、理想的な社会モデルを描き、この作品が、未来の大同社会の前景的な想像、および、現実社会が理想の世界へ発展する原動力となることを望んだ[15]」からであった。このような目標の下で、新たな小説の形式などは考慮しえず、リチャードはただ大急ぎで、原文の内容を順次編訳していった。しかも、より容易に読者に受け入れられるために、中国人読者の読書習慣に折り合った。すなわち、原書の一人称的な叙事を「某」を主語とする三人称の叙事に変更した。たとえば、「某姓の者あり。米国人にして、一八五七年ボストン府に生まる……[16]」というように改めたのである[5]。

だが、訳者のこのような転換は極めて巧みに処理されており、原作の一人称による限定的視点の叙事を損なってはいない。

『回頭看紀略』は主に問答の形式でプロットを展開させている。主人公のウエストは一〇〇年の眠りを経て目覚めた後、当然の如く、現実の世界との隔たりを感じる。故に、新しい物で満ちた現実世界についていろいろと質問をする。リチャードは質問者の役割を強化させ、ウエストと医者のレーテの間で交わされる様々な社会問題についての対話を重点的に描いている。これにより、原著で一人称の叙述を用いたことによってもたらされる有限な視点を保持することができた。訳者は西洋文学と中国読者の読書習慣の間に均衡を見出し、中国と西洋の異なる叙述の伝統が出くわした後の自然なる転化を果たしたのである。

一八九四年、広学会は『回頭看紀略』の単行本を『百年一覚』と改名し、二〇〇〇冊出版した。リチャードは章回小説における回目を模倣し、各章に標題を加え、その内容を概述した。たとえば、「工争価値」「延医入蟄」「一睡百年」などである。リチャードが翻訳紹介した後、この小説は注目を受け、多くの訳本が出た。一八九八年、裘維鍔はリチャードが訳述した『百年一覚』を白話に書き直して『中国官音白話報』[6]に掲載した。[17]

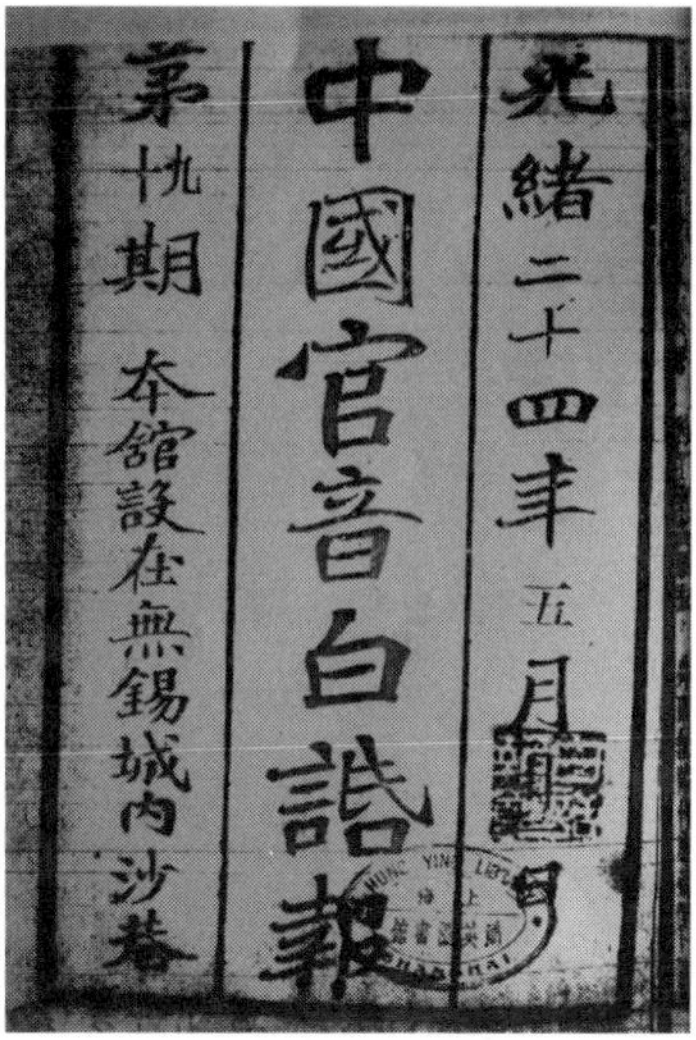

図５　1898年発行の『中国官音白話報』

中国近代小説史上重要な雑志であった『繍像小説』[7]の一九〇四年五月一五日の第二五期から、一〇月二三日の第三六期まで、この小説の白話章回体による翻訳が「政治小説『回頭看』、美国威士原著」というタイトルで連載された。この翻訳は、当時流行した訳述方法を用い、大部分の内容を残したうえで、一四回にまとめている。また、各回には、伝統的スタイルの一句七字もしくは八字の対句によってタイトルがつけられている。ここでは一人称を採用しているが、主人公の威士は同時に中国の小説の伝統的スタイルに則り、「講釈師」でもあった。彼は一〇〇年の眠りを経た後に、その世界について叙述を行うが、基本的に一人称の限られた叙事の視点となっている。しかし、その一方で、講釈師の常套語や演芸場的な文脈での表現などが多彩に用いられている。また、第一回には原著の前三章のプロットも含まれている。

この翻訳作品はリチャードの翻訳と比べると、訳筆に大きな違いがある。文は流暢で、白話文学の発展変化を明白に看取しえる。だが、訳文の題は「美国威士原著」となっている。威士とは、すなわち物語の中の主人公であり、『回頭看紀略』におけるウエストである。明らかに叙述者と作者を敢えて混同させて記述を行っている。これに対しての合理的な推測は、この訳文は二人の共訳で、一人は英文を口述で漢語にし、一人は漢語で筆録した、というものであり、この過ちは、英語の分からぬ筆録者に問題があったと考えられる。商務印書館が一九〇五年の二月に発行した「説部叢書」の中でこの書を収録し、一九一三年、一九一四年に再版している。従って、この小説は清末において一世を風靡したと考えられるが、その功労は主としてリチャードにあり、清末士人に最も影響を及ぼしたのも、このリチャードの訳本であったと理解し得る。

三　タイムリーだったユートピア小説

E・ベラミーの小説 *Looking Backward, 2000-1887* は芸術的にも、文学史においてもその評価は取るに足りない。しかし、文化的な価値を全体的に捉えると、リチャードがこの書を翻訳したのは、清末の文化価値の転換と文学の転換を考える上で軽視し難い。リチャードがこの小説を翻訳した初心は、リチャードの他の有名な訳本である『泰西新史攬要』と同様に、思想啓蒙を行い、中国人読者に清末社会の現実を注視させ、社会変革を期待させるよう促すことであった。なぜなら、彼は次のように考えていたからである。

中国人は非キリスト教徒の内、文明の程度が最も高い民族である。彼らが改心すれば、周辺民族への福音伝播の助けとなる。[18]

ベラミーの小説は一九世紀末の社会動乱、矛盾の露見、経済危機などに直面する西洋社会にとって、タイムリーであったといえるが、リチャードの漢語訳本も、内外共に窮地に立たされ、早急なる改革を要していた清末社会にとってタイムリーであったと見なしえる。だからこそ、多くの政治家、文人、ジャーナリストが彼の翻訳を高く評価し、この時代の代表的な著述者の多くがこの作品から何らかの影響を受けていたと考えられる。[19]

たとえば、康有為が著した『大同書』は『回頭看紀略』の新訳である『百年一覚』と深く関係している。これは著者自身も、「アメリカ人が著した『百年一覚』は「大同」の面影を有している」[20]と述べ、その影響を認めている。また、譚嗣同も次のような見解を述べた。

地球治まるや、天下有りて国無し。君主廃され、則ち貴賤平らかに、公理は明るく、貧富均し。千里万里は、一家一人。……西書中『百年一覚』なるものは、殆ど『礼運』大同の象を彷彿す。[21]

孫宝瑄はこの本を読んだ後ひどく取りつかれ、「リチャードが訳した『百年一覚』を見た。これは西暦二〇〇〇年の事を書いている。現在はまだ一八九七年である。私はそれに心を躍らせ、魂を奪われた」[22]と述べている。彼はこの本を読むことで私有制の弊害を知った。これは書の中の第六章で提示されている。作品中では、二千年後に、国が、土地、鉱業、製造、鉄道、汽船などを全て所有し、民は二つに分けられた。役人と労働者である。幼児から二一歳まではいずれも学校で勉強し、二一歳から四五歳までの間は役職か労働に従事する。この二四年は、いずれの仕事も、みな力を発揮しえる。四五歳以後は、大きな事件がない限り、のんびりと老後を送ることとなる。如何なる仕事もせず、寒さや飢えにも困らず、人々に軽視されることもない。

となることが述べられているが、孫宝瑄はこのユートピアに強く賛同した。[23]

『百年一覚』は維新人士に理想的な社会の模範を提示したのみならず、清末士人が理想を描くユートピア小説を書くための先駆けとなった。[8]梁啓超の『新中国未来記』[9]（一九〇二）における未来の政治社会と文化についての想像は、まさに『百年一覚』の影響を受けている。この小説は中華ユートピア共和国の樹立後の五〇年から始まっている。作品は、伝統小説の、歴史の中に真実を創作するための芸術的な原型を追求するというスタイルをを放棄し、視線を未来へ向け、道理に適う創作の根拠を求めた。『百年一覚』の『新中国未来記』に対する根本的な影響は、時間概念の改変という形をとって実現した。古代の「時間の循環」が近代西欧の「時間の直進」に変わる、つまりは過去から現在を経由して未来へ向かうという観点に変わるのであり、そこから未来のユートピアへの憧憬が生ずるのである。[24]『新中国未来記』は、時間の角度から、中国の文化的価値観の変化を描き、同時に、このような価値観のユートピア的な性質を明示した。作品は明晰に、このような時間的、空間的意味における現代的な精神と、歴史文化から想像し得る政治的ユートピアを映し出している。[25]

『新中国未来記』を指標とし、中国のユートピア小説は変装をして登場した。一九〇四年、旅生の『痴人説夢記』[10]は三つの夢によって構成されている。主人公の賈希仙は難儀を経験し、仙人島へ漂流し、そこで学堂を建て、民に知を与え、荒れ地を開墾し、工場を創設し、宝石を採集し、船で商業を営み、仙人島を美しく豊かな島国にした。

島の主は「公僕」と言った。上議院、下議院を設置し、島民はみな平等で自由な権利を有した。小説で描いたユートピア式の小島と夢の世界の運用は『百年一覚』と深い関係があることを示している。この他、『百年一覚』の主人公であるウエストの未来の大同社会に対する幻想は、直接的あるいは間接的に植民小説の『氷山雪海』[11]（一九〇六、著者名無し）や、碧荷館主人の『新紀元』[12]（一九〇八）、陸士諤の『新中国』[13]（一九一〇）などの作品に影響を与えた。

リチャードの翻訳作品は、清末の上海文化の考察について潜在的な価値を有している。一八九四年以前、西洋文学を翻訳する風潮は甲午戦争後のように盛んではなかった。定期刊行物で連載された長編小説で影響が最も大きかったのは『昕夕閑談』『回頭看紀略』の二作のみである。しかし、前者のパリの景色、後者のボストンの未来の夢の世界は、いずれも、当時新たな物質文明の環境に身を置いていた上海文人にとって、都市という物語を語るのにある程度の影響を与えたと思われる。

一八九五年を境に、国家意識と「群治」の観念が極めて大きく文学創作に影響した。当時、最も勢いのあった「譴責小説」はまさに魯迅が批判したような、「辞気浮露、筆無蔵鋒（言葉は表面的で、表現は含みがない）」ものや、平淡ではあるが自然な作品はこの頃から跡を絶つ。一九〇二年に「新小説」の概念が提示されてから、小説は、創作や翻訳を問わず、目的が極めて鮮明となった。新知識の啓蒙を過度に強調したため、形式が雑駁となり、小説の文学性や芸術性は大きく削がれてしまった。梁啓超も『新中国未来記』の序で、

この作品は小説でもなければ野史でもなく、かといって論文でもない、……いろいろなスタイルがごちゃ混ぜで、冗長にして無趣味、新聞に似ているということで我慢願いたいが、政論の嫌いな方はゴミ箱へどうぞ。

と述べ、この点に気付いていることを明示している。[26] その点から考えると、『昕夕閑談』と『回頭看紀略』の訳著

におけるあの「空前絶後」な公平かつ、慌てず騒がずという冷静なる境地は注目に値することは確かである。

【注】

（1）Timothy Richard, *Forty-five Years in China: Reminiscences*, New York: Frederick A. Stokes, 1916. リチャード著、李憲堂、侯林莉訳『親歴晩清四十五年――李提摩太在華回憶録』、天津：天津人民出版社二〇〇五年版。

（2）スットヒル（蘇恵廉）は「蘇特爾」とも漢訳されている。英国浸信会の牧師。かつて山西大学西斎の教務主任を担った。

（3）リチャード『親歴晩清四十五年――李提摩太在華回憶録』、一二九頁。

（4）夢明「晩清大変局中的英国伝教士李提摩太」『中華読書報』二〇〇五年八月三日。

（5）范文瀾『中国近代史』（上編第一冊）、北京：新華書店一九四九年版、三〇三頁。

（6）范文瀾『中国近代史』（上編第一冊）、三〇一～三〇二頁。

（7）『親歴晩清四十五年――李提摩太在華回憶録』、一四九頁。

（8）呉淳邦「一九世紀伝教士中文小説在韓国的伝播与翻訳」『第三届中国古代小説国際研討会論文集』（二〇〇六年八月一三～一八日中国哈爾濱）を参照されたい。

（9）劉樹森「李提摩太与近代中訳外国文学」『訳林書評』第七期、一九九八年三月一五日出版を参照されたい。

（10）郭用憲の「序言」を参照されたい。林天斗、張自謀訳『回顧：公元２０００―１８８７年』、北京：商務印書館、一九六三年版。

（11）『万国公報』第三五期、一五頁、台湾：華文書局一九六八年影印本、一二四六三頁。

（12）ハナン著、徐俠訳『中国近代小説的興起』、上海：上海教育出版社二〇〇四年版、九六頁。

（13）梁啓超「読西学書法」、黎難秋主編『中国科学翻訳史料』、合肥：中国科学技術大学出版社一九九六年版、六四二頁。

（14）『回頭看紀略』第一八章、『万国公報』第三八期、一五頁、台湾：華文書局一九六八年影印本。一二六六八頁。

（15）劉樹森「李提摩太与「回頭看紀略」――中訳美国小説的起源」、『美国研究』一九九九年第一期、一二九頁。

（16）『回頭看紀略』第一章、『万国公報』第三五期、一五頁、台湾：華文書局一九六八年影印本、一二四六三頁。

(17)『中国官音白話報』第七期、光緒二四年（一八九八）。
(18)リチャード『親歴晩清四十五年――李提摩太在華回憶録』、一二～一三頁。
(19)劉樹森「李提摩太与『回頭看紀略』――中訳美国小説的起源」、一二三頁。
(20)熊月之『西学東漸与晩清社会』、上海：上海人民出版社一九九四年版、四一三頁。
(21)『譚嗣同全集』一巻「仁学・下巻」、北京：三聯書店一九五四年版、八五頁。
(22)孫宝瑄『忘山廬日記』、光緒二三年（一八九七）四月乙巳初九日、上海：上海古籍出版社一九八三年版、九七頁。
(23)孫宝瑄『忘山廬日記』、光緒二三年（一八九七）五月丙午一六日、一〇六～一〇七頁。
(24)李欧梵『中国現代文学与現代性十講』、上海：復旦大学出版社二〇〇二年版、五三頁。
(25)史修永「現代烏托邦精神――試論梁啓超翻訳与創作的政治小説」『太原理工大学学報』二〇〇六年第二期を参照されたい。
(26)梁啓超「新中国未来記・緒言」、阿英『晩清小説叢鈔・小説一巻』、北京：中華書局一九六〇年版、二頁。

〔訳注〕

〔1〕一八八六～一九一一。天津通関総税務司G・デトリング（Gustav von Detring、一八四二～一九一三）と英国商社怡和洋行社長A・ミチイ（Alexander Michie、一八三三～一九〇二）が資本金を集め、天津租界で出版された新聞。英文版（*Chinese Times*）と中文版があった。

〔2〕*The China Mail,* 中国名は『中国郵報』、また『徳臣西報』ともいった。一八四五年、アヘン商人W・ジャーディンの支援を受け、A・ショートレード（Andrew Shortrede）が創刊した。第二代編集長はアンドリュー・ディクソン（Andrew Dixson）でその名の漢訳から『徳臣西報』と呼ばれた。一九七四年に停刊した。

〔3〕一八九四年の日清戦争の停戦とその後の馬関条約において、清朝が日本に台湾などの領土を割譲したことに怒った官僚、知識人たちとともに、康有為、梁啓超が、改革を求める一万八〇〇〇字の上奏文を光緒帝に差し出したことを指す。ここから、変法自強運動が始まったとされる。

〔4〕戊戌の政変によって改革が百日天下で終わり、亡命を余儀なくされた梁啓超たちが、在日の華僑の支援を受けて、一八九八年横浜で創刊した雑誌。その後、一九〇一年百号を迎えたのを機に、『新民叢報』と改称し一九〇七年まで刊行さ

れた。

〔5〕語り手が何もかも知っている場合、「神の視点」と言うが、それとは異なる特定の登場人物の視点、もしくはこれに準ずる語りの視点を、原文では「限知視点」と言っている。適当なタームがないため、説明的訳語を充てた。

〔6〕戊戌の政変後、改革派の官僚であった裘廷梁などが中心となり、啓蒙のための白話普及を目的として、一八九八年無錫で官話による新聞『無錫中国白話報』が創刊された。刊行期間は一年にも満たず、二四期で停刊するが、白話による新たな書面語の確立を目指したものとして注目された。五期六期の合併号刊行の際、その啓蒙の目的から書名を『中国官音白話報』に変更して刊行された。

〔7〕作家、編集者、ジャーナリスト、出版者でもあった李伯元（字は宝嘉、一八六七～一九〇六）によって創刊された清末を代表する雑誌。上海商務印書館出版。一九〇三～一九〇六年まで七二期刊行された。『文明小史』『老残游記』や多くの翻訳小説が連載され、高い評価を得た。

〔8〕梁啓超―一八七三～一九二九、変法自強運動の中心人物の一人。戊戌の政変で日本に亡命。『清議報』や『新小説』を発刊し、思想、文学、学問の刷新を主張し、当時の文人に大きな影響を与える。

〔9〕『新中国未来記』―一九〇二年『新小説』に連載された梁啓超の政治ユートピア小説。伝統的章回小説のスタイルで書かれる。前掲、『清議報』掲載。横浜で始まった小説の刷新の運動の第一歩というべき作品が、アメリカの作家(宗教家でもある)の作品に影響されたという流れは、歴史のダイナミズムを感じさせる。

〔10〕『痴人説夢記』―全三十四回。『繍像小説』の第一九期（一九〇四）から第五四期（一九〇五）まで連載された。

〔11〕十二回。光緒三二年（一九〇六）、科学会社から刊行された。編訳者を李伯元とし、『殖民小説氷山雪海』とタイトルにあるが、原作の有無・編者ともに不明。

〔12〕初期SF小説、一九〇八年に上海の小説林社より刊行された。物語の設定は二〇世紀末の一九九九年。作者の碧荷館主人については未詳。

〔13〕陸士諤（一八七八～一九四四、医者であるとともに、大量の小説を創作した）によるユートピアを描いたSF小説。一九一〇年上海改良小説社より出版。

第九章　宣教師と中国の近代児童文学の萌芽

清末から五四期にかけて、中国の児童文学は伝統的な児童啓発書から近代児童文学の萌芽へと変貌を果たした。このような変化は、近代の啓蒙思想によって感化された児童に対する観念と密接に関わっている。つまり、それまで児童は独立した存在として見られていなかったのに対し、「児童の発見」「児童は人である」「児童は児童である」といった近代児童に対する観念の提唱の下、児童文学の再構築が行われた。これは中国近代化の過程における重要なポイントである。まさに「児童の発見は、直接的に「中国近代児童文学」を誕生させ、しかも、現代文学の観念、思考方法、芸術表現に対しても深い影響を与えている」(1)のである。

梁啓超、黄遵憲らはいずれも児童文学を提唱し、また、それを実践、評価した人物である。「五四」新文化運動の先駆者も強い情熱を以て児童文学を提唱し、活動を行った。周作人、孫毓修(1)、周桂笙(2)、顧均正(3)、厳既澄(4)らは、早くから児童文学の翻訳紹介に携わった。また、葉聖陶(5)、老舎(6)、茅盾(7)といった多くの著名な現代文学作家は児童文学を彼らの創作に生かした(2)。清末の西洋文化の強力な介入は中国現代児童文学を生んだ一番の要因であり、欠かすことのできない異文化の資源であったことに疑いの余地はない。

中国の児童文学の発展は歴史上特殊な歩みを見せた。清末に西洋児童文学の編訳が先に存在し、その後、中国の児童文学の理論と創作が誕生したのである。学術界ではこのことがすでに共通認識となっている。この時期の中国の作家と学者が編訳した西洋児童文学作品は、今日に至るまで多くの研究がなされてきた。しかし、清末以降、西洋から訪中した宣教師が児童文学の領域において果たした苦難の功績は、中国の文学研究において長らく日の目を見ることがなく、文学史研究の暗闇に放置されてしまった、と言わざるをえない。言い換えれば、これまで提示された見解の中には限界があり、修正が必要であると筆者は考えているが、少なくとも再検証する必要はあると思われる。

清末以降、宣教師は大量に西洋の童話を翻訳紹介したのみならず、様々な児童文学の図書や定期刊行物を編纂し、最も早く世界各国の童話を中国の子供たちに紹介した。これと同時に、宣教師は、西洋における児童に対する観念を中国へもたらした。宗教的色彩を含んだ宣教師の作品が中国文学に与える影響には限度があるが、先駆的な役割を果たし、中国近代児童文学の誕生において水面下で少なからぬ影響を与えたのである。

本章では宣教師による児童文学の創作と翻訳紹介の考察を通じて、有名な児童作品について論述し、中国近代児童文学の萌芽期の複雑性および多元性を明らかにすることを試みる。

一　福音小説

一九世紀初期、プロテスタント宣教師が訪中し、児童は読者の対象として注目を浴び始める。一八一六年にミルンが著した『幼学浅解問答』、一八一九年にメドハーストが著した『地理便童略伝』、一八二四年、メドハースト著の『小子初読易識之書課』（一八三六年に改訂再版し、『嬰児書課』と改名）はいずれも児童のための作品である。一九世紀の中期以降、福音の伝播や新たな教育活動の展開に伴って、児童書の創作や翻訳がより一層重要となった。宣教師はこれを好機とし、児童書の編纂と出版を強化して、これまで乏しかった児童書の振興を図り、多くの文学作品が芽生えていた清末に、児童文学の産声を最も高らかにあげようと奮闘した。

自明の如く、宣教師が担っている布教の使命は、すなわち、輝かしき十字架の下で、宗教による救済を行うことである。その一環として、福音小説の創作と翻訳を児童文学の起点とさせた。少なくとも一九世紀末以前は、このような作品が主体であった。福音小説は児童文学の独特なジャンルとして、途絶えることなく、二〇世紀以降も依然として出版され続けている。

宣教師によって翻訳された最初の児童福音小説は『金屋型儀』である。原作はH・ボール（Hermann Ball）の *Thirza, order die Anziehungskraft des Kreuzes* と、E・M・ロイド（Elizabath Maria Lloyd）の *Thirza, or, the Attractive Power of the Cross*（一八四二）[3]である。訳者のF・ゲナールはドイツの礼賢差会（Rhenish Mission）の牧師であり、一八六四年に訪中した。この本は、ユダヤ人の少女が改宗しキリスト教を信仰する物語である。中国の伝統的な叙事の手法を以て語られており、三部に分かれている。各回の題目は存在しない。一八五二年に出版された。

これに続くようにして、一八五六年には、キース夫人[4]が上海方言で『亨利実録』を翻訳した[5]。そして一八五六年にクロフォード夫人も上海方言を用いて『三個閨女』を訳した[6]。特に『亨利実録』は影響力の強い作品である。本書の最初の漢語訳は一八五二年に上海で出版された。これはアメリカ監理会の宣教師であるキース夫人と彼女の学生が上海方言を用いて共訳し『亨利実録』と題した。

『亨利実録』の原書は一九世紀のイギリス児童作家としてたいへん有名なM・M・シェアウッド（Mary Martha Sherwood）が著した *The History of Little Henry and His Bearer* である。一八一四年に初版が出版されてから、大よそ七〇年間で一〇〇回も再版された。二五の章からなり、インドに生まれたイギリス人の孤児ヘンリーが主

図１　『亨利実録』、上海美華書館
1867年刊

人公である。ヘンリーは人情の薄いパンラン夫人にもらわれるが、召使いのプーシーはヘンリーを尊重して忠実に従い、彼を親切に保護し続けた。ヘンリーは異教のインドの地で、誰からも教育を受けなかった。五歳になっても文字を知らず、英語も分からず、神の道理を学ぶなどもってのほかであった。そんなある日、宣教師の娘がやって来た。娘は熱心にヘンリーに勉強を教え、イエスの教徒となるのに必要な道理を伝えた。ヘンリーは生まれつき病弱だったが、感性と努力により敬虔なキリスト教徒となった。かれはやがて重い病を患うが、召使いのプーシーの感化を忘れなかった。ヘンリーは僅か八歳で天に召されたが、ヘンリーの死後間もなくして、プーシーは洗礼を受け、ジョンと改名し、キリスト教徒となる。すると、あのパンラン夫人にも変化が生じるのであった。

児童を対象とした布教物語の書としては、『瑞士男孩賽皮利』（*Seppili the Swiss Boy*）も影響力のある作品である。一八六一年に寧波方言に翻訳され、一八六八年には上海方言に訳された。さらに一八七三年にはアメリカ北長老会のH・S・C・ネビウスが官話に翻訳し、『孩童故事』と題して中国聖教書局から出版した。このようにして、多くの児童がキリスト教に関する本を手にすることができた。[7]

一八七五年、上海基督教清心書院が主催し、ファーナム（J. M. W. Farnham）が編集した中国の児童啓蒙の刊行物『小孩月報』（*Child's Paper*）が出版された。これは一つの指標となる存在であり、キリスト教の文字における布教の転換期が到来したことを示唆している、と考えられる。

一八七五年前後、宣教師は大量に児童書を翻訳出版し、児童向けの定期刊行物を編纂したが、『小孩月報』の内容は簡単で面白く、たくさんの挿絵が盛り込まれているため、以後の他の児童刊行物や中国の近代の児童向けの刊行物の模範となった。その後の教会が手掛けた『花図新報』『孩提画報』『訓蒙画報』『成童画報』『福幼報』等は、中国の『蒙学報』『啓蒙画報』『童子世界』等と呼応し、清末の児童書の欠如を埋めることとなった。

しかし、一九世紀におけるプロテスタント宣教師の自己の役割に対する認識は、明末期すなわち一六世紀後半以降のそれを超えておらず、すべての文字による啓蒙活動を宗教紹介＝布教活動の道具と見なしていた。一九世紀に公刊された児童書には、アメリカ公理会の宣教師であるノース（M. B. North）が官話で書いた寓言物語『欠債喩言』（一八七四）[8]、『焚船喩言』（一八七五）[9]、アメリカ公理会の宣教師であるH・D・ポーター（Henry D. Porter）の妹のM・H・ポーターが訳した寓言物語『安楽家』（一八七五）、『両可喩言』（一八七五）、そして『除霸伝』（一八七五）等があるが、いずれもが宗教紹介を目的としている。

この中で影響力が最も大きいのは『安楽家』である。この書はウォルトン（Amy Catherine Walton、ペンネームはMrs. O. F. Walton）が著した小説の *Christie's Old Organ: or, Home Sweet Home* を翻訳したものである。ビクトリア時代における代表作となる児童書であり、孤児のクリスティー（Christie）が、病を患いながらも街頭芸人の老人トレフィ（Treffy）を世話し、二人で神の愛を追求する話である。M・H・ポーターはこの本を官話に翻訳し、一八七五年に上海中国聖教書会（Chinese Religious Tract Society）から初版が刊行された。その後、幾度となく出版された。上海画図新報館はこれを一八八二年に線装本で刊行した。上海美華書館は一九〇〇年に、また、一八八二年、一九一一年には中国聖教書局が、さらに一八八二年、一九一一年には、基督聖教協和書局（漢口、天津）が出版した。一八九七年には上海方言の翻訳本も出版されている。書名は『安楽個屋里』とし、上海文華書館から発行された（訳者は不明）。一九一七年には、これも訳者が不明だが、福州聖教書局から福州方言を用いた訳本『安楽家』が出版された。以上の多くの版本から小説『安楽家』は当時多くの子供たちに好まれていたことが推察し得る。

『除霸伝』はイギリス女性作家のC・M・タッカー（Charlotte Maria Tucker）の小説 *The Giant Killer; or the Battle which All Must Fight*（一八五五）を翻訳したものである。C・M・タッカーのペンネームはA. L. O. E.（a Lady of England：イギリスの女性）である。彼女は一八五二年から世を去るまで、二〇作余りの童話を手掛けた。たとえば、*The Claremont Tales, or Illustration of the Beatitudes*（一八五四）、*The Crown of Success; or, Four*

Heads to Furnish（一八六三）、*Wings and Stings: A Tale for the Young, Fairy Know-a-Bit*（一八六五）等がある。大半が道徳的な意を有した寓言物語である。M・H・ポーターが官話で訳した『除覇伝』は三三頁あり、一八七五年に出版された。一九〇三年、一九〇八年には、基督聖教協和書局（漢口、天津）で出版された。

『両可喩言』の原書は、慈善家としても有名なイギリスの女性作家H・モア（Hannah More）の宗教寓言小説 *Parley the Porter* である。リャンカーという名の使用人が主人の代わりに留守番をするが、泥棒の甘い言葉に誘われて、主人に背き泥棒を家に入れてしまう。そして最後には家を占拠され、使用人は銃殺される。訳者のM・H・ポーターは極めて簡単な言葉でこの小説を改作した。明解ながらも、道徳的な戒めが内在し、子供が読むのに適した作品となっている。

この小説の最後にリャンカーはとうとう自己の過ちを理解する。

図2　イギリス女性作家H・モア（1745-1833）

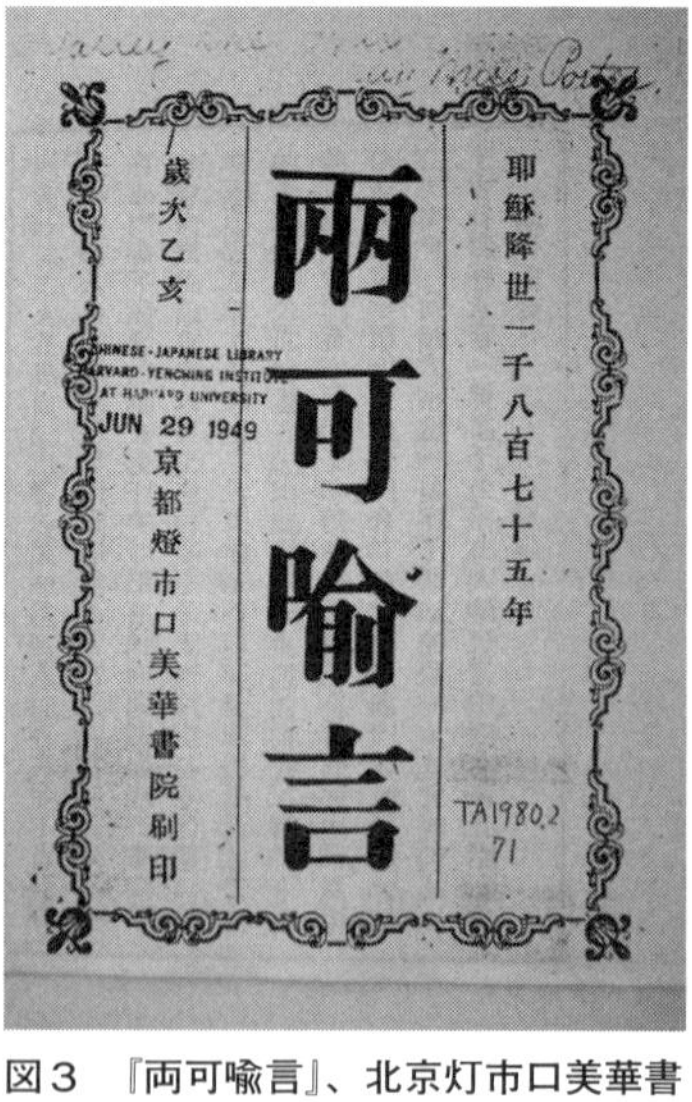

図3　『両可喩言』、北京灯市口美華書院、1875年刊

彼は傷だらけになり、地へ倒れて、大声で叫んだ。「ご主人様、私が今このようにして死ぬのも、あなたを信じず、おごり高ぶっていたからです。家を守る方々に、私のこの最後の言葉を聞かせたい。以前、ご主人様が『家に泥棒がいなければ、外の泥棒が家を破壊することはない』とおっしゃいました。家を守る方々よ。私の姿を見て知っていただきたい。様子を探りに来たものと話しをすれば、必ずだまされることになります。近づいてはいけないところまで出かけて行けば、必ず中へ入ってしまいます。窓から悪人と話をすれば、すぐに門を破られるでしょう。悪人から物を受け取れば、悪人を拒絶する力は消え失せましょう。門を開け、悪人を一人でも入れてしまえば、たくさんの悪人が侵入し、そして殺されるのです。まさに今の私のように[10]」。

作者は隠喩的な手法を用いて、短い物語の中で宗教の教義と倫理道徳を説いている。このような叙事方式は二〇世紀初期に一時流行した教育小説の手本となった。

そして、これらに続き、多くの宗教文学作品の児童版が次々と誕生する中で、最も著名な例はすでに紹介した『天路歴程』である。この作品は原作だけでなく、児童向けテクストや児童向けの類似作がいくつも出版された。例えば『小天路歴程』（*The Little Christians Pilgrimage*）がその一つである。原著者はH・L・テーラー（H. L. Taylor）、訳者はイギリスロンドン会の女性宣教師であるローレンスであり、官話による訳本となっている[11]。

アメリカの宣教師であるA・H・マティーア（Ada Haven Mateer）は『天路日程』（*Stepping Heavenward*）という訳本を手掛けている[12]。これは『天路歴程』の影響を受けて書かれた日記体の小説である。小説の中の少女は、『聖書』と祈禱をきっかけに、自己の短所を改め、家族に対する愛の中からキリストへの愛を悟り、またキリストの愛を以て大衆を愛することを知る。

A・H・マティーアが訳した『扣子記』は児童版の『天路歴程』という評価を得た。主として、児童が邪悪な本性に勝ち、仁愛の心を養わせる内容になっている。[13] この書はイギリスの多くの著作を手掛けた女性作家のA・L・フェブレ（Amy Le Feuvre）の童話物語 *Teddy's Button* を翻訳したものである。『扣子記』の主人公である幼くして軍人の父を失ったテディの傍らには、ただ父の軍服に付いていたボタンだけが残った。しかし、父が勇士として砂漠で戦死した物語をこのボタンは物語ってくれた。テディはいつもこのボタンと父の武勇伝を誇りに思い、この神聖なる存在を否定する者を許さなかった。さもなければ、暴力と恨みを以て対峙した。しかし最後にテディは「本当の敵は自分であり、恨みではなく愛を以てこそ、他に勝利しえるのだ」ということを悟って物語は終わる。A・L・フェブレの作品は布教的色彩が強いものの、子供向けに書かれている。著者の思いは以下の記述から看取しえる。

> 私は主の教えを詳細に伝えたかったのではなく、簡単な道理を描写しています。本では、たとえ話がいくつも出てきますが、これは、子供たちの理解を助けるために用いました。[14]

周作人はかつて、教養のある婦人は特に児童文学の創作に向いている、といった。なぜなら彼女たちは「優しき母性愛を有している。これに加えて高い知識と芸術の修養があれば、男性を上回るだろう」[15]と述べた。実際、女性宣教師は児童文学の創作と翻訳を重んじ、多くの精力を費やして、より多くの成果を挙げている。女性宣教師は、当初、多くが宣教師夫人の身分で訪中し、夫を支え、布教事業の発展過程において極めて重要な役割を果たした。[16] 宣教師の夫人は宣教師の補佐をするだけではなく、教会から派遣された宣教師として、教会に関する仕事に加わり、中国人の女性へ福音を伝える任務を担った。早期の布教活動において、中国の女性に布教していたのは多くが宣教師の妻であった。というのは、当時の中国では、通常、男性は女性と直接交流することができなかったからである。宣教師夫人は、女性という立場を生かし、また、布教への情熱と穏やかな人柄を以て接したため、中国の女性や子供たちには親しみやすかった。女性宣教師が信徒のために洗礼した記録を示す証拠は乏しいが、実際、彼女たちは中国の女性と児童に布教活動を行い、社会的な効果をたしかに生んだと考えられる。キリスト教を知った中国の女性は夫に、また、子供たちは両親に影響を与えた。福音の種が中国で萌芽し始めたのである。(17)

布教活動の進展に伴い、女性が力を発揮する機会もより大きくなっていった。特に一九世紀の八〇年代末に、アメリカで史上最大規模の学生ボランティア海外布教運動（Student Volunteer Movement for Foreign Mission）が起こった。たくさんの学生が志願して海外へ赴き布教した。その中には、多くの女性も含まれていた。一九〇〇年になり、アメリカが派遣した宣教師の人数は、ヨーロッパ各国を抜いて首位の座を占めた。一九二〇年、中国に滞在する外国人宣教師の人数は六六三六名であったが、その内、アメリカ人は三三〇五人、女性宣教師は二一〇四人であった。(18)女性宣教師たちは児童教育と児童文学の発展に力を入れ、清末の児童文学の翻訳紹介の新勢力となった。だが、彼女たちの多くが受けた神学の教育は、正式な教育機関で学んだものではなく、従って、特別に深い神学の知識を有してはおらず、いくつかの常識を把握していたに過ぎなかった。たとえば、宗教と関係のある学校でいくつかの課程を履修したり、「聖書学校」と言われるような場所で二年間ほど学んだりした。彼女たちは世俗的な教育者のような存在であり、神学者や宗教思想家ではなかった。(19)こうした女性宣教師が翻訳に選んだ作品は、女性作家の著作や孤児を題材にしたものが多い。これは中国の女性、少女を感化させることを目的としたからである。同時に、逆境に立ち向かう孤児に、逞しく、勇敢であるよう鼓舞している、と考えられる。

イギリスのビクトリア中期において、最も重要だと思われる福音小説家のストレットン（Hesba Stretton）の多くの小説を、(20)最も早く中国の読者に紹介したのは、中国に滞在する女性宣教師であった。ストレットンの有名作である *Jessica's First Prayer*（一八六七）は、一八七八年にアメリカの女性宣教師であるペイソン（Miss Adelia M. Payson）

図４　イギリス児童文学作家ストレットン（1832-1911）

が福州方言を用いて翻訳し、『貧女勒詩嘉』と題して福州美華書局から出版した[21]。物語を簡潔に述べると次のようになる。

主人公ジェシカの家は貧しく、母親は娘をこき使い、罵り、叩いた。ジェシカは日々物乞いをして暮らし、その生活には希望が全く無かった。ジェシカが唯一楽しみにしていたことは、毎週水曜日にコーヒー屋さんで無料のコーヒーとお菓子にありつけることである。そんなある日、ジェシカは、ふと教会の鐘の音を耳にし、それが心に深く響いた。その後、牧師の導きによって、神の存在を知る。そして初めて祈禱を行った。するとジェシカの人生に大きな変化が生じることとなる。なお、訳者のペイソンは本文の前に英語と福州方言を対照させた前書きを設けている[22]。

ストレットンのもう一つの児童書である *Little Meg's children*（一八六八）はアメリカ長老会のクロスセットが官話訳を行い[23]、『小美加』と題して、中国聖教書局から一九一三年に出版した。この他、アメリカ長老会のデュボース夫人は、ストレットンの小説 *Alone in London*（一八六九）を官話に訳し、『独在倫敦』と命名して、一九〇九年に上海聖教書局から出版した。この二作は前述した『貧女勒詩嘉』と同様で、家なき孤児と浮浪児が、困窮し難儀するものの、最後には心優しき人物（通常は中級階層の人）で、キリストを信徒するサマリタン（Samaritan）に救われる、という結末を得る。作者は貧しい子供の様子をありありと描写し、読者の心を強く打った。貧しく身寄りのない幼女を描いた福音小説は女性宣教師に好まれたようである。イギリス聖公会の宣教師であるモール夫人が訳した『亮塔幼女記』（*The Lighthouse Keeper's Daughter*）[24]やデュボース夫人訳の『愛妹新屋』（*Amy's New Home*）等もそれにあてはまる作品である[25]。

女性の翻訳者の中で最も多くの作品を残したのは、イギリスロンドン会のマクギリヴレイとアメリカ美以美会[26]（The Methodist Episcopal Church）のホワイトである。両者はそれぞれ二〇作以上の童話を編訳している。マクギリヴレイ夫人は童話の翻訳紹介に情熱を注いだ。児童が本に親しめること、また、読書力が向上することを常に念頭に置き、女性作家が書いた童話作品を選出した。内容は、主に、生活に苦しむ子供がキリスト教を敬虔に信じ、非行には溺れないという物語である。たとえば『幼女遇難得救記』『貧孩得勝』『伶俐幼孩故事記』などがある。『幼女遇難得救記』（*Wide Wide World*、一八五〇）の作者はアメリカの女性作家ワーナー（Susan Warner）である。幼少から恵まれた環境の中で育つ少女が、ある日突然、父の破産が原因で見捨てられ、一人孤独に生きることを余儀なくさせられる物語である。[27]

また、イギリスの女性作家サーストン（Ida Treadwell Thurston）[28]が著した『貧孩得勝』（*The Bishop's Shadow*）は、「ひとりの布教者の言動が、気性の荒い浮浪児の心を打ち、更生させ、また、日曜学校の先生が如何にして彼を助けたのかが述べられている。一七の章によって構成されており、「阿駝」が財布を拾ってから、ニンジンが変化するまで、物語が連なっており、読者を物語の世界へと引き込むことが期待[29]」されるという評価を受けていた。マクギリヴレイ夫人はこれを簡潔に翻訳し、広学会から出版した。さらには、イギリスの女性作家のギバーン（Agnes Giberne）[30]の福音小説 *Hungering and Thirsting*（一八六九）と *Charity's Birthday Text*（一八七〇）を官話で翻訳し、一九〇六年に広学会から発行した。

この他に彼女の手で訳された作品は少なくない。一九〇七年に翻訳出版された『惜畜新編』と『牲畜罷工記』は、愛の信念を伝え、動物と自然を大切に扱うことを教えている。『惜畜新編』（*Beautiful Joe*）[31]は、一匹の子犬が、残忍なる主人にひどい仕打ちを受けていたが、心優しき牧師の一家に救われ、幸せな生活を送る物語である。この本は、一八九三年に初版が出ると、すぐに大きな話題となった。一九〇三年のカナダとアメリカの総売り上げは一〇

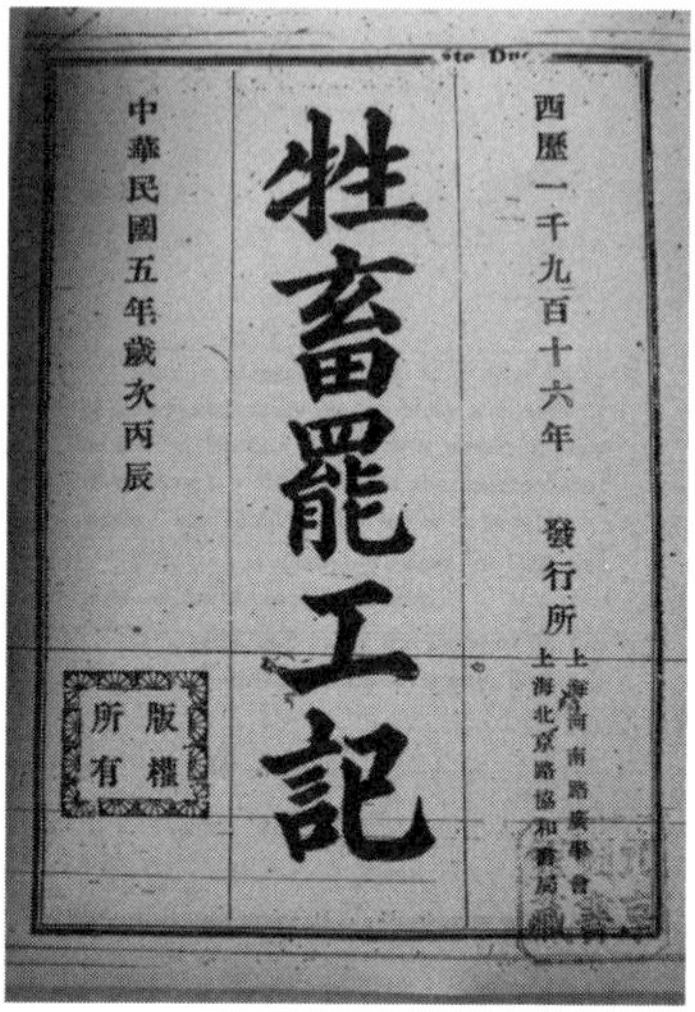

図５　1916年版『牲畜罷工記』

〇万冊に達し、様々な言語に翻訳され、世界中に広まった。マクギリヴレイ夫人は、これを文言文と官話に訳し、一九〇七年に広学会から同時に出版した。また、同年に、アメリカ女性作家のG・S・ポーター（Gene Stratton Porter）[32]が書いた小説『牲畜罷工記』（*The Strike at Shane's*）もマクギリヴレイ夫人が翻訳しているが、これも動物愛護の理念を説いている。彼女は、さらに、四冊の福音物語（『耶蘇幼年光景』『耶蘇施行奇事』『耶蘇講説比喩』『耶蘇成就大功』一九三〇年広学会出版）を手がけ、子供達にイエスの生前の事跡を紹介した。また、一九三三年には絵が盛り込まれている『耶蘇我救主』を同じく広学会から出版した。

この他、フィッチ夫人（Mrs. Fitch）も一九世紀末、上海で大きな影響を与えた女性宣教師の一人である。フィッチ夫人の夫であるG・F・フィッチ（George Field Fitch）はアメリカ長老会の上海所で美華書館の主任と『教務雑誌』の編集長を兼任していた。一八九四年、西太后の還暦祝いのため、中国の女性キリスト信徒は『新訳全書』を贈呈する計画を立てた。そこで、委員会を設け、資金の調達を図った。委員会は三名の女性宣教師が務めた。フィッチ夫人はそのメンバーの一人として秘書を担当した。また、全国各地の布教団に配布する資料の原稿を作成し、さらに、委員会の名義で各地の中国人と外国人のプロテスタント女性信徒に寄付を呼びかけた。中国各地の女性信徒はこの配布資料を高く評価したと伝えられている。以上の記述から、フィッチ夫人は当時とても活躍し、優れた文章力を備えていたことが連想しえる。

フィッチ夫人が訳した童話は四つある。一つは『大皇帝的差役』（*the King's Messengers*）である。この書は宗教的色彩の強い寓言物語集である。原作者はアダム（William Adam）[33]であり、一八五八年に出版された。主として、嘘をついた後の恐ろしさ、そして天国に召されるために財産を蓄えることの重要性を子供のキリスト教徒に教えている。一八九三年、フィッチ夫人が官話で翻訳し、かつて『画図新報』の編集長を務めた鍾子能が筆述し、上海中国聖教書局から出版した。そして一九〇九年に再版された。

フィッチ夫人が手掛けた残りの三作は、いずれもフィッチ夫人が翻訳して、王亨統が筆述した。官話を用いている。王亨統は浙江省の余姚の人で、商務印書館に勤めた経験を有し、様々な書籍の翻訳と教会教科書の編纂に参与した。二作目の『多謝安五伝』（*Thanksgiving Ann*）は上海中国聖教書局から一九〇一年版と一九〇五年版が出ている。三作目の『第四博士伝』は、上海中国聖教書局から一九〇三年と一九一三年に出版された。そして四作目の訳書のタイトルは『買你自己的桜桃』（*Buy Your Own Cherries*、一八六二）であり、一九一六年に上海美華書館から発行された。原著の作者はイギリス作家のキルトン（John William Kirton）[34]である。また、フィッチ夫人は、さらに『無形之画』（*Pictures of Silver*）を著し、江愛蘭による解説とともに、上海美華書館から、一九一五年に出版された。

女性宣教師を主とした清末の福音小説の翻訳と刊行は、その啓蒙教育的な色彩が宗教的色彩を上回った。作品は多くが児童を独立的に捉え、主に孤児や浮浪児の成長過程について述べられており、彼らが苦難を乗り越え、勇気と敬虔な信仰によって救われる物語を通じて、奮闘する人の心を鼓舞し、博愛と平等を唱えている。これは明らかに一八世紀中期に西洋で生じた教育小説の影響を受けている。アメリカ女性宣教師であるホワイトが翻訳した『蒙養準縄』（*As the Twig is Bent*）も明らかに教育を意識した作品である。[35]

イギリスの宣教師であるグリーン（Miss Katharine R. Green）が翻訳した『両個苦学生』は二人の家なき少年のナイトとダーンの物語である。二人は教育を受けることによって運命が変わり、その後、二人はそれぞれ音楽家と博物学者になる。この書からも、女性宣教師たちが児童教育を重視していたことが理解し得る。この種の作品は他にもたくさん存在する。教育は清末の中国にとって、すみやかな解決を要する重要な問題の一つであった。一八九八年、戊戌の変が起こり、八股文が廃止されると、一九〇五年には科挙試験が廃止となった。よって、中国の教育、特にその基礎教育には多大な変化が生じたため、教育小説の勃興を刺激したのである。故に、上述したような啓蒙的色彩が豊かな福音小説は早期の模範の一つと見なしえる。

二　寓言と童話

寓言は本来児童だけが対象ではないが、清末以降、宣教師は、児童書の内容に寓言を盛んに組み込んで、寓言物語の翻訳編集にいっそう力を注いだ。そのため、中国の作家に対しても影響が及ぶこととなった。

西洋宣教師が翻訳紹介した寓言は、最も早期にさかのぼると、明万暦、天啓年の間にイエズス会士らが訳した『イソップ寓話集』に到る。だが、明末における宣教師の翻訳者は、児童のために翻訳したわけではなく、教義を述べるためであった。たとえば、イタリアのイエズス会のリッチの『畸人十篇』（一六〇八）やスペインイエズス会のパントーヤの『七克』（一六一四）は、訳者の見解も交えながら『イソップ寓話集』を部分的に翻訳紹介している。明天啓五年（一六二五）、フランス宣教師であるトリゴーが訳し、中国人宣教師の張賡が筆述した『イソップ寓話集』の単行本が出版された。書名は『況義』と題した。イエズス会士は『イソップ寓話集』の原貌を極力留めた。変更するにしても、些かの程度に抑えた。しかし、寓意においては、

会士は西洋伝統の足枷から脱し、カトリック教の角度から再考察を行っているため、中国で新しい布教のための物語の詩学が誕生したのである。このようにして形成された『イソップ寓話集』はある意味で、欧州中世

の布教物語を継承しており、その結果、通常、文学史における重要な貢献を為すこととなった[36]と言われている。

この文学史上の貢献は、清末から次第に目に見えて現れるようになっていった。特に明末のイエズス会と比べると、清末のプロテスタント宣教師が寓言を翻訳する際、明らかにそれを専ら児童の読み物と見なしており、より面白さや感動に重点を置いている。

現在、我々が見ることのできる一九世紀のプロテスタント宣教師によって最も早く発表された寓言集の作品は一八五八年のマーティンが著した『喩道伝』である。マーティンはさらに『中西聞見録』と『新学月報』などの刊行物で『三神寓言』『二蛙寓言』などを発表した。また、『伊索寓言』の部分的な篇目も翻訳した。やや後の『万国公報』においても、よく寓言を掲載し、その中には『イソップ寓話集』などの西洋作品に対する訳述や、中国古代の寓言を書き換えたものもあった[37]。

これ以後、比較的珍しかったロシアの作品も翻訳紹介されている。たとえば、アレンの翻訳、伍廷旭筆述の『俄国政俗通考』は一八九九年一二月から一九〇〇年五月まで『万国公報』の第一三一〜一三六冊で連載した。翻訳したのはクルイロフ（Ivan Andreyevich Krylov）の寓言物語『狗友篇』『猴魚篇』『狐鼠篇』などである。一九〇〇年に広学会から単行本として出版され、子供たちにとても好評で、一九〇六年に再版された。

一九〇〇年、広学会は、アメリカ宣教師のレール（G. R. Loehr）が編訳した『孩訓喩説』（*A Collection of Useful Fables*）について、「これは面白く、また実に有益なる喩言集である。この書は全部で一〇二個の喩言がある。どの喩言も読者に物事を明晰にさせ、生きるための活力を与えうる[38]」と述べた。

上述のプロテスタント宣教師の寓言作品は、世俗文学の色彩が明らかに強まっており、明末のイエズス会士の布教を目的としたものとは全く異なっている。リチャードを代表とする「社会福音派」は、キリスト教徒は、社会と向き合って、社会を再構築する使命を果たすべきだと提唱した。そして、リチャードは、文学を含む世俗出版物を社会再構築の手段であると説いた。このため、リチャードが広学会の代表を務めた後、この教会の出版機構は大量に世俗的な読み物を出版し始めた。これについてカナダの牧師であるD・マクギリヴレイは、一九〇〇年にリチャードの招待により広学会に加わった時に、複雑な心境で次のように述べた。

この名称、「在中国伝播基督教与普通知識協会」について考えると、「基督」を前に置いてあること、そのことが協会のすべての仕事を包括していると思う。私にとって、いわゆる「普通の知識」の領域に及ぶつもりはない。なぜなら、そのような仕事をさせられたことがないためである。私の目標は、キリスト教の言葉を使って資料を出版することであり、それは私が今から私の声を布教に使う目的と同じで、神の福音を沢山の人に伝えたいのである。(39)

だが彼はやはり仕方なくその中（普通の領域）に身を投じた。広学会に加入してから間もなく、D・マクギリヴレイはイギリス児童文学で知られる女性作家のギャティ夫人が著した寓言物語『自然寓言集』（Parables from Nature）の第二集『和声鳴盛』を翻訳した。この作品の官話本は一九〇〇年に、文言本は一九〇一年にいずれも広学会から出版された。ギャティ夫人はイギリスで名を馳せた児童文学作家であり、幼少からイギリス王室海軍の牧師である、父のスコット（Rev. A. J. Scott, D. D.）から教えを受けており、作品からは深い知識と人間的素養を感じ取ることができる。主要な作品としては*Joachim the Mimic*、*A Book of Emblems*、*Aunt Judy's Tales*、*The Human Face Divine*、*Worlds not Realised*、*Proverbs Illustrated*などがある。また*Aunt Judy's Magazine*という児童刊行物の発行を司ったことがある。『自然寓言集』は全五巻あり、ベル・アンド・ダルディ社（Bell and Daldy）によって一八五五年から一八七一年にかけて出版された。マクギリヴレイ夫人はそれぞれ官話と文言を用いてこの書の第一集を翻訳し、一九〇六年に広学会から『喩言叢談』と題して出版した(40)。

西洋の寓言が翻訳紹介されるに従って、中国の知識人も寓言を児童の読み物に組み込むようになっていった。孫毓修は『欧美小説叢談』において、寓言は、「児童にとても適切で、多くのことを学ぶことができ、教科書として採用しえる」と言っている。周作人はさらに踏み込んだ言及をし、寓言を純粋な児童文学とするべきだと述べた。なぜなら、寓言は童話と比べると、

> 簡単で短いけれども、教訓的な意味が多く含まれている。通常、これを寓言と称している。
> 価値は専ら物語の内容にあり、教訓は実はあっても無くてもよい。もし、物語の意義が自明でありさえすれば、児童は自分で理解しえるだろう。これを用いて修身の大きな道理を教えるのならば、それは誤っている(41)。

要するに、宣教師によって始まった寓言の翻訳紹介は、中国の寓言の伝統に外来の栄養を与え、新たな生気をもたらすことに

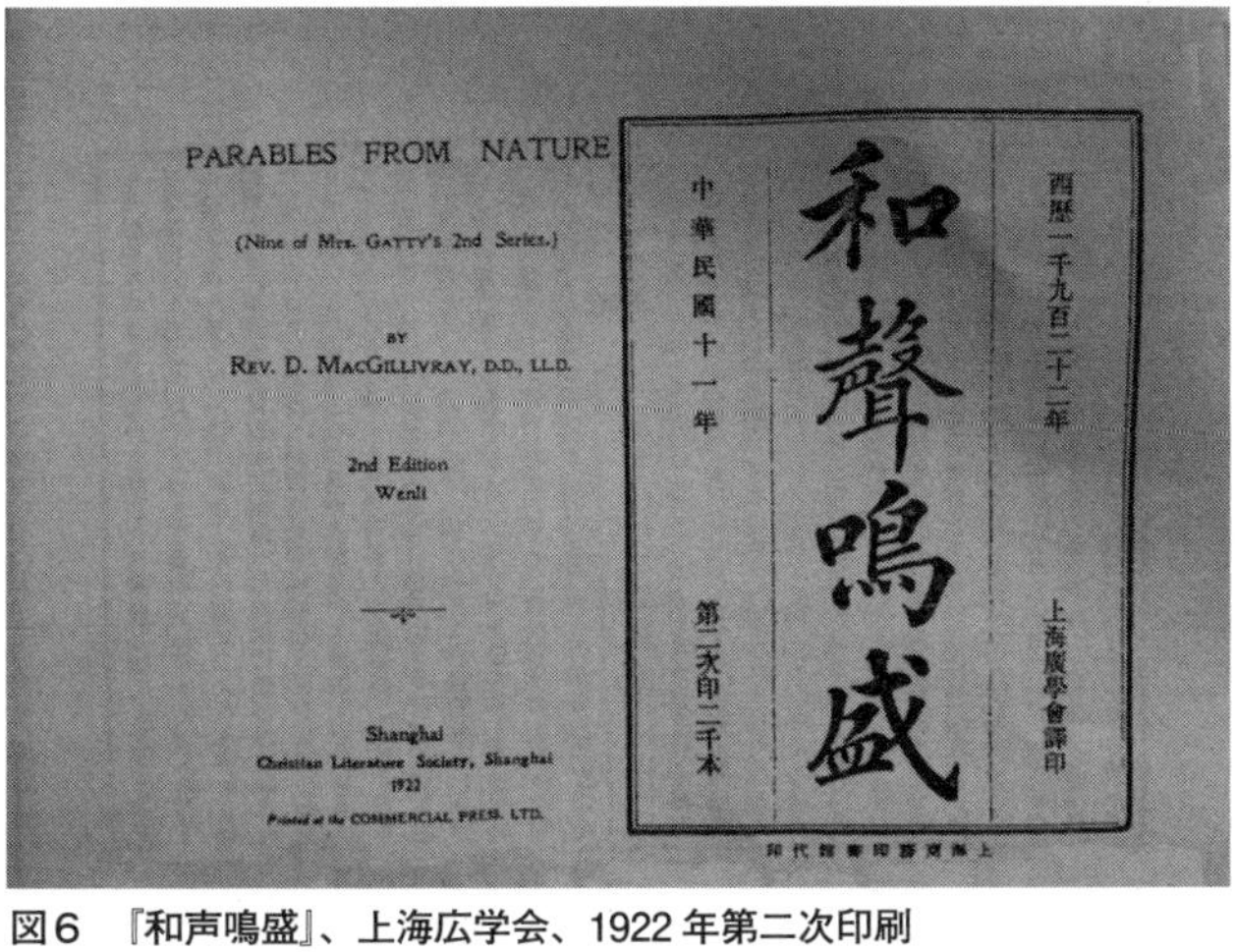

図6　『和声鳴盛』、上海広学会、1922年第二次印刷

なったのである。(42)

社会への福音伝道の展開、および次第に社会化するキリスト教秩序による挑戦は、布教事業をより世俗的なことのために用いるようになった。そして、宣教師自身が受ける訓練によって、彼らの内面における異なる役割の衝突をより激しくさせた。その宗教的な役割は、日増しに、大衆の啓蒙者としての役割に取って代わられていき、それ故、世俗文学の仕事により重点をおくこととなっていったのである。このことは、清末から五四期までの福音小説において表現されているだけでなく、全般的に啓蒙的な色合いが宗教的なものを超越するようになり、加えて、多くの宣教師が世界各国の代表作となる童話の翻訳紹介に邁進し、世界的な視点を以て、中国児童文学を発展させ、新たに構築しようとするようになった。

宣教師が翻訳紹介した各国の童話には代表作的な作品が余すことなく含まれている。たとえば『千夜一夜物語』『アンデルセン童話』『ロビンソン漂流記』『グリム童話』『ハウフ童話』などが挙げられる。また、シェークスピア、トルストイ、ディケンズ、ホーソーンなどの作家の名著も児童文学へ改編された。たとえば、イギリスの牧師であるメイソン(43)の官話による訳本の『庫若索探検記』(*The Adventures of Robinson Crusoe*)は『ロビンソン漂流記』の訳本である。メイソンはこの他に官話で『荒島流落記』(*Swiss Family Robsin*)を訳した。この作品は、スイス人がオーストラリアの孤島において、『ロビンソン漂流記』的な物語を展開させる。紙幅を大幅に減らしているが、原作と同じように一人称による叙事を用いている。メイソンは、さらにイギリスのラム(Charles Lamb)が児童向けに改編した『莎士比亜故事集』(*Tales from Shakespeare*)を訳し、『海国趣語』と題して広学会から発行した。この書には、後に、アメリカ北長老会の女性宣教師であるM・R・M・マティーアの、官話訳『莎士比亜的故事』がある。ラムの童話版シェークスピアの物語集には、上海の達文社が一九〇三年に初版を出した『澥外奇譚』がある。一九〇四年には林紓と魏易がこれを翻訳し、出版した。初めは『吟辺燕語』と命名したが、その後『莎氏楽府本事』

という名で、中国に広く伝わった。子供たちに好まれただけでなく、大人も夢中になって読んだ。

翻訳にあたっては、中国の訳者の間では互いに参考にし合いながら、平易ではあるが通俗的な文言文での翻訳を行った。これと比較すると、宣教師の白話訳本は個性的である。ホワイトはシェークスピアの『威尼斯商人』を訳し、それを『剜肉記』と命名して、一九一四年の九月から、一九一五年の一一月まで『女鐸報』で連載した。ホワイトは翻訳時に中国叙事文学の伝統を用い、「往々にして書中の主人公の名前と来歴を述べ、それから、事件について詳述した」[44]り、先に物語の発生する具体的な場面を描写し、その後、登場人物の紹介を行い、その経緯を語ったりする。そして、人物の姓名や互いに交わす挨拶の仕方なども中国的なものとなっている[45]。注目に値するのは、『剜肉記』はシェークスピアの原著における劇の形式を保っていたため、南京匯文女校が卒業式のときに上演し、大きな話題を生んだ、ということである[46]。

宣教師たちと中国人翻訳者によるシェークスピアの翻訳作品は相乗効果をもたらした。たとえば、一九〇三年、上海達文出版社から出版した『澥外奇談』、一九〇四年、林紓と魏易が共訳した『吟辺燕語』などがそれにあたる。中国人翻訳者と比べると、宣教師は青少年の読者により重点をおいて、原作に対して相応たる改編を行っている。ロシアの大文豪として名を馳せるトルストイの作品を最も早く漢語に訳した作品『托氏宗教小説』は、ドイツの礼賢会の宣教師であるI・G・ゲナールが手掛け[47]、麦梅生が解説した。そして香港の礼賢会から一九〇七年に出版された。その中にはトルストイが

図７　『莎氏楽府本事』、上海三民図書公司、1936年刊

宗教を題材として書いた一二篇の民間物語が収録されている。すなわち、『主奴論』『論人需土幾何』『小鬼如何領功』『愛在上帝亦在』『以善勝悪論』『火勿火勝論』『二老者論』『人所凭生論』『論上帝鑑観不爽』『論蛋大之麦』『三耆老論』『善担保論』である。その内、六篇はすでに一九〇五年から一九〇七年の間に『万国公報』と『中西教会報』で発表されている。

一九一〇年、上海華美書局はツアー教授が翻訳した一連の童話を出版し、とても注目を浴びた。それには『阿里巴巴遇盗記』(*Ali Baba and the Forty Thieves*)、アメリカ作家のホーソーン(Nathaniel Hawthorne)の童話物語である『希臘稗史選訳』(*Tanglewood Tales*)、『伊氏寓言選訳』(*Fables from Aesop and Others*)、『亜蘭亭奇遇記』(*The Story of Aladdin and His Wonderful Lamp*)、『辛辨得航海記』(*Sinbad the Sailor*)、『安氏寓言選訳』(*Tales form Anderson*)、および『仙術述異』(上)(*Fairy Tales Book 1*)、『仙術述異』(下)(*Fairy Tales Book 2*)などがある。その内、ホーソーンの『希臘稗史選訳』(現在の訳では『坦格林児童故事集』)は当時まだ人々に知られておらず、訳者は、独創的な文学的見識を有していたことが分かる。ホーソーンは生前童話物語集を二冊書いている。すなわち『希臘稗史選訳』と『奇迹書』(*A Wonder Book*)である。両書には全部で一二篇のギリシア神話が収録されており、複雑なギリシア神話を理解するのに最も良い入門書であるといえる。児童に合わせて、ホーソーンは神話の中の多くの血腥いシーンを削除し、より児童の視線に沿って、温かく面白みの溢れた物語にし、幼く純粋な心を考慮している。一九二〇年代、朱光潜がヨーロッパを旅行し、国内の青年に宛てた一二通の手紙の中で読書について語る際に、上述の『希臘稗史選訳』を推薦し、朱光潜はこの書を翻訳し『丹谷閑話』と題した。

一九世紀のイギリス、アメリカ女性作家の優れた児童文学作品も適時に翻訳紹介された。たとえば、バーネット(Frances Hodgson Burnett)、ギバーン、ソーンダース(Marshall Saunders)、G・S・ポーター、ギャティ夫人、ストレットンなどの童話である。多くの作品は原作が出版されると、すぐに中国の子供たちのために翻訳された。これらは歴とした当代文学の翻訳だといえる。

実際、中国人作家はほぼ同じ歩調で、ひいてはさらに早く、部分的な翻訳紹介を開始した。たとえば、周桂笙は一九〇〇年に上海の『採風報』において、『千夜一夜物語』の中の物語を選出した翻訳作品として『国王山魯亜爾及兄弟的故事』と『漁夫』を発表した。また、一九〇二年に『寓言報』において、立て続けに一五篇の訳文を発表した。それらは『イソップ寓話集』『グリム童話』『ハウフ童話』の中から選出したものである。その後『新庵諧訳』を収録し、一九〇三年に蘇州清華書局から出版した。一九〇二年には、上海の開明書店から、沈祖芬が翻訳した『絶島漂流記』を出版した。これは『ロビンソン漂流記』を最初に漢語で翻訳した作品である。一九〇三年には、上海の文明書局から、銭楷が日本語の『千夜一夜物語』を転訳した『航海述奇』と『辛伯達航海旅行的故事』を出版した。一九〇四年には、周作人が『俠女奴』[48]を翻訳した。これは『アリババと四十人の盗賊』の物語である。

シェークスピアの翻訳作品は、既述のように、一九〇三年に上海達文出版社出版の『澥外奇談』があり、一九〇四年には林紓と魏易が共訳した『吟辺燕語』などがある。だが、早期の中国の訳本は、多くが文言文を用いており、数に限りがある。これに比べて、宣教師は、白話文を用いた童話翻訳に力を注ぎ、代表作的な寓言童話や当代の児童文学の翻訳も行った。また、児童向けに原作を適宜に改編した。従って、これらが中国の現代児童文学の未来の発展方向を示唆していたことは間違いない。

一九世紀末、社会的な福音伝道の発展に伴い、これまでの伝統的な個人単位の活動では、キリスト教的秩序による精神を維持することが難しくなり、また、布教の規模およびそれに関わる事業の拡大に適応できなくなった。布教の目標は次第に単純な一つの魂を救うことから、「キリスト教化」した社会的秩序の建設を提唱するようになっていった。西洋のキリスト教文化を用いて世界の文化を変え、最終的には、全世界の西洋化の実現を試みたのである。このような新たな布教観念と方法は、宣教師の活動において新たな道を開拓しただけでなく、児童文学を盛んにさせ、より多くの専門的な技術を有する人材が布教の列に加わった。これは宣教師がキリスト教文化を以て世界文化を変えようとした一つの表れである。明らかに宗教的意図が混じり合ってはいるが、宣教師たちはやはり新たな内容と叙述方法により、中国の児童文学に活力を与え、中国の近代児童文学の萌芽を促したといえる。

三　ホワイトの文学的貢献

ホワイトはアメリカ美以美会の宣教師である。一八八七年に訪中し、南京に匯文女校[8]を創立した。その後、リチャードの要請を受けて一九一二年から一九二九年の間、『女鐸報』の編集を初任者として担った[49]。だが、一九三一年に、体調を崩したことが原因でアメリカへ帰還し、中国での布教生活を終えた。ホワイトの著作はとても豊富で、新聞雑誌を刊行し学校を創立し、大いに活躍した。しかしながら、意外なことに長い間研究者の注目を得ないでいた。

ホワイトは長期に渡って『女鐸報』[9]の主筆として、著作に励んだ。『女鐸報』は中国で最初に書局から出版される漢語による女性用刊行物として公認され、一九一二年から上海の広学会より出版された。この刊行物の初心は、中国の混乱した時代の中で、心地よい声を発して、女性に家庭の責任を果たすよう呼びかけることで、キリスト教の節度を表し、社会的な美徳を称揚する、ということであった。『女鐸報』について、一九一七年の『差会年鑑』では以下の如く述べている。

混乱の中、温かくさわやかな声を聞くことができる。それは婦人が家庭での義務を果たし、子供をキリスト教徒として育て上げて、社会の美徳と成るよう求める声である。そしてこのような声は『女鐸報』から来ている。このキリスト教の雑誌は、婦人の美徳の形成、覚醒、実用的な改革などについて語っている。創設から既に六年がたった。私の知る限りでは、書局による出版で最も早く創刊した中国婦人向けの刊行物である。また、現存する婦人刊行物の中で最も息の長いものである。

アメリカ北長老会差会の総本部は支援金を準備し、各女性宣教師に『女鐸報』を購読させた。[50] この刊行物が最も重視していた小説の題材は、子育て、教育、家の切り盛りである。その中で発表した多くの作品は西洋から翻訳したものであり、西洋的な色合いが濃かった。[51] これはホワイト自身の定期刊行物の運営に対する主旨と理念を表し、彼女の創作と翻訳小説も大抵このような内容を取り扱っている。

ところが、ホワイトの小説については、学界ではほとんど注目されていない。わずかに知られている作品としては『五更鐘』があるのみである。そこで一部の重要な書目や文献を調査すると次のような発見があった。すなわち、樽本照雄の『〈新編増補〉清末民初小説書目』と陳鳴樹主編の『二十世紀中国文学大典』（一八九七〜一九二九）の収録が最も多く、次の五作、『五更鐘』『獄中花』『小公主』『小英雄』『貧子奇縁』を収録している。

また、賈植芳と兪元桂主編の『中国現代文学総書目』、劉葉秋、朱一玄、姜東賦主編の『中国古典小説大辞典』、江蘇省社会科学院の『中国通俗小説総目提要』はそれぞれ上述した五作の内、四作を収録している。[52] この他、阿英の『晩清小説劇曲目』（増補版）では『小英雄』と『獄中花』を収録している。そして、周越然（一八八五〜一九六二）の『言言斎書話』では、光緒二七年（一九〇一）の広学会出版の珍しい訳本小説である『獄中花』を提示した。さらに、ハナンは『中国19世紀的伝教士小説』において、『五更鐘』と『獄中花』と『小英雄』について言及している。[53]

だが、ホワイトが創作、翻訳した小説は、これだけには止まらず、他にも多数存在する。一九一二〜一九二九年の『女鐸報』、一九一七年のクレイトンの『基督聖教出版各書書目彙纂』、一九二二年の『協和書局図書目録』、一九三八年の『広学会図書目録』によると、ホワイトの著作は、単行本で発行したものだけでも一八冊以上ある。以下は筆者が、それぞれの目録に記載された書誌とその内容紹介の文章に若干整理を加えたものである。なお列挙順はピンイン順に基づいている。

『東方一夕話』官話。ホワイト編集。イエスが生を受ける話。情景は臨場感がある。広学会発行。子供に適する。

『改良家政小史』ホワイト著、袁玉英解説。官話、全二七頁。挿絵が付してある。広学会一九一三年発行。母親が学ぶべき学識と技術について書かれ、中国人とその生活を背景にしている。中国のキリスト教徒の家庭の生活を知ることができる。本の中の挿絵は、中国の写真を用いている。全部で九つの章があり、婦人たちが如何にして勤勉に、また如何にして節約し、如何にして本分を尽くせば、家政と教育において向上できるのかを述べている。母親に一読を願う一冊である。(54)

『各国童談』官話。ホワイト編集。子供たちがそれぞれ自分の国で過ごすクリスマスの情景について話す。各国の風俗が適切に記述されている。広学会発行。子供に適する。

『儆世名言』官話。アメリカのダイク（Henry Van Dyke）(55)著、ホワイト、袁玉英訳。『第一棵聖誕樹』など全九篇の物語を収録。世人に警鐘を鳴らす作品。一九一四年広学会発行。女性と子供に適する。

『客店無空房』官話。ホワイト編集。英語、漢語。マリアが旅館に駆け込む話で、真に迫ったエピソード。広学会発行。子供に適する。

『乱世女豪』イギリスのエリオット（George Eliot、イギリスの女性作家Mary Ann Evansの筆名）著、ホワイト翻訳。官話。一四〇頁。広学会一九一七年発行。(56)

『馬賽勒斯』官話。ホワイト翻訳、周澈朗女士解説。親のいない少女を育て、良い報いを得る。一九一三～

一九一四年に『女鐸報』に連載。同年広学会発行。女の子に適する。

『蒙養準縄』アメリカのチェネリー（Susan Chenery）が著した *As the Twig is Bent* の翻訳。一九〇一年初版。ホワイト訳、袁玉英解説。一三個の短い物語。官話。四一頁。広学会一九一五年発行。一九一四年に『女鐸報』に連載[57]。

『秘園』文言文。許之業、周兆桓、李冠芳等が翻訳。ホワイト監修。身寄りのいない少女のマリアが秘園で遊び、そこで悟りを開く話。一九一四～一九一八年において『女鐸報』に連載。後に広学会発行。児童に適する。

『貧子奇縁』イギリス。ラスキン（John Ruskin、イギリス芸術評論家、社会思想家）が著した小説 *The Broom Merchant* の訳書。ホワイト翻訳、峴山樵人批評。文言文。広学会一九〇三年発行。貧しい子供が箒を売って自立する。スイスの名士ノースロップは、「この中には、足るを知ることや、苦労に耐えること、あるいは配偶者の善徳などについて書かれている。奇縁を感じ取ることができ、優れた作品だといえる[58]」と述べた。その後、ホワイトの学生である劉美麗が官話に訳して『掃帚商人』と題した。一九一五年広学会発行。

『聖誕貧児宴』官話。ホワイト編集。金持ちの家がクリスマスに貧しい子供を招待する話で、とても面白い。広学会発行。子供に適する。

『聖迹抉微』官話。ホワイト訳。キリストの奇跡について、その不思議さを分かりやすく説明する。一九一六年広学会発行。女性に適する。

『鉄十字架』官話。ホワイト訳。ヨーロッパの戦争と

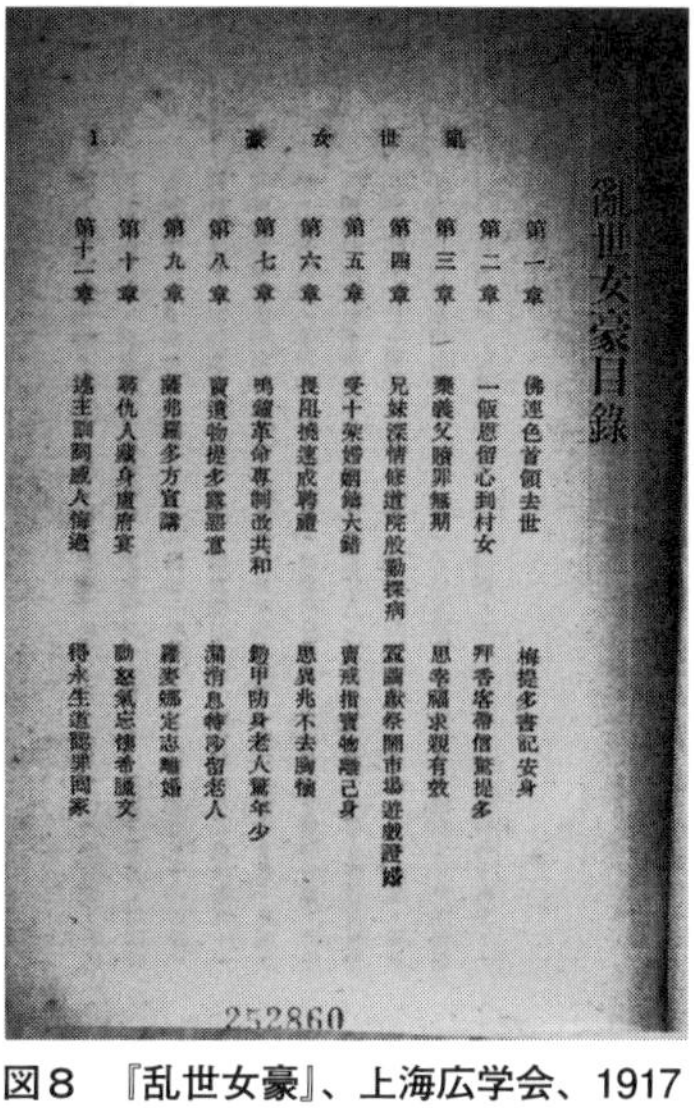
亂世女豪目錄

第一章
第二章
第三章
第四章
第五章
第六章
第七章
第八章
第九章
第十章
第十一章

亂世女豪　1

252860

図８　『乱世女豪』、上海広学会、1917年刊

平和について、警戒を呼びかけるもの。広学会発行。女性に適する。

『韋師母在包菜園』アメリカのライス（Mrs. Alice Hegan Rice）が著した*Mrs. Wiggs of Cabbage Patch*の翻訳。ホワイト、朱懿珠訳。官話。六八頁。上海の広学会から一九二四年に発行。ライスの有名な小説をホワイト女史が中国の物語として翻訳。貧しい家庭の主婦が、二人の息子と三人の娘を立派に育て上げるために、どのように頑張ったかを平易な文章で、かつリアルに描いた作品[59]。

『五更鐘』官話。ホワイト、陳春生訳。善を勧める書物で、武昌の林明道の息子が悟りを開き神に帰依したことを述べたもの。原名は『五次召』。後に『五更鐘』と改名。多くの人から称賛されている。女性と子供に適する。一九〇七年、一九一五年上海美華書館から活版印刷。一九一六年、一九二〇年、協和書局本により発行[60]。

『小公主』イギリスのバーネットが著した*Sara Crewe*の訳本。ホワイト訳、周澈朗女士解説。官話。四二頁。広学会から一九一四年に発行。一人の裕福な家庭の少女が一旦は零落したものの、頑張って再び豊かになる過

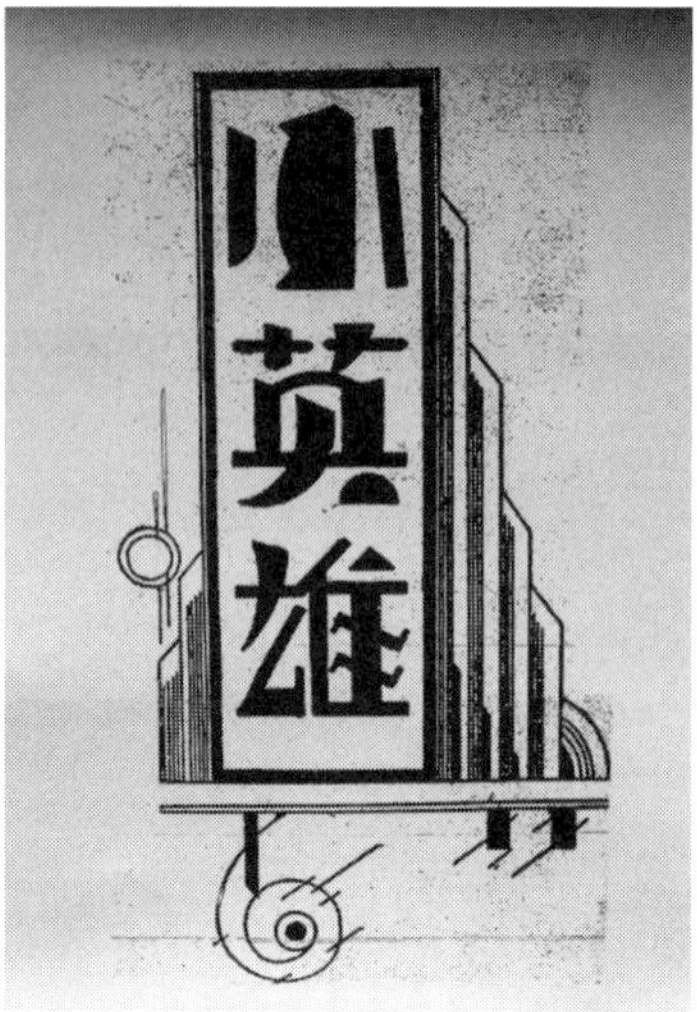

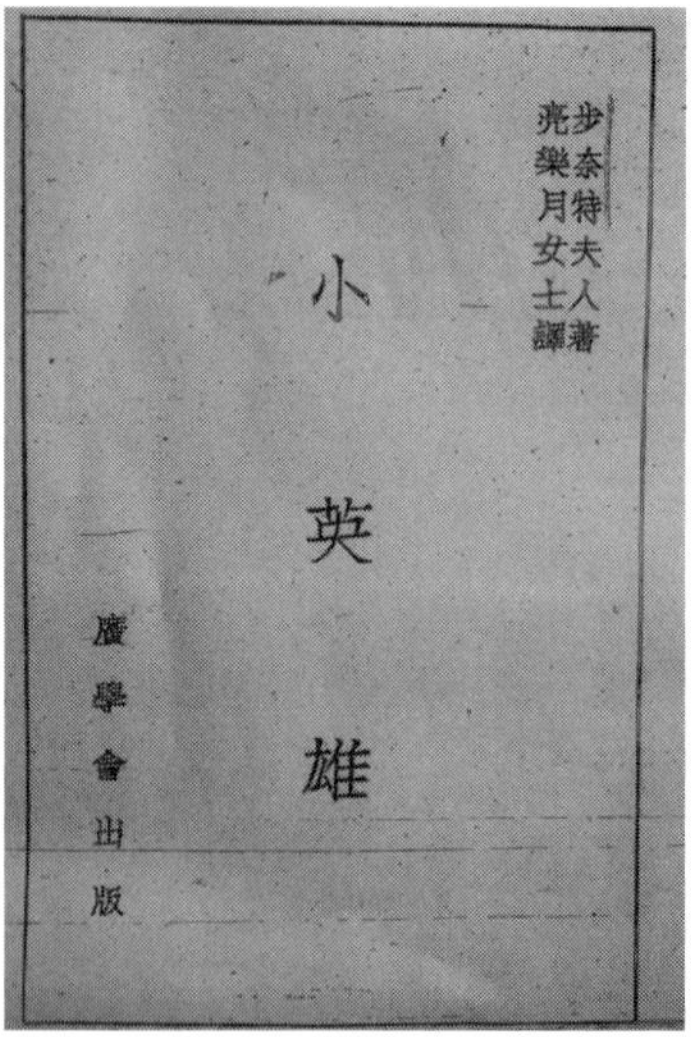

図９、図10　『小英雄』、上海広学会、1902年刊

程を、周りの変化と合わせて描いた。女性に進取の気象を求めたもので、青年女子が必ず読むべき書物。日本名『小公女』[61]。

『小英雄』官話。イギリスのバーネットが著した児童小説 *Little Lord Fauntleroy* の訳本。ホワイト訳、陳春生解説。官話。全一六回、一七〇頁。上海の広学会から一九〇二年に発行。また、一九〇三年に美華書局から発行。一九〇五年、一九一三年、一九二三年、一九三〇年、一九四一年に広学会から複数の版本が発行。伯爵の跡継ぎの少年が、その人柄で、祖父をはじめ周りの人々を感化し、無事伯爵となる物語。文章が見事で、何遍読んでも飽きない上に、家庭教育について知ることのできる書物。日本名『小公子』[62][63]。

『獄中花』官話。サンティーヌ（Xavier Saintine）が著した小説 *Picciola* の翻訳本。ホワイト訳、陳春生解説。一九〇一年、一九〇三年に広学会が発行。その他、ホワイト訳、余鉄庵解説、一九二八年広学会発行がある[64]。また、「中学生がフランスの歴史を学ぶ際に参考になる」と言われている[65]。

注意が必要なのは、上述の作品の書名及び書誌には些か誤りがあることである。たとえば『秘園』である。『女鐸報』に連載する時に、第一回は「許之業、周兆桓同訳」とあるが、第二回からは全て「李冠芳訳」となっている。しかし『協和書局図書目録』の「小説類」では、ホワイトの名となっている。また、小説『馬賽勒斯』を『女鐸報』に連載した際に、「周澈朗」と署名してあるが、一九一八年八月一日の『女鐸報』の英語による広告では、ホワイトの名義となっており、クレイトンの『基督聖教出版各書書目彙纂』における題は「ホワイト訳、周澈朗述」と書いてある。さらには、『蒙養準縄』を発表した時に「袁玉英」と署名しているが、一九一七年、九月一日、第六巻第六号の『女鐸報』に列する『婦孺適用書目』では「ホワイト訳」とし、クレイトンの目録では「ホワイト訳、袁玉英述」となっている。一方『協和書局図書目録』では『蒙養寓言』があるが、この作者がホワイトとなっていて、同じ書を指していると思われる。

『女鐸報』は、「著作には各省の熱心なる女性の担当者以外に、南京匯文女校の女性教師と女学生も加わった」[66]と書かれている。袁玉英、李冠芳らは匯文女校のホワイトの学生である。彼女たちがホワイトと共著を行っていたことは間違いなく、また、ホワイトの指摘や指導が加わっていたと考えられる。これはまさにハナンが指摘したように、多くの場合、宣教師が小説の著作や翻訳をするときに中国人の手助けを要していた、ということだといえる[67]。

ホワイトは多才多芸だった。小説以外に、その他の文体による創作や翻訳も試みている。一九一四～一九一五年の『女鐸報』の「小説」の箇所では、すでに紹介したように彼女が翻訳したシェークスピアの演劇『ベニスの商人』を連載した。これは最初に中国で翻訳された『ベニスの商人』である。しかも、この時期の他の訳者が、シェークスピアの作品に対して、ただ概述的な翻訳紹介をしていたのとは異なり、ホワイトの翻訳は、既に述べたように、ほぼ完全に演劇の形式を保持していたがために、匯文女校で学生による演劇も行われた[68]。

また、ホワイトは『女鐸報』において、婦人についての「論説」や「社論」も多く書いている。たとえば、『女族最著之歴史』『新年所必需者』『婦女之特点』『斯巴達婦女之進化』『雅典婦女之進化』などがある。詩歌集には『学校歌』『原主発光』『十架歌』『歌頌耶和華』『天使巡閲世界歌』『畢業歌』『愛国歌』『父子惨遇歌』などがあった。

ホワイトはさらに『創辧上海済良所包慈女士伝』という伝記を書いており、一九一七年に広学会から出版された。また、『韓安麗女士伝』という作品があり、これは一九二五年に広学会によって出版された[69]。その他、児童教育に関わる書籍『嬰児学堂教学法』などを書いている。また、『女鐸報』の中で、西洋の絵画芸術を紹介する鑑賞分析の文章も多く書いている。以上のことから分かるように、ホワイトは宣教師であるが、題材は宗教の範疇に限られていない。ひいては、重点が宗教ではない作品さえもあり、女性や児童の読み物の著作に熱心だったことが分かる[70][71]。つまり、女性の社会と家庭における役割、女性の修養の向上、家事の切り盛り、育児や教育、童話、信教などについて述べ、これらが『女鐸報』の主体を構成し、またこれがホワイトの翻訳を含む著作の主な内容であることが分かる。当時、中国の女性や児童を対象にした読み物は極めて少なかったため、彼女の著作が思想上の有益な導きを与えたといえる。

ホワイトの小説の創作と翻訳は大部分が官話を用いたが、時に簡単な文言文を用いた。文章は臨場感があり清新だった。これはその文体によるものであるだけでなく、ホワイトが読みやすさを追求したためである。小説と童話を叙事的な文体とし、通常、官話を用いて書いた。これが当時の西洋宣教師の一般的な手法である。同時に、ホワイトは読者、主に女性と児童にとって分かりやすいような通俗的な言葉を用いた。たとえば、『聖迹抉微』の中で、ホワイトは女性読者を想定して「私はこの物語を翻訳したが、同胞である女性に見ていただきたい[72]」と述べている。また、ホワイトは『女鐸報』のために同じ文体の風格を用いた[73]。当然、これにはホワイトの著作に加わった中国人の功労も見逃せない[74]。

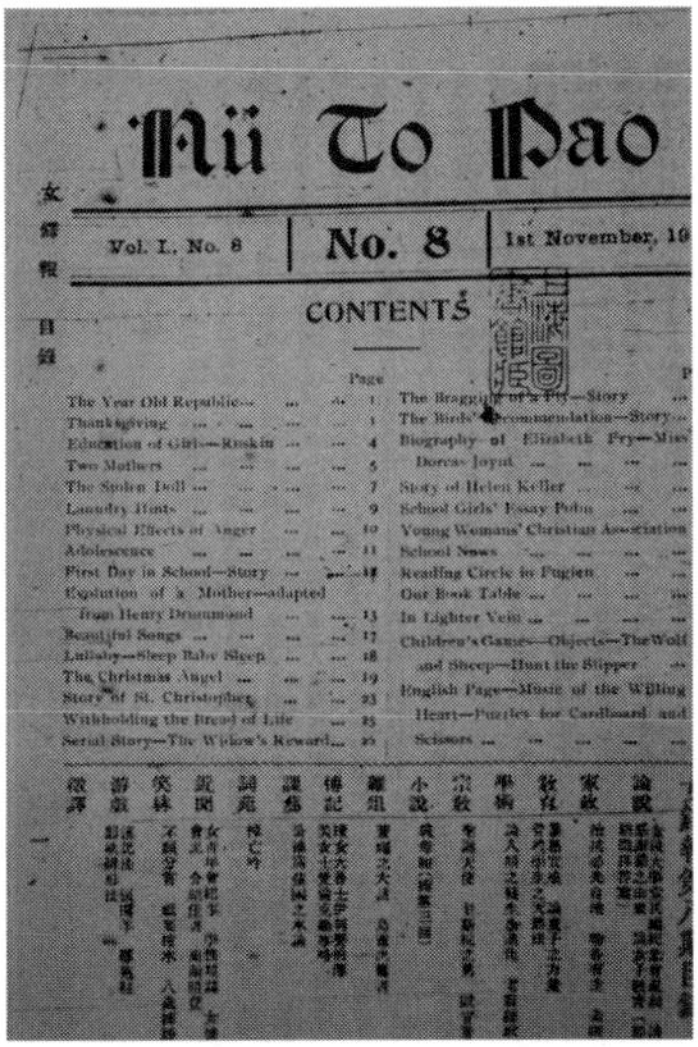

図 11 『女鐸報』第八期、1912年11月1日刊

ホワイトとの共著者である多くの助手の内、陳春生は注目に値する人物である。清末民初に活躍した陳春生は鎮江の出身で、かつて上海の『通問報』の主筆を担った。『通問報』はキリスト教の刊行物で、アメリカ南北長老会が共作し、一九〇二年〜一九五〇年の間、美華書館が発行していた。アメリカ南長老会の宣教師であるウッドブリッジ（Samuel Isett Woodbridge）が主管を務めた。陳春生はホワイトと共に『獄中花』『五更鐘』『小英雄』を著した。そしてさらに、ウッドブリッジと官話を用い

て小説『強盗洞』を共訳した。『強盗洞』は救主が親孝行と兄への敬いを教えることを主旨とし、愚か者を目覚めさせる話である。美華書館から発行された。また、この書は、一九一〇年に協和書局からも出版されている。ウッドブリッジの夫人は陳春生と官話を用いて『西史通俗演義』を共訳した。演義体を以て西洋の歴史を叙述している。これは協和書局が一九〇八年に発行した。その他、陳春生は官話を用いて『東方伊朔』（現存は協和書局の一九一六年第六版）、『伊朔訳評』（現存するテクストは協和書局の一九一七年再版本）、『新日記故事』（協和書局一九一七）を一人で翻訳している。

ホワイトは文学の創作や翻訳を行う際に、中国文学の伝統的な要素と合致するように心がけた。たとえば『父子惨遇歌』は、西洋の史詩と中国の長篇の古詩とを有機的に結びつけた。最初の部分では、長篇の古詩で常用する手法に基づき、叙事性のある前書きを附して、その由来と歴史背景を紹介している。

ホワイトの著作は数が多いだけでなく、様々な経路を通じて伝播していった。なぜなら、ホワイトは文学創作によって宗教信仰の普遍的な適用性の確立を試みたが、この小説の題材は、宗教の範疇に止まらず、社会上の問題を宗教的視野の中へ収めようと努力し、当時の中国社会に欠けていた女性と児童の読み物を積極的に手がけたからである。その結果、作品は教会の信者以外の多くの人たちにも読まれた。また、ホワイトの小説は多くが単行本で発行されたが、時には最初に『女鐸報』で発表し、その後単行本で発行した。この後者の順序は清末民国初期においてよく用いられ、自然と作品の流通を拡大させることとなった。ホワイトが『女鐸報』の編集を担っていた期間、刊行物の定期購読を奨励するため、ホワイトは小説を付録の贈呈品として送り、それも読者の手に渡って伝播していくこととなった。[75] また、『女鐸報』は、本をクリスマスプレゼントとして子供に贈ることを勧めたことも間接的ながら伝播、普及に役立った。[76][77] その中で、ホワイトの小説は各教会の書局を通じて予約ができたため、特に広く販売することができた。『女鐸報』の『婦孺適用書目』、クレイトンの『基督聖教出版各書書目彙纂』『協和書局図書目録』において、ホワイトの作品が重要な位置に置かれたのは当然であった。

四　中国近代児童文学と児童観の再構築

清末から五四期までは中国近代児童文学の萌芽期であった。この児童文学の発生は特殊な経緯による。すなわち、西洋の児童文学の翻訳紹介が発端となっている。外国文学は翻訳を経ると、原文とそれに相応する文化背景から離脱し、漢語と中国の文化背景へと入り込むことになった。それは「翻訳文学はもはや純粋な外国文学ではない。言語、文学、文化のいずれにおいても、それらの性質に、根本的な変化が生じ、漢語的な性質と中国的、あるいは民族的といったようなものを有するようになった(78)」ということを意味する。中国近代児童文学はこのような過程を経て萌芽期を迎えた。そして、最も早くこの翻訳紹介に身を投じたのがまさに西洋から訪中した宣教師たちであった。

宣教師が翻訳紹介した世界の児童文学の代表作の原作は、今もなお、その原作が生まれた国においてその衰えを見せていないが、こうした書は出版されてから間もなく宣教師によって漢語へと翻訳された。これにより、中国の子供たちはすぐに優れた童話を読むことができた。宣教師は中国の児童文学を世界的な範疇に組み込み、その発展を願ったのである。

中国は古来から子供の教育を重視し、これに関する書物は極めて多い。家訓や家戒などを含めると、その数は驚異的である。だが、今日の基準から見ると、家訓、家戒といった書は児童文学とは見なしえない。なぜなら、これらは教化的な要素が過度に強く、一方的に児童の道徳的訓戒を主張しているからだ。しかも、明らかに成人向け読み物の特徴を有している。つまり、大人向けの書籍の紙幅を減らし、それを簡単な表現に書き換えているのである。児童を教育する基本的な方法は、幾度となく暗唱を行い、強制的に記憶させるべきだ、と考えていた。

周作人はかつて次の如く批判した。

中国はこれまで児童に対して正当な理解を有しておらず、また、文学を過度に重視したため、文学の中で児童に与えられるべきものは、ほとんど存在しない。[79]

一九世紀の中期以来、宣教師は西洋の童話を翻訳紹介し始め、様々な児童図書や定期刊行物を編纂した。彼らはその内容を一新するのみならず、その芸術的な手法も中国の伝統的な文学とは全く異なっていた。これは中国の作家に対して模範的、あるいは啓示的であった。たとえば、M・H・ポーターは一八七五年に『閨娜伝』[10]を翻訳したが、これは当時の中国の小説では珍しかった一人称による叙事を用いた。小説の初めに、主人公である女性の閨娜が自分の生い立ちを述べる。また、メイソン訳の『荒島流落記』も一人称の視点によって書かれている。[80]アメリカの宣教師であるパイル（Martha E. Pyle）が翻訳した小説『女英雄』（*Keineth*）は文学性と芸術的手法が際立っている。[81]

宣教師は西洋の童話を翻訳紹介するのと同時に、中国人の児童文学の翻訳者や作者の育成を図った。宣教師たちは盛んに共同して翻訳や著述を行い、中国人を助手として、筆録や文の修正、加筆を任せた。故に、中国人の助手は、その後、次々と独立して児童文学の翻訳や創作を行うようになった。たとえば、ホワイトと共作した陳春生や、ホワイトの学生兼助手であった周澈朗、袁玉英、李冠芳、朱懿珠、また、カナダの女性宣教師のブラウン（Miss Margaret H. Brown）の助手である劉美麗。さらに、パイルの助手を務めた沈駿英や、マクギリヴレイ夫人の助手を行った劉文林などが挙げられる。

注目に値することは、宣教師が童話を翻訳し、紹介をするとき、多くが訳述（口頭で訳して記述させる）、あるいは述べて作（らせ）る方法を採用したことである。宣教師は、中国的な形式を用いて、中国人の読書習慣や審美感に合わせ、西洋文学に触れたことのない読者に配慮した。また、一方で、翻訳紹介した作品の中には児童の読み物に適していないものがあり、これを児童向けに書き換える必要があった。たとえば、マクギリヴレイ夫人が翻訳した『惜畜新編』やリケッツ（Juanita Rickets）訳の『幼稚園的故事』は、いずれも児童が読みやすいように、原作に対して書き足しや削除を行っている。ホワイトが翻訳した『韋師母在包菜園』は前述のように、「中国の環境に合わせて漢語に訳した」と言われている。(82) また、『乱世女豪』を翻訳するときには、「原作において、中国人の情にそぐわないものは、全て削除して翻訳しなかった。中国の若者にとても有益な訳本となっている」(83)とも述べている。また、グリーンが編纂した物語集『戦勝習俗』も中国人の読者が読みやすくなるように配慮されている。(84) 宣教師たちの先駆的な実践は、その後の鄭振鐸たちが有した主張と自然に合致している。鄭振鐸は以下のような見解を有していた。

児童が読書をしやすくするために、世界の有名な作品を翻訳紹介することを勧める。アンデルセンやソログープなどの作品は不朽の文学的な趣があり、このような作品も翻訳されるのが望ましい。(85)

劉半農が訳した『アンデルセン童話』の『洋迷小影』や、林紓訳の『海外軒渠録』、そして孫毓修、陳家麟らが翻訳した『アンデルセン童話』と『グリム童話』などは全てこれに属する。

包天笑は彼が訳した『馨児就学記』とその後に夏丏尊が訳した『愛的教育』は出所が同じだと述べ、なぜ二つの翻訳が大きく異なっているかについて以下のように説明している。

だが私は日本語版から翻訳した。日本人は当時欧米の小説を翻訳し、翻訳者は書の中の人名、習俗、文物、日常生活の一切を日本化させた。私は全てを中国化させた。この書は、本来は日記体であるが、私は中国の旧暦に変更して中国に合わせている。部分的には私の創作があり、私の家庭内の事も反映させている。たとえば、清明節の〝掃墓〟について書いた箇所があるが、これはみな私の家のことが「底本」である。……これは全て原書『愛的教育』の原文とは関係がなく、私の本ではこのような例が他にもたくさんある。[86]

従って、西洋の童話が中国へ進出する上で、訳述あるいは書き換えは通るべき道であり、宣教師の探索は先駆的であった。だが、西洋文学の理解度と鑑賞力が高まるにつれて、読者は訳文が原作に忠実であることをより望むようになり、直訳を好む声が高まった。多くの作品の意図はひどく明瞭で、訳述者はしばしば布教の便宜を図るため、任意に書き換えを行った。そのため、原作の文学的な面白みや独特の風格が薄れてしまった。五四期以降、宣教師らの翻訳戦略も適宜調整され、より直訳を重んじるようになった。たとえば、M・R・M・マティーアが訳したラムの原著の『莎士比亜的故事』（*The History of Little Henry and His Bearer*）については、「訳文はとても流暢で、原文の意味を全く損ねていない。この短編物語を読み終えると、訳文の素晴らしさを知り、満足すると思われる」[87]と評価されている。アメリカ宣教師のA・H・マティーアが訳したプレンティス（Mrs. E. Prentiss）の『天路日程』、イギリス宣教師のグリーンが訳した『迭更斯著作中的男孩』は、いずれも訳文が原著に忠実で、原文の精神を伝えたが故、読者の推賞を得た。

児童文学における宣教師の白話の運用についても注目するに値する。つまり、これを五四期の白話文学運動以前に行われた多元的な準備の一つであると見なすことができる。近代文学の研究者である呉福輝の見解によると、五四期の白話が如何にして「欧州化した白話文」に発展したのかについては、清末以来の文学と言語現象の中から歴史的な手掛かりを求める必要があり、特に翻訳文学の研究に注目すべきだということである。清末では徐々に中国の章回小説体以外のものを好む読者が現れた。長い間読まれた作品の大部分は翻訳小説だった。従って、白話によって翻訳した効果は軽視し難く、西洋の語彙や統語表現が浸透する最初の段階であり、五四期の白話に先駆けて見本を呈したと言える(88)。

本書の第一章で述べたように、一七二九年、フランスイエズス会の宣教師のプレマールは、白話を用いて章回小説の『儒交信』を創作した。一九世紀以後、プロテスタント宣教師は白話を用いて小説の創作や翻訳を行った。その中には童話も含まれており、当時すでによく見られるようになっていた。だが、五四期以前は、宣教師の白話の運用は文言と白話が錯綜し、玉石混淆の体を呈し、中国の伝統的な章回小説を模倣しながらも旧式の白話を使用していた。たとえば『張遠両友相論』『金屋型儀』『席勝魔記』などがそれにあたる。また、各地の方言を用いた作品もある。『亭利実録』『三個閨女』は上海方言を使い、『貧女勒詩嘉』は福州方言を使用している。

一方で、当時通用していた官話を用いての著作もいくつかある。M・H・ポーターが翻訳した『両可喩言』(一八七五)、『安楽家』(一八七五)、『閨娜伝』(一八八二)、H・S・C・ネビウスが訳した『孩童故事』などがある。これらの小説における白話は、講釈師の口調で語るような章回体的な白話の痕跡は殆どなく、清新で滑らかである。たとえば『両可愈言』の初めを見てみるとそれが判然とする。

上古時候，有人有一所宅子，坐落在大曠野当中，四面有花園囲繞。在那里有一伙賊人，常想将這宅子毀滅。無奈那主人曽諄諄囑咐他的僕人，常要警醒，又恐他們有時疏忽，勧戒他們要加倍警醒，対他們説：用你們看守這宅子，時候非常久，雖有夜間的黒暗，風雨的天気，然不久也就過去。総須記得阻擋仇敵的時候不常，後来自有永遠歇息的工夫(89)。

ここでは、「説」を「曰」の代わりに用い、程度副詞「非常」を使い、逆接の意を示す接続詞「雖」を用いるなど、これらはいずれも典型的な現代漢語における常用の語彙である。このような点に、我々はすでに現代白話の言語形態とともに、伝統的な白話に対する変化が語彙構造と統語法にまで波及していることを見ることができる。比較してみると、白話による著作の初期段階において、宣教師はすでに巧みにそれらを使いこなしていたように思われる一方で、中国本土の知識人は、文言の伝統の包囲の中にあって、突破することができず、そのため、自ずと習慣という力によって、往々にして文言の道に引き戻されてしまうこととなった。たとえば、梁啓超が『十五小豪傑』を翻訳したときに、「『水滸伝』や『紅楼夢』などの通俗的な言葉を用いると、その翻訳は極めて困難なものとなるが、文言を用いれば、半分の手間で倍の効果が得られる」[90]と述べている。また、魯迅が『月世界旅行』を翻訳したときにも、「通俗的な言葉を用いると、読者にとって些か読みやすいが、文章が長くなってしまう。文言は紙幅を節約できる」[91]と述べている。

宣教師が主であった訪中西洋人は、一九世紀七〇年代頃から現代白話の探索を始めている。一八六七年、ウェードの『語言自邇集』は初めて北京語を記述の対象にした漢語読本である。その後、イタリアの宣教師であるゾットーリ（Angelo Zottoli）の『中国文化教程』、フランス宣教師のウィーガー（Leon Wieger）の『漢語入門』、およびフランス宣教師のブーシェ（Henri Boucher）が訳した日本人編集の『官話指南』などが出版され、いずれも章回小説における古い白話からの脱却を試みた作品であり、当時共通語として通用していた北京官話を用いて書かれている。このような、直接的に口語を書き写したような白話は、児童文学の著作にとってとても重要であり、正に周作人が提唱した「子供に向かって話しかけるように書く」といった方法に合致する。[92]

一九〇七年に到ると、白話を用いた著作は、すでに宣教師の漢語著作の主流となり、少数の保守的な宣教師らは不安を覚えた。ある有名な宣教師は、一九〇七年の大会で、「我々の主要な文献は今後も引き続き文言文を使用する」[93]と主張したが、これは支持されなかった。白話への趨勢はすでに後戻りできない流れを有していた。

文学的な影響以外に、宣教師による児童文学の翻訳紹介は、知らず知らずのうちに西洋の近代的児童観と教育理念を中国へもたらし、中国の児童教育に対して一定の影響を生じさせた。宣教師は児童の読み物の対象（児童）とその特殊性について強く主張し、児童の独立した社会上の位置を強調した。このような児童著作の作成過程は、中国社会が児童の重要性を認識する過程でもあった。パイルは自ら訳した『竹馬天真』（*Jack and Jill-Child Life in a Village*）には以下の四つの特徴があると述べた。

第一の特徴は、これは天真爛漫な児童の絵である、ということである。第二に、これは児童の思想と児童の話しぶりを用いて児童の事を書いた、ということである。第三は、これは児童の教育方法を暗示している、という特徴がある。そして、第四の特徴としては、児童と児童の親のために書いた、ということである。[94]従ってこの書は児童の読書の需要を満足させるだけでなく、小説を通じて、新たな児童観を提唱し、大人の児童に対する教育理念を変えようとしているのが分かる。リケッツが訳した『幼稚園的故事』にも明らかにそのような目的がある。この書は、文字が読める小学生に、自分で読書をさせるだけでなく、親や幼稚園の先生が児童の教育を行う際の良い資料となる、と指摘している。

教会の学校では教育の一環として童話を読ませたが、読書の内容は多くが福音小説に限られていた。『全地五大洲女俗通考』で収録した『耶蘇教美以美会鎮江女塾功課章程』を見ると、当時の教会学校の重要な授業の一つとして、物語の本を読む授業があったことが分かる。『亨利実録』『天路歴程』『闇娜伝』『女訓喩説』『安楽家』などの小説は美以美会の鎮江女塾の一年から六年までの課目に組み込まれている。これはつまり初級教育段階の課程である。[95]

児童はその天性によって、生き生きとした人物と、清新で活気があり、寓意的で面白い読み物で、想像力をかき立て読書への興味を湧かせるものを欲した。現在、教会の学校の資料によってこの物語教育の成果を証明することはできないが、以下の葉聖陶の記述を見ると、一つの証拠になる。

一九一二年六月一〇日。第二課の修身では「独立の性質」について述べ、『ロビンソン漂流記』を語り、生徒はひどく喜んだ。この物語を聞いたことがなく、興味深々であった。それは（物語を聞いた後の）普通の心理だが、このような方法は、やはり、児童には特に有効である。(96)

『小英雄』の訳者である中国人教徒の丁宗傑も、物語は、児童に対してどんなに吸引力があるのかを述べている。

揚州の子供達は私が試しに翻訳した『小英雄』を続けて聞くために、冬休みの、寒空の下に積もる雪にもめげずに登校し「もっと続きを聞きたい」と迫る。毎日子供たちが下校すると、私は「相公明天多講些」（先生明日はもっと話して）の命令に圧倒され、そうこうする内に『小英雄』を訳し終えたのであった。(97)

宣教師の児童、および児童文学への注目は、梁啓超の小説の価値に対する早期の見解に影響した。梁啓超が小説の社会的機能に関する観点を押し広めようとしたとき、キリスト教の児童小説の影響を明らかに受けていた。梁氏の小説に関する最初の見解は、一八九六年末から一八九七年の初めに提示した新しい学校課程の中にある。特に『時務報』(11)で発表した一連の「論幼学」と題する文では、学校教科書の中に小説を入れるべきだと主張している。『時務報』の第一九期で梁啓超が措定した課程表では、学校での一日を八つの時間に分け、最後の八時間目の学生が疲れている時間帯に小説を読むのが良いとされている。このようなカリキュラムの設置は部分的に教会の学校を参考にしていた。(98)一〇年後、中国の知識階層は児童文学の提唱をより具体化させた。(99)一九〇九年、『教育雑誌』(12)の第一巻第五期で『貧民教育談』という文が掲載され、その中で、小説を、学生が修身する教科書、と見なすことの必要性を指摘した。従って、中国と西洋の人々が児童教育の方法において、すでに共通認識を形成し始め、児童の身心への適合について注意していたことが分かる。宣教師たちは、これに関して、疑いなく先駆的であり中国人の手本となった。

以上により、中国の近代児童文学は自発的に中国の近代社会で生まれたのではなく、中国と西洋文化の衝突と融合の歴史的背景のもと誕生したことを我々は理解し得たと思う。この児童文学は、中国の伝統的な啓蒙の学を背景にし、最初は西洋の宣教師の翻訳紹介の助けを受けることによりようやく発展し始めたのである。それらは中国新文学の迅速なる勃興にとって、重要な参照の対象となり、新文学の文体の形成、語体の成熟と表現空間の開拓発展は、翻訳文学から滋養を得ることが必要だったのだ。[100]

しかし、漢語の背景において、福音小説を主体とし、キリスト教文化の宣揚を目的とした宣教師の児童文学は、中国本土からの各種の伝統による打撃を被ったため、その定着と発展の速度は極めて緩やかであった。同時に、宣教師は西洋の童話を中国へ翻訳紹介することを重んじたため、児童文学理論の研究が不足していた。現代白話による創作を試みる中で、宣教師はその着手は早かったが、実用的な道具としての範囲に止まり、理論的なものへと進展しなかった。この点については、宣教師の童話訳本は、多くが、同時に白話版と文言版が出版され、異なる読者の要求を満たそうとしていることから推察し得る。故に、中国近代文学と同様、近代児童文学は五四期の新文化運動の土壌が整ってから、ようやく真なる開花を果たしたと言える。宣教師の探索はとても貴重だが、その形成は、中国の近代児童文学の発展過程における段階的な成果に過ぎず、これについては客観的な認識を有する必要がある。

【注】

（1）銭理群「文体与風格的多種実験――四十年代小説研読札記」『新華文摘』一九九七年第八期。

（2）胡従経『晩清児童文学鉤沉』上海：少年児童出版社一九八二年版、七七～一〇六頁を参照されたい。

（3）ハナン、徐俠訳『中国近代小説的興起』上海：上海教育出版社二〇〇四年版、九〇頁を見られたい。

（4）キース夫人は一八五〇年に訪中し、上海中西女中に就任した。一八五三年、アメリカ聖公会の宣教師であるC・キース（Cleveland Keith）と知り合い、夫婦となる。彼女は訪中すると、とても熱心に漢語を学び、二年後に、童話の翻訳紹介に取り掛かった。

（5）一八六四年、ブロジェットの官話による翻訳本の『亨利実録』は上海美華書館から出版された。

（6）T・P・クロフォード（T. P. Crawford）夫婦はアメリカ南浸信会の宣教師である。クロフォード夫人が著した『三個閨女』は、当時では極めて珍しい創造小説の一つである。一八五六年に上海方言版が出版され、さらに、一八七二年には、上海美華書館から官話版も出版された。

（7）H・S・C・ネビウスはアメリカ北長老会牧師のJ・L・ネビウス（John Livingstone Nevius）の夫人である。彼女が翻訳した官話本『孩童故事』は好評を得た。一八八二年、一八九七年に上海中国聖教書局から再版された。彼女はこれ以外にも、漢語による著作をいくつか手掛けている。たとえば、『耶蘇教問答官話』（上海：美華書館、一八六三）、『恒心守道』『伝道模範倪公維思事略』（上海：美華書館、一八九七）、『梅莫氏行略』（上海：美華書館、一八七五）などがある。

（8）『欠債喩言』は二つの版本が現存している。一つは、官話、平装一冊、一七頁、京都（北京）：灯市口美華書院、一八七四年、である。いま一つは、官話、平装一冊、二〇頁、京都（北京）：灯市口美華書院、一八七六年印刷、である。

（9）『焚船喩言』、官話、平装一冊、一二頁、京都（北京）：灯市口美華書院一八七五年印刷。

（10）『両可喩言』、耶蘇降世一千八百七十五年、歳次乙亥京都（北京）：灯市口美華書院印刷、一八～一九頁。

（11）『広学会図書目録』目録、第二〇「児童用書」、上海：広学会一九三八年、三五頁。

（12）プレンティス著、A・H・マティーア、許善済共訳、官話、上海：広学会一九二八年、一〇八頁。

（13）A・H・マティーア。著名なアメリカ北長老会の宣教師であるC・W・マティーアの継室夫人。A・H・マティーアの訳本『扣子記』は官話本と文言本がある。官話本は、全一〇章。上海美華書館一九〇八年（線装版）と協和書局一九一〇年版がある。

文言本は、協和書局、一九一〇年出版がある。

(14)『世界最奇妙的故事』「梅序」、朱崇道訳述。上海：広学会一九三七年版。

(15)周作人「児童的書」、王泉根編『周作人与児童文学』浙江少年児童出版社一九八五年版、五四頁。

(16)R. Pierce Beaver, "American Protestant Women in World Mission", 呉寧の「早期基督教新教伝教士夫人在澳門的活動」『広西民族学院学報』二〇〇五年第三期、一四七頁による。

(17)呉寧『早期基督教新教伝教士夫人在澳門的活動』、一四九頁。

(18)段琦「清末民初美国女伝教士在華的伝教活動及影響」『世界宗教研究』一九九四年第三期。

(19)楊念群『再造「病人」：中西医衝突下的空間政治（一八三二～一九八五）』北京：中国人民大学出版社二〇〇六年、三三一頁を参照されたい。

(20)ストレットン（Hesba Stretton、一八三二～一九一一）。本名はS・スミス（Sarah Smith）、一八五八年から「Hesba Stretton」というペンネームで作品を発表し、三〇作以上の作品を書いた。

(21)ペイソンは、中国の女性に対して自由に福音を伝播する波が押し寄せつつある一八五三年に訪中した。一八七四～一八七六年に福州でウールストン姉妹（Misses B. and Sallie H. Woolston）と共に『福音新報』の主編を務めた。

(22)この段落の文は、福州方言を基に作った漢字が多く混在している。この点からも宣教師の本土化への努力が窺える。

(23)デュボース夫人は、一八七二年に夫と共に訪中し、初めは杭州で布教し、その後、蘇州で布教した。

(24)『亮塔幼女記』中国聖教書局（上海）一八九三年出版、一九一〇年再版。

(25)『愛妹新屋』中国聖教書局一九一〇年出版。

(26)マクギリヴレイ夫人。本名は「Elizabeth Bovey」、イギリスロンドン差会の支援を受けて訪中。一八九九年、カナダの宣教師であり、また、広学会の「彩笔」と称されていたD・マクギリヴレイと知り合い、翌年に家庭を築き、共に中国の婦人、児童および青少年の福音事業に専念した。夫人はマクギリヴレイを補佐し、『女鐸報』『福幼報』『明灯』等の定期刊行物を作成し、一九一七～一九二九年の間『福幼報』の主編を務め、子供の読者に幸福をもたらした。一九三一年に夫が亡くなったが、夫人は、他界する一九三六年まで広学会の仕事を続けた。

(27)書籍の予約広告。『女鐸報』一九一二年一一月一日一巻第八号。マクギリヴレイ氏の中国語訳本は一九〇二年、一九一〇年に広学会から出版された。その後『中西教会報』（一九〇九年二日〜一九一〇年六月）で連載され、一九二二年、広学会でこの書を三刷した。人気の高さが窺える。

（28）サーストンはさらに *Boys of the Central, A Genuine Lady, The Torch Bearer* 等の童話も著している。

（29）『広学会図書目録』第一九「故事」、五頁。

（30）ギバーンは多くの著作を手掛けたイギリスの女性作家である。彼女の大半の作品は一九一〇年前に書かれている。主としてロンドン聖教書会のために著作し、それらは、子供を対象とした、道徳と宗教にまつわる読み物である。ギバーンは、よくA・Gと署名したが、後になると、名を省略せずに署名し、小説や天文、自然科学に関する読み物、さらには伝記などを手掛けた。また、童話の『威利和露茜在海辺』（*Willie and Lucy at the Sea-side*、一八六八）と『五只小鳥』（*Five Little Birdies*、一八八三）（いずれもロンドン聖教書会出版）は子供たちに人気があった。

（31）『惜畜新編』の作者であるサウンダースはアメリカに生まれ、その後、カナダに移住した。

（32）G・S・ポーター。アメリカ作家、野生動物撮影家。最も早く撮影場と映画会社を設立した女性である。湖や湿地へ赴いて野鳥や昆虫を撮影した経験を有し、これらが彼女の著作に役立った。著作は多く、二〇作を超える。たとえば *Laddie, The Harvester, Freckles, At the Foot of the Rainbow, The Song of the Cardinal, A Girl of the Limberlost* などがある。『牲畜罷工記』は彼女が最初に手掛けた小説で、一八九三年に匿名で発表した。

（33）アダムの以下の宗教著作も影響力のある作品である。『基督教与国民政府』（*Christianity & Civil Government*、一八五一）や『基督教原理』（*The Elements of Christian Science*、一八五七）。

（34）キルトンはこれ以外に *How Sam Adam's Pipe Became a Pig*（一八六四）やイギリスビクトリア女王の伝記である *True Royalty*（一八八七）等を書いている。

（35）『広学会図書目録』第一九「故事」、八頁。

（36）李奭学『中国晚明与欧洲文学――明末耶蘇会古典型証道故事考詮』台北・中央研究院及聯経出版公司、二〇〇五年共同出版、八五頁。

（37）胡従経の『晚清児童文学鉤沉』、七〇〜七六頁を参照されたい。

（38）『広学会図書目録』第一九「故事」、六頁。

（39）"Christian Literature Society for China (Shanghai)", *Annual Reports*, 1919-1920. 何凱立『基督教在華出版事業（1912-1949）』、陳建明、王再興訳、成都・四川大学出版社二〇〇四年版、七七頁から引用。
（40）『広学会図書目録』第一九「故事」、一頁。
（41）周作人「児童的文学」『新青年』第八巻第四号、一九二〇年一二月一日。
（42）胡従経『晩清児童文学鉤沉』、七六頁を参照されたい。
（43）メイソンは一八九三年に訪中し、公誼会（the Friends' Foreign Mission）で活動した。一八九五年、ベック（Esther L. Beck）と結婚し、夫婦で主に中国の西部における省で活動した。一九一五年に上海へ移住し、メイソンは広学会で活動し、一九二七年に退職してイギリスへ帰国。一九三九年に亡くなる。彼の児童文学の翻訳作業は、主に広学会で働いていた時に行われた。メイソンが行った中国のイスラム文化に関する研究は大きな成果を得た。
（44）周桂笙「「毒蛇圏」訳者識語」、陳平原、夏暁虹『二十世紀中国小説理論資料』（一）、北京・北京大学出版社一九九七年、一一一頁。
（45）朱静「新発現的莎劇「威尼斯商人」中訳本・「剜肉記」」『中国翻訳』二〇〇五年第四期、五三頁。
（46）同上。
（47）I・G・ゲナールはF・ゲナールの息子である。童話の翻訳書『両児尋天堂』（上海聖教書会出版）を手掛けた。
（48）『俠女奴』は、初めは『女子世界』八～一二期に掲載された。訳者の署名は「萍雲女士」である。一九〇五年、小説林社から単行本が出版された。
（49）一九一九年以降、『女鐸報』の編集作業は、主としてマクギリヴレイ夫人とホワイトの南京匯文女校の学生である李冠芳と朱懿姝によって行われた。一九三一～一九三四年の間は李冠芳が編集を務めた。一九三五～一九五一年の期間においては、劉美麗が編集した。劉美麗もホワイトの学生である。
（50）"Christian Literature Society for China (Shanghai)", *Annual Reports*, 1919-1920, p.456.
（51）何凱立『基督教在華出版事業 1912-1949』、成都・四川大学出版社二〇〇四年版、二五二～二五七頁を参照されたい。
（52）『中国通俗小説総目提要』は訳書を収録しておらず、『五更鍾』だけを収録している。だが、その中で『獄中花』『小英雄』『貧子奇縁』について言及されている。

(53)ハナン著、徐俠訳『中国近代小説的興起』上海教育出版社二〇〇四年版、九三頁。
(54)『広学会図書目録』第一九「故事」、八頁。
(55)この作者は「樊帯克」、「帯克」とも訳される。たとえば、李冠芳訳の『失路小孩』(*The Lost Child*)、薄玉珍、劉文林共訳の『濁世蘭花』(*The Blue Foower and the Source*)では、作者の名はいずれも「樊帯克」と訳されている。
(56)『広学会図書目録』第一九「故事」、九頁。
(57)『広学会図書目録』第一九「故事」、八頁。
(58)「介紹佳書」『女鐸報』一九一二年一一月一日一巻第八号。
(59)『広学会図書目録』第一九「故事」、一〇頁。
(60)江蘇省社科院明清小説研究中心、『中国通俗小説総目提要』北京：中国文聯出版社一九九〇年版、一〇〇九頁を見られたい。
(61)『広学会図書目録』第一九「故事」、八～九頁。
(62)『広学会図書目録』第一九「故事」、四頁。
(63)「介紹佳書」『女鐸報』一九一二年一一月一日一巻第八号。
(64)同上。
(65)『女鐸報』一九一八年三月一日六巻第一二号「婦孺適用書目」の〝関于小説者〟。
(66)「女鐸報編輯大意」『女鐸報』一巻第二号一九一二年五月一日。
(67)ハナン『中国近代小説的興起』、六九～七〇頁。
(68)『剜肉記』に関する研究は、朱静の「新発現的莎劇「威尼斯商人」中訳本：「剜肉記」」『中国翻訳』二〇〇五年第四期を参照されたい。
(69)『広学会図書目録』第一八「伝記」、七頁。
(70)朱静「新発現的莎劇「威尼斯商人」中訳本：「剜肉記」」。
(71)"Christian Literature Society for China (Shanghai)", *Annual Reports*, 1919-1920, p.15.(何凱立の『基督教在華出版事業1912-1949』、二五三頁から引用。)
(72)『聖迹抉微』、上海：広学会一九一六年版、一五頁。

(73)「女鐸報編輯大意」『女鐸報』一九一二年五月一日一巻第二号。
(74)ハナン『中国近代小説的興起』、六九～七〇頁。
(75)『女鐸報』一九一三年三月一日一巻第一二号。
(76)『女鐸報』一九一七年一一月一日六巻第八号『婦孺適用書目』(続篇)。
(77)『女鐸報』一九一二年一一月一日一巻第八号『各国聖誕童談』予約広告。
(78)高玉「翻訳文学・西方文学対中国現代文学的影響関係的中介性」『中国現代文学研究叢刊』二〇〇二年第四期、三八～四五頁。
(79)周作人「児童的文学」『新青年』第八巻第四号、一九二〇年一二月一日。
(80)『流落荒島記』上海広学会一九一七年、第一頁。
(81)『広学会図書目録』第一九「故事」、三頁。
(82)『広学会図書目録』第一九「故事」、一〇頁。
(83)『広学会図書目録』第一九「故事」、九頁。
(84)『広学会図書目録』第一九「故事」、一七頁。
(85)鄭振鐸『天鵝童話集・序』上海・商務印書館一九二五年版。
(86)包天笑『釧影楼回憶録』香港・大華出版社一九七一年版、三八六頁。
(87)『広学会図書目録』第一九「故事」、七頁。
(88)呉福輝「「五四」白話之前的多元準備」『中国現代文学研究叢刊』二〇〇六年第一期を参照されたい。
(89)『両可喩言』京都（北京）、灯市口美華書院一八七五年印刷、一頁。
(90)梁啓超「「十五小豪傑」第四回末訳後記」、陳平原、夏暁虹『二十世紀中国小説理論資料』(一)、六四頁。
(91)周樹人『月界旅行・弁言』、陳平原、夏暁虹『二十世紀中国小説理論資料』(一)、六八頁。
(92)周作人「読安徒生的「十之九」」、王泉根編『周作人与児童文学』、一〇二頁。
(93)中華続行委辦会調査特委会、『一九〇一～一九二〇年中国基督教調査資料』、蔡詠春等訳、北京・中国社会科学出版社、一九八七年一一月、第一版、二〇〇七年九月第二次印刷、一二二頁。
(94)『広学会図書目録』第一九「故事」、二頁。

(95)熊月之『西学東漸与晩清社会』上海：上海人民出版社一九九四年版、二九八頁を見られたい。
(96)葉聖陶の日記。商金林『葉聖陶伝論』（合肥：安徽教育出版社一九九五年版、八七頁）から引用。
(97)丁宗傑『小英雄・校後序』上海：徐家彙聖教雑志社一九三四年版、一頁。
(98)ハナンの『中国近代小説的興起』、九八～一〇〇頁を参照されたい。
(99)東海覚我（徐念慈）「余之小説観」『小説林』一九〇八年一〇月第九期、第一〇期。
(100)張中良『五四時期的翻訳文学』、宋如珊主編「大陸学者叢書7」台湾：秀威資訊科技股份有限公司、一九九四年版、二頁。

〔訳注〕
〔1〕孫毓修、一八七一～一九二二、字は星如、あるいは恂如、号は留庵。清末民初の書誌学者、編集者。商務印書館を拠点として、古典の影印出版と、児童文学の編纂、出版に力を注いだ。
〔2〕周桂笙、一八七三～一九三六、初め小説作家としてデビューしたが、後に翻訳こそ重要であるとして、「訳書交通公会」を組織し、児童文学を含む外国文学の翻訳に力を注いだ。
〔3〕顧均正、一九〇二～一九八〇、商務印書館の編集者として働き、特に科学知識の入門書、啓蒙的読み物、SF小説などの執筆に力を注いだ。
〔4〕厳既澄、広東出身、一九〇〇～？。翻訳家であり古典文学研究者。ダンテの『神曲』、B・ラッセルの哲学など幅広く翻訳を行った。『児童文学在児童教育上之価値』（一九二一）は児童文学について書かれた理論書として今日も読まれている。
〔5〕葉聖陶、一八九四～一九八八。中国近代を代表する児童文学の作家。小学校の教員を務めた後、創作や青少年向けの雑誌の編集に専念する。『稲草人』は中国で最初に出版された創作童話集である。
〔6〕老舎、一八九九～一九六六、小説家、劇作家。本名は舒慶春、字は舎予。老舎はペンネーム。正紅旗に属する満洲族。若くしてイギリスに留学した。文化大革命で犠牲となった。代表作に小説『駱駝祥子』『四世同堂』、戯曲『龍鬚溝』『茶館』などがある。児童や青少年向けの作品も少なくない。
〔7〕茅盾、一八九六～一九八一、中国の小説家、評論家。本名は沈徳鴻、字は雁氷。代表作に『子夜』『霜葉は二月の花よりも紅く』、他に多数の評論がある。一九四九年から六五年まで中華人民共和国文化部部長を務めた。

〔8〕南京人民中学はもともとアメリカのメソジスト協会の補助を受けて設立された教会の学校であった。一八八七年（光緒一三年）五月、アメリカの宣教師沙徳納（Ella Cecelia Shaw）が安徽省の蕪湖から六人の少女を連れて南京までやってきた。この地に家屋を建てて学校を創設した。始めは沙女子学童と称したが、間もなく「女布道学童」と改称し、一八八九年に初級中学を設立し、一九〇二年には匯文女子中学と命名した。同時に師範科の大学部を増設したが、一九一五年大学部は南京金陵女子大学に組み込まれた。

〔9〕『女鐸』は、初期は『女鐸報』という名称であった。広学会によって一九一二年四月月刊雑誌として刊行され、一九五一年停刊した。最初の編集主任は南京匯文女学校校長を務めた亮楽月（Laura White）である。

〔10〕《闔娜伝》は一八五〇年代ニューヨークで出版された"*The Cottage on the Shore; or Little Gwen' Story*"をメソジスト教会宣教師の博美瑞（Mary Harriet Porter）が翻訳したものである。

〔11〕清朝の弾圧で強学会とその機関誌『強学報』が禁止されたのち、黄遵憲などの援助を得て、汪康年を経理として上海の租界で創刊された。一八九六年（光緒二二）旧暦七月一日から九八年六月二一日まで、旬刊で計六九冊が刊行された。立憲君主制を鼓吹する論説、時事、外国新聞雑誌の翻訳などを掲載した。九七年一〇月まで主筆をつとめた梁啓超の文章（「変法通議」など）によって、当時の改革主義思想の宣伝に大きな影響力を持った。

〔12〕一九〇九〜一九四八、上海商務印書館刊。陸費逵（一八八六〜一九四一、洋学を学び改革運動に携わり、中国の教育の近代化に力を尽くした。陸費は複姓）によって創刊され、朱元善、李石岑、唐鉞らが歴代の編集長を務めた。教育に関する論述、情報のみならず、小説も掲載された。

第一〇章　一九世紀宣教師小説の文化解読

宣教師に対する研究は、近年、宗教および中国と西洋の文化交流などの領域において、すでに大きな進展を遂げた。だが、漢語、英語、或いはその他の言語においても、ハーバード大学のハナンが著した『中国19世紀伝教士小説』などの少数の論文を除くと、宣教師小説に関する論著を見つけるのは容易ではない。

しかし、小説の作成と出版は、たしかに宣教師の中国における活動の重要な部分を構築していた。これらは文学という芸術の形式を以て存在するが、その目的は、これまでの章で明らかにしたように、多くが娯楽と関係がなく、キリスト教教義を宣揚し、西洋の宗教文明を伝播することにあった。

これらの小説は、その作者たちが根を下ろした社会、歴史、文化的背景に応じて、それぞれが異なった水準で西洋の歴史と文化を創作することで、我々に作者の文化的な母体の面影と中国文化とは異なるその特徴を容易に理解させることとなった。しかしその一方で、作者は、自分が受けた中国文化の影響や中国社会の現実に対する関心をも作品の中に盛り込んでいる。そのため、小説という形式で中国で広がっていったこれらの作品は、実際には、中国と西洋の文化衝突の過程であるが、衝突しながら補い合い、中国にやってきた宣教師が異文化に適応しようとした努力を反映している。しかしながら、宣教師小説は、アヘンと武力が中国へ進出した時に一緒にやってきたという事実が、文化形態の小説と帝国主義の拡張との関係を非常に曖昧にさせた。[1] 一九世紀の帝国主義の争いは今日もなお続いている。故に、これらの宗教文学を再考し、文化的な側面から解読を行い、その文化的特徴を分析することは極めて意義のあることである。

一　文化適応政策の継続

既に何度も述べたが、一九世紀の西洋宣教師は、教義の宣揚、あるいは中国人の思想を変えるために、漢語を用いて小説を創作し、また『聖書』を通俗的な小説に改編して、中国人読者の関心を得ようと試みた。これにより、多くの宣教師小説が誕生した。これらは主としてプロテスタント教徒によって書かれた。

プロテスタントの中国における布教活動はカトリックよりもはるかに遅く、それは、一八〇七年にロンドン会の宣教師であるモリソンが東洋へ派遣されてからのことである。しかし、プロテスタントが中国文化と様々な側面で遭遇するときに、やはり（カトリックの）イエズス会士がかつて経験した困難から逃れることができなかった。すなわち、もし礼儀の問題において妥協しようとも、中国本土の文化に適応しようとしなかったとすれば、

士大夫がキリスト教徒となることはあり得ず、キリスト教徒が学者階級へ入ることもあり得ない。そうなれば、イエズス会が平和的に中国へ入国した際の基礎、つまり気持ちを同じくするという関係が壊れてしまう。先祖への礼儀を禁じれば、中国人に、教会は中国社会を敵視していると断定させてしまうキリスト教は依然として中国社会の文化における異邦人である。(2)

といったことになる。

特に一七世紀の中期から一八世紀の中期にかけて、在華イエズス会士の間で、更にはイエズス会士とローマ教皇庁との間で「典礼論争」が起こり、最終的に一七一七年に雍正帝の勅令により、礼部を通じて中国でのカトリック(1)布教を禁じた後、布教事業はさらに難しくなった。このような状況下、プロテスタント宣教師が、イエズス会が破

棄した文化適応政策を受け入れたことは、実に賢明であり、すぐに布教事業においてイエズス会を上回った。その結果生じた面白い一例を挙げるなら、光緒帝が招いた帝師は、清朝が一貫して招聘してきたイエズス会士ではなく、学問と資格経歴が優れたイギリス浸礼会（バプティスト。前出）の宣教師のリチャードであったことである。通俗的で生き生きとした白話小説による教義の宣揚とは、まさにこのような背景の下、プロテスタント宣教師たちが独創した布教方法であった。この点について、プロテスタント宣教師と中国仏教の僧侶の間には偶然ながら合致するものがあった。仏教が中国へ伝来すると、僧侶は「俗講」「変文」「宝巻」などの通俗的な芸能の形式により仏教説話を語ることで仏教を広めたため、民衆が大挙して殺到した。[3]

愚夫冶婦はその説を聞くを楽とし、聴くものは寺社を埋め尽くし、礼拝信奉し、「和尚教坊」[2]と呼んだ。（唐・趙璘『因話録』四巻「角部」）

一八一九年に史上初の宣教師小説を書いたロンドン差会のミルンが著した『張遠両友相論』から、一八八二年にグリフィス・ジョンが著した『引家当道』までのたった数十年間で、宣教師たちは疲れを知ることなく熱心に小説創作を手掛けた。[4]イエズス会の想像力に富んだ文化交流とイノベーションは、あの有名な「典礼問題」以後ピタリと途絶えてしまったのに伴い、プロテスタント宣教師たちはこの交流と論争を継続させるとともに、小説の創作において充分に反映させたのである。

まず、宣教師は、多くの中国人に認められている儒家の学説の中から、有力な思想観念の資源となりかつ支持される根拠となるものを探し、キリスト教が中国の読者の心に入っていく通路とした。従って、宣教師の小説は儒家の経典が大量に引用されている。つまり、儒教を以てキリスト教を解釈したのである。しかも、簡単で目を引く方法を多用した。たとえば『誨謨訓道』の第一回では、キリスト教徒の陳委化が『論語』の「不義にして富かつ貴きは、春の夢に浮かぶ雲の如し」を引用し、金好きで吝嗇な商人である勤跨を戒めている。(5)

また、『贖罪之道伝』の第一回では、呉御史と林翰林は、まず『書経』で述べられている世界の本源について、『易経』を引用しながら討論している。(6)だが、二人の討論は結論が得られず、学識の深い陳氏に教えを求めた。陳氏はキリスト教徒だったので、儒家の観点に対してキリスト教的な解釈を行った。結論は、万事、万物には根本があり、その根本を創造したのは、「始めなく終わりなく、全知、全能、全智、全善、全義」である、万物の主宰である神に他ならない、ということであった。(7)

彼はさらに一歩進んで、この観点と親孝行の考えを結びつけ、中国人の養育への恩と、天地、君主、両親、師匠への恭敬や敬愛を万物の主宰、すなわち、神に対する信仰へと拡張させた。(8)

だが、小説の文体的な特徴に考慮せず、書中で長々と儒家経典の引用や解読を行っていることがある。これらの引用文の出典は、宣教師が漢語を学ぶ過程において用いたものである可能性が高い。それは主に『四書』『五経』である。特に『論語』と『孟子』が多いが、引用の目的は明瞭である。つまり、キリスト教と儒家の間の関連を探し、儒に沿い、儒に合わせ、少なくとも両者の似た思想と経験を併存させようとした。というのも、儒家とキリスト教が共通して関心を向けるのは、人間の道徳の発展、および、それが社会秩序に与える安定的な作用であり、同時に、神学と宇宙論の範疇においても、相矛盾しない点が多かったため、宣教師は儒家の学説を以てキリスト教教義を付会し、仁、道、徳などの概念を以て、キリスト教の倫理を解釈する可能性も与えた。しかし、宣教師の儒家経典に対する解読と解説は先験的な目的と設定を伴っている、ということは指摘せざるを得ない。これらの解釈は或いは論理的かつ字面の意味に合っているように思えるが、実は西洋式に解釈し、布教の利益になるようにという意向に従っているに過ぎない。そのため、本義を完全に理解していなかったり、意図的に捻じ曲げた解釈となって

いることがある。(9)

文化適応のもう一つの表れは、プロテスタント宣教師は、中国の文化的な伝統や民族の習俗、礼儀などを尊重するよう心掛けた、ということである。旧来の仕来りに従うことを善しとしないギュツラフの小説においても、中国の読者の習慣に折り合うよう尽力し、中国の歴史編年に基づいて西洋の歴史的事件を叙述して、読者が理解しやすいように考慮している。ギュツラフは『聖書注疏』でそのような意図があること、かつ、『聖書』の内容が中国古代史の編年と合致することから、その歴史的な真実性を証明したことを表明した。(10)

また、『贖罪之道伝』の第九回では次のような記述がある。（傍線は訳者による）

突如、ローマ人が天下を治め、ユダ王国の人々が貢物の献上をするようになり、ローマ総督が権力を掌握した。それは西漢孝成皇帝の建始元年（B.C.三二）のことであった。ユダの祭司であるザカリアは日夜の如く上帝を畏敬し、神の規定を遵守した。妻はいわゆる石女（うまずめ）で子供ができなかったが、ある日、ザカリアが依然として上帝の殿において香を焚き、神を拝んでいると、天使が出現した。(11)

香を焚き供え物をして敬意を示すことは、もとより中国の社会習俗であるが、この箇所では、キリスト教徒の神への祈禱の儀式に用いられている。そして何と、教会を「上帝の殿」と呼ぶなど、作者の苦肉の策が窺える。しかも、主人公は、よく教徒と儒生の両役を演じ、科挙試験の記述も肯定的に捉えられている。(12) 実際に、多くの教会学校は、宗教と西洋学の授業を開設しながら、国学も教え、学生が中国の文化伝統に従って科挙試験へ参加することを激励した。そして一九世紀末に、科挙試験の弊害が次第に露見するようになってようやく、教会はこれを排斥したのである。一八九五年、フライヤーは原稿の公募において「新たな小説を著することを望む」と述べ、彼が目にした中国社会に存在する三つの悪習としてアヘン、科挙、纏足を批判したのがその嚆矢である。

この他、文化適応政策の重要な表れの一つは、宣教師が宗教の専門用語を翻訳する際に、常に儒家の典籍の中から対応する単語を探した、ということである。たとえば『張遠両友相論』においては、「上帝」を「真神、神天、神、主、神主」あるいは「天地之大主」等といったように訳した。「聖霊」は「聖神風」と翻訳した。『新約全書』は『新遺詔書』という訳をあてた。『贖罪之道伝』の「上帝」は「皇上帝、聖神」と訳した。「聖父」は「大父、神父」と訳した。そして「聖子」に対しては「神子」と翻訳した。

実際に「上帝、皇上帝、神天、神主、神風、聖父、神父、神子」といった概念は、全て儒家の経典に由来したものであり、創造しかつ万物を擁護する造物主的な思想は儒家の典籍において多く見られる。『書経』およびその他の儒家の典籍には、「万物の本」、「力量無辺」、「純潔、神聖にして公正」、「善良、仁慈にして思いやりに溢れる」など各頁に神の性格と属性が明示されているとした[13]。しかし、小説における術語を適切に用いておらず、統一性、厳密性に乏しい。そのため、清末の一般的な読者にとっては困惑を免れなかったであろう。儒家の典籍において多用される「上帝」であるが、道教の、神々の世界に居る多くの高等な神々も「上帝」と称しているからである[14]。

一九世紀末、多くの著作を残した宣教師学者のファーベル（Ernst Faber）は、上海の著名な宣教師出版社の広学会において文章を発表し、異なる漢語の単語を用いて「God」を示している、という基本的な問題について述べ、これは慎重に取り扱うべきだと主張したが、最終的に、儒家の術語である「上帝」を借用して「God」を示すことを定めた。しかし、彼は、依然として中国の読者を混乱させるのではないか、と懸念した[15]。その後、このような術語の混乱は改善された。たとえば『張遠両友相論』の第三回では、「真の神は一つである。だがその体は三つあり、それぞれ父、子、聖神風と言う。この三つは三つの神ではなく、一つの全能なる神である」とある。この言い方が、一九〇六年に上海美華書館が出版した書の中で、近代の標準的な翻訳方法に変わった。つまり、「上帝は一つだが、その一つは三つに分かれる。即ち、聖父、聖子、聖霊である。この三つは三体の上帝というわけではなく、一つの上帝である」である。しかし、このとき、宣教師小説の創作の最高潮はすでに過ぎ去っていた。

二　章回小説における問答体と中国、西洋文化の対話

既に言及したように、文化適応政策に呼応し、宣教師小説は、中国人読者の読書習慣と審美感への適応に尽力し、伝統章回小説を模倣して、白話による小説を手掛けた。まず、回目を加えることを学び、講釈師の常套語を巧みに運用した。

次に、韻文（詩詞や四六駢儷文）と散文との組み合わせに注意した。たとえば『正邪比較』では、各回の終わりに詩が織り込まれており、『贖罪之道伝』の第一回の『論約翰鐸徳』では、多くの優れた詩を中国の長編の古詩に改編した。『大英国統志』の第三巻では、長い詩を用いてイギリスの風土人情を描き、作者の胸の内を述懐している。

宣教師が著作において試みた第三の要点としては、正文の前に「序幕（楔子）[3]」を設けたことである。たとえば『大英国統志』がそれである。この他、宣教師作者は、章回小説の注釈方法（評点、眉批。既出）をも模倣し、読者のために、関連する書物の情報を提供した。たとえば既述の如く、『張遠両友相論』の第五回では、「張」が『聖書』の中のイエスが罪人を救うために降世する話を読んだ時の感想を述べているが、ここで、「見『弟摩氏』第一書第一章十五節（『テモテへの手紙』第一書第一章十五節を見られたい）[16]」といった注釈がある。

臨場感があり通俗的な小説を運用して教義を宣揚したのは、プロテスタント宣教師に始まったわけではない。彼らの功績は、中国の伝統的な章回小説の形式を模倣したという点である。小説は紙幅の調整ができたため、充分か

つ柔軟に教義を解析することができた。同時に、この叙事性と言語の特色により、さらに容易に、かつ、より一般の読者に喜んで受け入れられ、福音の伝播に効を奏した。そのため、広く宣教師に採用されたのである。

しかし、作者の意図は明らかに布教にあり、個人が物語るという形式を以て教義を伝授した。このような創作の意図と小説の文体が結合した簡単かつ有効的な方法は、問答体の運用であった[17]。

既に述べたが、実際、古代ギリシアの哲学者であるプラトン（Plato、B.C.四二七~B.C.三四七）の著作の特徴の一つはまさに問答体の運用であった。このような形式は中国でも古くから存在していた。門答は「答問」「対問」「問対」「設論」等とも称された。代表作を一つ挙げて見ると、桓寛（漢宣帝の時代の人、B.C.九一~B.C.四九）の『塩鉄論』[4]、東方朔[5]（B.C.一五四~B.C.九三）の『答客難』[6]、班固[7]（三二~九二）の『答賓戯』[8]などがある。早期に中国を訪れたイエズス会士のリッチとアレーニも問答体を用いたことがある[18]。

ミルンは問答体を章回小説に組み込み、かつ、他の宣教師に模倣された。『引家当道』などの極めて少ない作品を除くと、宣教師小説は多くが問答体を使っており、無知で知識の乏しい非キリスト教徒が質問をし、英知、正義感を有した教徒が回答する形式をとるが、これは、よく長い演説や弁論となった。言及される問題はとても広範囲だが、いずれも教義と宗教史に関連しながら展開される。たとえば『張遠両友相論』の「張と遠」は、キリスト教徒の行為特徴と規準、原罪と懺悔、イエスの品性と忠節、魂の永遠と死後の天国と地獄、復活の身体と現在の身体の違い、罪人に対する神の許し、等といった一連の問題が展開され、次第に教義の内容が提示される。

『贖罪之道伝』は全一八回で、二つの巻から成っているが、各回で提示される回目がその回における主な論題となり、一巻は八つの主題（回）に分かれている。第一回は、賢士が、万物の主宰に従うことを人に教える話である。第二回は、大自然を見て神を賛美する話である。第三回は、人の善悪について明白に述べられている。第四回は、老人が罪償いの道理を聞く話である。第五回では、善人の死について書かれている。第六回においては、祭祀の大義について説いている。第七回における主な内容は、罪を償う道は心を安らげる、ということである。最後の第八回は、人の努力の本質について語られている。『贖罪之道伝』の二巻は、一〇回に分けて『聖書』における歴史の内容について論じられている。小説の人物は問答の過程で、キリスト教と仏教、道教、儒家の間の広範囲で相互的な対話が展開され、これは異なる宗教と文化の間の衝突であり、また交戦であると言えよう。作者は、キリスト教が他の宗教と異なっていることを非常に強く主張している。たとえば『贖罪之道伝』では、儒教、仏教、道教の人生観とキリスト教のそれを比較させている。[19] しかしながら、作者の儒教、仏教、道教の観点に対する帰納的結論は、あまりに簡単であり、甚だしい場合は誤読と言えるところがあり、対話の内容も相当に浅薄な程度に止まっている。

儒家の学説と比べると、仏教と道教は宗教として突出した神聖性と排他性を有しており、キリスト教徒とは更に明らかに衝突している。故に、宣教師小説では、キリスト教の一神論の主張を堅持し、仏教と道教を消極的に捉え、さらに、広く伝わっている多神論、偶像崇拝などの伝統に対しては繰り返し挑戦を挑んだ。同時に、人々の心に深く存ずる仏教の輪廻転生の概念や、道教が渇望する長寿不死の思想とキリスト教の復活思想との比較を行った。民間で流行った道教の偶像崇拝は、低劣なる迷信的行為だと批判した。

『張遠両友相論』の第一回は、イエスの信仰とその他の偶像崇拝との違いについて述べている。本当の神はイエス一人だと強く主張している。[20] 第六回では、「遠」が父を追悼し哀惜の念を示したことで、仏教の輪廻の観念とキリスト教の復活の思想について討論が生じる。前者は出鱈目だとし、批判する。[21]

『廟祝問答』は、仏教代表の寺男とキリスト教代表の伝道者が対峙し、たとえば、二人は、蠟燭を灯し、お香を焚き、菩薩を礼拝する仏教の儀式について論を争う。[22] だが、これは明らかに力の均衡が失われた状態での論争で、双方の発言権が平等ではない。寺男と伝道者の論争は失敗を以て終わる。そして寺男は憤慨する。[23]

このような状況はほぼ定式化している。質問する非キリスト教徒は知識に乏しく、劣勢にあり、質問する内容も浅薄で稚拙である。ところが、回答側のキリスト教徒は英知で正義感があり、博学で弁論に長け、多くの場合、相手を説得し、入教させて、幕を閉じるパターンになっている。

人物の描写においても類型化の問題がある。その原因は著作の技巧ではなく、作者が常にキリスト教側に優勢なる発言権を与えているからである。小説の文体的特徴もこれが原因で大きく損なわれてしまった。対話の描写の目的が人物の描写ではなく、教義の宣揚にあったことが明白である。また、長編に及ぶ論述は、小説の物語性と娯楽性を喪失させている。

宣教師小説の持つ形式上の雑駁さは、単一で、統一され、そして自らと一体となっている章回小説の伝統から来たのではなく、宣教師小説が含んでいる「異物」と章回小説との差異が、宣教師たちが克服しようと努力したものの、十分には果たせなかったほど大きかったためであるということを認めざるを得ない。

『大英国統志』では、際限のないほどイギリスの対外貿易の明細書を列挙して植民地を紹介しているため、小説の有すべき特性が欠如している。わずかに少数の作品、たとえば『悔罪之大略』『誨謨訓道』『小信小福』などに限っては、小説の文体的特徴を考慮しており、議論と物語のプロットの叙述をより有機的に結合させ、人物の性格の複雑性や立体感に注意し、その変化の軌跡や心中に起こる矛盾などをうまく表現している。

宣教師の問答体小説は、既に見てきたように、清末における小説の創作に対して、直接的、あるいは、間接的な影響を与えた。梁啓超の『新中国未来記』だけでなく、劉鶚[9]（一八五七～一九〇九）の『老残游記』[10]、呉趼人[11]（一八六六～一九一〇）の『上海游驂録』[12]、銭錫宝[13]（一八九四頃在世）の『梼杌萃編』[14]（一九〇五年完成、一九一六年発表）、彭兪[15]の『閨中剣』[16]、壮者の『掃迷帚』[17]などの小説の中から問答体の特徴を看取することができる。[18]

陳平原『中国小説叙事模式的転変』は、この原因は、小説叙事様式の変化に対する伝統的文体（通俗文言）の影響にある、と考えた。(24)しかし、西洋ブームにあった清末の社会状況と、多くの新しい小説家が深く受けた洋学の影響を関連づけて考え、その中でも特に、小説界革命の発起人であり、また代表的な作家であったあの梁啓超がリチャードのために秘書を務めた事実から見ると、筆者は、新しい小説家たちが問答体の運用をひどく好んだ所以は、宣教師小説の影響を受けた結果である、と見なす立場をとることにしたい。

三　宣教師小説の文化属性と近代歴史の背景における読書

宣教師小説に対して、美学と叙事学の観点から研究を行うことはとても重要である。しかし、小説の世俗性により、小説とそれに包含される本当の背景との間の複雑な関係を、一歩進んで宣教師小説が歴史叙述と文化領域において占める位置について探求することが、さらに我々の視線を引きつける。その位置は常に変化して定まらないようである。一九世紀における帝国主義の植民地開拓という大きな背景の下ではあっても、宗教には時代、地域、民族を超えた特徴があり、当時の中国の現状に対する関心から中国の信徒に対する真誠な呼びかけがあったにもかかわらず、キリスト教が中国で遭遇した敵意に対する不満が伝わってくる。

しかしながら、宣教師が中国文化に適応する努力が顕著であっても、その小説の文化的属性に対して判断を下すことは困難なわけではない。つまり、宣教師小説は、一九世紀の帝国主義の拡張と緊密に連関している。何よりも、アヘン戦争は禁教を強制的に打破し、キリスト教が中国で第三回目となる大規模の布教を行うために便宜をもたらした、という否定しえない一つの事実があり、この結果、キリスト教は帝国主義侵略との関係を脱することが難しくなったのである。

経緯をたどれば、一八四二年以前、キリスト教宣教師は布教の目的で中国内地へ入ることが禁じられていたが、一八四二年の「南京条約」の制定後、特に一八四三年の中国とフランスによる「黄埔条約」が制定されてから、宣教師は中国の貿易港で布教する権利を得て、布教は地下活動から公然のものへと一転した。さらに、一八六〇年、イギリス、フランス、アメリカ、ロシアが中国政府に「天津条約」、「北京条約」の制定を迫り、調印に至った。これにより、西洋宣教師の宗教的特権はほぼ全面的に開放されることとなった(25)。

たしかに、宣教師はアヘンを非難した。たとえば、小説の『誨謨訓道』では、蘇州の商人である勤跨と二人の無能な息子の万行と門咨はアヘンに溺れ、家を失い、悲惨な終わりを迎える。これによって、アヘンの恐ろしさを伝えている。一八九五年にフライヤーが書いた小説の募集の文では、アヘンを中国社会の大きな弊害だとして強く批判している。しかし、こうした状況は、林語堂が言うように、「演劇性と悲劇性は、宣教師の同胞たちがアヘンを持ち運んで、銃口を突き付けて我々に受け入れさせたことによってもたらされた(26)」のである。宣教師小説は、中国のこのような状況と帝国主義の間には隔絶しえない関係があることを普遍的に証明している。

宣教師小説の創作のピークはアヘン戦争の前後であるが、作者たちの間で、その時の中国に対する見解と立場が変化していた。大よそ一八世紀の中期から、リッチすなわち、リッチが生きた時代のイエズス会士の中国を理想とするような報道は忘れ去られ、ライプニッツ、ヴォルテールのような中国への寛容、羨望、崇敬の態度は「欧州文化優越論」に取って代わられていった。一九世紀、ヨーロッパの科学技術の進歩と工業革命の開拓発展に伴い、ヨーロッパ人の「自尊心」が極端に大きくなった。ドイツの史学者であるランケ（Leopold Von Ranke）は、中国は静止した状態であると見なし、イギリスの中国への強硬な侵略に喝采した(27)。しかも、中国と中国人のイメージは奇怪で愚昧、かつ滑稽なものに変わり、子供の間引き、売春、アヘンの吸引、賭博、横領など中国社会の諸々の弊害が増幅されていった(28)。

もっとも極端な例がギュツラフである。この弁の立つ教会のスポークスマンが生まれたのはプロシアであり、オランダの教会の援助で訪中したのだが、彼が力を入れて推賞したのは、一九世紀に勢力を得ていたイギリス文化であった。ギュツラフが一八三〇年から一八三三年の間に三度もアヘン商船に乗り、中国の海域を旅し、禁教の時期に中国の内地へ強行突入を行っているが、このような行いは他でもなく帝国主義の拡張の現れである。ギュツラフは一八三五年からイギリス政府に奉仕し、「南京条約」制定時にはイギリス側の通訳を担った。一八四三年以降は香港総督の中文秘書を務めた。そのため、ギュツラフの小説は、多くが、イギリスを理想の国であると見なし、その先進性と文明を誇示した。中国については、内容上の必要性と読者対象を考慮したため、作品の中で色々と工夫しながら描写しているが、肯定的かつ全局的な評価や描写はなされておらず、主として叙事学の方面において効果を狙い、場面の中に存在するもの（背景の一部）として叙述し、読者の親近感を得ようとしたのである。

ギュツラフの歴史小説『大英国統志』は、作者の不満な心情を露わにさせている。主人公は中国各地で多大な失落感を被る。彼は、この地では参政権がなく、自由な貿易の権利もなく、布教の機会も得られず、ひいては蛮夷と見なされて尊重されず、極度な不満を覚えたのである。また、小説『是非略論』の題目における「是非」は道徳の意を指しているのではなく、外国の対中関係の真実、とくに中国とイギリスの関係を指している。この小説は、中国を互恵貿易関係に加入させるための長い公文書のようである。本の中で「四海之内皆兄弟也」ではないか、と詠嘆しているが、これが意味するのは、読者に外国の商業の合理性を知らせるためであった。最後の章では、イギリスのキリスト教、教育（男女平等）、言語と文章、結婚習俗について述べ、特にイギリスにおける婦人の地位について強調している。(29) このようなイギリス文化優越論、ないしは欧州文化優越論は、布教活動と教義の宣揚を目的とする宣教師小説に、帝国主義拡張の烙印を押させ、近代史の特定の背景において、中国の各階級からの様々なかつ複雑な態度と出会うこととなった。総じていうと、宣教師小説の清末における読書と受け入れについて、上層の文士と下層の庶民といった二つの領域に大きく分けて考察することができる。

明末と異なり、清末の士大夫には宣教師と私的に良好な関係を築く者はとても少なく、宣教師小説に対しても基本的には反発、排斥の態度を見せた。一方で、帝国主義の拡張に伴い、民族意識が日に日に高揚し続けた。それ故、些か見識のある文人は教会へ近づこうとはしなかった。「天下第一傷心人撰」と署された『辟邪紀実』に収録された『閲〈甲乙二友論述〉』では、この小説は荒唐無稽だと批判し、その矛先を直接キリスト教へ向けた。[30]この種の反駁は厳格な意味においてのものではなく、より多くは反感的な心情を吐くことにあったが、この心情は当時の文人において普遍的であったといえる。また、彼らの作品の内容が布教を目的としていたのに対し、当時の中国における主流の知識分子が、富国強兵こそが国の発展のために理想的な路であるということに注目していたのとは大きく異なっていた。そのため、西洋学の書籍が大いに流行する中で、宣教師小説は冷たく扱われていった。だが、リチャードの翻訳小説である『回頭看紀略』は封建的な王権文化とは異なる社会発展の様式を提示し、読者に清末の現実について考える契機を与え、社会変革の前景を仮想させた。故に、思想が開明な中、上層の官吏と知識分子への影響は宣教師の原作小説よりもはるかに大きく、光緒帝さえもこの書を購入したほどである。[31]

ここで、下層の民衆の態度についても述べておこう。庶民は絶えず宣教師と衝突し、事件がたびたび起った。一方で、彼らは宣教師小説の主たる読者であった。既述したように、一八三三年二月、三度目の中国沿海旅行中に普陀山に訪れたギュツラフが配布した『張遠両友相論』は地元の人々や僧侶にまで熱烈に歓迎された。また、一部の下層文人は、このような書物を自らが方言によって書き換え、田舎のお年寄りや子供達も楽に読めるようにさせた。たとえば、福州の沈守真は『張遠両友相論』を福州方言に書き直した。

庶民に歓迎された理由は、宣教師小説が何よりも巧みに貧民の心を掴み、彼らが喜びそうな物語を利用して読者の心を動かしたからである。たとえば、イエスが病を治し、人を救う物語を取り上げてその魅力を伝えた。『贖罪之道伝』の「論救世主行神迹」では、イエスが手を差し伸べてハンセン病の患者をさすると、病はたちまち完治してしまう。また、半身不随で床から動けない召使いや、マラリアの患者もイエスの手によって簡単に治ってしまう。さらに、一人の婦人が一二年も出血が治らず苦しんでいたが、イエスの衣をふれると、忽ち全快したり、亡くなった府の長官の娘はキリストにより復活する。盲目や聾唖の者もみな完治した。(32) このように、イエスを信仰すると病はすぐさま治るとされたため、貧しい民にとって、とても魅力的であった。当初、中国のキリスト教徒は実際にも、医療を契機に布教した。たとえばアメリカの公理会の宣教師であるパーカー（Peter Parker）は一八三三年、広州に眼科病院を設立し、教会のために大きな名声を得た。福建省で初めに入教した信徒の中には多くの病人や障碍者がいた。(33)

この他、よく見られる題材は、悪習に染まった人々が世間に顔向けができなくなった後、キリスト教徒となり、新生を得る、というものである。このような「放蕩息子の改心」という物語も一般的な読者の好みに符合していた。『常活之道伝』（一八三四）における高官の李瑞は、非常に貪欲、傲慢で、野心に満ちていた。外で気ままに金を使ったが、家では吝嗇者だった。そしてむやみに名声に渇望し、肉欲を貪った。が、快楽は彼と無縁だった。なぜなら、彼は頻繁に陥る発作的な喜怒の激しい感情に苛まれるからだ。それは彼はすでに神の戒律に叛いていたからである。その後、ある老人からもらった『創世記』を読み、改心を決意する。流刑の道中、共に流刑に服している者や幼児、さらには何ら関係のなさそうな人々に向かってイエスを語り、人々の首肯を得た。彼の息子は教徒となった。そして、死後に天国へ入った。

『引家当道』における李氏は生計に困り、故郷を遠く離れ、その地で頻繁に博打場や妓楼に出入りし、無一文となり、家へ帰るすべを失った。ある日、彼は路頭をさまよう内に教会へたどり着くと、牧師から罪の償いの話を聞いて、不安になり、過去を懺悔した。彼はキリスト教徒となった。そして、勤勉に仕事をし、お金を稼ぎ、帰省して家族に入信を勧めた。

『誨謨訓道』における商人の息子である現力と門吝はアヘン、賭博、妓女に溺れ、放蕩を極めていたが、信教し改心する。また、『悔罪之大略』における、文人の郭氏は、極めて優れた才能を持ちながらも、自己の利益のために人を殺してしまう。だが、最終的には神に懺悔する。これらは、いずれも放蕩息子改心の典型である。たとえ『聖書』を主とした、たとえば『聖書注疏』などであっても、『聖書』自体が物語性、叙事性が強く、内容も明らかに中国伝統の章回小説とは異なっていた。従って、容易に一般の読者に新鮮さ、面白さを与えることができた。

総じていうと、下層の民衆は宣教師が手掛けた書物を読んだが、生活環境と教育状況が原因となって、宣教師小説の帝国主義との結びつきなどの文化的属性を判別することが難しかったため、受容する主体となった。しかしながら、まさに当時生存するために教徒となる、言わば「吃教者（キリスト教で食べていく者）」が大量に出現したのと同様に、彼らが小説を受け入れたことは、彼らが真のキリスト教の信仰を受け入れたことを意味するわけではない。この点から言うと、宣教師が小説の創作を行った目的を充分に果たすことができず、伝播の実際の効果は、少なくとも教会の目標とは依然として大きな差異があったといえる。

【注】

（1）サイード（薩義徳）著、李琨訳、『文化与帝国主義』、北京・生活・読書・新知三聯書店二〇〇三年、九二頁。

（2）George H. Dune, *Generation of Giants: the Story of the Jesuits in China in the Last Decades of the Ming Dynasty.*（張国剛『従中西初識到礼儀之争』、北京：人民出版社二〇〇三年版、五〇二～五〇三頁からの引用。）

（3）趙璘、『因話録』四巻「角部」、上海：上海古籍出版社、一九八三年第二次印刷。

（4）宣教師小説の発展史と代表作に関しては、本書の序章とハナンの"The Missionary Novels of Nineteenth-Century China", *Harvard Journal of Asiatic Studies*, vol.60・2を参照されたい。グリフィス・ジョンの後、宣教師の文学活動は依然として継続されたが、創作的な小説は極めて少ない。

（5）『誨謨訓道』、道光一八年（一八三八）、新嘉坡堅夏書院蔵板、三頁。
（6）愛漢者纂『贖罪之道伝』一巻第一回「論賢士教人遵万物之主宰」、道光丙申年（一八三六）、一頁。
（7）愛漢者纂『贖罪之道伝』一巻第一回「論賢士教人遵万物之主宰」、道光丙申年（一八三六）、二頁。
（8）愛漢者纂『贖罪之道伝』一巻第二回「看山玩水賛美上帝」、三頁。
（9）費楽仁「現代中国文化中基督教与道教的相遇、論辯、相互探索」『基督教与近代中西文化』、北京：北京大学出版社二〇〇〇年、三九九頁、四一〇頁を参照されたい。
（10）『聖書注疏』第二回、道光一九年（一八三九）、新嘉坡堅夏書院蔵板、一一～一二頁。
（11）『贖罪之道伝』二巻第九回『論約翰行洗礼師』、一頁。
（12）『贖罪之道伝』一巻第四回『論老年人聴贖罪之道』、一〇頁。
（13）張国剛『従中西初識到礼儀之争』、三三六頁を参照されたい。
（14）費楽仁「現代中国文化中基督教与道教的相遇、論辯、相互探索」、四二一頁を参照されたい。
（15）ファーベル『性海淵源』、上海：広学会一八九三年版、七六頁。
（16）『張遠両友相論』、道光一六年（一八三六）、新嘉坡堅夏書院蔵板本、一八頁。
（17）章学誠「文史通義・匡謬」、葉瑛校注『文史通義校注』四巻内四篇、北京：中華書局一九八五年版、四〇七頁。
（18）ハーバード大学教授のハナンは、早くも、ミルンよりも前に、対話形式はインドの宣教師が普遍的に用いていた、と主張した。また、シュワルツはタミール語を用いて、キリスト教徒と非キリスト教徒の間の一二段におよぶ対話の作品を著作し、一七七二年にマドラス（Madras）で発表したことから、彼の作品は自然とミルンの創作を導いた、と指摘した。詳細はハナン"The Missionary Novels of Nineteenth-Century China", in *Harvard Journal of Asiatic Studies*, vol.60・2, P.418. を参照されたい。
（19）『贖罪之道伝』第一四回「論真道自証」、一九頁。
（20）『張遠両友相論』、道光一六年（一八三六）、新嘉坡堅夏書院蔵板本、一～二頁。
（21）『張遠両友相論』、道光一六年（一八三六）、新嘉坡堅夏書院蔵板本、二〇～二一頁。
（22）『廟祝問答』上巻、光緒七年（一八八一）、福州美華書局活板、二頁。

（23）章学誠「文史通義・匡謬」、四〇七頁。
（24）陳平原『中国小説叙事模式的転変』第六章「伝統文体之滲入小説」、『陳平原小説史論集』、石家庄：河北人民出版社一九九七年、四四一～四四七頁を見られたい。
（25）張海林『近代中外文化交流史』、南京：南京大学出版社二〇〇三年版、二〇五～二〇六頁を参照されたい。
（26）林語堂『信仰之旅：論東西方的哲学与宗教』、台湾：道声出版社一九九六年版、三六頁。
（27）丁建弘の「視線所窺，永是東方」（周一良主編『中外文化交流史』、鄭州：河南人民出版社一九八七年版、一一九頁）からの引用。
（28）張海林『近代中外文化交流史』、七四頁を参照されたい。
（29）ハナン "The Missionary Novels of Nineteenth-Century China", pp. 428-429.
（30）天下第一傷心人『辟邪紀実』中巻。同治辛未（一八七一）季夏重刻。
（31）光緒帝が注文した書物の項目は一八九八年の『広学会年報』における付録を見られたい。
（32）『贖罪之道伝』第一三回、一六頁、一八頁。
（33）陳支平「近代福建教民的入教動機及其社会構成」、李少明・陳支平『基督教与福建民間社会』、厦門：厦門大学出版社一九九二年版を参照されたい。

〔訳注〕
〔1〕清朝の行政組織の一つである礼部は宮廷内の様々な儀式などの他に、他国との外交にもあたった。
〔2〕音楽を伴うものも含め、様々な芸能形式による布教が行われ、寺院をこう呼んだ。今日で言えば、コンサート会場である。
〔3〕楔子とは、元曲に見られる序幕、或いは幕間の短い一段を指す。
〔4〕前漢始元六年（B.C.八一）に当時の朝廷で開かれた塩や鉄の専売制、ならびに専売品の売買に関する平準法、均輸法を巡る討論の記録を、後日桓寛が六〇篇の書物にまとめたもの。
〔5〕東方朔（B.C.一五四～B.C.九二）は、前漢・武帝時代の政治家。字は曼倩。『史記』一二六巻、「列伝」第六六の「滑稽列伝」に伝がある。その言動から、早くに神格化され、後世では仙人として信仰の対象にもなった。

〔6〕『答客難』―東方朔の作とされる、「賦」のスタイルによる客人と朔との対話。『文選』巻四五所収。
〔7〕班固（三二〜九二）は後漢初期の歴史家、文学者。字は孟堅。班彪の息子、班超、班昭の兄。父の仕事を受け継ぎ『漢書』を編纂するも、半ばで獄死、妹の班昭が完成させた。文学者としても「両都賦」などで名高い。
〔8〕『答賓戯』―班固が東方朔の『答客難』に感ずるところがあり、書かれた。『文選』巻四五、『芸文類聚』巻二五所収。
〔9〕劉鶚（一八五七〜一九〇九）、字は鉄雲、ペンネームは洪都百煉生。清末の企業家であり作家、かつ甲骨文字の研究のきっかけを作った考古学者。
〔10〕『老残游記』―共二〇回。一九〇三年から『繡像小説』に掲載されたが、一三回で中止。後に『天津日日新聞』に掲載された。続篇が一九三四年雑志『人間世』に四回が掲載され、翌年一九三五年に上海良友図書公司から雑志掲載分を含む六回が単行本として出版された。この他に続篇の三回分、外篇五千字弱が残っていることが確認されている。
〔11〕呉趼人（一八六七〜一九一〇）、原名宝震、名沃堯。清末の職業作家。字小允、又字繭人、後に趼人とする。広東仏山出身で、「我仏山人」と称して多くの小説を執筆した。
〔12〕『上海游驂録』―一九〇七年、自ら主宰する『月月小説』に掲載された。一九〇八年上海の群学社から単行本として刊行。
〔13〕字権楚、生平は不明。
〔14〕『梼杌萃編』―章回小説、一名『宦海鐘』、全書一二篇二四回。作者は銭錫宝、字は叔楚、号は誕叟、杭州人。生卒年は不明。光緒二四年（一八九八）の抄本がある。また漢口中亜印書館から一九〇六年活字本が出版された。
〔15〕彭兪―筆名亜東破仏。一九〇七年に『競立社小説月報』を創刊したが、わずか二期で停刊した。
〔16〕『閨中剣』―初め『普如堂課子記』として、一九〇六年『小説林』に掲載された。全六章。
〔17〕『掃迷箒』―一九〇八年商務印書館より刊行。著者の「壮者」については不明。
〔18〕ここに挙げられている小説は全て啓蒙的な要素を有しているもので、それに問答の形式が使われていることは、著者の論点を補強していると考えられる。

付録　一九世紀西洋人の漢語読本における小説

明末以来、イエズス会士は次々と訪中し、中国と西洋文化の衝突と融合が加速した。一九世紀、特にアヘン戦争以降に訪中した西洋人は以前にも増して多く、彼らの身分もさらに複雑になっていった。如何なる理由や目的を持った宣教師であっても、訪中直後の急務は早く漢語を使いこなせるようになることであった。この時期、欧米の漢語教学は、すでに教会と民間に限られることなく、政府のある種の仕事となった。また、ちょうど西洋言語学が著しく発展、普及していた時期でもあったため、漢語の研究と教学の発展も猛烈なる勢いを呈していた。(1)そこで、欧米の言語と漢語を同時に対応させるように編纂した書物が大いに流行した。それは数量が多いだけでなく、このような両言語による形式は以前においては珍しく、編纂の形式、教学の順序、言語素材などにおいて、以前とは全く異なっている。その違いは、主として、この時期の漢語読本は文言から官話に転じる趨勢にあり、用例の引用が、儒学の経典から中国の白話小説へと変わった点にある。発音、語彙、文法の正確な記述と分析がなされ、漢語学習への効果にも及んでいるため、このような著作は現代的な意味で言語学の教程に組み込むことも可能であり、現在の漢語教学に多くの啓示を与えた。目下、すでに研究者が言語学と漢語教学の角度から、その中の部分的な著作に注目している。だが、多くの社会的影響力を持つ漢語の読本は言及されているものの、詳述されてはいない。(2)

さらに重要なことは、これらの読本の存在価値は、すでに一般的な言語教材の意義を超え、中国文化と西洋文化の交流に欠かせない役割を果たした、ということである。読本で収録した小説は、多くが当時中国で流行したもので、漢語の部分も必ずしも原文の写しではなく、様々なレベルではあるが当時の官話を用いて改編した後に翻訳を行い、独立した文書としての価値と芸術的な成果を得るとともに、ある意味において白話文運動を推進する役割をも果たした。

編纂者は様々な身分を持つ人々によって複雑に構成されている。宣教師、外交官、漢学者などである。兼職していた者もいた。また、中国人助手の助けもあった。このような書籍は、当時の西洋人の漢語と中国文化に対する認識を反映させているのと共に、これ自体が一九世紀の独特な文化現象を形成していると見なしえる。故に、本章の主旨は、単純にこれらの小説の文学的価値を論じるのではなく、その中に包摂された文化的な意義を掘り起こしてみたい。

一　小説が漢語読本に採用

ヨーロッパの漢学は一八世紀末から一九世紀初めにかけて正式に確立され、漢語学習と研究は漢学の基礎であった。明末以来、中国に滞在していたイエズス会士はすでに漢語学習の教材と辞書を編纂し始め、苦労の末、ヨーロッパにおける漢学の発展に創始的功績を果たした。一九世紀に入ると、様々な政治や文化の目的の影響下で、ヨーロッパ人が漢語を学ぶ熱は依然として高く、大量の漢語読本が出版された。一九世紀の著作とそれ以前の物を比べると、内容に大きな変化が生じているのが分かる。すなわち、篇目の選択が儒学の経典から当時流行していた中国小説に変わったのである。

西洋人は小説を漢語学習の教材としたが、これはフランスの宣教師であるプレマールが先駆的な役割を果たした。彼が著した『漢語札記』（*Notitia Linguae Sinicae*）はヨーロッパの漢学と漢語研究の礎を築いた。この書における文法の箇所の第一部分は「関于白話和日常風格（白話と日常の様式について）」である。この中の例文は、多くが当時流行していた劇や小説からの引用であり、『水滸伝』『画図縁』『醒風流』『好逑伝』『玉嬌梨』などが選出された。

プレマールは良い小説を通じて官話を学ぶことを強く勧めた(3)。

プレマールの『漢語札記』の中で引用した訳文は抄訳とは言い難く、当時の小説や戯曲の中の一部分を引用し翻訳を行ったものである。たとえば、重複法の箇所では「如花之容，似月之貌」、「看山玩水，尋花問柳」などが挙げられている。対比法の箇所における例としては、「有才的未必有貌，有貌的未必有才」、「欲言恩恩深難言，欲言情又無情可言」があり、いずれも才子佳人が登場する小説『好逑伝』からの引用である(4)。

図1　スタントン（1781-1859）

プレマールの貢献は、書面語重視の観念を覆したことにある。つまり、従来の漢語学習では書面語が重要視され、儒学の経典を重んじ、白話小説を軽視する傾向にあった。プレマールのこの手法は当時一般的ではなかった。プレマールの同時代やそれ以前の漢語読本と比べると、バロが著した『華語官話語法』等の少数の著作を除けば、官話の研究をした書籍はほとんど存在せず、また、小説と戯曲の言語学的な価値、およびそれと官話の間の関係について留意されることもなかった。リッチはかつて官話の普及を提示し、官話の学習は実生活で役立つと述べたが(5)、彼を代表とするイエズス会士は『四書』の学習を責務とし、文言文の習得に精力を注ぎ、中国の上層文人とキリスト教との疎通、調和、そしてキリスト教への帰依の実現を図った(6)。

一九世紀の風潮は次第に変化した。中国の小説、戯曲が言語学習の手本となり、西洋人が編纂する漢語読本の一種の気風となっていった。前期の著作は大半が外交官と漢学者によって書かれ、英語と漢語の対照が多かった。たとえば、ウェストン（S. Weston）訳

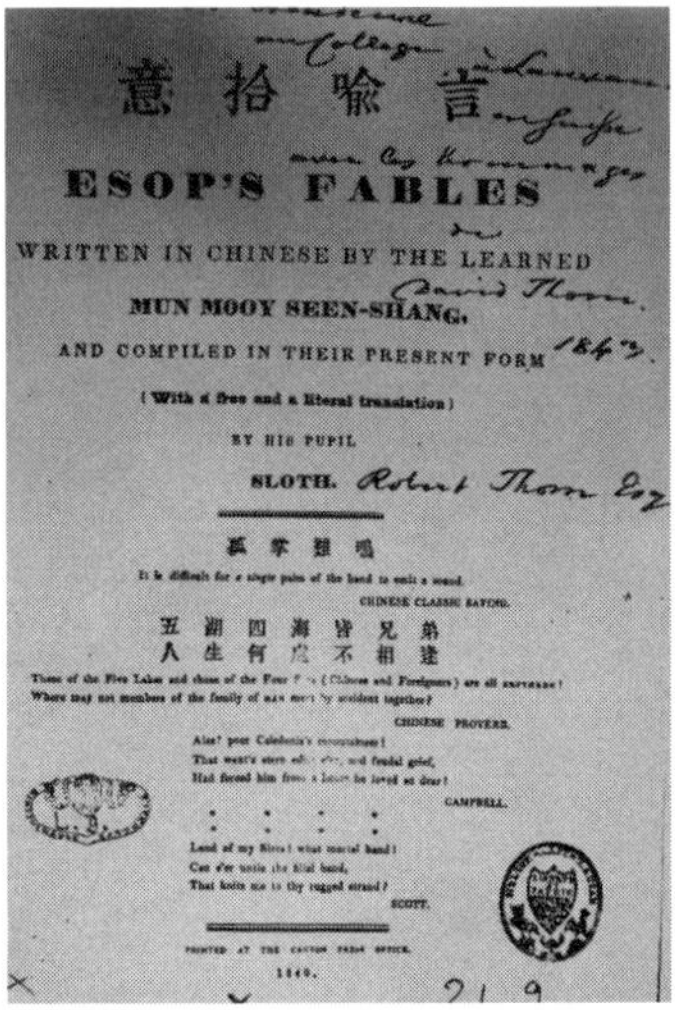

図２　『意拾喩言』1840年に広州で出版

の『范希周』、即ち『警世通言』巻一二所収の『范鰍児双鏡重円』である。これは一八一四年にロンドンで出版された[7]。この書は英語と漢語の対照本である。注釈と漢語の文法解説もあり、外国人が漢語を学ぶのに適していた。著者は序章において、この本は二つ訳本があると述べている。一つは、イギリスの著名な漢学者であるスタントン（Sir George Thomas Staunton）の優雅な意訳である[8]。もう一つは、自らによる、より原文に近い口語的な翻訳である。作者は明らかに前者の翻訳をよろしくないと見なしていた。長期にわたってイエズス会士の、文言を懸命に学び、中国のあらゆる経典や詩賦を読めるよう努力するというやり方に、うんざりしており、新たな方法を創り出して、西洋人読者が官話を学ぶために、より適切な読本とより正確な翻訳を選択する必要があると著者は考えていた[9]。

翌年の一八一五年に、スタントンが翻訳した『范希周』[1]はロンドンで出版された。この書も英語と漢語の対訳であったが、英語に直訳と意訳を並列させた。さらに注釈と文法解説を付して、漢語学習のための便宜を図った。この訳文は『中国与中英商業関係雑評』の第二部に収められ、一八二八年にロンドンで出版された。

イギリス駐寧波領事館の領事を務めたR・トーム（Robert Thom）が著した『官話彙編』は『紅楼夢』の第六回の一部を取り扱っており、早期の『紅楼夢』の翻訳書と見なしえる。当書は英語と漢語が対照され、ローマ字で注音が付してあり、外国人の官話学習を対象にしているのが分かる。一八四六年に寧波で出版された。

実は、清代の道光一七年（一八三七）に、R・トームが広州の渣甸洋行に就任していた期間に、早くも官話教材の編纂を試み始めていた。R・トームは『イソップ寓話集』における物語をR・トームの漢語教師である「蒙昧先生」に語り聞かせ、筆録を行った。その後、交由教会が英語と漢語の対照本を出版し、これを『意拾喩言』（*Esop's Fables*）と題した[10]。

各頁には、中文が中央に置かれ、ローマ字による注音を右へ、英文は左へ置いた。物語を読みながらも、漢語と英語を学ぶことができるため、好評を得た。そして一〇年後に、作者は再度『官話彙編』の翻訳に取り組み、中国小説のような内容へと転換させた。

R・トームの官話に対する研究は、イギリス外交官であるウェードに影響を与えた。ウェードは一八四一年に訪中し、イギリス駐華公使館の中文秘書に就任し、公使館の人々の漢語教学の責任者となり、後に駐華公使を担った。一八六七年、ウェードが編纂した北京官話の教科書の『語言自邇集』[2]が出版された。この書は西洋人が北京官話の口語を学ぶために書かれたテキストで、一九世紀半ばの北京語が正確に反映されている。特に彼が編み出した「ウェード式ローマ字システム」[3]は非常に価値があり、北京語の音声、語彙、文法に対して行った正確な記録と分析は、世界漢語教学史に大きな影響を与えた[11]。

図3　ウェード（1818-1895）

興味深いことは、この書の第六章で『西廂記』[4]の物語を選出していることである。訳者はこれを『秀才求婚』と題した。また、『践約伝』では臨場感のある北京語を用いて物語を白話小説に書き換えている[12]。しかし『語言自邇集』は値段が高価だったため、普及に些かの制限が生じた。

だが、日本で編集された官話教材の『官話指南』は広く読まれた。明治九年（一八七六）三月、日本の中田敬義は翻訳生として北京に駐在した。

北京に来てみると、言語に関する書物がなく、ただ、当時イギリス駐華公使のウェードが編集した大判の『語言自邇集』しか手に入らなかった。この本はたしかに珍貴だが、値段が非常に高く、買うことができない。そこで、中国人に書き写しを依頼し、英紹古という先生から言語を学んだ(13)。

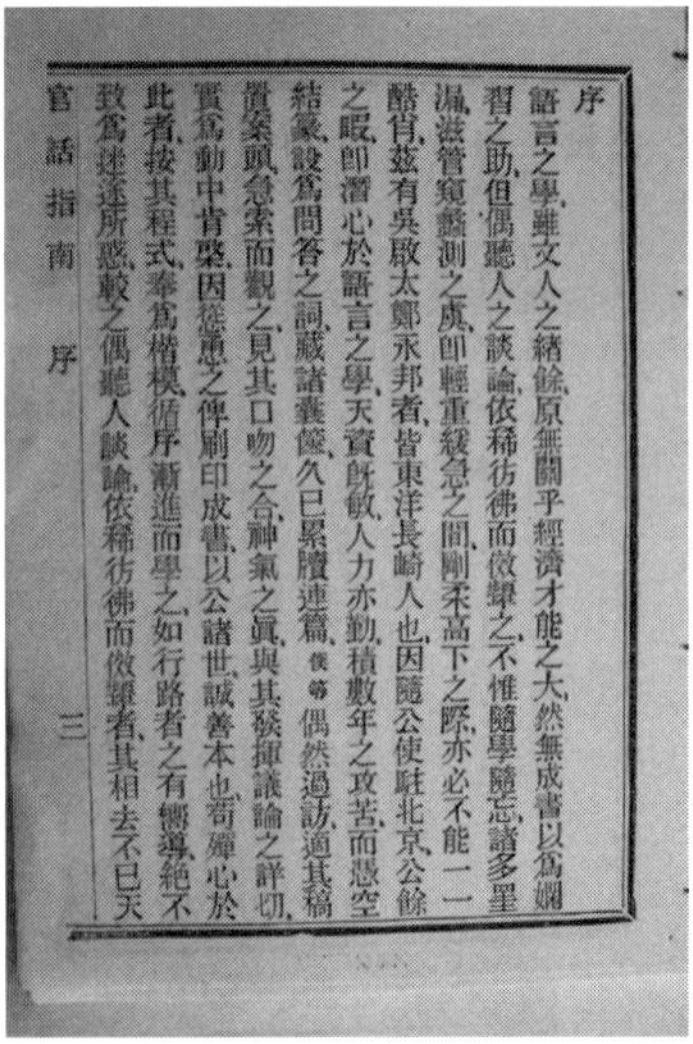
序
語言之學、雖文人之緒餘、原無關乎經濟才能之大、然無成書以爲嫻習之助、但偶聽人之談論、依稀彷彿而倣學之、不惟隨學隨忘、諸多罣漏、滋管窺蠡測之虞、卽輕重緩急之間、剛柔高下之際、亦必不能一一脗肖、茲有吳啓太鄭永邦者、皆東洋長崎人也、因隨公使駐北京、公餘之暇、卽潛心於語言之學、天資旣敏、人力亦勤、積數年之攻苦、而懸空結撰、設爲問答之詞、藏諸囊篋、久已累牘連篇、僕等偶然過訪、適其稿置案頭、急索而觀之、見其口吻之合、神氣之眞、與其發揮議論之詳切、實爲動中肯綮、因慫慂之俾刷印成書、以公諸世、誠善本也、苟殫心於此者、按其程式、奉爲楷模、循序漸進而學之、如行路者之有嚮導、絶不致爲迷途所惑、較之偶聽人談論、依稀彷彿而倣學者、其相去不已天
官話指南　序　三

図4　『官話指南』上海美華書館、1900年出版

このような状況の下、日本駐清朝公使館の翻訳官であった呉啓太と鄭永邦は『官話指南』を編纂し、日本で編集した北京官話教材が乏しいという焦眉の急の解決を図った。この書は明治一五年（一八八二）に初版が出され(5)、一八八九年に上海土山湾慈母堂が上海語による翻訳を『土話指南』と題して出版した。一九〇〇年には、別発洋行がイギリス駐煙台領事のホプキンズ（Lionel Charles Hopkins）の英訳本を出版した。その後、上海商務印書館の英文による再版本が出版された。フランスイエズス会士のブーシェは、一九〇五年に、上海天主教会から、注釈が付いたフランス語翻訳本を出版した。また、一九〇五年、呉啓太の弟である呉寿泰は、東京の文求堂から日訳本を出版した。さらに、一九二五年、大連の大阪屋号から、飯河道雄が当書の英語を日訳して出版した。そして一九三九年には、木全徳太郎が東京の文求堂から注解本の『官話指南精解』を出版した。『官話指南』は、この他、一八九三年に九江書局から出版され、一九〇〇年には、福州の美華書局から活字版が出版された。また同年に、上海の美華

書館が復刻本を出版した。さらに一九〇三年においては、別発洋行からも復刻版が出版された[14]。よって『官話指南』の影響は大きく、近代の漢語学習や文化交流にとって重要な役割を果たしていたことが分かる。この書の特徴の一つは、漢語を学ぶための読み物として、物語性があり、とても面白みがあることである。書は「応対須知」「官商如属」「使令通話」「官話問答」といった四つの巻に分かれ、様々な叙事性のある場面を設定している。各節は独立した文章でまとめられ、短編白話小説に似ている。ただ、この書は言語学者から、面白さを追求しすぎたため、新出単語が些か多く、単語の運用がやや難しく、文型が複雑で、紙幅が長めである、といった指摘を受けた[15]。しかし、このような問題点は小説研究者にとってはむしろ貴重で有意義なことである。また、この書の長期に渡って受けた好評の程度（それはこの書の版本の多さから看取しえる。即ち出版後の六三年間で四五回余り改訂された）によって、この書が小説の文体を漢語の学習に導入し、その結果学習者に読書に対する興味を与えたこと、読者からどれほど人気を博したのかを推測することができる。

この他、この類の漢語読本は多く存在した。フランスの漢学者であるジュリアンが著した『漢語新句法』（*Syntaxe Nouvelle de la Langue Chinoise*）の第二巻には『玉嬌梨』の抄訳が収録されている。これは一八六九年から一八七〇年にかけて、パリの新屋（Maisonneuve）出版社から出版された。ドイツの漢学者であるガーベレンツ（George Gabelentz）は『漢文経緯』（*Chinesische Grammatik: mit Ausschluss des niederen Stiles und der heutigen Umgangssprache*、一八八一）を発表した。この漢語の文法書はドイツでずっと影響を与え続けた[16]。彼は『狠心夫』と題して『金玉奴棒打薄情郎』（『古今小説』巻二七、『今古奇観』[6]巻三二所収）を翻訳し、彼が編著した『漢語法入門』（*Anfangsgründe der Chinesischen Grammatik*）に収録した。書の中では漢語の原文が附されており、一八八三年に莱比錫魏格爾（Leipzig, T. O. Weigel）出版社から出版された。

一九世紀後期、宣教師、特にイエズス会士が編纂した漢語読本はとりわけ注目に値する。アヘン戦争後、中国と西洋の間で「典礼問題」以後に中断されていた在華布教活動が復活した。イエズス会士は上海の徐家匯と河北の献県を拠点とし、土山湾印書館と河間府天主教会印刷所から大量の漢語読本を出版した。イエズス会はこれまで学問を重んじる伝統があったため、イエズス会士の多くが高い学術的素養を有していた。故に、これらの著作は高い学術的価値がある。その中で代表作と言えるのが『中国文化教程』と『漢語入門』である。イタリアイエズス会士のゾットーリが編纂した全五巻の『中国文化教程』（*Cursus litteraturæ sinicæ: neo-missionariis accommodatus*）は一八七九〜一八八二年において上海土山湾（Chang-hai : Ex Typographia Missionis Catholicæ in orphanotrophio Tou-sè-wè（Tou-chan-wan））で出版された。そして一九〇九年に再版された。初めはラテン語と漢語の対照本だったが、後にドビッシー（De Bussy）がフランス語に翻訳した。この本はフランス語と漢語の対照であり、一八九七年に上海で出版された。第一巻で収録されている小説や戯曲は極めて豊富である。すなわち、『今古奇観』の『三孝廉譲産立高名』（巻二）、『呉保安棄家贖友』（巻一二）、『金玉奴棒打薄情郎』（前出）、『崔俊臣巧会芙蓉屏』（巻三七）、『看財奴刁買冤家主』（巻一〇）。

また、『三国志演義』の第一回、第三回、第四回、第二五回、第四一回、第四五回、第四六回、第四七回、第四九回、第五三回、第五六回がある。これは抄訳もしくはその回の要約がなされている。

そして、『水滸伝』の武松に纏わる物語も抄訳されている。第二二回の「武松打虎」、第二七回の「武松施恩交往」、第二八回、二九回の「酔打蔣門神」、第三〇回の「血濺鴛鴦楼」を取り扱っている。

次に『好逑伝』の第四回、第五回。『玉嬌梨』の第五回、『平山冷燕』[7]の第一〇回、第一三回、第一四回。そして『白圭志』[8]の第七回、『斬鬼伝』[9]の第一回、『三合剣』[10]の第二六回、第二七回。さらには、石成金（一六五九〜一七四〇?）が著した『家宝二集時習事』[11]の『負米』『懐橘』『泣杖』『遥遵父命』『環帯』『運甓』『帳灯』『容訕笑』などがある。

この他、ゾットーリは金聖嘆の批評本とされる『西廂記』、その他に『殺狗勧夫』[12]、『東堂老』[13]、『瀟湘雨』[14]、『慎鸞交』[15]、『風箏誤』[16]、『奈何天』[17]など大量の戯曲を抄訳した。

フランスのイエズス会士であるウィーガーの全六巻の『漢語入門』は内容が豊富であり、しかも連年の如く何度も印刷された。この書で筆者が確認したのは、一八九五年の河間府天主教会印刷所出版の第二版である。この書は第五、六巻で当時流行っていた小説を選集し、フランス語と漢語を対照させ、易しいものから難しいもの、短編から長編といった順で編纂されている。第五巻の課文は以下の小説から取り出したものである。

『今古奇観』から『陳御史巧堪金釵鈿』（巻二四）、『看財奴刁買冤家主』（前出）、『両県令競義婚孤女』（巻二）、『劉元普双生貴子』（巻一八）、『家宝全集』の二集「時習事」から『泣杖』『容訕笑』『懐橘』『遥遵父命』、『聊斎志異』からは『趙城虎』『考城隍』『労山道士』『狐嫁女』『長清僧』『陸判』『種梨』『妖術』『任秀』が選ばれている。

その他のいくつかの短編があるが、これは日本の呉啓太と鄭永邦が編纂した『官話指南』の中から現実に関わりのある物語を選出している。たとえば、第六二課の『吸鴉片者』(*Le Fumeur D'Opium*)はアヘン吸引者の恐ろしい結末を描いている[17]。

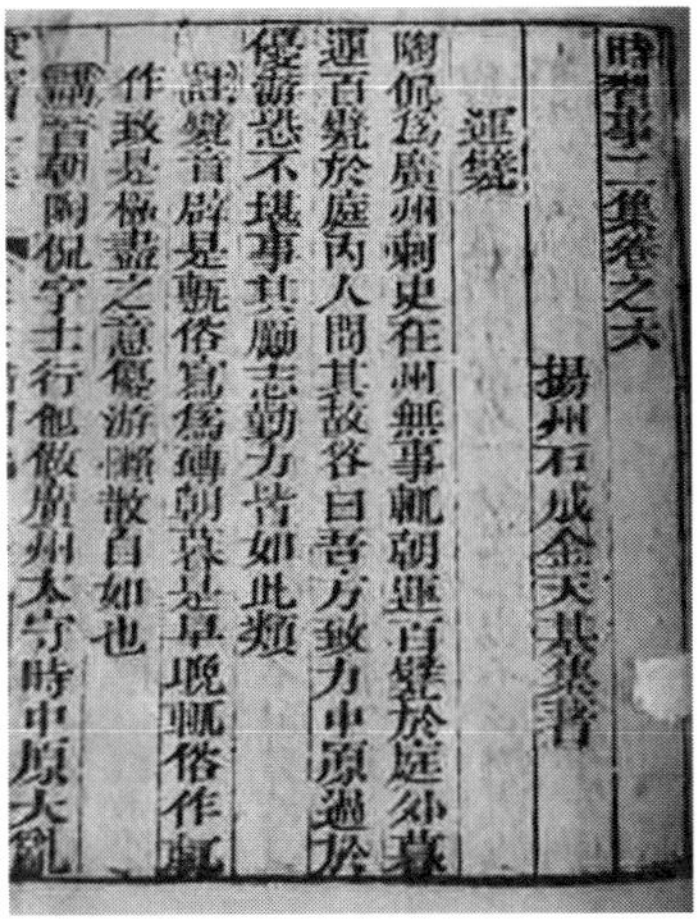
時習事二集卷之六
揚州石成金天基撰著
運甓
陶侃為廣州刺史在州無事輒朝運百甓於庭外暮
運百甓於庭內人問其故答曰吾方致力中原過於
優游恐不堪事其勵志勤力皆如此類
註甓音闢是甎俗寫為磚朝是早晚輒俗作輙
作致是極盡之意優游是散自如也
講古朝陶侃字士行他做廣州太守時中原大亂

図５　清刻本『家宝二集・時習事』

第六巻の課文は全て『今古奇観』からのもので、『滕大尹鬼断家私』（巻三）、『李汧公窮邸遇侠客』（巻一六）、『宋金郎団円破毡笠』（巻一四）、『灌園叟晩逢仙女』（巻八）、『呂大郎還金完骨肉』（巻三一）、『転運漢巧遇洞庭紅』（巻九）、『懐私怨狠僕告主』（巻二九）からの引用である。

さらにウィーガーは『中国近代民間故事集』(*Folk-lore Chinois*

Moderne）を著した。そこに収録してある『聊斎志異』の訳文と『漢語入門』の篇目は似ている部分もある。含まれているものは、『画皮』『考城隍』『葉生』『妖術』『長清僧』『任秀』『種梨』『白蓮教』『陸判』がある。この書もフランス語と漢語の対照であり、一九〇九年に、河間府天主教会出版社から出版された。

かつてイギリスの在駐北京公使館の秘書を担い、その後、イギリス駐朝鮮総領事を務めたヒリラー（Walter Caine Hillier）は二つの巻から成る『華英文義津逮』（*The Chinese Language and How to Learn It*）を編集した。そのうち『聊斎志異』の一三篇の作品を白話によって書き換えた。第一巻の『報恩狗』は、すなわち『聊斎志異』の中の『蕪湖犬』である。第二巻は『趙城虎』『瞳人語』『種梨』『労山道士』『鳥語』『菱角』『細柳』『促織』『王成』『鴝鵒』『向杲』『罵鴨』の一二篇である。作者は漢語に精通し、ウェードと『語言自邇集』を共編したことがある。また、漢語読本の編纂や校訂の経験が豊富だった。この『華英文義津逮』は一九〇七年に上海別発洋行（Kelly & Walsh, Ltd.）から出版された。また、一九一三年と一九一九年にロンドンで再版された。西洋人の漢語読本の中で頗る影響力があった(18)。

上で列挙した作品は決して全てを網羅してはおらず、代表的な著作をいくつか挙げただけだが、一九世紀の漢語読本の内容が著しく変わっていることを示すことができたと思われる。

二　小説の改編と文体の独自の価値

白話小説を読むことで、漢語の学習や中国文化の理解を深め、かつそれらを飽きずに楽しみながら行うことができる。ということに気づいたのは宣教師たちが初めてではなかった。元末明初の朝鮮における漢語教材の『朴通事諺解』では版の古い『西游記』における「車遅国門聖」の物語を収録している(19)。

また、日本の山輪王寺慈眼堂では、明の時代に唐通事が用いていた漢語教材の『金瓶梅詞話』を所蔵している。そのため、漢語学習における小説の価値に対して共通認識があったと解しえる。しかし、一九世紀、漢語の習得に熱心だった西洋人は、白話小説で日常語を学ぶと、実際の漢語の運用時に問題が生じる、ということに気が付いた。[20] すなわち、小説の中の言語は過度に古典的であったため、実世界ではすでに使われていないものがあったのである。そのため、当時通用していた官話を使ってこれを改編することが求められた。また、言語教材に適した紙幅を考慮したため、内容と構造を調整する必要があった。最も突出した例は『漢語入門』である。この書は『今古奇観』の一部の前文か本文、或いは前文と本文をそれぞれ二篇分の課文に編集し、プロットの構造を維持し、全て当時通用していた口語によって書き換えた。これにより、通俗的で分かりやすく、臨場感のあるものとなった。

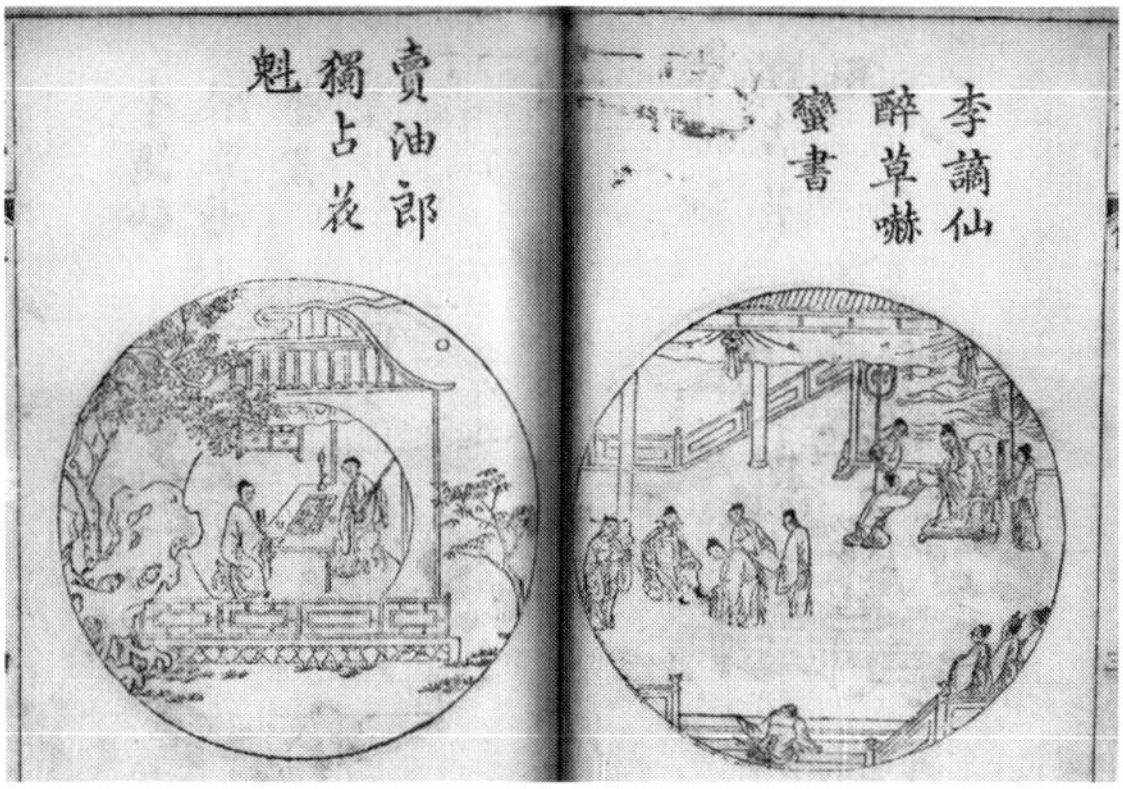

図６　清初刊本『今古奇観』挿図

華文大学の第一期校長を担ったイギリス牧師のジャクソン（James A. Jackson）は、英語と漢語が対照した小冊子『李汧公窮邸遇俠客』（*Li, Duke of Ch'ien and the Poor Scholar Who Met a Chivalrous Man*）を著した。また、シャルパンティエ（L. Charpentien）はフランス語と漢語を対照させた『李謫仙醉草吓蛮書』（『今古奇観』六巻）を著した。[21] いずれも短篇のみを選出し、漢語の文章も加筆され、常用的ではない或いは過度に優雅な語句を、通俗的で分かり易く、規範化した口語に書き換えた。

清代康熙頃に活躍したとされる通俗文学作家の石成金は、歴史的人物の逸事を短篇物語集に編集した。書名は『家宝全集』「二集・時習事」と称し、「注」「講」「論」「証」に分かれている。その内、「講」は白話を用いて物語を語り、『中国文化教程』と『漢語入門』に収録されている。だが、前者は原文をそのまま引用し、後者は北京官話を用いて原文に対し加筆を行っている。従って、より深みのある口語体の文学作品となっている。そこで以下『漢語入門』の第四八課と『今古奇観』巻二四の『陳御史巧堪金釵鈿』の原文を比較してみたい。その風格の差異は一目瞭然である。（句読は原文に基づく）

『漢語入門』

聴見老人們相伝著、説湖北漢陽県有個人、姓金名孝。因為日子不寛綽、四十上還没有成家呢。家里就是有個老娘。金孝以売油為生。有一天、挑著油担子做売買的、上茅廁里解了解手、拾了一个白布銭褡褳児、里頭有一包銀子、掂弄了掂弄、大約著有個三十来的両。金孝満心歓喜、就挑著担子回家来了、合他老娘説。我今児個有了財命了、拾了這麽些個銀子。〇他老娘拿過来一看、嚇了一跳、説。莫非你做了不好事了。偸来的銀子罷。誰家有這些銀子、不小心、去丢了的呢、金孝説。娘哎、你怎麽説這様話哎。你児我、多喒偸過人家的哎。又和他娘説。使小些勁児説話、別著隣舎家聴見。這个褡褳児、真不知道是什麽人丢的。我拾的家来、打算著買油的本銭就大了。常説。本児大、利寛呀。強于浄和人家油房里倒撥児哎。他娘説。我那児哎、你就没聴見過俗話説。万般皆有命、半点不由人。你要是命里還著富貴、你就脱生不到我這窮売油的家了。要依我説、這銀子、就是不是你偸来的、也不是你売力気挣来的、只怕還得受了他的害呢呀。這銀子、偺也不知道是他各人的、又不知道是他借来的。一時不小心丢了、回去找再找不著、你想他心里好受了麽。他再尋死覓活的、其中再出了人命、偺這不是損人利己麽。你今児個該辦点好事児、把這銀子在那児拾的、你還在那児去看看有人找哎没有。要有人找的時候、你就領的他家来、把原物交回、這也是有好処的。老天爺知道、他是公道的、自然就難為不著你。

『今古奇観』（広東人民出版社一九八一年版）

聞得老郎們相伝的説話，不記得何州甚県。単説有一人，姓金名孝，年長未娶。家中只有個老母，自家売油為生。一日，挑了油担出門，中途因里急，走上茅厠大解，拾得一个布裹肚，内有一包銀子，約莫有三十両。金孝不勝歓喜，便転担回家，対老娘説道：「我今日造化，拾得許多銀子。」老娘看見，倒吃了一惊道：「你莫非做下歹事偷来的麽？」金孝道：「我几曾偷慣了別人的東西，却恁般説？早是隣舎不曾聴得哩！這裹肚，其実不知什麽人遺失在茅坑旁辺，喜得我先看見了，拾取回来。我們做窮経済人的，容易得這注大財？明日焼個利市，把来做販油的本銭，不強似賒別人的油売？」老娘道：「我児，常言道：〝貧富皆由命。〟你若命該享用，不生在挑油担的人家来了。依我看来，這銀子雖非是你設心謀得来的，也不是你辛苦挣来的。只怕無功受禄，反受其殃。這銀子不知是本地人的，遠方客人的？一時間失脱了，找尋不見，這一場煩悩非小；連性命都要陥了，也不可知。曾聞古人裴度還積徳。你今日原到拾銀之処，看有甚人来尋，便引来還他原物，也是一番陰徳，皇天必不負你。」

以上から分かるように、書き換えた後の文と原文は著しく異なっている。

第一に、書き換え後の文はより口語的になっている。たとえば「我今日造化」、「只怕無功受禄，反受其殃」といったように、書面的な表現が通俗的な表現へと書き換えられている。

第二に、多くの宋、元時代を象徴するような器物の名称や称号、話し方を当時の通用した日常的なものへと変えている。たとえば「老郎」は宋、元時代において高い名位を有する者や、年配で優れた技術や学問を有した講釈師に対する呼称だったが、清末ではすでに使われていなかった。そこで、一般の読者が理解しやすいように、作者は「老郎」を「老人」に変えた。また、「布裹肚」は「白布銭褡褳児」に変え、「転担回家」は「挑著担子回家来了」

とし、「却恁般説」は「怎麼説這様話」と言い換えている。

第三に、俗語と俚語の運用に極めて留意し、しばしば「俗話説」という表現を挿入している。その他、講釈師の口調や物語の場面を模倣し、多くの語気詞や擬声語、er化音（語尾をそり舌化させて発音する音）を加えている。その話しぶりは正に講釈師の様であり、極めて臨場感と実用性があり、当地の人、当時の人が話すように自然であった。また、より一九世紀末の中国人の日常生活上の言語習慣に符合している。

ところが、一九〇二年、ロシアの遠東出版社が出版した『漢語初級閲読――漢語口語』の「前言」において、ロシアの学者は『漢語入門』は漢語の教材に適していないと批判した。なぜなら、「用いているのは河間府の方言であり、これは我々にとって全く意味がない」ということである。だが、この見解は再検討を要する。というのは、『漢語入門』は主として北京音の官話を用いており、時折、河間府（現在の河北省南犬県）の方言を加えているからである。たとえば、上文の「倒撥児」は「掛け売り」の意味を表している。「各人」は「自己」の意である。しかし、方言が占める比率は読者の理解の妨げにはならず、発話者の心情を表現することができ、かつ当時の言語の様相をうまく留めている、と見なしえる。

胡適は以下のような考えを表した。

> 小説を書く者は、書中の人物の対話を生き生きと美しく描く必要がある。それは他でもなく、常に気を配って様々な人の口調や各地の方言を学び、また、各地の方言における熟語と特別な語を学ぶことである。簡単にいうと、生きた方言こそ、小説や劇の人物の対話に用いることができ、生きた方言こそ、真に迫った写生を行うことができる、ということである。(22)

種本小説における言語上の加筆と比べると、漢語読本は、文言小説を白話小説に改編しており、この二度の創作が我々に与えた印象はとても深い。ウィーガーの『漢語入門』は『聊斎志異』の書き換えに見事成功している。そこで『聊斎志異』の第五巻の『趙城虎』の一部を見られたい。

『漢語入門』

趙城地方有七十多歳的個老婆、跟前有個児。娘児俩過日子、就是俗話説的、孤児寡婦。〇這一天他児上山打柴火的、著老虎吃了。他想的難受、就不愿意活著了。哭哭啼啼的到了県衙門裏、喊了冤了。知県就立児坐了堂、只当有什麽大事。問了問、知道是這麽回事、県官児心裏説。這宗事児那有告状的呢。就笑著和他説。狼虎傷人是常行理児。我可怎麽給你著王法治他呢。〇他聴見官児説没法治、他就在大堂上又哭又鬧。別人也安撫不住。官児嚇呼、他也不怕。官児説他上了年紀了、又不忍得怎麽他、就当堂許了他、給他拿這個老虎。

『聊齋志異』（鋳雪斎抄本）

趙城嫗，年七十余，止一子。一日入山，為虎所噬。嫗悲痛，几不欲活，号啼而訴之宰。宰笑曰：「虎何可以官法制之乎？」嫗愈号咷，不能制之。宰叱之，亦不畏惧。又怜其老，不忍加以威怒，遂給之，諾捉虎。

前者は、ただ後者を書き換えたものではなく、また、無理やり文言を白話に訳したわけでもない。巧みな加筆を行い、全体の風格を書面語から自然で流暢な白話に変えている。『中国近代民間故事集』において、『聊斎志異』を除き、ウィーガーは『捜神記』の一六巻と一八巻を書き換えている。『捜神後記』の第一巻の第三則と第六則の物語は、文言小説を書き換えることの面白さを感じ取ることができる。リッチは『札記』の中で次のように言っている。

風格と構造上、彼らの書面語と日常生活で用いる言葉の違いは大きい。口語で書かれた書は一冊もない。もし口語に近い形式で著作をすると、その作者と著作は、普通の市民の水準と見なされるであろう。(23)

明末のイエズス会士が漢語の書面語と口語の差異にお手上げとなったことと比べると、読本の編纂者は実用的な原則を堅持し、白話の著作を提唱、実践した。これは極めて大きな進歩であり、白話文運動の先駆けとなった。書き換えを行う中で、西洋の改編者は対話を大幅に増やし、言語習得を重視し、同時に、登場人物の描写をより生き生きとさせた。たとえば、禧在明の『華英文義津逮』では、『聊斎志異』の『促織』を書き換える際に、簡単な叙述を二人の対話文に発展させ、対話の最中に、主人公である「成名」の下手な弁論と県知事の横暴で傲慢な態度が見事に描写されている。さらに『種梨』の中では、梨を売る人と道士が対峙する場面があり、改編後の対話では見事な描写を展開させている。

> 旁辺站著的一個人説：「売梨的，你把那壊的挑一個給他罷。看他饞的怪可憐的」。這郷下老児説：「諸位別怪，我是做小売買的。今年我園子裏出産的梨少，我若是一個一個的白送了人，我就快餓死了」。
>
> 横に立っている者が言った。「梨屋さん、あの駄目になったのを彼に与えてやってくださいな。あんなに欲しがって、可愛そうですよ」。田舎の梨屋は言った。「勘弁してくだせぇ、わしはささやかな売り屋ですから。この年、わしの畑で採れた梨は少ねぇんだ、もし、一つ一つとただであげちゃあ、わしが飢え死にしちまうさ」。

この他、戯曲は人物の対話こそがその特長であるため、疑いなく口語の学習教材に適している。故に、改編に属する書籍に組み込まれた。しかし、韻文による歌唱を主とする戯曲に対する改編は、文字だけでなく、形式も、相応するようにして小説へと変化させた。ウェードの『語言自邇集』を例にすると、この本の第六章の『秀才求婚』は『西廂記』を書き換えたものである。『西廂記』の物語は、筋道が明白で、他の雑劇と比べると、内容は短く、洗練され、構造は厳密である。しかも、原作は唐伝奇の『鶯鶯伝』が元となっているので、改作しやすかった。『秀才求婚』は、原作の重要なプロットと人物の対話を保留し、舞台演出の提示や韻文による叙情的な歌詞などを削除し、重点を物語の叙述と人物に置き、内容をよりコンパクトにした。作者は通俗的ながら流暢な北京語を用いたため、叙事は臨場感があり、北京語の情趣が溢れている。読んでみるとたしかにそれが感じられるだろう。

這一天本是蒲関的廟会，路上的人真是川流不息的，很難走。琴童大声説：你們起開！别擋著道兒！那些人就讓開了一条路，主僕二人才過去了，一直的奔了普救寺。走了幾步兒，遠遠兒的看見這座廟真是威武得很。到了廟裏頭，曲曲湾湾（当作「弯」）的走了半天，才出来一個小和尚，名叫法聡，彼此通了名姓，就讓到屋裏去喝茶。小沙弥端上茶来，法聡説：嚯！這茶忒淡了，仿仏白開水似的，快沏碗新的来！小沙弥赶著換了好茶，喝茶之後彼此在廟裏各処游玩。張生猛然看見西辺児有個花園子，門是半掩半開的，裏頭有一位姑娘，帯著一個丫頭也在那儿逛。那姑娘臉皮児雪白，嘴唇児鮮紅，頭髪又漆黒的，梳著個元宝，頭上插著清香的玫瑰花兒，耳朵上帯著碧緑的耳環子，手腕子上還有一対焦黄的金鐲子，身上穿的是翠藍布大衫。加上佩著一些珠宝玉器都是金子鑲成的，是人没他打扮的那麼斉整。張生一見，心裏惊異的了不得，連身子都不自在了。那姑娘在門裏看見張生，唇紅歯白，挙止不凡，真不是個尋常人的様兒，恰与張生心意相同。張生就問法聡：你知道那姑娘是誰家的？法聡回答説：那是官宦人家，崔大人的家眷。崔大人不在了之後，崔老太太帯著姑娘寄居在此，手頭児上寛綽，真是逍遥快楽得很！張生暗想道：我普天下都走遍了，看見的女子也真不少，那児還有比這个好的呢？可惜了児的，就是有一様児，在這児多住些日子未免誤了考期；若是去考試又怕錯了這個機会，真叫我進退両難。心裏猶豫不決的，再一転念，有這様的好姑娘我寧可不去考試罷！就問法聡：這児有房子没有？我也要搬到廟裏来住。法聡説：師傅没在家，我做不得主，請施主明天早点児来商量罷。張生只得先回店裏来，無精打采的，茶也不思，飯也不想，竟是惦記那崔姑娘，一夜都睡不著覚。（第八節）

この日は蒲関[18]の縁日があったので、道には人の往来が絶えず、歩くのにとても骨が折れた。小童は「どいて下さい！邪魔をしないで！」と大きな声を出すと、道が開き、主人の張生とその小童はようやく前に歩を進め、普救寺へと向かった。少し行くと、その寺を遠くながらも捉え、その威厳さを強く感じた。寺の中に入り、曲りくねった道をしばらく進むと、ようやく一人の小さな和尚に出会った。和尚の名は法聡と言い、主人も自分の名を明かし、部屋で茶を頂くこととなった。そして、若い僧がお茶を出して、法聡がそれを飲むと「うわ、このお茶は薄すぎる、ただのお湯のようだ。すぐに淹れなおしてください！」と言った。若い僧はすぐに良いお茶を出し、それを飲み終えると、寺の彼方此方へいって見物をした。すると、張生は、突如、西側の花園の門が半開きなっていて、その中に一人の少女がいるのを発見した。その少女は、召使いを一人連れて遊んでいた。顔は雪のように白く、唇は真っ赤で、髪は黒く艶やかであった。その髪は元宝の形に纏め、上には芳しきバラの花を挿している。耳には翡翠色の飾り物が見えた。腕には光る金の輪がある。少女の身を纏っているのは藍色の単衣である。身に着けている宝石や玉はみな金で作られ、これほどまでに立派に整った少女を見たことがない。張生は一瞥すると、心を奪われ、身の動きすら不便になってしまった。少女は門の中から張生に目をやった。唇は赤く、歯は白く、挙動は非凡で、普通の者とは異なるものを感じ、張生と心意が重なった。張生はすかさず法聡に聞いた。「あの少女はどこにお住いかな」。法聡は答えた。「お役人の崔様の家の方です。崔様が他界してから、ご尊母様は娘さんを連れてここに寄寓しているのです。手元には何の不自由もなく、本当にのんびりと、楽しくお暮らしですよ」。張生は思った。「私は天下の各地を歩き、目にした女性も少なくないが、この少女よりも魅力的な者はいるだろうか」。残念で仕方がない。ここに長く泊まったら試験期間を逃してしまう。だが、それでこの好機を逃してしまったらそれもまた惜しい。にっちもさっちもいかないとは正にこのことだ。躊躇していたが、再度気を改め、「こんなにも素晴しい少女がいるなら試験に行かなくてもよい！」と思い、法聡に言った。「ここには泊まれる部屋がありますか？寺に引っ越したいのです」。法聡は答えた。「師匠がいないので、私は決められません。明日、早めに来て相談して頂けますか」。張生は仕方なく自分の旅店＝宿屋へ戻った。魂は抜け、何も喉を通らず、あの少女のことばかりを想って、一晩中眠りにつくことができなかった。（第八節）

胡適は一九二三年に『五十年来中国之文学』を書いた際に次のような回顧をしている。

五〇年の中で、勢力が最も大きく、流行が最も広く及んだ文学は、言ってみると奇怪なものである。梁啓超の文章でもなければ、林紓の小説でもない。それは即ち、多くの白話小説である。(24)

だが、漢語読本の編纂者たちが、一世紀前にすでに白話小説の価値を知っていたことは思いもよらなかったであろう。選択編集された小説は、原文を単純に翻訳したのではなく、異なる程度の再創作を行った。改編後の漢語は原文とは明らかに異なり、それは文字、意味、形式などの各方面に現れた。それ故、独立したテキストの価値を得て、読者はその中から異なった鑑賞体験を得ることが可能となるのである。

三　漢語読本及び小説の伝播の文化的意義

一九世紀の大量の漢語読本出現と、当時中国で興った英語熱は相乗効果を生んだ。これは中国と西洋が織り交ざる実世界の需要を満足させるために時の流れに応じて生まれたものである。同時に、ヨーロッパ人の中国に対する理解への渇望もその流れを後押しした。一九世紀以降、ヨーロッパ人の心中にある中国への関心は次第に薄れていったが、各国の中国における植民拡張は猛烈な勢いを呈していた。従って、漢語を学ぶ情熱はこれを機に却って高まり、中国文化の研究に対する熱も冷めなかった。

注意すべきことは、多くの漢語読本の出版地はヨーロッパであり、しかもヨーロッパの主要な言語の翻訳本がすべて揃っていることである。そのため、漢語読本の影響力は、在華の西洋人だけでなく、ヨーロッパ全体、ないしは他の地域の漢語教材の編纂にまで波及している、と推察しえる。ウェードの『語言自邇集』は出版後、二〇年以上たっても依然としてロシアの学者から最も良い漢語のテキストであると見なされている。漢語学習の伝統を古くから持つ日本人も当時の一八七六年において、「北京だけでなく、世界中でも」と言い、それはまた「唯一役に立つ教材である」[25]と語った。

明末のイエズス会士は訪中し、中国文化と西洋文化の交流が非常に範囲の狭い一部の上層社会だけで行われ、最後は、少数の宣教師だけが客分の大官の身分として宮廷に入ることになった。一九世紀のアヘン戦争前後において、中国と西洋の文化は全面的に接触、衝突し、一九世紀末になって、文化の領域において更に深く接触することとなった[26]。漢語読本は正にこのような背景のもと行われた文化的実践である。

これらの編纂者、および学習者と、一般の中国文人の間には、普遍的な協力関係が成立していた。ウェードは『語言自邇集』の序言において、中国人助手が行った仕事を一つ一つ説明し、かつ敬意を表している。彼は再三彼の教師である応龍田（Ying Lung T'ien）が語彙索引を編制してくれたことや、生活上の常用語の収集、さらには『語言自邇集』の対話部分の添削を行い、過度に学術的な表現を修正してくれたことなどを挙げ、感謝の意を表した。満族の学者である于子彬（Yü Tzŭ-pin）は自ら『西廂記』をもち出して、数名の中国人の友人に物語の主要なプロットの添削を依頼し、それを物語の枠組みとし、後に充実させていくこととした。ある「学識のある中国人」が、その作品の書名と学習方法について（匿名で）意見を提供した。

また、ジャクソンは『李汧公窮邸遇俠客』の書の扉に「燕京金国璞訳」と明記しているが、この「金国璞」は北京出身で、光緒七年（一八八一）にはすでに日本の呉啓太、鄭永邦のために、彼らが著した『官話指南』を校正し、かつ序文を書いた。『官話指南』は小説や戯曲から言語資料を選出しておらず、作者らが日常生活で見聞きしたものを北京語で記録した生活中の小さな物語である。プロットは曲折し、叙述は臨場感があり、創作小説と見なしうる。

中国人士と西洋人士の合作は、同様に、漢語読本の学習過程においても貫徹されていた。それは、言語と文化の差異や、編訳者の実力の違い、および異なった編纂方法（改編、縮小、要旨の作成、原著の選出、意訳の採用など）などにより、小説を扱った場合、両言語のテクストが完全に対照するようにはならなかったことに起因する。実際、原文と訳本の全てが完全に合致する訳本は存在しない。このような必然的な状況の下、漢語学習者にとって、救いとなる方法、すなわち両者の協力関係にについて、『語言自邇集』の序文で以下のように述べている。

漢語の作品を読み、優れた翻訳書を参考にすること。いかなる言語でもこれが最も近道である。学生はデイビスの『好逑伝』の翻訳本に心服するであろう。あるいは、もっとも偉大な漢学者のジュリアンが近頃出版した『平山冷燕』と『玉嬌梨』の翻訳本も素晴らしい。だが、翻訳本、原作を問わず、当地の人と一緒に読むのがよい。当地の人はそこに関する知識を有し、作品の中の典故を解説することができるからである。しかも、

当地の人がいると、学生が小説の中の連語を口語と見做し、過度に運用することを防ぐことができる。(27)

以上から、漢語読本の編纂だけでなく、学習過程においても、中国文人の参与があったと断言できる。

編成の形式において、漢語読本は、東洋と西洋の読書習慣を結合させた。これらは例外なく、二つの言語が対応する版式を採用しており、漢語は中国の伝統に従って縦書きとし、ヨーロッパの言語で書かれた文は横書きとなっている。同時に、中文における珍しい単語は、その頁で注音と釈義が行われている。しかも、西洋の近代文法の研究方法を用いた詳細な分析となっている。このような独特な形式は、読者に新鮮な感覚を与え、またとても実用的で、読者に中国の言語文字と文学の神髄を知る契機をもたらした。一方で、西洋人の漢語学習に便宜を与え、もう一方で、中国人が外国語を学ぶための教材ともなった。ジャクソンは『李汧公窮邸遇俠客』の訳序において、この書が上述したような二重の効果を与えうることを願う、と明言している。

図7　ジャイルズ（1845-1935）

漢語読本の小説は、まず言語学のテキストに属し、編纂者は言語の運用方法の細部に対し詳細な記述と説明を行い、単語や統語規則に対して科学的に分析したことは否定し難い。しかし、言語の文化媒体としての作用について作者はより関心を寄せた。(28)なぜなら、翻訳は言語と文化の共通点を求めて行われるものではあるが、一方で異なる文化の存在を読者に知らしむるものだからである。ジャイルズ（Herbert Allen Giles）が『聊斎志異』を翻訳したのも、「広大な中国の社会生活や風俗習慣を理解するための一種の指南」(29)だと考えたからである。

ウェードは学生に次の如く勧めている。

より高い職位に就こうとするのであれば、知識を大きく拡大する必要がある。そのために用いる良い方法は、中国の通俗小説を読むことに限る。適切な指導の下、語彙を増やし、同時に中国の思想と国民性を知ることができる。（現実の）習俗の違いは、我々と中国人の交際に制限を加えるが、小説がもたらす中国の思想と国民性は、他のものよりも更に愉快にさせるし、大いに役立ってくれる。(30)

記号に頼り意味を伝える人類の行いは、正に文化の本質である。文化の一種の独特な存在として、白話小説の勃興は都市の誕生、市民の文化的な需要と密接に連関している。白話小説自体は、詳細にかつ臨場感をもって、中国の社会生活のありさまと地方風俗のあらゆる面を記録している。漢語読本における小説は、言語記号と文化の伝播の間において、ある種の関係を構築した。技術的な面において、編訳者は、当時の規範的な漢語の話し言葉（すなわち官話であり、かつ全国的に通用した「帝国官話」）を以て陳述を試みた。同時に、それぞれの言語への翻訳を通じて、意味の転換を行った。文化の側面においては、西洋の読者に、記号学の方法によって、中国の大衆文化を解読させた。これこそ我々がこのような小説のテキストに注目する主要な原因である。

読本収録の小説から見ると、言及した題材は、中国の伝統的な道徳、あるいは特有の歴史的社会現象、および宗教信仰を表しており、それには孝行第一、武侠忠義、歴史物語、科挙試験、アヘン吸引、仏教道教の因果応報、転生輪廻などの中国本土の宗教観念を包括している。そして、物語内容の拡大も相呼応して、民族文化としての、中国的なものの基本的意味の伝播へと変わった。『今古奇観』を例にすると、編集者は『兪伯牙摔琴謝知音』（巻一九）、『荘氏休鼓盆成大道』（巻二〇）といった歴史上の著名人の物語に対しては興味を持たず、反対に、庶民の災難に対して注目した。すなわち、重点は、普通の庶民の経験、感情、生活習慣などを表すことにあった。

一七世紀中期から一八世紀中期に遡ってみると、ヨーロッパの読者は、主にイエズス会士の報告を通じて、中国の状況を知った。これは明らかな変化であると言わざるをえない。当時の中国と西洋の「典礼問題」は、イエズス会士の中国に対する叙述の態度に深く影響を与えた。また、イエズス会士がヨーロッパに中国の文献を紹介する時の選択にも影響し、さらには、ヨーロッパ本土の中国文化に対する認識にも影響が及んだ(31)。

だが、この争いが消え去ると、漢語読本は、中国の原始的な宗教に対する理解において、そして儒家の観念において、さらには礼儀の問題において、いずれも過度に縺れることなく、ただ異なる民族の言語と文化に関する情報を可能な限り伝え、読者は相対的に豊富かつ詳細な情報を得ることで中国を想像することができた。従って、ある程度までは、読本に含まれている「中国的」な情報はより客観的な真実として、西洋の読者が中国を理解するための多くのルートを提供したと言える。このような変化は、異文化交流の過程において、双方が衝突し、また影響し合ったことを反映している。そこで、問題の焦点となるのは、(情報の)内容選択や翻訳規則の確定ではなく、それは即ち、異なる民族や地域の違った文化を如何にして取り扱い、また、文化を伝播する際に如何にして正しき態度をとるのか、ということである(32)。

漢語読本の大量なる出現は、中国と西洋の文化の交流と衝突という現実の必要性のしからしむるところであった。だが、異質文化の衝突は必ず改変を伴う。如何なる文化交流や伝播も簡単な複製や移植では有り得ない。どんなに悠久なる歴史、あるいは強大な力を有していても、相手に影響を与えると、それは同時に相手の影響も受けることとなる。

我々は、漢語読本が、中国文化を西洋に伝えることに注目するのと同時に、これが中国自身に与えた変化を見逃してはならない。読本は、当時通用していた官話を用いて種本となる白話小説、文言小説、そして戯曲などを改作するという行為は、恐らくこれらはテキスト自体よりも吟味する価値があると考えられる。なぜなら、こうした行為は、編纂者の白話文と小説文体に対する自覚的な提唱と運用を体現し、文言を正統とする伝統的な言語体系を打破し、直接口語を用いて著述することを要求した、ということ意味するからである。そして、これは西洋の文章自体に備わる特徴、すなわち、口語文体と書面語の文体が統一されているという特徴でもある。そして、この「言文一致」ということの本質は、文化の大衆化を実現し、多くの人々に（文字）言説（＝discourse）を享有するという権力を持たせることを意味する。

編纂の参与と学習の過程において、儒学の伝統を背負っていた中国文人の文学と言語観念は、計りしえない衝撃と挑戦を受けた。読本は中国の言語と西洋の言語が接触する機会を与えた。そのため、彼らは、西洋言語に対する理解を大きく深め、また、漢語に対しても新たな認識を得ることとなった。このようにして、中国と西洋の比較の角度から、より全体的に漢語の得失を考察することが可能となり、「五四」白話文運動の先駆けとなったのである。断定はし難いものの、漢語読本は一定の効果を生んだ。だが、疑いのないことは、これらの影響は、中国白話文運動の過程において、一つの無視し難き要素である、ということである。

【注】

（1）張衛東「論19世紀中外文化交往中的漢語教学」『北京大学学報』二〇〇〇年第四期を参照されたい。

（2）たとえば、張衛東『論19世紀中外文化交往中的漢語教学』において「当時のアメリカ、フランス、ドイツ、イタリアなどの国における漢語の教学状況については、我々は多くを知らない」とはっきり認めている。

（3）張国剛『明清伝教士与欧洲漢学』、北京・中国社会科学出版社二〇〇一年版、三四〇頁、二六四頁を参照されたい。

（4）宋麗娟、孫遜「中国古典小説的早期翻訳和伝播――以〈好逑伝〉英訳本為中心」『文学評論』二〇〇八年第四期、七二頁を参照されたい。

（5）「利瑪竇中国札記」『魯国堯語言学論文集』、南京：江蘇教育出版社二〇〇三年、五一四頁を見られたい。

（6）方豪『中西交通史』、台北：中国文化大学出版社一九八三年版、九六六頁。

（7）*Fan-Hy-Cheu. A Tale. In Chinese and English: with Notes, and A Short Grammar of the Chinese Language* by Stephen Weston, London: Printed for the Author; and Published by Robert Baldwin, 47, Pater Noster-Row, 1814.

（8）一七九二年、英国使団に従って訪中し、使団の中で、唯一、官話を用いて乾隆帝と対話ができた人物である。

（9）*Fan-Hy-Cheu: A Tale. In Chinese and English: with Notes, and A Short Grammar of the Chinese Language*,「Advertisement」「Preface」を参照されたい。

（10）『意拾喩言』（Printed at the Canton Press Office, 1840）。しかし、周作人は『語絲』の一九二六年三月第六九期で、この書について言及した時、『意拾蒙引』と称してしまい、以後の著者もこの周作人の記述に基づいたが故、誤りが伝わっていったと思われる。

（11）『語言自邇集：19世紀中期的北京話』「訳序」、北京：北京大学出版社二〇〇二年版、一頁を参照されたい。

（12）王麗娜（『中国古典小説戯曲名著在国外』上海：学林出版社一九八八年版、四六三頁）は、『西廂記』の最初の英訳本を、一八九八年のキャンドリン（George T. Candlin）編訳の『中国小説』(*Chinese Fiction*)と見なすのは誤りである、と考えている。

（13）六角恒広『日本中国語教育史研究』、王順洪訳、北京：北京語言学院出版社一九九二年版、八六頁。

（14）王澧華「日編漢語読本「官話指南」的取材与編排」『上海師範大学学報』二〇〇六年第三期。

（15）同上。

（16）何九盈の『中国現代語言学史』、広州：広東教育出版社二〇〇〇年九月第二版、七九頁を参照されたい。

（17）『官話指南』一八八二年首版、一九〇六年、上海土山湾印書館第四版。

（18）『華英文義津逮』に関しては、林彬暉、孫遜の「西人所編漢語教材与中国古代小説」（『文学遺産』二〇〇七年第四期）を参照されたい。

（19）『朴通事諺解』が書かれた年代は、大よそ、高麗末期の一三四七年前後だと思われる。閔寛東（韓国）の『中国古典小説在韓国之伝播』、上海：学林出版社一九九八年版、二五七～二五九頁を参照されたい。

(20)『語言自邇集:19世紀中期的北京話』第一版序言、二〇頁。
(21)この編訳を収録したのは『浪漫小説』(*Le Roman Romanesque*)(一九〇四年出版)である。王麗娜『中国古典小説戯曲名著在国外』一八七頁を見られたい。
(22)「『児女英雄伝』序」『胡適学術文集・中国文学史』、北京:中華書局、一九九八年版、一〇九五頁。
(23)「明代官話及其基礎方言問題」『魯国堯語言学論文集』、南京:江蘇教育出版社二〇〇三年版、五一六頁からの引用。
(24)『胡適学術文集・新文学運動』、北京:中華書局一九九三年版、九六頁。
(25)張衛東の「論19世紀中外文化交往中的漢語教学」『北京大学学報』二〇〇〇年第四期を参照されたい。
(26)何兆武「序——伝統与近代化」、張国剛『従中西初識到礼儀之争』、北京:人民出版社、二〇〇三年版、一頁。
(27)この箇所の引用は『語言自邇集』第一版「序言」、二〇頁からである。だが、訳者の張衛東は、三部の小説の書名を訳しておらず、図らずも、フランス語を収録し、英文には誤訳がある。また、「デイビス」と「ジュリアン」が著名な漢学者であることを理解していない。両者の名前に対する訳は、既に決まっているため、筆者が訂正を行った。
(28)王寧『翻訳研究的文化転向』、北京:清華大学出版社、二〇〇九年版、一〇三頁。
(29)ジャクソン『聊斎志異選』(*Strange Stories from a Chinese Studio*)「序言」、上海:別発洋行(Kelly & Walsh, Ltd.)一九〇八年。
(30)『語言自邇集:一九世紀中期的北京話』第一版「序言」、二〇頁。
(31)張国剛『従中西初識到礼儀之争』、三四四頁を参照されたい。
(32)戚印平『日本早期耶蘇会史研究』、北京:商務印書館、二〇〇三年版、二三六頁を参照されたい。

〔訳注〕
〔1〕これは『情史』所収の、「三言」の原話と思われる物語のタイトル。
〔2〕英文タイトルは Yü-yen tzu-erh chi で、これは『語言自邇集』を、彼の創り出したローマナイズシステムで表記したものである。
〔3〕彼の創り出したローマナイズシステムは後に Herbert Allen Giles とその息子 Lionel Giles によって修正されたため、

「Wade-Giles System」と呼ばれる。

〔4〕原話は唐代の元稹の作とされる文言小説『鶯鶯伝』。後に金において諸宮調と呼ばれる語りものとなり、元代に王実甫によって戯曲になった。張君瑞という科挙に赴く若者と、亡父の棺とともに帰郷する崔鶯鶯とが山西の寺院で知り合い、困難を乗り越え結ばれる物語。中国で最もよく知られた恋愛ドラマ。

〔5〕序には一八八一年の年号がある。初期の刊行はいずれも中国で行われた。著者は日本の士族、刊行は長崎人が行っている。

〔6〕『今古奇観』は、「三言」「二拍」から四〇篇を選び、明末それもおそらく明朝滅亡直前に刊行されたもので、清代にはこちらの方がよく読まれた。なお、編者については、蘇州の抱甕老人とあるのみで、未詳。

〔7〕『玉嬌梨』の著者、天花蔵主人の手になる才子佳人小説。四人の才子佳人が登場する。清初の版本がある。

〔8〕清初に刊行された短篇小説集で、醒世居士編集とあるが未詳。内容はほとんどが従前の作品の焼き直しで、品格に欠ける表現を大幅に増加しており、晩清にはそれが原因して禁書とされている。しかし、禁書となったにもかかわらず、一九世紀に多数の版本が刊行されている。

〔9〕鍾馗の物語を全四巻一〇回にした中篇小説。樵雲山人、或いは煙霞山人と題するが、著者は清朝初期の挙人劉璋。初期の写本が複数残存しているとともに、一八世紀初頭の刊本も現存することから、広く読まれたものと考えられる。

〔10〕『大漢三合名珠宝剣全伝』―著者は不明。道光年代の刊本がある。

〔11〕初期の刊本は乾隆四年序刊、全四集、各集八巻で全三二巻。後に、道光年代の掃葉山堂書房刊の石印本が広く流通する。

〔12〕明初の戯曲。徐畛の作。蕭徳祥作元雑劇『楊氏女殺狗勧夫』を南曲に改編したもの。

〔13〕元雑劇秦簡夫撰。正式には『東堂老破家子弟』という。四折（幕、場に相当）一楔子（前出）。

〔14〕元雑劇。楊顕之撰。正式には『臨江駅瀟湘秋夜雨』。四折。

〔15〕清・李漁（一六一一～一六八〇）撰。刊本には一六六七年の序文がある。全劇は三六齣（明代以降の戯曲における幕、場に相当）。

〔16〕清・李漁撰。すれ違いによる喜劇。三〇齣。

〔17〕清・李漁撰。三〇齣。

〔18〕山西省蒲州、現在は運城市。

あとがき

本書で既述したように、祖国からの徹底的な指導、支援の下で、当時多くの宣教師たちは、自らの一生を懸けて、まさに命を絞りつくして宣教にあたった。大概の宣教師らは、人々のため、世界平和のために、心から愛を以て任務を全うしようとしたはずである。

しかし、実際にこのような情熱を目の当たりしたとき、その不屈の魂に対して、その純粋な思いは理解し得るとしても、ある種の恐怖を感じる人もあるのではなかろうか。また、このようなみじんの揺らぎもない信念のもとになされた一連の行動が果たして善か否かは、種々の観点からの判断に委ねざるを得ないであろう。

ある地域の紛争や難題を解決、克服するために犠牲者が出て、こうした人がのちに英雄と見なされ後世に語り継がれるのは、古今東西広くみられる現象のようである。そして今を生きる我々も、こうした現象と無関係ではないだろう。なぜなら、各人の選択が、この小さな国の行く末を大きく変えるような場面に、今まさに直面していると思われるからである。真に人々の幸せに直結する英雄的行為であるか否かを見抜く知恵の有無を、我々一人ひとりが問われているのではないか、そのように感じられてならない。

最後にこの場をお借りして、本書の翻訳を勧めてくださった原著者の宋莉華先生、多くのご指導を賜った鈴木陽一先生、そして多方面に渡って助けて下さった東方書店の川崎道雄様に、心より深く感謝申し上げます。

青木　萌

和声鳴盛、D・マクギリヴレイ ……………………………………………………… 238
剜肉記、ホワイト ………………………………………………………………………… 241

貧女勒詩嘉、ペイソン 232
貧孩得勝、マクギリヴレイ夫人 233
無形之画、フィッチ夫人 235
福音大旨、グリフィス・ジョン 191
焚船喩言、ノース 227
蒙養準縄、ホワイト 247

ヤ

夜与晨、E・B・リットン 177
耶蘇教問答官話、H・S・C・ネビウス 262
耶蘇講説比喩、マクギリヴレイ夫人 234
耶蘇施行奇事、マクギリヴレイ夫人 234
耶蘇成就大功、マクギリヴレイ夫人 234
耶蘇幼年光景、マクギリヴレイ夫人 234
約瑟紀略、レッグ 7, 112
喩言叢談、マクギリヴレイ夫人 239
喩道伝、マーティン 237
喩道要旨、リチャード 19, 210–211
幼学浅解問答、ミルン 224
幼女遇難得救記、マクギリヴレイ夫人 233
幼稚園的故事、リケッツ 255
楊格非官話訳本、グリフィス・ジョン 192
榕腔（福州方言）神詩、バーンズ 158
養民有法、リチャード 210

ラ・ワ

乱世女豪、ホワイト 246
旅人入勝（天路歴程の寧波方言版）、コボルド 172
両可喩言、M・H・ポーター 8, 227–228, 257
両個苦学生、グリーン 235
両児尋天堂、I・G・ゲナール 265
両友相論（張遠両友相論の増補）、コーベット 93
亮塔幼女記、モール夫人 232
伶俐幼孩故事記、マクギリヴレイ夫人 233
列国交通興盛記、リチャード 209
列国変通興盛記、リチャード 210

帝王初学、リチャード …… 210
鉄十字架、ホワイト …… 247
天下五洲各大国志要、リチャード …… 210
天倫詩、リチャード …… 211
天路日程、A・H・マティーア …… 228, 256
天路歴程（浅文理訳）、バーンズ …… 170
天路歴程（北京官話訳）、バーンズ …… 8, 153-（第6章）
天路歴程上海土白（天路歴程の上海方言版）…… 172
天路歴程土話（天路歴程の広州方言版）、ピアシー …… 172
伝教定例、リチャード …… 210
伝道模範倪公維思事、H・S・C・ネビウス …… 262
東西史記和合、メドハースト …… 71, 74
東方一夕話、ホワイト …… 246
童幼教育、ヴァニョーニ …… 4
徳慧入門、グリフィス・ジョン …… 191, 192
徳行譜、パルナン …… 4
独在倫敦、デュボース夫人 …… 232

ナ

二友相論（張遠両友相論の改訂本）、ハドソン …… 93
日月星真解、グリフィス・ジョン …… 191
農学新法、リチャード …… 210

ハ・マ

馬理王后略説、ギュツラフ …… 111, 146
馬賽勒斯、ホワイト …… 246
梅莫氏行略、H・S・C・ネビウス …… 262
買你自己的桜桃、フィッチ夫人 …… 235
莫包脚歌、グリフィス・ジョン …… 191
八星之一総論、リチャード …… 210
秘園、ホワイト …… 247
美理哥合省国志略、E・C・ブリッジマン …… 144
譬学、ヴァニョーニ …… 4
百年一覚（回頭看紀略を改名し出版）、リチャード …… 166, 210, 212-（第8章第2節）
廟祝問答、F・ゲナール …… 7, 52, 101, 279
貧子奇縁、ホワイト …… 247

生利分利之別論、リチャード …… 210
西史通俗演義、ウッドブリッジ夫人 …… 252
西鐸、リチャード …… 210
西游地球聞見略伝、モリソン …… 116-117
牲畜罷工記、マクギリヴレイ夫人 …… 234
聖若撒法始末、ロンゴバルディ …… 3
聖書注疏、ギュツラフ …… 74, 111, 275
聖人行実、ヴァニョーニ …… 4
聖迹抉微、ホワイト …… 247
聖誕貧児宴、ホワイト …… 247
聖母行実、ヴァニョーニ …… 5
整頓学校、リチャード …… 210
誠崇拝類函、ギュツラフ …… 117
惜畜新編、マクギリヴレイ夫人 …… 233
仙術述異、ツアー …… 242
則聖十篇、ヴァニョーニ …… 4
続天路歴程、バーンズ …… 169-171

タ

多謝安五伝、フィッチ夫人 …… 235
拿破戻翁、ギュツラフ …… 146, 111
大英国統志、ギュツラフ …… 110, 117, 280
大皇帝的差役、フィッチ夫人 …… 234
大国次第、リチャード …… 210
泰西新史攬要、リチャード …… 209, 210
第四博士伝、フィッチ夫人 …… 235
托氏宗教小説、I・G・ゲナール …… 241
達道紀言、ヴァニョーニ …… 4
地球一百名人伝、リチャード …… 210
地理便童略伝、メドハースト …… 224
竹馬天真、パイル …… 259
中西四大政、リチャード …… 210
張遠相論（張遠両友相論の官話版）、タイソンイェイツ …… 93
張遠二友論述（張遠両友相論の増補）、エドキンズ …… 93
張遠両友相論、ミルン …… 7, 23, 64, 83-（第3章）, 276
潮腔（潮州方言）神詩、バーンズ …… 158

サ

斎家西学、ヴァニョーニ……4
三個閨女、クロフォード夫人……7, 225
三十一国志要、リチャード……210
四裔編年表、アレン……75
時事新論、リチャード……210
七克、パントーヤ……3, 236
七国新学備要、リチャード……209, 210
儒交信、プレマール……5, 35-(第1章)
修命説、リチャード……210
女英雄、パイル……254
除覇伝、M・H・ポーター……8, 227
小英雄、ホワイト……249
小公主、ホワイト……248
小子初読易識之書課、メドハースト……224
小信小福、ギュツラフ……7
小天路歴程、ローレンス……173
小美加、クロスセット……232
上帝之称、グリフィス・ジョン……191
常活之道伝、ギュツラフ……7, 115
勝旅景程（天路歴程の第二部)、ハドソン……172
鐘表匠論、ドリトル……8
贖罪之道伝、ギュツラフ……7, 52, 274-275
新政策、リチャード……210
新約浅文理訳本、グリフィス・ジョン……192
信経直解、プレマール……45, 47
真道問答、グリフィス・ジョン……191
真理撮要、グリフィス・ジョン……191
神詩合選、バーンズ……158
莘辨得航海記、ツアー……242
瑞士男孩賽皮利（上海方言版）……226
瑞士男孩賽皮利（寧波方言版）……226
是非略論、ギュツラフ……7, 101, 122
正邪比較、ギュツラフ……7, 99, 124
正道啓蒙、バーンズ……159, 168

誨謨訓道、ギュツラフ ……7, 52, 123, 274, 282
各国童談、ホワイト……246
漢語札記、プレマール ……36
希臘稗史選訳、ツアー ……242
畸人十篇、リッチ …… 3, 9, 236
客店無空房、ホワイト ……246
旧約詩篇、グリフィス・ジョン ……191
救世教益、リチャード ……210
逑友篇、マルティニ…… 4
亨利実録、キース夫人 …… 8
亨利実録、ブロジェット ……8, 225
亨利実録（上海語版）、キース夫人 ……225
京音（官話）旧約詩篇、バーンズ……158
況義、トリゴー ……3, 236
強盗洞、ウッドブリッジ ……252
金屋型儀、F・ゲナール ……7, 225
昕夕閑談、リチャード ……219
闔娜伝、M・H・ポーター……8, 254
儆世名言、ホワイト……246
欠債喩言、ノース ……227
古今万国綱鑑、ギュツラフ……111
五更鐘、ホワイト ……248
五洲各国統属図、リチャード ……210
五洲教務、リチャード ……210
五洲史略、リチャード ……210
五十余言、アレーニ…… 4
庫若索探検記、メイソン ……240
扣子記、A・H・マティーア ……23, 229
行客経歴伝（天路歴程の簡訳本）、ミュアヘッド ……172
甲乙二友論述（張遠両友相論の再改訂本）、ミルン／エドキンズ……92
紅侏儒、グリフィス・ジョン ……8, 10, 192
荒島流落記、メイソン ……240
恒心守道、H・S・C・ネビウス……262
獄中花、ホワイト ……249

書名リスト

本書より、欧米人宣教師により漢語で書かれた図書（著書・翻訳書を含む）を拾いだした。項目は、書名、訳者或いは著者名、主要掲載ページである。並び順は日本語の五十音順に基づく。

ア

亜伯拉罕紀略、レッグ ……7, 112
亜蘭亭奇遇記、ツアー ……242
阿里巴巴遇盗記、ツアー ……242
愛妹新屋、デュボース夫人……232
安楽家、M・H・ポーター……8, 227
安楽個屋里（安楽家の上海方言版）、訳者不明 ……227
安氏寓言選訳、ツアー …… 24, 242
伊氏寓言選訳、ツアー ……242
韋師母在包菜園、ホワイト……248
引家帰道（引家当道の官話版）、グリフィス・ジョン …… 195, 197, 199-（第7章第4節）
引家当道、グリフィス・ジョン …… 8, 196, 198
引君当道、グリフィス・ジョン ……191
引父当道、グリフィス・ジョン ……191
引民当道、グリフィス・ジョン ……191
嬰児書課（小子初読易識之書課の改訂版）、メドハースト……224
英華讞案定章考、リチャード ……210
欧洲八大帝王伝、リチャード ……210

カ

俄国政俗通考、アレン ……237
厦腔（厦門方言）神詩、バーンズ……158
回頭看紀略、リチャード ……13, 207-（第8章）
悔罪之大略、ギュツラフ ……7, 120
改良家政小史、ホワイト ……246
孩訓喩説、レール ……237
孩童故事（瑞士男孩賽皮利の官話版）、H・S・C・ネビウス ……8, 226
海国趣語、メイソン……240

H. モア、Hannah More、莫爾 …… 228
モリソン、Robert Morrisson、馬礼遜、1782～1834 …… 52, 96
モール夫人、Mrs. A. E. Moule、慕雅徳夫人 …… 232

ヤ

ヤング、James H. Young、揚雅各 …… 159

ラ

ライス、Mrs. Alice Hegan Rice、余愛思、1870～1942 …… 248
ラスキン、John Ruskin、勒斯根 …… 247
ラム 、Charles Lamb、蘭姆、1775～1834 …… 240
ランケ、Leopold Von Ranke、郎克、1795～1886 …… 282

リケッツ、Juanita Rickets、李克茲 …… 255
リチャード、Timothy Richard、李提摩太、1845～1919 …… 207-（第8章）
リッチ、Matteo Ricci、利瑪竇、1552～1610 …… 9, 293
E. B. リットン、Edward Bulwer Lytton、利頓、1803～1873 …… 177
リヨン牧師、D. M. Lyon、来牧師 …… 172

ルドミーナ、Andreas Rudomina、盧安徳、1595～1632 …… 42

レイド、Gilbert Reid、李佳白、1857～1927 …… 6
レッグ、James Legge、理雅各、1815～1897 …… 7, 112, 134
レミュザ、Jean-Pierre Abel-Rémusat 雷慕沙、1788～1832 …… 37
レール、G. R. Loehr、劉楽義 …… 237

E. M. ロイド、Elizabath Maria Lloyd、羅徳 …… 225
ローレンス、Miss M. Lawrence、緑慕徳 …… 173
ロバートソン、William Robertson、羅伯遜 …… 145
ロンゴバルディ、Nicolas Longobardi、龍華民、1559～1654 …… 3

ワ

ワイリー、Alexander Wylie、偉烈亜力、1815～1887 …… 21, 112
ワーナー、Susan Warner、1819～1885、沃納 …… 233

ペイソン、Miss Adelia M. Payson、佩森 ………… 231
ベック、Esther L. Beck、貝克 ………… 265
E. ベラミー、Edward Bellamy、愛徳華・貝拉米、1850～1898 ………… 212-214
ペリオ、Paul Pelliot、伯希和、1878～1945 ………… 23
ベンヤミン、Walter Benjamin、本雅明、1892～1940 ………… 9

ホーソーン、Nathaniel Hawthorne、霍桑 ………… 242
G. S. ポーター、Gene Stratton Porter、波特、1863～1924 ………… 234
H. D. ポーター、Henry D. Porter、博恒理 ………… 227
M. H. ポーター、博美瑞、Mary Harriet Porter ………… 8, 227-228
ポープ、Alexander Pope、蒲柏、1688～1744 ………… 211
ホプキンズ、Lionel Charles Hopkins、金璋、1854～1952 ………… 296
H. ボール、Hermann Ball、赫曼・保 ………… 225
ホワイト、Laura M. White、亮楽月、1867～？ ………… 244

マ

マクギリヴレイ、Mrs. Mac Gillivray、季理斐夫人 ………… 233
D. マクギリヴレイ、Donald Mac Gillivray、季理斐博士、1862～1931 ………… 22, 238
マガウアン、D. J. MacGowan、瑪高温 ………… 179
マッケイン、Robert. M. McCheyne、瑪革遮那 ………… 156
A. H. マティーア、Mrs. A. H. Mateer、麦体雅（“狄文氏”） ………… 24, 229-230
C. W. マティーア、Calvin Wilson Matteer、狄考文、1836～1908 ………… 24
M. R. M. マティーア、Mrs. R. M. Mateer、狄丁氏（“狄珍珠” Madge D. Mateer） ………… 23-24, 240
R. M. マティーア、Mrs. R. M. Mateer、狄楽播、1853～1921 ………… 24
マーティン、William Alexander ParsonsMartin、丁韙良、1827～1916 ………… 113, 135
マルティニ、Martin Martini、衛匡国、1614～1661 ………… 4
マードック、John Murdoch 、墨独克、1819～1904 ………… 22

ミナソヴィッツ、Jozef Minasowicz、梅達斯塔斉奥、1718～1796 ………… 40
ミュアヘッド、William Muirhead、慕維廉、1822～1900 ………… 169, 172
ミルン、William Milne、米怜、1785～1822 ………… 52, 64, 83-(第3章)
W. C. ミルン、美魏茶、William Charles Milne、1815～1863 ………… 146

メイソン、Isaac Mason、梅益盛 ………… 8, 240
メドハースト、Walter Henry Medhurst、麦都思、1796～1857 ………… 70-71

J. バニヤン、John Bunyan、約翰・班揚、1628～1688 …… 153, 163
バーネット、Frances Hodgson Burnett、歩奈特、1849～1924 …… 242
ハミルトン、Clayton Hamilton、漢弥爾頓、1881～1927 …… 42
パルナン、Dominique Parrenin、巴多明、1665～1741 …… 4
バロ、Francisco Varo、万済国、1627～1687 …… 39, 293
バーンズ、William Charlmers Burns、賓為霖、1815～1868 …… 8, 13, 153-(第6章)
パントーヤ、Didaeus de Pantoja、龐迪我、1571～1618 …… 3

ピアース、Mark Guy Pearse、馬皆壁、1824～1930 …… 10, 192
ピアシー、George Piercy、俾士、1829～1913 …… 172, 174
ビトン、Nelson Bitton、比頓、1870～1955 …… 183
ヒリラー、Walter Caine Hillier、禧在明、1849～1927 …… 300

ファーベル、Ernst Fabel、花之安、1839～1899 …… 276
ファーナム、J. M. W. Farnham、範約翰、1829～1917、九章 …… 226
フィスター、Louis Aloys Pfister、費頼之、1833～1891 …… 39
フィッチ夫人、Mrs. Fitch、費啓鴻夫人 …… 234-235
G. F. フィッチ、George Field Fitch、費啓鴻、1845～1923 …… 234
ブーヴェ、Joachin Bouvet、白晋、1656～1730 …… 35, 53-54
フーケ、Jean-Francois Foucquet、傅聖澤、1665～1741 …… 53
ブーシェ、Henri Boucher、布歇 …… 258, 296
フェアバンク、John King Fairbank、費正清 …… 1, 26
A. L. フェブレ、Amy Le Feuvre、梅理福 …… 230
フライヤー、John Fryer、傅蘭雅、1839～1928 …… 103, 275
ブラウン、Miss Margaret H. Brown、薄玉珍 …… 254
フリオ、Phlio、腓烈 …… 96, 133
E. C. ブリッジマン、Elijah Coleman Bridgman、裨治文、1801～1861 …… 131, 144-(第5章)
J. G. ブリッジマン、James G. Bridgeman …… 147
フルモン、tienne Fourmont、傅爾蒙、1683～1745 …… 36-37, 39
プレマール、Joseph de Prémare、馬若瑟、1666～1736 …… 5, 12, 35-(第1章), 292-293
フレレット、N. Freret、佛来勒、1673～1741 …… 53
プレンティス、Mrs. E. Prentiss、博倫悌思、1818～1878 …… 256
ブロジェット、Henry Blodget、白漢理、1825～1903 …… 8

ベイズ、Daniel H. Bays、貝斯 …… 95

C. M. タッカー、Charlotte Maria Tucker、塔克、1821～1893 …… 227
タルマージ、John van Nest Talmage、打馬字 …… 159

チェネリー、Susan Chenery、切納瑞 …… 247

ツアー教授、Prof. M. E. Tsur、楚爾教授 …… 24, 242

デイビス、Sir John Francis Davis、徳庇時爵士、1795～1890 …… 142
テーヌ、Hippolyte Taine、丹納 …… 161
H・テーラー、Hudson Taylor、戴徳生 …… 159
H・L・テーラー、Helen Louisa Taylor、泰羅 …… 173
デュボース夫人、Mrs. H. C. Dubose、杜歩西夫人 …… 232

ドゥティ、Elihu Doty、羅啻、1809～1864 …… 159
トーム、Robert Thom、羅伯聃、1807～1846 …… 294-295
ドビッシー、De Bussy、徳彪西 …… 298
ドュディンク、Adrian Dudink、杜鼎克 …… 17
トリゴー、Nicholas Trigault、金尼閣、1577～1628 …… 3
ドリトル、Justus Doolittle、盧公明、1824～1880 …… 8
トンプソン、Robert Wardlaw Thompson、湯普森 …… 183

ナ

H. S. C. ネビウス、Helen S. Coan Nevius、倪戈氏、？～1910 …… 8, 257
J. L. ネビウス、John Livingstone Nevius、倪維思、1829～1893 …… 262

ノース、諾士、M. B. North …… 227
ノースロップ、諾斯叩約翰 …… 247

ハ

パーカー、Peter Parker、伯駕、1804～1888 …… 142, 285
パイル、Martha E. Pyle、貝厚徳 …… 254
バザン、Antoine Pierre Louis Bazin、巴贊 …… 41
ハチェット、William Hatchett、哈切特、1701？～1768？ …… 40
ハドソン、Thomas Hall Hudson、胡徳邁、1800～1876 …… 93, 172
ハドソン、W. H. Hudson、哈徳森 …… 14
ハナン、Patrick Hanan、韓南 …… 18-20, 95

R. G. コリンウッド、科林伍徳 ……26
コルディエ、Henri Cordier、高第、1849～1925 ……39
ゴレ、Alexis de Gollet、郭中伝、1664～1741 ……53

サ

サーストン、Ida Treadwell Thurston、邵斯頓、1848～1918 ……233
サウンダース、Marshall Saunders、散得茲、1861～1947 ……264
サンティーヌ、Xavier Saintine、法散顛氏、1798～1865 ……249

M. M. シェアウッド、Mary Martha Sherwood、舎伍徳 ……225
ジャーディン、William Jardine、査頓、1784～1843 ……108
シャール、Johann Adam Schall von Bell、湯若望、1592～1666 ……53
ジャイルズ、Herbert Allen Giles、翟理思、1845～1935 ……312
ジャクソン、James A. Jackson、翟雅各、1851～1918 ……301
シャック、John Lewis Shuck、叔未士、1812～1863 ……92
シャルパンティエ、L. Charpentier、夏龐蒂埃 ……301
ジュリアン、Stanislas Julien、儒蓮、1797～1873 …… 41, 52, 297, 311
シュワルツ、Christian Frederick Schwartz、斯渥茲 ……104
ジョン(グリフィス)、Griffith John、楊格非、1831～1912…… 8, 10, 113, 183-(第7章)
シング、E. W. Thing、施英 ……135

スコット、Rev. A. J. Scott, D. D. 、司各特 ……238
スタントン、Sir George Thomas Staunton、斯当東爵士、1781～1854 …… 293-294
スタンダート、Nicolas Standaert、鐘鳴旦 ……17
スットヒル、William E. Soothill、蘇恵廉、1861～1935 ……207
ストレットン、Hesba Stretton、斯特拉頓、1832～1911 …… 231-232
ストロナッハ、Alexandor. Stronach、施敦力亜力山大 ……169
E. スペンサー、Edmund Spenser、斯賓塞、1552頃～1599 ……153
A・H・スミス、Arthur Henderson Smith、明恩溥、1845～1932 ……125
S・スミス、Sarah Smith、薩拉・史密斯 ……263

ゾットーリ、Angelo Zottoli、晁徳莅、1826～1902 ……258, 298-299

タ

ダイク、Henry Van Dyke、番特克厚、1852～1933 ……246
タイソンイェイツ、Matthew TysonYates、晏瑪太博士、1819～1888 ……93

オーリンガー、Franklin Ohlinger、武林吉、1845～1919 ………… 199-(第7章第4節)

カ

カニシアス、Canisius、卡尼秀 ……………………………………85
ガーベレンツ、George Gabelentz、甲柏連孜、1840～1893 …………………… 297

C. キース、Cleveland Keith、吉士、1827～1862 …………………… 264
キース夫人、Caroline P. Keith、吉士夫人、1821～1862 ……………… 8, 225
ギバード、Noel Gibbard、吉伯 …………………………………… 183
ギバーン、Agnes Giberne、吉本、1845～1939 …………………… 233
ギャティ夫人、Mrs. Margaret S. Gatty、格鉄夫人、1809～1837 ……………… 238
キャンドリン、George. T. Candlin、甘淋 …………………… 316
ギュツラフ、Karl F. A. Gützlaff、郭実臘、1803～1851 ……… 52, 74-(第2章第3節), 107-(第4章)
ギリソン、Thomas Gillison、紀立生、1859～1937 …………………… 183
キルトン、John William Kirton、科頓、1831～1892 …………………… 235

クッシング、Caleb Cushing、顧盛、1800～1879 …………………… 142-143
クプレ、Philippe Couplet、柏応理、1623～1693 ……………………53
クロフォード夫人、Martha Crawford、高第丕夫人 …………………… 7, 225
T. P. クロフォード、T. P. Crawford、高第丕、1821～1902 …………………… 262
クルイロフ、Ivan Andreyevich Krylov、克雷洛夫、1769～1844 ……………… 237
グリーン、Miss Katharine R. Green、清潔理 …………………… 235, 256
クルマッハー、Friedrich Adolf Krummacher、戈睦克、1767～1845 ……………… 211
クレイトン、George A. Clayton、雷振華 ……………………22
グレインジャー、Adam Grainger、鐘秀芝 …………………… 172
クロスセット、Mrs. Mary M. Crossette、隋美利 …………………… 8, 232

ゲーテ、Johann Wolfgang von Goethe、歌徳、1749～1832 ……………… 40-41
ゲイル、James Scarth Gale、奇一 …………………… 176
F. ゲナール、Ferdinand Genähr、葉納清、？～1864 …………………… 7, 52, 225
I. G. ゲナール、Immanuel Gottlieb Genähr、葉道勝、1856～1937 ……………… 8, 241

コーベット、Hunter Corbett、柯別特、1835～1920 ……………………93
ゴビエン、Charlws Gobien、郭弼恩、1653～1708 ……………………43
コボルド、Robert Henry Cobbold、柯播義、1820～1893 …………………… 172

人名リスト

本書で言及する主な外国人の名前の詳細は以下に基づく。列挙順は左から、日本語、英語（あるいは他のヨーロッパ言語）、中国語、生没年、主要掲載ページとする。不詳の箇所は省略とする。列挙順は日本語の五十音順に基づく。判然とし難い恐れがあると判断した人名にはローマ字を加える。

ア

アイテル、Ernest John Eitel、欧徳理、1838～1908 …… 143
アダム、William Adam、亜当、1814～1848 …… 235
アリギェーリ（ダンテ）、Dante Alighieri、但丁、1265～1321 …… 153
アルド、Père Jean Baptiste Du Halde、杜赫徳、1674～1743 …… 40
アレーニ、Giulio Aleni、艾儒略、1582～1649 …… 4, 42
アレン、Young John Allen、林楽知、1836～1907 …… 75, 178, 180

ヴァニョーニ、Alfonso Vagnoni、高一志、1566～164 …… 4
ウィーガー、Leon Wieger、戴遂良、1856～1933 …… 258, 299, 305
ウィリアムズ、Samuel Wells Williams、衛三畏、1812～1884 …… 132
ウィリアムソン、Alexander Williamson、韋廉臣、1829～1890 …… 181, 184
ウィルソン、Robert Wilson、威爾遜 …… 184
ウェストン、S. Weston、韋斯頓 …… 293
ウェード、Thomas Francis Wade、威妥瑪、1818～1895 …… 142, 295-296, 313
ヴェルヌ（ジュール）、Jules Verne、儒勒・凡爾納、1828～1905 …… 85
ヴォルテール、Voltaire、伏爾泰、1694～1778 …… 40-41
ウォルトン、Amy Catherine Walton、威爾通、1849～1939 …… 227
ウッドブリッジ、Samuel Isett Woodbridge、呉板橋、1856～1926 …… 251-252
ウールストン姉妹、Misses B. and Sallie H. Woolston、烏斯頓姐妹 …… 263

エステラ、Diego de Estella、伊斯迪拉、1524～1578 …… 9
エドキンズ、Joseph Edkins、艾約瑟、1823～1905 …… 92, 154, 162, 168
エリオット、George Eliot、喬治愛那特、1819～1880 …… 246

オージェ、Auger、奥格爾 …… 85
オリファント、David W. C. Olyphant、奥立芬、1789～1851 …… 131

著者紹介

宋莉華（そう　りか）

浙江省寧波出身。現在、上海師範大学中文科教授。専門は、中国文学と外国文学の関係の研究。上海比較文学学会の理事を務める。これまでに「上海市哲学社会科学優秀成果賞」を3度受賞。主な論文としては、「丁尼生《公主》的早期跨文体翻訳研究及訳介学思考」（『中国比較文学』2017年3期)、「理雅各的章回小説写作及其文体学意義」（『文学評論』2017年2期)、「19世紀伝教士漢語方言小説述略」（『文学遺産』2012年5期）など多数。主な著書としては、本書のほか、『明清時期的小説伝播』（中国社会科学出版社、2004年)、『近代来華伝教士与児童文学的訳介』（上海古籍出版社、2015年）などがある。

訳者紹介

鈴木陽一（すずき　よういち）

1950年東京生れ。現在、神奈川大学外国語学部中国語学科教授。現在の主な研究テーマは、中国通俗文学、中国江南地域文化。主な論文として、「張擇端「清明上河圖」とその影響力」（『「清明上河圖」と徽宗の時代』勉誠出版、2012年)、「姑蘇繁華圖と18世紀中国における中国リアリズムの曙光」（『図像から読み解く東アジアの生活文化』神奈川大学、2006年)、「浙東の神々と地域文化―伍子胥、防風、錢鏐を素材として―」（『宋代人の認識―相互性と日常空間』汲古書院、2001年）など、主な著書として、共著『東アジア生活絵引中国江南編』（神奈川大学COEプログラム報告書、2008年)、共著『中国の英雄豪傑を読む』（大修館、2003年)、『小説的読法』（北京：文聯出版社、2003年）などがある。

青木萌（あおき　もえ）

2015年神奈川大学大学院外国語学研究科中国言語文化専攻博士後期課程修了。現在、神奈川大学、大月市立大月短期大学非常勤講師。主な論文としては「“(是）……的”構文の幾つかの問題点について」（『人文研究』第192集、2017年、神奈川大学人文学会)、「現代中国語における副詞“在”の意味と論理」（『言語と文化論集』特別号、2015年、神奈川大学大学院外国語学研究科）等、翻訳書としては『素食美人―身体も心も綺麗になる！―』（中央アート出版社、2011年）がある。

书名：传教士汉文小说研究
著者：宋莉华
发行：上海世纪出版股份有限公司，上海古籍出版社
2010年8月第1版　ISBN978-7-5325-5563-5
本書は、上記図書に基づき翻訳しています。

宣教師《せんきょうし》漢文《かんぶん》小説《しょうせつ》の研究《けんきゅう》

二〇一七年十二月二十日　初版第一刷発行

著　者●宋莉華
監訳者●鈴木陽一
訳　者●青木萌
発行者●山田真史
発売所●株式会社東方書店
東京都千代田区神田神保町一―三　〒一〇一―〇〇五一
電話〇三―三二九四―一〇〇一
営業電話〇三―三九三七―〇三〇〇
編集協力●株式会社伴想社（坂本良輔）
組　版●小川義一
装　幀●冨澤崇（EBranch）
印刷・製本●（株）シナノパブリッシングプレス

定価はカバーに表示してあります

Printed in Japan　ISBN978-4-497-21715-8　C3098